ANABELLE STEHL

Dreams of Sapphire Seas

Die Bücher von Anabelle Stehl bei LYX:

Die *Irland*-Reihe:
1. Songs of Emerald Hills
2. Dreams of Sapphire Seas

Die *Away*-Reihe:
1. Breakaway
2. Fadeaway
3. Runaway

Die *Worlds*-Reihe:
1. Worlds Collide
2. Worlds Apart
3. Worlds Beyond

Trusting Yourself – Steh zu dir und für dich ein
(erscheint August 2024)

Weitere Bücher der Autorin sind bei LYX in Vorbereitung.

ANABELLE STEHL

Dreams of SAPPHIRE SEAS

Roman

LYX

LYX in der Bastei Lübbe AG

NACHHALTIG PRODUZIERT

Die Bastei Lübbe AG verfolgt eine nachhaltige Buchproduktion. Wir verwenden Papiere aus nachhaltiger Forstwirtschaft und verzichten darauf, Bücher einzeln in Folie zu verpacken. Wir stellen unsere Bücher in Deutschland und Europa (EU) her und arbeiten mit den Druckereien kontinuierlich an einer positiven Ökobilanz.

FSC www.fsc.org MIX Papier | Fördert gute Waldnutzung FSC® C014496

Dieses Werk wurde vermittelt durch die
Langenbuch & Weiß Literaturagentur, Hamburg.

Textredaktion: Klaudia Szabo
Umschlaggestaltung: © SO YEAH DESIGN, Gabi Braun
unter Verwendung von Motiven von
© shutterstock.com (Zaleman / tomertu)
Illustration Innenklappe: © luciamorenodraws
Satz: Greiner & Reichel, Köln
Gesetzt aus der Adobe Caslon
Druck und Verarbeitung: GGP Media GmbH, Pößneck

Printed in Germany
ISBN 978-3-7363-2071-0

1 3 5 7 6 4 2

Weitere Informationen unter:
lyx-verlag.de
luebbe.de | lesejury.de

Für Alexandra
Danke für alles.

PLAYLIST

King Street – Stu Larsen
De Selby (Part 1) – Hozier
High Hopes – Kodaline
Chainsmoking – Jacob Banks
Pursuit of Happiness (Nightmare) – Kid Cudi, MGMT, Ratatat
Downtown – Lilla Vargen
In My Arms – Billy Raffoul
One Life – Dermot Kennedy
Look What You Made Me Do – Taylor Swift
brutal – Olivia Rodrigo
Don't Play With Fire – Jake Warren
I Go Crazy – Orla Gartland
Castles Crumbling (Taylor's Version) – Taylor Swift feat. Hayley Williams
long story short – Taylor Swift
Meltdown – Niall Horan
Home – Edward Sharpe & The Magnetic Zeros
Still Into You – Paramore

Liebe Leser:innen,

bitte beachtet, dass *Dreams of Sapphire Seas*
Elemente enthält, die triggern können.
Dies betrifft: *Tod.*

Wir wünschen uns für euch alle
das bestmögliche Leseerlebnis.

Eure Anabelle und euer LYX-Verlag

1. KAPITEL

Serena

Der Geruch von Zukunft liegt in der Luft, und er riecht nach Meer, Abgasen und Hundefutter. Letzteres, weil mein Bed and Breakfast nur eine Straße von der Tierfutterfabrik entfernt liegt. Generell ist die Gegend, in der ich die letzten Monate verbracht habe, nicht gerade die schönste in Cork. Mein B&B befindet sich direkt neben dem Wohnheim, in dem ich mein Erasmus-Semester über gelebt habe. Der Weg zur Uni ist ewig lang, und Grünflächen sind weit und breit nicht in Sicht. Dennoch zaubern mir die vorbeifahrenden Autos, die kreischenden Möwen und dieser unverkennbare Geruch nach Cork, der geheimen Hauptstadt Irlands, ein Lächeln ins Gesicht. Ich bin zu Hause. Endlich bin ich nicht länger Touristin oder Gaststudentin in diesem Land, sondern wohne wirklich hier. Zum ersten Mal seit Jahren fühle ich mich angekommen.

Die Sonne blendet mich, als ich mich blinzelnd umsehe, schafft es jedoch nicht, die kalten Temperaturen zu vertreiben. Obwohl die Winter in Irland sehr viel milder sind als die in Deutschland, ist heute einer dieser Tage, an denen die Temperatur auf unter null gesunken ist. Etwas links von mir, vor meinem ehemaligen Wohnheim, steht eine Gruppe Studierender und unterhält sich aufgeregt. Sicher warten sie darauf, ihre Schlüssel zu erhalten. Vor einem halben Jahr war ich eine von ihnen, ebenfalls nervös von links nach rechts tippelnd, völlig ahnungslos, dass ich mich kurz darauf mit Haut und Haaren in diese Insel verlieben würde.

Meine Freude erhält einen Dämpfer, als ich den Blick abwende und das Gartentor zum B&B schließe. In diesem wohne ich seit einer Woche, und nicht etwa, weil mir das karge Frühstück aus Toast, Bohnen und Marmelade so gut schmeckt, sondern weil ich im Gegensatz zu den Studenten und Studentinnen keinen Schlüssel zu meinen eigenen vier Wänden habe. Dabei habe ich wirklich alles versucht, um diesen Umstand zu ändern. Seit ich erfahren habe, dass ich das Stipendium bekomme, habe ich Wohnheime angefleht, andere Studierende und das International Office gefragt, sogar John, den Barista in meinem Stammcafé, doch nichts davon hat Früchte getragen. Die Wohnungslage in Cork ist eine einzige Katastrophe, und in der Zeit, die ich hier verbracht habe, hat sich das eher verschlechtert statt verbessert. Doch ich werde das schaffen, daran glaube ich fest. Immerhin habe ich das Stipendium für mein Kunststudium bekommen, da werde ich wohl kaum an einer Wohnung scheitern.

Ich setze ein zuversichtliches Lächeln auf und laufe in Richtung Innenstadt. Mittlerweile macht mir der vierzigminütige Weg zum University College Cork nichts mehr aus. Zu Beginn hatte ich ständig Muskelkater, weil ich es nicht gewohnt war, täglich mehr als fünfzehntausend Schritte zurückzulegen. Kein Wunder, in Hamburg habe ich stets die U-Bahn zur Uni genommen, und Sport war nichts, was ich freiwillig getan habe. Irland sei Dank habe ich mittlerweile so etwas wie Muskeln an den Beinen, und auch wenn ich mit Sport weiterhin auf Kriegsfuß stehe, habe ich Wanderungen und das Bogenschießen im letzten Semester lieben gelernt.

Kaum dass ich den Fluss erreiche, fühle ich mich noch ein Stück mehr wie zu Hause, da mich ein bekanntes, freundliches

Gesicht erwartet. Charlie sitzt mit einer Tasse dampfendem Kaffee auf dem Boden vor seinem Zelt. Mich fröstelt es beim bloßen Anblick, denn trotz der eisigen Temperaturen hat er sich lediglich eine gefaltete Decke untergelegt. Als ich näher komme, steht er auf und hebt die Hand zum Gruß. Genau wie der Fluss und die Möwen gehören auch diese Zelte zum Stadtbild Corks. Sie und die meterhohen Deckenburgen in den Eingängen der Geschäfte auf der Saint Patrick's Street. Als Hamburgerin sind mir obdachlose und bettelnde Menschen nicht fremd, doch während ich in der Hansestadt selbst oft genug weggeschaut habe, ist mir das in Cork nicht möglich. Vielleicht, weil die Stadt kleiner ist, alles intimer wirkt. Vielleicht auch, weil ich während meiner letzten Monate in Irland gelernt habe, mehr im Moment zu leben, nach links und rechts zu blicken, während ich in Hamburg stets von einem Ort zum nächsten gehetzt bin – Uni, Nebenjob, zur Zahnarztpraxis meines Bruders Vincent, um ihn zu Gesicht zu bekommen, zu meinen Großeltern. Ich war immer auf Achse, immer in Eile. Irland hat mich entschleunigt, nicht zuletzt, weil es viel weniger Transportmittel gibt und man es hier mit der Pünktlichkeit nicht allzu genau nimmt.

»Morgen!«, sage ich, als ich Charlie erreicht habe. Er hat die Unterarme auf den kleinen Zaun gestützt, der den Fußgängerweg vom Fluss trennt. Seine braunen Haare versteckt er unter einer blauen Mütze, und er trägt eine dicke Steppjacke, die neu sein muss.

»Gestern von Hope Harbour bekommen«, sagt er, als er meinen Blick bemerkt. »Viel besser als das alte Ding, das ich davor hatte. Aber bald wird's ja hoffentlich wärmer. Im Radio sagten sie, zwei, drei Tage soll es noch so kalt bleiben, danach geht's aufwärts. Was steht bei dir an? Geht die Uni wieder los?«

»In einer Woche erst. Muss heute noch ein bisschen Papierkram ausfüllen.«

»Ah, für das Stipendium?«

Ich nicke. Charlie und ich sind erst vor etwa zwei Monaten ins Gespräch gekommen. Vorher habe ich ab und an einen Euro in die Mütze geworfen, die mal vor ihm, mal vor seinem Zelt lag. Er war es, der mich angesprochen hat, als ich einen ganzen Stapel Leinwände zurück ins Wohnheim geschleppt habe. Ich habe ihm von meinem Kunststudium erzählt und er mir von seinem Job als Grafiker in Limerick – bevor alles den Bach hinunterging, auch wenn er bis heute nicht gesagt hat, was genau *alles* bedeutet. Ich habe nie nachgefragt, denn sein Blick hat deutlich gemacht, dass ihn die Erinnerung schmerzt. Und mit schmerzhaften Erinnerungen kenne ich mich aus, sehr gut sogar.

»Weiter so! In ein, zwei Jahren will ich deine Kunst in der Crawford Gallery sehen.«

»Ich arbeite dran«, erwidere ich lachend und schiebe dann, wie jeden Morgen, meine Hand in die Tasche, in der bereits etwas Kleingeld bereitliegt. Ebenfalls wie jeden Morgen schnalzt Charlie erst mit der Zunge, hält mir dann nach einigem Hin und Her jedoch seine Mütze entgegen. Wir treiben dieses Spiel seit einer ganzen Weile, und es gehört für mich genauso zum Alltag wie die plötzlichen Regenschauer und die Scones in der Mensa.

»Danke«, meint Charlie und zwinkert mir zu. »Bist du aufgeregt vorm Master?«

»Ein bisschen«, gebe ich zu. »Nicht mal wegen des Studiums selbst, aber alle, mit denen ich das letzte Semester gemacht habe, sind wieder nach Hause gereist. Nur eine meiner Freundinnen aus den USA, Evelynn, ist auch geblieben. Ich hoffe einfach, ich finde Anschluss.« Und eine Wohnung, aber das behalte ich wohlwissend für mich. Immerhin habe ich ein Dach über dem Kopf, selbst wenn es nur das des B&B ist.

»Ach, das wirst du! Niemand ist je wirklich allein, wenn er mit offenen Augen durch die Gegend läuft. Nicht hier in Cork.«

»Ich hoffe, du hast recht.« Denn genau wie die schmerzhaften Erinnerungen kenne ich auch das Alleinsein. Erst, weil meine Eltern mich und meinen Bruder freiwillig verließen, dann, weil sie aus unserem Leben gerissen wurden. Ich schiebe die Gedanken beiseite und straffe die Schultern. Heute ist der erste Tag meiner neuen Zukunft. Ich habe weder Zeit noch Lust, zurückzublicken. »Na dann! Bis später oder morgen!«

»Mach's gut, Serena! Lern fleißig.«

»Mach ich«, erwidere ich schmunzelnd. Mein Erasmus-Semester, für das ich das letzte halbe Jahr hier verbracht habe, bestand mehr aus Feiern denn aus Lernen, so wie es bei Auslandssemestern wohl üblich ist, doch jetzt im Master werde ich mich zusammenreißen müssen. Ich winke Charlie noch einmal zum Abschied, dann gehe ich den mir vertrauten Weg in Richtung College. Obwohl ich die Pflastersteine mittlerweile in- und auswendig kennen müsste, fühlt sich doch etwas anders an. So als wäre heute wirklich der Start vom Rest meines Lebens.

»Ms Serena Herzog?«

Ich springe so eilig vom Stuhl auf, dass mein Handy, auf dem ich gerade mit Evelynn gechattet habe, beinahe auf dem Boden landet. »Ja!«, rufe ich und eile der brünetten Frau entgegen, die mir ihre Bürotür aufhält. Mrs Beckett, wenn ich dem Schild an ihrer Tür Glauben schenken kann.

»Keine Eile, heute ist ja nicht so viel los«, meint sie lächelnd und deutet auf den schwarzen Stuhl gegenüber ihrem Schreibtisch. Ich lasse mich darauf nieder und krame den Ordner mit den Papieren aus meinem Rucksack.

»Herzlichen Glückwunsch erst mal zum Stipendium, schön, dass Sie bleiben können.«

»Vielen Dank«, erwidere ich strahlend, und mein Herz schlägt eine Spur schneller, weil jetzt wirklich alles real wird.

»Ihr Transcript of Records der Universität in Hamburg haben Sie?«

»Ja, hier!«

Mrs Beckett geht die Papiere durch und zeichnet die Dokumente des Stipendiums gegen. Ich beiße mir derweil auf die Innenseite meiner Wange, damit ich nicht dämlich grinsend vor ihr sitze, denn meine Freude steigt mit jeder verstreichenden Sekunde. Ich werde weiter aufs College gehen. Weitere zwei Semester bis zum Masterabschluss. In der Boole Library sitzen und lernen, Zeichnen bei Mr O'Neill belegen und mein Abschlussprojekt bei Mrs MacDermott machen. Sonnenuntergänge am River Lee beobachten und Murphy's im Sin É trinken. Trips ans Meer, Kuchen im Café Myo mit Evelynn, Bücherstöbern bei Vibes & Scribes – mit jedem Bild, das ich gedanklich male, pocht mein Herz heftiger, und es zerreißt mich beinahe vor Vorfreude. Bis die Falten auf Mrs Becketts Stirn mir den imaginären Pinsel aus der Hand schlagen und mich zurück ins Hier und Jetzt holen.

»Ist alles in Ordnung?«, frage ich, und als sie den Kopf schief legt, schlägt mein Herz zwar auch schneller, jedoch nicht vor Freude, sondern vor Sorge.

»Wir brauchen noch Ihren Mietvertrag und die aktuelle Anschrift.«

Shit. Bei der Bewerbung habe ich meine alte Anschrift genutzt. Die Uni weiß natürlich, dass ich dort nicht länger lebe, das habe ich völlig verdrängt.

»Ich nehme an, Arcadia Hall, Ihr Wohnheim, ist nicht mehr aktuell?«, fragt nun auch Mrs Beckett. »Sie sind ja keine Erasmus-Studentin mehr.«

»Nein, ich bin gerade im B&B untergebracht.«

Mrs Beckett hebt die Augenbrauen, und ich weiß, dass ich falsch geantwortet habe.

»Aber nicht mehr lang, ich unterschreibe nächste Woche den Mietvertrag«, füge ich eilig hinzu. Es ist keine Lüge, wenn ich es noch wahrmache, richtig?

»Hm«, macht sie gedehnt, nickt dann aber. »Das müsste klargehen. Wir reichen die Sachen ein, dann wird sich nächste Woche jemand melden, um Ihren Wohnort nachträglich zu erfassen. Bis dahin brauche ich die Papiere. Können Sie mir den unterschriebenen Vertrag bis Mittwoch zusenden? Digital, oder aber Sie kommen direkt vorbei und zeichnen die restlichen Papiere gegen, dann geht alles etwas schneller.«

»Klar, kein Thema«, erwidere ich eine Spur zu fröhlich, denn natürlich ist es ein Thema. In Cork gibt es keine Wohnungen, und selbst bei den Wohnungen außerhalb sind die Mietpreise in schwindelerregende Höhen geschossen. Ich könnte mir einen Nebenjob im Café suchen, so wie ich es in Hamburg getan habe, doch selbst mit dem Gehalt, dem Stipendium und der Finanzspritze meines Bruders wird es schwer, etwas zu finden. Neue Wohnungen werden nicht gebaut, und die wenigen, die es gibt, werden teuer an die Angestellten der Großkonzerne vermietet, die sich hier niedergelassen haben. Ich habe nicht lange hier leben müssen, um alles über diese Probleme zu lernen, denn vom Busfahrer bis zur Barista unseres Stamm-Cafés redet wirklich jeder darüber.

»Super«, meint Mrs Beckett mit einem Lächeln. »Dann wäre alles geklärt! Je schneller Sie mir den Mietvertrag schicken, desto besser, da Sie Ihren Studienausweis vorher nicht aktualisieren können. Bis Freitag sind reguläre Termine dafür im Hauptgebäude des Campus, daher wäre es ideal, wenn nächste Woche alles abgewickelt ist.« Mrs Beckett erhebt sich, und ich tue es ihr gleich, auch wenn meine Beine sich etwas wacklig anfühlen.

Ich nicke nur, denn Worte kriege ich keine mehr raus. Wie soll ich innerhalb weniger Tage eine Wohnung finden? Ich versuche es doch bereits seit zwei Monaten. Vielleicht riecht meine Zukunft doch nicht nach Meer, sondern nach Verzweiflung. Denn nichts als das fühle ich gerade.

2. KAPITEL

Serena

Es ist Montag. Semesterstart. Und obwohl ich heute völlig aus dem Häuschen sein sollte, wache ich mit einem Knoten aus Angst im Bauch auf und fühle mich wie gerädert. Drei Tage bleiben mir noch, um eine Wohnung zu finden. Die Besichtigungen letzte Woche waren alle niederschmetternd. Nur ein Zimmer in einer WG war vielversprechend – bis sich herausgestellt hat, dass ich illegal zur Untermiete bleiben sollte und somit auch keinen Mietvertrag erhalten hätte. Also stehe ich nach wie vor mit leeren Händen da.

Ich mache das Bett mit den orangefarbenen Bezügen, um wenigstens etwas Kontrolle und Ordnung in mein Leben zu bringen, dann ziehe ich frische Unterwäsche sowie die Kombi aus beiger Hose und rotem Pulli aus dem Koffer. Die Kommode in meinem Zimmer verhöhnt mich mit gähnender Leere. Naiv, wie ich bin, dachte ich, ich müsste nur zwei, drei Tage aus dem Koffer leben, bis ich etwas gefunden hätte, nun ist es bereits eine Woche, auf die womöglich weitere folgen. Außer mir ist kaum jemand hier, sodass ich das kleine Gemeinschaftsbad des B&B betrete, ohne anstehen zu müssen. Im Januar kommen nur wenige Touristen nach Cork, und die meisten regulären Studierenden haben mit Sicherheit einen Wohnheimplatz erhalten. Die Glücklichen.

Mit einem Seufzen spritze ich mir kaltes Wasser ins Gesicht und kämme mir die schwarzen Haare, die fast meine Schultern erreichen. Ich atme tief ein und wieder aus und betrachte mein Spiegelbild, das mir missmutig entgegenstarrt. Mit den Zeigefingern hebe ich meine Mundwinkel an und zwinge mich so zu einem Lächeln, das jedoch eher einer Grimasse gleichkommt. Heute sollte mein Tag sein. Ich sollte mich erwachsen fühlen, immerhin startet mein Master. Für den Abend bin ich mit Evelynn im Pub verabredet, und wir wollen darauf anstoßen – darauf, die Dinge in die Hand genommen zu haben, hierzubleiben und durchzustarten. Doch jetzt fühlt es sich an, als wären mir jegliche Fäden entglitten und hätten sich zu einem unüberschaubaren Knäuel verheddert, über den ich keine Macht mehr habe. Erwachsensein fühlt sich gerade ganz schön weit weg an.

»Genug«, sage ich meinem Spiegelbild und schlage mir leicht gegen die Wangen, als könne ich die schlechte Laune so vertreiben. »Reiß dich zusammen!« Ich habe schon ganz andere Dinge bewältigt, ich werde auch das schaffen. Vor allem aber werde ich mir davon nicht meinen ersten Tag im Master versauen lassen.

Nach einigem Wühlen in meinem Kulturbeutel finde ich Concealer und tupfe etwas davon auf die Haut unter meinen Augen, um die Schatten zu kaschieren. Es täuscht nicht komplett darüber hinweg, wie unruhig ich geschlafen habe, aber es ist ein Anfang. Obwohl ich mich sonst selten schminke, trage ich Mascara und Rouge auf und fühle mich gleich ein wenig selbstbewusster. Wohnungsmarkt in Cork? Ich komme!

Keine fünfzehn Minuten später verlasse ich das B&B. Trotz der strahlenden Morgensonne ist es eiskalt, und die vereinzelten Grashalme, die sich ihren Weg durch den Asphalt gegraben haben, sind von weißem Frost bedeckt. Die Luft ist klar und frisch, und ausnahmsweise riecht sie nicht nach Stadt, sondern einfach nur nach Wintermorgen. Ich gehe meine übliche Strecke und runzle die Stirn, als ich auf den St Patrick's Quay in Richtung Fluss abbiege. Normalerweise erspähe ich Charlie schon aus der Ferne, doch ich sehe lediglich sein knallgrünes Zelt. Gestern hat sich mir derselbe Anblick geboten, aber da bin ich später als sonst in Richtung Stadt gelaufen, weil ich mich vormittags mit Evelynn getroffen habe. Heute hingegen bin ich zu meiner üblichen Zeit unterwegs, und Charlie sollte da sein. Er ist immer da.

Ich werde langsamer, als ich zu dem Zelt komme. Selbst seine blaue Mütze liegt nicht vor dem Eingang, dabei lässt er diese stets zurück, wenn er doch einmal unterwegs ist. Ein ungutes Gefühl breitet sich in meinem Magen aus. Es ist eine Vorahnung, ein Kribbeln, das von meinem Nacken ausgeht und sich über meine Arme bis in meinen Bauch fortsetzt.

»Charlie?«, rufe ich, und einer der Busfahrer, die an der Brücke Pause machen und plaudern, dreht sich kurz zu mir um. Vor dem Zelt steht ein leerer Costa-Becher, und ich bin mir ziemlich sicher, dass es sich um denselben handelt, den ich gestern im Vorbeigehen bereits gesehen habe.

Ich handle mehr aus einem Instinkt heraus als überlegt. Ohne groß darüber nachzudenken, klettere ich über die kleine Absperrung, die das Zelt und den Fluss vom Gehweg trennt. Mein Herz hämmert mittlerweile in meiner Brust, so sehr, dass es wehtut. Dennoch nähere ich mich mit vorsichtigen Schritten der grünen Plane des Zelts.

»Hey, Charlie?« Ich klopfe sacht an den Eingang, doch innen regt sich nichts. Vielleicht ist er kurz weg? Macht einen Abstecher ins Hope Harbour, dem wortwörtlich übersetzten Hoffnungshafen, einer Organisation, die Obdachlosen regelmäßig Essen und Decken austeilt? Doch von ihm weiß ich, dass sie das nachmittags tun, nicht so früh am Morgen. Und er ist immer hier. Immer. Seit ich ihn letztes Semester kennengelernt habe, ist er eine Konstante meines Lebens in Cork. Ich stoße zitternd die Luft aus, dann strecke ich meine Finger in Richtung des Reißverschlusses. Sie sind klamm vor Kälte, und dass es so eisig ist, macht mir am meisten Angst.

Die Luft in meiner Lunge fühlt sich an wie tausend Nadelstiche, als ich den Reißverschluss langsam nach unten ziehe. Das ratschende Geräusch legt sich über das der Motoren, das Platschen der Wellen zu meiner Linken, das Schreien der Möwen. Ich höre nur den Reißverschluss und das Rauschen des Bluts in meinen Ohren, das mein viel zu schnell schlagendes Herz dorthin transportiert.

Ich sehe ihn, noch bevor ich richtig in die Hocke gegangen bin, um den Reißverschluss vollständig zu öffnen. Mein Herz stolpert, genauso, wie ich es tue. Die Luft verfängt sich in meiner Lunge. Das Blut in meinen Adern gefriert zu Eis, Eis, Eis, wie das an seinen dunklen Haaren. Die Zeit steht still. Ich weiß nicht, ob ich falle oder mich hinsetze, aber meine Hände berühren plötzlich den kalten, sandigen Boden, und schluchzende Laute dringen aus meiner Kehle. Ich zittere am ganzen Körper, während meine Augen sehen, was mein Kopf nicht versteht.

Niemand ist je wirklich allein, wenn er mit offenen Augen durch die Gegend läuft. Nicht hier in Cork.

Aber Charlie ist es. Er ist allein. Er war allein. Tagtäglich war er allein in diesem Zelt, sind Leute an ihm vorbeigelaufen, bin ich an ihm vorbeigelaufen. Tränen rinnen über meine Wangen, und ihre Hitze macht mich wütend. Ich schmecke das Salz auf meiner Zunge und nehme es doch nicht wahr.

Eine Hand berührt meine Schulter, und ich zucke so heftig zusammen, dass mein Kopf gegen etwas Hartes stößt. Ein

Knie. Das Knie des Busfahrers, der ebenfalls über die Absperrung geklettert sein muss.

»Miss? Alles in Ordnu... Oh, in Gottes Namen.«

Seine Hand streicht beruhigend über meinen Rücken, während er vor mir in die Hocke geht, mir die Sicht auf das nimmt, was ich doch nie werde vergessen können, weil es sich in meine Netzhaut, in meinen Kopf und mein Herz eingebrannt hat. Mit der freien Hand zückt er ein Handy und spricht in heftigem Dialekt eilig Worte hinein, die ich nur am Rande wahrnehme.

»Polizei ... St Patrick's Quay ... gegenüber dem Metropole Hotel ... Leiche ... Mädchen unter Schock ...«

Stehe ich unter Schock? Vielleicht, denn ich nehme nichts mehr wahr. Merke nur an dem Druck unter meinen Armen, dass der Fahrer mich in den Stand hievt, mir weiter über den Rücken reibt. Mich über die Absperrung hebt, wo mich die Arme eines anderen Mannes stabilisieren. Mehrere Gesichter, sie alle blicken von mir zum Zelt. Schaulustige. Interessant, dass sie jetzt hinsehen. Jetzt, da es zu spät ist. Da ihnen keine Augen mehr entgegenblicken. Ein Lachen dringt aus meinem Mund, dabei will ich gar nicht lachen, ich will schreien. Über sie, über mich selbst, weil ich doch zu ihnen gehöre, weil ich auch nichts weiter getan habe, als Charlie ein paar lächerliche Euros zu geben, als könnten diese ihn warm halten. Das Lachen wird wieder zu einem Schluchzen, und der Busfahrer nimmt mich in den Arm. Ich lasse es geschehen, lasse alles geschehen. Meine kleinen Problemchen, die Wohnungssuche, das alles rückt in den Hintergrund. In mir ist nichts mehr als Schuld.

»Möchtest du noch einen Tee?« Die Stimme der Polizistin ist warm wie eine Decke und schafft es doch nicht, die innere Kälte zu vertreiben. Ich sitze in keinem tristen Verhörraum, wie man sie aus dem Fernsehen kennt, sondern an ihrem Schreibtisch auf einem gemütlichen Bürostuhl, während sie sich einen Hocker danebengezogen hat. Ihr Tisch ist aufgeräumt, und darauf steht das gerahmte Foto eines Golden Retrievers, ansonsten finden sich neben den Monitoren nur einige Post-its.

»Nein danke.« Immerhin meine Stimme habe ich wiedergefunden. Die Polizei hat mich mit aufs Revier genommen, damit ich ein paar Fragen beantworte. Nicht zu mir, sondern zu Charlie. Er hatte keinerlei Dokumente bei sich, sodass sie auf meine Hilfe angewiesen waren, doch viel habe ich ihnen auch nicht sagen können, nur, dass er Charlie Higgins hieß und ursprünglich Grafiker in Limerick war. Ich wünschte, ich hätte ihn mehr gefragt. Hätte doch nachgebohrt, durch den Schmerz in seinen Augen hindurch.

»Kann dich jemand hier abholen? Du solltest heute nicht allein sein.«

Ich schüttle den Kopf. »Schon okay. Meine beste Freundin hat heute auch ihren ersten Unitag, da möchte ich sie ungern rausreißen.« Außerdem will ich gerade nichts lieber als nach Hause. Auch wenn das Zimmer meines B&B diesen Namen nicht verdient hat. An Uni und Wohnungsbesichtigungen ist gerade nicht zu denken.

»Gehst du aufs UCC?«

Ich nicke. Zwei Tage noch, wenn ich keine Wohnung finde.

»Du kannst ihr Counselling kostenlos in Anspruch nehmen. Eine Art Therapie. Ich würde dir das wirklich ans Herz legen, es ist wichtig, dass du verarbeitest, was heute geschehen ist.«

»Ich hör mich mal um«, sage ich, mehr um die Polizistin zufrieden zu stellen, als dass ich es wirklich meine. Ihr scheint das nicht zu entgehen, denn sie lehnt sich an mir vorbei, um ihre Tastatur zu erreichen, und gibt einige Begriffe bei Google ein, woraufhin sie auf einer Seite des University College landet.

»Ich schreib dir die Kontaktdaten raus. Versprich mir, dass du dich dort meldest, ja?«

Ich nehme den Zettel entgegen. »Ich komm klar. Es ist nicht das erste Mal, dass ich mit Trauer umgehen muss.« Ich weiß nicht, was mich dazu bewegt, das zu sagen. Eigentlich rede ich nicht über den Tod meiner Eltern. Außer mit Vincent, doch selbst mit ihm habe ich bestimmt zwei Jahre lang nicht mehr darüber gesprochen.

»Das tut mir leid. Es ist trotzdem wichtig, dass du die Gefühle nicht verdrängst.« Sie legt mir eine Hand auf die Schulter und drückt kurz zu. Sie will noch etwas sagen, doch wir werden vom Klingeln meines Handys unterbrochen. Mein Bruder, als hätte er meine Gedanken erahnt.

»Hey, Vince.«

»Serena, ist alles okay? Die Polizei hat bei mir angerufen. Aus Irland. Ich war gerade in einer Zahnwurzelbehandlung, sonst hätte ich mich sofort gemeldet.«

»Es ist alles gut. Sie haben nur angerufen, weil du mein Notfallkontakt bist und ich vorhin nicht ganz ansprechbar war.«

»Was ist denn los?«

Ich gebe ihm eine knappe Zusammenfassung der Ereignisse, die so monoton und abgebrüht klingt, dass ich mich selbst anwidere. Doch meine Gefühle sind irgendwo tief in mir begraben. Dicht verschlossen, damit ich weiter funktionieren kann. So wie zuletzt mit sechzehn, als ich vom Tod meiner Eltern erfahren habe. Aus den Nachrichten. Noch bevor ihre Namen öffentlich gemacht wurden, habe ich es gewusst. Als meine Großeltern Vincent und mich dann beiseitegenommen haben, hatte ich Gewissheit. So wie heute am Zelt. Man ahnt es, weiß es eigentlich bereits, doch der finale Schlag ist es, der einen völlig zu Boden wirft.

Mein Bruder seufzt am anderen Ende der Leitung. »Das tut

mir so leid, aber ich bin unendlich erleichtert, dass dir nichts passiert ist.«

»Ja. Mach dir keine Sorgen, ich komm klar.«

»Soll ich nach Cork kommen? Ich könnte gleich heute Abend einen Flieger nehmen.«

»So ein Quatsch, du hast die Praxis.«

»Dann bleibt sie eben zu.«

»Es ist wirklich alles okay«, sage ich, und trotz der Kälte in mir brennen plötzlich heiße Tränen in meinen Augen. Weil ich doch nicht allein bin. Mein Bruder ist immer für mich da, das war er schon seit meiner Geburt. Er hat mich mehr großgezogen, als meine Eltern es je getan haben. Bei meiner ersten Periode war er es, dem ich davon erzählt habe und der mit mir Binden kaufen war. Meine ersten Dates mussten seinem Kreuzverhör standhalten, nicht dem meines Vaters. Er war es auch, der mich ermutigt hat, mich auf das Stipendium zu bewerben – und das, obwohl wir einander fest versprochen haben, uns niemals allein zu lassen. Nicht so, wie unsere Eltern es getan haben.

»Nimm dir heute frei, okay? Soll ich dir noch etwas Geld schicken? Magst du dir was zu essen bestellen oder so?«

»Nein, nicht nötig. Ich geh gleich heim. Viel verpasse ich heute an der Uni eh noch nicht, denk ich.«

»Tut mir leid, dass dein Semester so startet. Ruf jederzeit an, wenn etwas ist, okay? Ich pack mein Handy in den Kittel.«

»Danke dir«, sage ich. »Ich leg mal auf, ja? Ich meld mich später bei dir. Erzähl Oma und Opa bitte nichts davon.«

»Ist gut. Hey, hast du eigentlich eine Wohnung gefunden?«

»So gut wie«, lüge ich, da ich gerade wirklich keine Nerven habe, mir auch darum Gedanken zu machen. »Bis später. Hab dich lieb.«

»Ich dich auch. Pass auf dich auf!«

Ich verabschiede mich von meinem Bruder, und als ich auflege, sieht die Polizistin schon etwas weniger besorgt aus. Sie wird kein Wort verstanden haben, doch offensichtlich ist sie erleichtert, dass da draußen jemand ist, der sich um mich kümmert.

»Ich muss jetzt leider los«, meint sie mit einem schiefen Lächeln. »Möchtest du noch eine Weile hierbleiben und runterkommen?«

»Nein, ich sollte mich auch auf den Weg machen.«

»Okay. Denk dran, dich bei dem Counselling zu melden.«

Ich nicke, dabei weiß ich schon jetzt, dass ich es nicht tun werde. Es gibt eine Sache, die mir immer mehr geholfen hat als reden. Also stecke ich den Zettel der Polizistin in meine Jackentasche, verabschiede mich und laufe zurück in Richtung Innenstadt. Ich nehme die Strecke kaum wahr, doch meine Füße tragen mich wie von selbst zu Homesense. Ich betrete den Laden, ignoriere all die schicken Dekoartikel für Wohn- und Schlafzimmer, die ich nicht habe, und greife dann die nächstbesten Leinwände. Ohne auf den Small Talk der Kassiererin einzugehen, bezahle ich und gehe einen Umweg zurück zum B&B, um nicht am St Patrick's Quay entlanglaufen zu müssen. Ich weiß nicht, ob ich den Weg am Fluss jemals wieder nehmen kann. Ob ich die Leere ertrage, die Abwesenheit des Menschen, der für so viele eine Randfigur war. Der morgen sicher eine Schlagzeile im *Echo*, der Tageszeitung Corks, sein wird, nur um dann vergessen zu werden. So wie all die anderen, die ein ähnliches Schicksal ereilt, denn Charlie ist – war – bei Weitem nicht der Einzige ohne Obdach in Cork.

Ich betrete das Bed and Breakfast, steige die Stufen nach oben zu meinem Zimmer und schließe dann die Tür hinter mir ab. Wenige Sekunden später gibt es nur noch mich und die Farben. Die Pinsel und die Töpfe voll Acryl sind die einzigen Dinge, die bereits ihren festen Platz in dem Zimmer haben. Beim Malen muss ich nicht denken. Dabei war ich früher nie ein sonderlich kreativer Mensch. Den Weg zur Leinwand habe ich erst mit sechzehn gefunden. Damals in der Therapie, als ich, genau wie heute, kaum in Worte fassen konnte, was ich fühlte. Als Frau Jankovic mir Stift und Papier reichte, habe ich erst verweigert. Ich kam mir blöd vor, nicht ernst genommen, wie ein Kind. Doch als sie mich nur schweigend und abwartend angesehen hat, habe ich doch begonnen zu malen. Mehr aus Trotz als aus Überzeugung, dass es etwas bringt. Und doch hat es geholfen. Meine ersten Gemälde waren nicht schön, aber sie haben das Chaos in mir sortiert, Frau Jankovic eine Seite gezeigt, die ich ihr sonst nie präsentiert hätte. Sie haben mich mir selbst nähergebracht.

Seit dieser einen Therapiesitzung male und zeichne ich jeden Tag. Ich habe YouTube-Tutorials befolgt, Zeichenunterricht genommen, mich weitergebildet. Und obwohl ich damals, in der zehnten Klasse, noch keinen blassen Schimmer hatte, was ich einmal anfangen will mit meinem Leben, festigte sich der Wunsch, dass es mit Kunst zu tun haben muss. Ich wollte Kunst schaffen. Weil Kunst die eine Sache ist, die immer für mich da war. Die tiefer gegraben hat als alles andere, die mich aufgerissen, zerfetzt hat, nur um die einzelnen Teile dann wieder zusammenzusetzen. Wenn alles geht, bleibt Kunst. Und so ist es auch heute. Ich verliere mich in meinen Gefühlen, die mir nicht länger verschlossen sind, lasse Trauer, Wut, Scham und Selbsthass hinaus. Ich filtere mich nicht, sondern verliere mich in Gefühlen und Farben, bis es dunkel wird, bis meine Finger schmerzen, weil sich das Holz des Pinsels so fest in sie gräbt. Bis ein kleiner Funken Hoffnung die dunklen Gefühle in mir ersetzt, ein Funken, mit dem ich arbeiten kann. Ein Funken, der mich weitermachen lässt.

3. KAPITEL

Aedan

»Hast du's bald?«, rufe ich in Richtung Küche, in der Nolan immer noch zugange ist.

»Hätte ich längst, wenn Declan sein Geschirr in die Spülmaschine räumen würde. Wisst ihr? Da, wo es hingehört?«

»Hätte ich noch gemacht!«, protestiert Declan, der bereits Jacke und Schuhe trägt.

»Hättest du nicht«, erwidere ich mit einem Grinsen, woraufhin Declans Mundwinkel zucken und sich ein amüsiertes Funkeln in seine braunen Augen legt.

»Na ja, schon. Irgendwann.«

»Ich glaub dir kein Wort«, ruft jetzt auch Nolan. Kurz darauf tritt er endlich zu uns in den Flur, wo wir bereits seit einigen Minuten auf ihn warten. Sein Kater Klaus folgt ihm mit protestierendem Miauen, weil Aufbruchsstimmung ihn immer nervös macht. Mich ausnahmsweise auch, denn heute ist unser erster Tag im Master. Nolans und meiner zumindest, Declan hat letztes Semester einen neuen Bachelor angefangen, da sein alter ihm nicht zugesagt hat, und studiert jetzt Architektur, genau wie ich. Zwar haben wir keine Kurse zusammen, aber es tut gut, sich mit jemandem austauschen zu können. Es war einer der Gründe, warum wir Declan letztes Jahr in unsere WG aufgenommen haben. Ob Nolan immer noch Ja sagen würde, jetzt, da er weiß, wie sehr er mit seinem Sauberkeitstick unter Declans Unordentlichkeit leidet?

»Sei froh, dass du die Nintendo Switch mit in die WG gebracht hast, sonst würden wir dich rauswerfen«, brummelt Nolan, als hätte er meine Gedanken gelesen.

»Würdest du nicht, sonst könntest du nie wieder verreisen, weil Aedan hier deine Pflanzen im Nullkommanix töten würde.«

»Hey, das war ein Mal!«, werfe ich ein.

»Ein Mal zu oft. Ich trauere immer noch«, meint Nolan, während er in seine Sneaker schlüpft. Klaus nutzt die Chance, um sich an seinem Knie zu reiben, und läuft geräuschlos zwischen unseren Beinen hin und her. Nolan krault ihn kurz hinter den Ohren und kontrolliert dann sein Äußeres in dem bodentiefen Spiegel neben unserer Garderobe. Wir beide werden ständig für Geschwister gehalten, da wir uns mit den dunkelbraunen Haaren, dem kantigen Gesicht und den grünbraunen Augen ziemlich ähnlich sehen. Allerdings trägt er die Haare mittlerweile fast bis zu den Schultern, während meine mir mit den wenigen Zentimetern schon wieder zu lang sind, und auch charakterlich könnten wir uns kaum mehr unterscheiden. Trotzdem sind wir seit Schultagen beste Freunde.

»So, bereit?« Nolan dreht sich um und schaut uns fragend an, als hätten wir nicht gerade auf ihn gewartet.

Mit einem Seufzen öffnet Declan die Tür und tritt nach draußen. Es ist sonnig, aber eiskalt. Der Weg zur Uni dauert zum Glück nur wenige Minuten, doch ich kann es trotzdem kaum erwarten, dass es endlich wärmer wird.

»Hey, heute Abend Gym?«, fragt Declan, während wir die Magazine Road entlangschlendern, auf der zu Semesterbeginn wieder reges Treiben herrscht. Trotz der Kälte sitzen einige tapfere Leute draußen vor dem sizilianischen Café, und selbst von hier aus sehe ich, wie Gruppen sich vor dem Daybreak sammeln, um sich mit Sandwiches und Kaffee für die Vorlesungen auszustatten.

»Bin raus, heute Abend sind die Besichtigungen für Kasias Zimmer.«

»Voll verpeilt. Brauchst du Hilfe?«

»Ach was, geh ruhig zum Sport. Wenn Nolan da ist, reicht das, der hat eh mehr zu kritisieren.«

»Stimmt. Nolan, hast du deinen Fragenkatalog schon vorbereitet? Ist er unter zehn Seiten geblieben?«

»Ihr seid doof, und ich hasse euch«, erwidert Nolan mit einem Seufzen. Declan legt ihm einen Arm um die Schulter.

»Wetten, dein Hass verflüchtigt sich, wenn ich dir einen Kaffee spendiere?«

»Aber keinen vom Automaten bei Daybreak. Einen richtigen vom Campus-Starbucks.«

»Du machst mich arm.«

»Das ist ja wohl das Mindeste dafür, dass ich dir ständig hinterherputze!«

»Ständig ist ein hartes Wort.«

Mit einem Schmunzeln verfolge ich das Geplänkel der beiden und ziehe im Gehen mein Handy aus der Jeanstasche, um zu checken, in welchem Saal meine erste Vorlesung ist. Zuerst gibt es eine allgemeine Begrüßung meines Masterstudiengangs im Kane Building, im Anschluss habe ich einen Kurs in Design Research, der gute zwanzig Minuten vom Hauptcampus entfernt stattfindet. Das Hin und Her vom Hauptcampus zum Architekturgebäude war schon im Bachelor eine Qual und scheint auch im Master nicht weniger zu werden.

Ich texte meinem Dad, ob wir uns in der Nähe des Kurses zum Mittagessen treffen wollen. Jedes Semester gehen wir zu Beginn und zum Ende der Veranstaltungen essen, das ist mittlerweile ein festes Ritual geworden. Eines, das ich nicht missen möchte, denn Zeit ist bei meinem Dad seit jeher ein seltenes Gut. Vor Jahren schon, als er in der Politik begonnen hat, seit er Bürgermeister ist, noch viel mehr. Dennoch nimmt er sie sich für mich immer, bedingungslos. Seine Antwort folgt, noch bevor wir den Campus betreten.

Dad, 10.02 am:
Ich reservier uns was bei Nano Nagle. Freu mich – und hab eine Überraschung!

Ich hebe die Brauen, verkneife mir jedoch, nachzufragen, da ich genau weiß, dass mein Dad sowieso nicht mit der Sprache rausrücken würde. Also antworte ich nur mit einem Daumenhoch-Emoji und lasse das Smartphone wieder in meine Tasche gleiten.

»Hey, O'Brien!« Ich hebe den Kopf und sehe, wie Nolan mir zuwinkt. Durchs Texten bin ich zurückgefallen, und Nolan macht Anstalten, zum Hauptgebäude abzubiegen. »Bis später.«

»Bis dann!«

»Sehen wir uns in der Mensa?«, fragt Declan, doch Nolan schüttelt den Kopf.

»Nope, hab heute Genetik am North Mall Campus. Ab morgen wieder.« Er winkt noch einmal zum Abschied und ist dann verschwunden.

Declan seufzt, während wir gemeinsam an der wunderschönen Bibliothek vorbei in Richtung des eher unschönen Kane Building laufen, dessen gräulich beige Fassade schon bessere Tage gesehen hat. »Ich hoffe echt, der Master frisst nicht eure gesamte Zeit. Ich würd die Partys mit euch vermissen.«

»Mach dir keine Sorgen. Ich geb Nolan zwei Wochen, bis er

wieder über die Theorie jammert und mehr als bereit ist, sich ablenken zu lassen.«

»Wehe nicht. Sonst such ich mir einen partywilligen neuen Mitbewohner.«

»Das letzte Mal, als ich nachgesehen hab, war es mein Haus«, erwidere ich, auch wenn das nicht ganz korrekt ist, denn eigentlich gehört es meinem Dad.

Wir laufen im Slalom um nervöse Erstsemester herum, und ich beobachte mit einem Schmunzeln, wie alle Selfies vor dem Quadrangle, den viereckigen Rasenflächen vorm Hauptgebäude, machen. Obwohl ich seit meiner Geburt in Cork lebe und meinen Bachelor hier am College gemacht habe, kann ich nie vorbeigehen, ohne meinen Blick über das imposante graue Hauptgebäude schweifen zu lassen, das mich an ein Schloss erinnert. Es wurde im neunzehnten Jahrhundert von Queen Victoria gegründet und sieht bis heute königlich aus, besonders jetzt, wenn die Sonne an den Scheiben reflektiert wird und das Gras von leichtem Frost überzogen ist. Obwohl das Gebäude, in dem ich heute unterrichtet werde, daneben abstinkt, trage ich ein Lächeln im Gesicht, als wir das Treppenhaus betreten. Ich hab es vermisst, hier zu sein. Denn so gern wir Nolan immer ärgern: Ich liebe mein Studium genauso sehr wie er.

»Auf ein weiteres Semester voll durchzechter Nächte und verzweifelter Lerngruppen«, sagt Declan. »Ich muss hier lang.«

»Ich hoch.« Ich klopfe Declan einmal auf die Schulter. »*Tóg o bog é*«, sage ich mit einem Zwinkern, und er rollt die Augen, wie immer, wenn wir ihn mit Irisch aufziehen. Nolans und mein Schulirisch reicht gerade mal für Small Talk, Declan hingegen ist in einem Dorf in der Gaeltacht aufgewachsen – einer Region, in der Irisch bis heute die Erstsprache ist.

»Du mich auch. Bis heute Abend. Schreib, wenn du Hilfe mit den Besichtigungen brauchst.«

»Mach ich«, erwidere ich und nehme die Stufen nach oben. Ich kann es kaum erwarten: dieses Semester, die Veranstaltungen, die von Declan angesprochenen Partys und die Zeit danach, wenn ich endlich ins Berufsleben einsteigen darf. Ich habe große Fußstapfen zu füllen, da nicht nur mein Dad, sondern auch einige wichtige Leute in Cork jeden meiner Schritte verfolgen. Doch bis jetzt führten diese mich genau dahin, wo ich hinwollte.

»Ich danke Ihnen für Ihre Aufmerksamkeit«, beendet Mrs Bonfield ihre Präsentation. »Bevor Sie sich alle in die wohlverdiente Mittagspause verabschieden, möchte ich die eben angesprochenen Präsentationen noch verteilen. Ihren Partner oder Ihre Partnerin teile ich Ihnen zu; was die Themen angeht, tragen Sie sich im Anschluss daran bitte vorn bei mir in die Tabelle ein. Sollten Sie Ihr Thema im Laufe des Seminars noch wechseln wollen, klären Sie das bitte untereinander. Die Termine per se sind fix, da sie sich nach dem Inhalt des Kurses richten.« Mrs Bonfield lässt den Blick durch die Runde gleiten, und als keine Einwände laut werden, nickt sie zufrieden. »Ms Ryan und Ms Fitzpatrick?« Zwei Hände in unserem Sechsundzwanzig-Personen-Kurs schnellen in die Höhe. »Sehr schön, Sie arbeiten zusammen. Mr Hayes und Ms Graham?« Erneut schießen zwei Hände in die Luft, und Anna Graham, die ich bereits aus dem Bachelor kenne, setzt sich zwei Reihen nach vorn, um erste Dinge mit ihrem Präsentationspartner zu besprechen. »Mr O'Brien und Ms …« Es entsteht eine kleine Pause. »Herzog? Spreche ich das richtig aus?« Ich melde mich und sehe mich suchend im Raum um, doch außer mir hat niemand die Hand erhoben. »Ms Serena Herzog?« Nichts. Mrs Bonfield sieht über den Rand ihrer dunkel gerahmten Brille durch den Raum. »Nun, vielleicht ist Ms Herzog heute verhindert. Der Name klingt nach Deutschland oder Schweiz oder etwas Ähnlichem. Womöglich hat sich die Anreise verzögert. Mr O'Brien, Sie können sich dann gern schon einmal für ein Thema eintragen.«

Ich nicke und stehe, als alle in Gruppen eingeteilt sind, auf, um die Liste mit den Referatsthemen einzusehen. Vor dem Zettel hat sich bereits ein Pulk gebildet, und es werden eilig Namen unter die besten Themen gekritzelt. Als ich an der Reihe bin, ist kaum noch etwas frei. *Bewahrung des handwerklichen Erbes durch die Herstellung von Verbindungen zwischen Stadt und Land.* Ich rümpfe die Nase, da das so langweilig klingt, dass ich schon beim Lesen des Titels einschlafen könnte. Der Vortrag zu kulturellen und ästhetischen Unterschieden bei Gotteshäusern weckt auch nicht gerade meine Begeisterung, also trage ich Serena Herzog und mich eilig bei den Gemeinschaftsräumen in dicht besiedelten städtischen Umfeldern ein. Das ist immerhin ein Thema, bei dem ich einen Bezug zu Cork herstellen kann, denn dicht besiedelt und städtisch ist es hier auf jeden Fall.

Ich hoffe, dass das Thema für meine Kommilitonin ebenfalls in Ordnung ist, andererseits hätte sie selbst bei Anwesenheit schwer ein besseres ergattern können, so schnell, wie alle waren.

Als ich das Gebäude verlasse, scheint die Sonne immer noch auf Cork herab, und es ist nicht mehr ganz so eiskalt wie heute Morgen. Ich nehme die Stufen nach unten auf die Abbey Street und laufe zu dem alten Gebäude aus grauen und rötlichen Steinen, das praktischerweise direkt neben dem Architekturcampus liegt und den Nano Nagle Place beinhaltet: ein Museum mit daran anschließenden Gärten, in denen sich das Restaurant befindet, wo mein Dad für uns einen Tisch reserviert hat. Ich war früher häufig mit meiner Mam hier, da sie alles liebt, was mit Kunst und Literatur zu tun hat. Sie ist bis heute Förderin des Museums sowie der Stadtbibliothek, in der ich mir jedes Wochenende neue Bücher ausleihe.

Ich durchquere den Eingangsbereich, winke der Rezeptionistin, die bereits seit gut einem Jahrzehnt hier arbeitet, und laufe direkt in Richtung des Restaurants durch den hübschen Garten. Ich sehe meinen Dad, noch bevor ich eintrete, durch die Glaswand. Er ist in ein Gespräch mit dem Kellner verwickelt. So wie immer. Mein Dad liebt Menschen. Oder vielleicht liebt er sie nicht, aber er liebt seinen Job, und dieser bringt es nun einmal mit sich, gut mit Menschen klarzukommen.

»Aedan!« Mein Dad springt auf und umarmt mich freudig. »Schön, dich zu sehen! Entschuldigen Sie«, sagt er dann an den Kellner gewandt. »Ich wollte unser Gespräch nicht so unhöflich unterbrechen, aber dafür, dass mein Sohn in derselben Stadt wohnt wie wir, bekommen meine Frau und ich ihn viel zu selten zu Gesicht.«

»Hi, Dad!«, sage ich und erwidere die Umarmung. Mein Dad bestellt eine Flasche Wasser beim Kellner und lässt sich dann zurück auf seinen Stuhl sinken.

»Erzähl, wie war dein erster Tag?«

»Recht ereignislos, wie immer eben am Anfang eines Semesters. Erzähl du lieber mal, wie es läuft. Bald geht der Wahlkampf los, oder? Hab mich schon gewundert, dein Gesicht noch nicht auf jedem zweiten Plakat zu sehen.«

»Es ist immer Wahlkampf«, erwidert mein Dad, und ich schmunzle, weil ich seine Antwort schon vorhergesehen habe. Mein Dad brennt für die Politik. Genau wie ich ist er in Cork aufgewachsen und hat hart dafür gearbeitet, zu sein, wo er jetzt ist. Einige Jahre war er Mitglied des Cork City Councils, bis er von diesem zum Bürgermeister der Stadt gewählt wurde. Das schon dreimal in Folge, dieses Jahr wäre sein viertes Mal. Sofern er wieder in den Stadtrat gewählt wird, denn auch diese Wahl steht kurz bevor. Obwohl der Titel Lord Mayor of Cork eher schmückt, als wirklich Tragweite zu haben, arbeitet mein Dad hart daran, die Dinge in Cork zu verändern und die Schere zwischen Arm und Reich zu verringern. Gerade letzte Woche hat er vor dem Stadtrat eine Rede darüber gehalten, dass es bis zu achtzigtausend neuer Wohnungen in Cork und dem Umland bedürfe, um die Mietpreise zu regulieren. Leider braucht es dafür aktive Hilfe aus der Politik, da sich wohl irgendwas an den Steuern ändern muss, um die Bauten für Investoren lukrativer zu machen – so oder so ähnlich erklärt es mein Dad zumindest regelmäßig beim Essen. Sosehr ich mich für Gebäude interessiere, so wenig tue ich es leider für die Politik drum herum. Ich weiß nur das, was ich durch mein Studium wissen muss oder zwangsläufig durch meinen Dad mitbekomme, so wie jetzt. »Ich glaube, die Chancen zur Wiederwahl stehen gut. Dann wäre ich der am längsten regierende Bürgermeister hier, das ist doch mal was für die Geschichtsbücher.«

»Und dann auf nach Dublin?«

»Ich bin dran. Aber vielleicht erst mal County Cork, ein Schritt nach dem anderen«, erwidert mein Dad lachend, und obwohl er mir dabei zuzwinkert, weiß ich, dass das eigentlich sein Wunsch ist. Mehr Einfluss haben. Nicht nur lokal in der Stadt, sondern in der gesamten Region Cork und irgendwann vielleicht sogar in der gesamten Republik. Solang ich denken kann, sind meine Eltern meine Helden. Nicht nur mein Dad mit seinen politischen Ambitionen, sondern auch meine Mam, die sich für die Kultur und Parks in der Stadt einsetzt und Frauen in jeglichen Bereichen fördert. Ich habe einmal gelesen, dass man erwachsen wird, wenn man versteht, dass Eltern auch nur Menschen sind. Wenn es danach geht, werde ich wohl nie vollständig erwachsen, denn selbst jetzt mit meinen dreiundzwanzig Jahren kann ich mir keine besseren Vorbilder als meine Eltern vorstellen.

»Wie läuft das Rudern? Kannst du schon wieder gehen? Oder haben sie noch zu?«

»Sie haben eigentlich noch geschlossen, aber Archie meinte, sie öffnen an den warmen Tagen trotzdem, und da es bald endlich milder werden soll …«

»Ihr Wasser«, unterbricht der Kellner meine Gedanken und schenkt erst mir, dann meinem Dad ein Glas ein. »Darf es noch etwas zu trinken sein? Und möchten Sie schon Essen bestellen?«

»Wir nehmen jeweils einen Prosecco!«

Ich hebe die Brauen. »Es ist Mittag, musst du nicht noch ins Büro?«

»Na, den Weg werde ich nach einem Glas wohl noch finden. Außerdem haben wir etwas zu feiern!« Das hat dann wohl mit der angesprochenen Überraschung zu tun.

»Na gut, dann nehm ich einen«, erwidere ich. »Und den Halloumi-Burger.«

Mein Dad bestellt ebenfalls und stützt dann die Unterarme auf den Tisch, wobei er an seinen Fingern nestelt. Es ist offensichtlich, dass er es kaum erwarten kann, mir die Neuigkeiten mitzuteilen. Ob es mit einer Förderung von Mam zu tun hat? Nachdem sie jahrelang Intendantin am Theater war, unterstützt sie nun unterschiedliche kulturelle Angebote im gesamten County. Vielleicht geht es aber auch um einen neuen Beschluss, den Dad für die Stadt getroffen hat?

Ich beuge mich ebenfalls nach vorn und sehe ihn abwartend an. Sein Blick wandert zu meinem Arm. »Du hast schon wieder ein neues Tattoo?«

Ich folge seinem Blick zu meinem linken Unterarm, der mittlerweile, genau wie mein Oberarm, fast vollständig mit schwarzen Bildern und Schriften bedeckt ist. Während mein Dad mein erstes Tattoo damals mit achtzehn noch skeptisch begutachtet hat, war er bei meinem dritten dann sogar zur Unterstützung dabei.

»Aus einem Videospiel?«

»Nein, das ist der Millennium Falke aus *Star Wars*.«

»Schick. Hat was von den Legobauplänen von früher, so wie es gezeichnet ist.«

»Stimmt, aber jetzt lenk nicht ab. Was sind die Neuigkeiten?«

»Ah, wie gerufen!«, meint mein Dad, als der Kellner die beiden Gläser Prosecco bringt, und hebt seines bereits zum Toast. »Auf meinen Sohn, der nicht nur seinen Master beginnt, sondern auch sein erstes eigenes Bauprojekt.«

Für einen Moment bin ich so verdutzt, dass ich, das Glas auf halber Höhe, in der Bewegung innehalte. »Was?«

»Jap. Ein Hotel in der Meade Street, Nähe Sullivan's Quay? Du bist bestimmt schon daran vorbeigelaufen, ist eine recht unscheinbare Straße. Dort soll ein neues Hotel errichtet werden. Spitzenlage, in den oberen Etagen sogar mit Blick aufs Wasser. Nun, sie benötigen einen Architekten.«

»Und ... warte, ich soll dieser Architekt sein?«

»Nicht allein, zugegeben. Aber ich habe mit Michael White gesprochen. Er ist der Architekt, der mit dem Auftrag betraut wurde, und er hat angeboten, dass du mit ihm gemeinsam an dem Gebäude arbeiten könntest. Es wäre ein Nebenjob, aber auch direkt dein Abschlussprojekt für den Master und mit Sicherheit um einiges interessanter als die Projekte, die euch Studierenden sonst so offen stehen. Was sagst du?«

»Das ist ... wow.« Ich senke das Glas, ohne daraus zu trinken, und sehe ihn sprachlos an. Die Suche nach einem Abschlussprojekt steht seit einigen Tagen auf meiner Agenda, doch bisher hat mich kein Betrieb hier oder in der Umgebung so richtig gepackt. Michael White jedoch … »Danke, Dad.«

»Dank nicht mir, dank dir. Ich habe Michael deine Arbeiten gezeigt, und er ist begeistert. Ich glaube, von ihm kannst du einiges lernen. Er war am Bau des Elysians beteiligt und hat Projekte in London und New York umgesetzt.«

»Ich weiß.« Natürlich ist Michael White mir ein Begriff. Das Elysian war bis vor einer Weile Irlands höchstes Gebäude. Gemeinsam mit Dad war ich bei der Eröffnung. Ich kann mich kaum noch daran erinnern, weiß aber noch, dass Dad bei der Erwähnung der Mietpreise der Apartments die Luft eingesogen hat. Ich will mir gar nicht vorstellen, was eine Wohnung dort heute kostet. Gemeinsam mit einem Visionär wie Michael White arbeiten zu können ist nicht nur eine enorme Ehre, sondern auch eine Art goldenes Ticket für den Eintritt ins Berufsleben.

»Mit einem Namen wie Michael White an deiner Seite und einem solchen Bau als deinem ersten Projekt stehen dir alle Türen offen«, meint nun auch Dad. »Also? Was sagst du?«

»Was ich sage? Ja, natürlich!«

»Na dann.« Dad hebt erneut sein Glas. »Auf meinen Sohn, den Architekten!«

»*Sláinte!*«, erwidere ich und hebe mein Glas ebenfalls. Der Prosecco kitzelt an meiner Zunge, und ich schüttle den Kopf, weil ich es noch immer nicht fassen kann. »Das ist so cool!«

»Dachte ich mir, dass dich das freut! Ich schreibe Michael gleich nach dem Essen eine Mail, dann könnt ihr euch die Woche vielleicht schon einmal treffen oder zumindest telefonieren.« Als hätte sein Telefon das Gespräch belauscht, klingelt es bei diesem Wort plötzlich. Mein Dad seufzt. »Entschuldige, ich habe im Büro eigentlich gesagt, dass wir verabredet sind und sie nichts durchstellen soll.«

»Kein Ding! Geh ruhig ran.«

»Danke«, murmelt Dad. »Hallo?«

Obwohl ich die Stimme am anderen Ende nicht verstehen kann, weiß ich, dass etwas nicht stimmt, denn Dads Stirn legt sich in Falten, und er trommelt mit den Fingern seiner freien Hand auf den Tisch.

»Hm. Wann? Okay. Hat die Presse schon etwas davon mitbekommen und berichtet?«

Ich stelle das Glas zur Seite und versuche, die Worte seiner Assistentin zu vernehmen, doch sie sind ein unverständliches Rauschen inmitten all der Gespräche im Restaurant.

»Sehr gut. Dann schreibe ich am besten schnell eine Meldung, bevor die Presse sich darauf stürzt.« Er hebt die Hand vom Tisch zu seiner Stirn und massiert diese, doch als er fertig ist, haben sich die Falten nur noch tiefer in sein Gesicht gegraben. Auf einmal sieht er unfassbar müde aus. »Natürlich. Ja, danke. Ich beeile mich. Sagst du meinen Vier-Uhr-Termin bitte ab? Das erscheint mir in Anbetracht der Lage pietätlos. Ja. Bis gleich.«

»Was ist passiert?«, frage ich, kaum dass er aufgelegt hat.

»Ein Halloumi-Burger und der Lachs für Sie.« Der Kellner taucht an unserer Seite auf, und mein Dad wirft einen nervösen Blick auf die Uhr.

»Es ist okay, wenn du losmusst!«, beeile ich mich, zu sagen.

»Sicher?«

»Klar.«

Mein Dad dreht sich zum Kellner. »Es ist mir unangenehm, zu fragen, aber könnten Sie mir den Lachs bitte einpacken? Scheint, als dürfte ich den im Büro zu mir nehmen.«

»Aber natürlich. Ihren Burger auch?«, fragt er mit Blick zu mir, doch ich schüttle den Kopf.

»Ich esse hier fertig. Ich muss gleich eh zurück zur Uni«,

fahre ich an meinen Dad gewandt fort. Er nickt mit einem Lächeln im Gesicht, das seine Augen jedoch nicht erreicht.

»Was ist denn los?«, frage ich erneut, als der Kellner mit dem Lachs wieder in Richtung Küche verschwunden ist.

»Sie haben eine Leiche am River Lee gefunden.«

»Im Fluss? Scheiße, ein Mord?«

»Nein, am Fluss, nicht im. Offensichtlich ein Obdachloser, der erfroren ist.« Erneut reibt mein Dad sich über die Stirn. »Das ist eine Katastrophe.«

»Ja. Das tut mir leid.«

»Mir auch.« Seine Miene wird noch ein bisschen grimmiger. »Insbesondere so kurz vorm Wahlkampf. Eine Leiche ist PR-technisch ein Desaster.«

Ich stutze. »Dad, ein Mensch ist erfroren.«

»Ja, natürlich. So war das nicht gemeint! Es ist furchtbar, aber es bringt uns auch in eine missliche Lage, da die Stimmung wegen des Wohnungsmangels ohnehin schon aufgeheizt ist. Immer mehr Menschen haben Probleme, sich Wohnraum zu leisten. Es gab letztens bereits eine Abstimmung darüber, die Zelte am Fluss zu räumen. Ich war dagegen, denn was soll das bringen? Wo sollen die Leute denn hin? Natürlich wollen alle eine Lösung auf dem Silbertablett, aber wie soll die bitte aussehen?« Mein Dad schüttelt den Kopf und leert das Prosecco-Glas in einem Zug. »Entschuldige, das sind alles meine Probleme, nicht deine.«

»Ihr Lachs, Mr O'Brien.« Der Kellner hält meinem Vater ein kleines Essenspaket aus Pappe entgegen, auf das das grüne Logo des Lokals gedruckt ist.

»Vielen Dank!« Mein Vater zahlt und sieht mich anschließend mit einem Seufzen an. »Entschuldige, dass unser Lunch so kurz ausgefallen ist. Wir holen das nach, ja? Dann kann deine Mutter sicher auch dabei sein.«

»Na klar, mach dir keine Sorgen.« Ich deute auf den Burger. »Ich bin an eine kostenlose Mahlzeit gekommen, und du hast Wichtigeres zu tun.«

»Nichts ist wichtiger als mein Sohn«, sagt mein Dad, erhebt sich und legt mir die Hand zum Abschied auf die Schulter.

»Sag Bescheid, wenn ich etwas tun kann«, erwidere ich, doch mein Dad winkt ab.

»Quatsch. Das kriegen wir auch noch geschaukelt. Konzentriere du dich auf dein Studium, ich schicke dir später Michaels Kontaktdaten. Stoß heut Abend mit deinen Jungs darauf an. Bis dann!«

»Bis dann!«, verabschiede ich mich, doch mein Dad hält sich bereits das Handy ans Ohr, vermutlich, um ein Taxi zu rufen, und eilt nach draußen. Ich sehe ihm nach, bis er in dem Garten des Nano Nagle Place verschwindet. Dann erst beiße ich in meinen Burger, der Appetit ist mir allerdings vergangen. Nano Nagle, so weiß ich dank meiner Mam, setzte sich nicht bloß für Bildung für Frauen ein, sondern auch für die Armen der Gesellschaft. Jetzt, drei Jahrhunderte später, an dem nach ihr benannten Platz zu sitzen und überteuerte Gerichte innerhalb fein dekorierter Glasmauern zu essen hat eine eigenartige Ironie, die ich nach dem Gespräch gerade nicht abschütteln kann.

4. KAPITEL

Serena

Die Wohnung ist perfekt. Nein, sie ist nicht perfekt. Eigentlich ist sie weit davon entfernt, perfekt zu sein. Die Heizung lässt sich nur zentral bedienen, die Dusche hat definitiv schon bessere Tage gesehen, und das Zimmer ist winzig. Aber mit nur sechshundertfünfzig Euro Kaltmiete im Monat ist es eben auch gerade so bezahlbar, und mittlerweile bin ich verzweifelt genug, dass ich für den Preis sogar in der Badewanne schlafen würde. Hauptsache, ich habe endlich einen Mietvertrag und eine gültige Anschrift, die ich auf das blöde Formular schreiben kann, das ich eigentlich schon gestern hätte abgeben müssen.

Heute ist Donnerstag, und somit bin ich bereits einen Tag in Verzug. Meine Hoffnung, dass das nicht weiter auffällt, ist verpufft, da Mrs Beckett es sich nicht hat nehmen lassen, mich direkt heute Morgen per Mail daran zu erinnern, dass ich dringend meinen Mietvertrag nachreichen muss. Ich hingegen habe es mir nicht nehmen lassen, ihre Mail zu ignorieren. Zumindest bis heute, denn heute, so habe ich beim Aufstehen beschlossen, werde ich unterschreiben. Heute musste ich einfach eine Wohnung finden. Irgendwo. Notfalls würde ich mir eben einen Job suchen oder einen Kredit aufnehmen müssen. Doch auf keinen Fall würde ich wegen so etwas Stupidem wie einem fehlenden Mietvertrag zurück nach Deutschland gehen. Nicht, nachdem ich ein Stipendium erhalten und Hamburg den Rücken gekehrt habe.

»Und hier kommen wir zur Küche und somit zum Ende unserer kleinen Tour. Dir würde ein Fach im Kühlschrank und eines in der Tiefkühltruhe gehören. Dadurch dass Sofia arbeitet, kocht sie meistens abends, aber wir anderen treffen uns manchmal mittags hier zum Essen, da bist du natürlich herzlich eingeladen.« Monique lächelt mich freudig an. »Also, was sagst du?«

»Es ist perfekt!«, wiederhole ich meine Gedanken. »Und ich könnte direkt einziehen?«

Sie nickt, und mein Herz sackt vor Erleichterung fast bis in meine High-Waist-Jeans. Ich bin gerettet.

»Ja, also die Vermieterin braucht natürlich noch die Kaution, das sind zwei Monatsmieten im Voraus, also zweitausendsechshundert Euro. Du kannst ihr einen Screenshot schicken, dann stellt sie dir den Mietvertrag sicher schneller aus, du meintest ja, es ist recht eilig?«

»Ja, ich ...« Ich halte inne. Zweitausendsechshundert Euro? Für zwei Kaltmieten? »Warte, zweitausendsechshundert Euro? Müssten es nicht eintausenddreihundert sein?«

»Nein, wir brauchen zwei Monatsmieten, nicht eine.«

»Aber es sind doch sechshundertfünfzig Euro im Monat?« Mein Herz rutscht noch ein Stück tiefer, allerdings nicht mehr vor Erleichterung. Bitte, bitte, bitte, lass es sich um ein Missverständnis handeln!

»Nein, eintausenddreihundert pro Monat.«

»Aber in der Anzeige ...« Ich hole mein Handy hervor, wie zum Beweis, als ob das noch etwas nützen würde.

»Da steht bi-weekly, schau.« Sie tippt auf die Stelle auf meinem Bildschirm, die ich offensichtlich überlesen habe. Meine Bitte wurde erhört, es handelt sich um ein Missverständnis. Allerdings um eines auf meiner Seite. Ich kann das Stöhnen, das tief aus meinem Inneren kommt, nicht unterdrücken. Traurig hallt es in der Küche wider. Zwar bin ich mittlerweile bereit, noch einen Nebenjob anzunehmen, aber tausenddreihundert Euro übersteigt meine finanziellen Möglichkeiten bei Weitem.

»Tut mir leid, das hab ich wohl überlesen.«

»Also willst du die Wohnung doch nicht?« Monique sieht mit einem ungeduldigen Blick auf ihre Uhr, als wäre ich plötzlich ihre Zeit nicht mehr wert, jetzt, da klar ist, dass ich das Zimmer nicht bezahlen kann.

»Kann ich es mir noch einmal überlegen? Ich würde dir bis morgen Bescheid geben, wenn das in Ordnung geht?«

»Na klar. Schreib mir einfach, meine Nummer hast du ja.«

»Mach ich, danke dir für die Führung.«

»Keine Ursache«, erwidert Monique, schafft es jedoch nicht komplett, den genervten Unterton aus ihrer Stimme herauszuhalten. Kein Wunder, vermutlich hat sie Hunderte Interessenten, die selbst zu diesem Preis sofort einziehen würden.

»Dann … bis morgen«, verabschiede ich mich und verlasse beinahe fluchtartig die Wohnung. Denn natürlich weiß ich bereits, dass ich das Zimmer morgen genauso wenig nehmen kann wie heute. Nicht, wenn ich nicht überraschend im Lotto gewinne. Und da ich nicht spiele, liegen die Chancen bei null.

Missmutig entsperre ich mein Handy, um nach weiteren Wohnungsanzeigen Ausschau zu halten. Die Nachrichten-App zeigt sieben neue Mitteilungen an, alle aus dem Familienchat mit meinen Großeltern und meinem Bruder.

Oma, 3.12 pm:
Wie geht es euch beiden? 🖤🐰🌼

Oma, 3.12 pm:
Serena, ich habe heute in den Nachrichten gelesen, dass ein Mann in Cork erfroren ist. Viel habe ich nicht verstanden, alles war auf Englisch. Aber melde dich, wenn du etwas brauchst, ja? Und zieh dich dick an!

Ich schlucke bei der Erinnerung an Charlie und schließe kurz die Augen, doch natürlich kommen die Bilder so erst recht zurück. Mein Herz wird schwer. Immerhin hat Vincent Wort gehalten und unseren Großeltern nichts erzählt. Sie würden sich nur noch mehr sorgen als ohnehin schon. Beim Blick auf die Emojis meiner Oma muss ich trotz allem lächeln. Seit meinem Wegzug nach Irland letztes Jahr hat sie ein Smartphone, und während sie anfangs noch Ewigkeiten für eine Nachricht gebraucht hat, ist sie mittlerweile topfit darin. Das Einzige, was sie noch mehr liebt als Emojis, ist *Candy Crush*. Mein Opa flucht regelmäßig, weil sie abends kaum noch ansprechbar ist und vor Kurzem selbst beim *Tatort* unachtsam war, da sie neue Level zu knacken hatte.

Vincent, 3.14 pm:
Von Jacken hält sie nichts, sie hat letztens ein Foto im Crop Top gepostet. Im Winter!

Opa, 3.15 pm:
Was ist das? Ein Crop Top?

Oma, 3.18 pm:
Dein Großvater hat im Internet in einem Wörterbuch nachgeschlagen. Serena! So erfrierst du nun wirklich. Wir schicken dir etwas Geld per Überweisung, kleide dich damit bitte besser ein, ja?

Vincent, 3.19 pm:
Das versäuft sie eh nur.

Oma, 03.19 pm:

Nun muss ich trotz der katastrophalen Lage, in der ich stecke, lachen. Ich schicke ein Herz zurück und verspreche, mich später zu melden. Dann öffne ich *daft* – das irische Äquivalent zu *immoscout* – und schaue, was es Neues auf dem Wohnungsmarkt gibt. Die meisten Anzeigen sind mir bereits bekannt, doch dann stolpere ich über eine, die als neu gelistet wird. Fünfhundertfünfzig Euro. Ich lese die Anzeige dreimal durch, doch nirgends steht etwas von bi-weekly. Fünfhundertfünfzig Euro im Monat? Das wäre der Jackpot. Zumal in dem Zimmer auf dem Foto sogar ein Schrank und ein Schreibtisch zu sehen sind, es wäre also definitiv mehr als die Abstellkammern, die ich mir bislang angesehen habe. Mein Herz beginnt zu rasen, als ich sehe, dass die Wohnung nur wenige Minuten entfernt vom College liegt. Ich drücke ausnahmsweise nicht auf das Kontaktformular, sondern wähle direkt die Handynummer aus. Meine Finger sind so hektisch, dass mir das Smartphone beinahe aus der Hand rutscht. Ich presse es mir eine Spur zu fest ans Ohr. Das Freizeichen erklingt dreimal, dann tut sich etwas am anderen Ende der Leitung.

»Hi?«

»Hi!«, sage ich aufgeregt. Die Stimme am anderen Ende ist jung, tief und die eines Mannes. »Ich rufe wegen der Wohnungsanzeige an. Ist das Zimmer noch zu haben?«

»Ja, ich hab es gerade eben erst reingestellt. Du bist die Erste, die anruft.«

»Kann ich es anschauen kommen? Jetzt?« Besser, ich mache

Nägel mit Köpfen, bevor dem Typ auffällt, dass er bei der Lage locker das Doppelte verlangen kann.

»Jetzt?« Ich höre gedämpfte Stimmen im Hintergrund. »Nolan, Klappe! Ähm, ja. Wenn du vor vier Uhr da sein kannst, wäre es super, danach hab ich ein Seminar.«

Ebenfalls ein Student also. Langsam klingt es zu gut, um wahr zu sein! In anderen Wohnungen, die ich mir angeschaut habe, wäre ich mit Abstand die Jüngste gewesen, und ich habe nichts dagegen, noch ein paar Leute in meinem Alter kennenzulernen, denn abgesehen von Evelynn habe ich hier niemanden mehr.

»Passt perfekt«, sage ich daher und setze mich schon in Bewegung. »Bis gleich!«

Vielleicht habe ich nach der Woche ja doch endlich etwas Glück.

Das Haus ist von einem kleinen, aber gepflegten Vorgarten umschlossen, der durch einen niedrigen schwarzen Metallzaun von der Straße abgegrenzt wird. Der hellblaue Anstrich der Fassade wirkt noch recht neu, und mein absolutes Highlight ist der Erker, der in den Garten hinausragt und sicher zum Wohnzimmer gehört. Der Erker an sich ist nichts Besonderes, viele Häuser in Cork haben einen, doch er strahlt für mich dadurch etwas typisch Irisches aus, und endlich ist da wieder dieses Kribbeln von letzter Woche. Das, das besagt, dass das hier kein Traum ist, sondern Realität. Dass Irland nicht länger nur ein Teil von mir ist, sondern ich auch ein Teil Irlands werde.

Ich drücke auf den Klingelknopf, und kurz darauf macht mir ein attraktiver Mann mit kinnlangen, lockigen braunen Haaren und breitem Lächeln die Tür auf.

»Hi! Du bist für das Zimmer hier?«

»Ja, genau.«

Er tritt hinein und breitet einladend den Arm aus. »Dann herein ins neue Heim oder so. Aedan! Declan!«, brüllt er anschließend so laut ins Innere, dass ich zusammenzucke und im nächsten Moment über mich selbst lachen muss. Wärme umfängt mich, als ich die Wohnung betrete, und ich unterdrücke ein wohliges Seufzen. Das B&B, in dem ich bin, ist zwar gemütlich, aber nicht sonderlich großzügig beheizt. Der WG sieht man an, dass sie bewohnt ist. Etliche Jacken hängen an der Garderobe, Topfpflanzen zieren die Fensterbank und mehrere Bilderrahmen die Kommode.

»Sorry, wollte dich nicht erschrecken. Ich bin Nolan.«

»Serena, hi.«

»Oh, bist du Italienerin?«

»Nein, Deutsche.«

»Freut mich. Also, dich kennenzulernen. Nicht, dass du deutsch bist.« Er zögert einen Augenblick, dann zieht er die Brauen zusammen. »Das klang jetzt negativ, es ist natürlich auch gar nicht schlimm, dass du Deutsche bist. Das ist voll gut! Also eigentlich ist es egal, dass …«

»Nolan, bitte verstör sie nicht schon, bevor sie hier einzieht«, erklingt die tiefe Stimme, die ich bereits vom Telefon kenne. Der Mann, der die Treppe herunterkommt, sieht genauso aus, wie sich seine Stimme anhört. Seine Haare sind ebenso dunkel, seine grünbraunen Augen genauso tief, und alles an ihm strahlt Selbstsicherheit aus, so als wüsste er ganz genau, wo sein Platz im Leben ist. Er trägt eine schwarze Jogginghose und ein Shirt in derselben Farbe, und sein rechter Arm ist voller Tattoos. Ich kann bei Weitem nicht alle erkennen, aber eine Hand ausmachen, deren Finger zum vulkanischen Gruß gespreizt sind – mit Lücke zwischen Ring- und Mittelfinger, sodass ein V entsteht. *Star-Trek*-Fan also.

»Aedan«, sagt er, als er den Fuß der Treppe erreicht hat, streckt mir jedoch nicht so formell die Hand entgegen, wie es Nolan getan hat, sondern bleibt mit etwas Abstand stehen. Von Nahem sieht er noch besser aus, und in seinen Augen liegt ein freundliches Funkeln, das direkt dafür sorgt, dass ich mich entspanne. »Wir hatten telefoniert.«

»Freut mich, ich bin Serena. Ich hab gerade meinen Master am UCC angefangen.«

Aedan kneift die Augen leicht zusammen, und obwohl ich noch nichts falsch gemacht haben kann, legt sich direkt ein ungutes Gefühl auf meinen Magen. Genau dieser Blick ist mir vorhin begegnet, als sich herausgestellt hat, dass ich die falsche Miete erwartet habe.

»Serena Herzog?«

»Ja«, antworte ich überrascht. »Kennen wir uns schon?«

Aedan schüttelt den Kopf. »Nope, aber wir haben einen Kurs zusammen. Und ein Referat. Ich hab versucht, dich per Mail zu erreichen.«

»Oh, sorry. Ich …« *Ich lag abwechselnd heulend im Bett oder habe wie im Wahn Bilder gemalt, die ich niemals alle mit in das Zimmer hier nehmen kann.* Nicht gerade die ersten Worte, die man von seiner potenziellen Mitbewohnerin hören möchte. »Es war alles etwas viel die letzten Tage«, antworte ich daher ehrlich, aber ausweichend. »Tut mir leid. Aber hey, wenn ihr mich hier einziehen lasst, erhältst du direkt Antwort auf deine Mail und obendrauf das beste Referat, das du je gesehen hast.«

Aedan hebt die dunklen Brauen. »Das ist Bestechung.«

»Verhandlung.«

»Nein, ziemlich sicher Bestechung«, ertönt eine weitere Stimme, und ein großer Typ mit dunkelblonden Haaren tritt aus der offen stehenden Tür, ein Geschirrtuch in der Hand. Also liegt dort vermutlich die Küche. »Declan, hi.«

»Declan ist unser zweiter Ausländer«, meint Nolan mit einem breiten Grinsen, das ihm einen Seitenhieb von Declan einbringt.

»Hört man aber kein Stück«, sage ich.

»Bei dir auch kaum«, erwidert Declan. »Außerdem komme ich nicht aus dem Ausland, sondern aus der Gaeltacht. Und was immer diese beiden dir einreden: Ja, wir haben Internet und Strom, und nein, wir werden nicht verprügelt, wenn wir Englisch sprechen.«

»Ich war letztes Jahr auch in der Gaeltacht und fand es großartig.«

Die Gaeltacht, so habe ich in meinem Irischkurs gelernt, bezeichnet die Regionen auf der Insel, in denen Irisch noch Erst- und Englisch lediglich die Zweitsprache ist. Ich habe meine Zeit dort geliebt, insbesondere, weil die Stimmung einzigartig und ganz anders als hier in der Stadt ist.

»Oh, wo denn? In West Cork?«

»Nein, nähe Galway. In Baile na Mara.« Kaum dass die Worte meinen Mund verlassen, legt sich ein breites Grinsen auf Declans Züge, und Aedan und Nolan stöhnen simultan auf.

»Schmeiß sie raus«, murmelt Nolan zu Aedan. »Das verkraftet sein Ego nicht.«

Irritiert sehe ich Nolan an, doch Declan ignoriert die beiden einfach.

»Dann hattest du bestimmt Unterricht bei meinem Bruder. Conor.«

»Hatte ich tatsächlich«, erwidere ich verblüfft. »In der alten Sprachschule auf dem Hügel. Das waren zwei meiner schönsten Wochen hier.«

Tatsächlich war die Reise in das irischsprachige Dorf eines meiner Highlights im letzten Jahr. Die raue Natur, die Musik, die Gastfreundschaft der Menschen – all das hat dafür gesorgt, dass ich hatte bleiben wollen. Ich klammere mich mit allem, was ich habe, an diesen Funken Wärme und Erinnerung, den Declan mit seinen Worten hervorgerufen hat. Halte ihn fest und hoffe, dass meine Zukunft hier genauso wird: voll von Natur, Erlebnissen und Abenteuern. Das Bild von Charlie drängt sich wieder vor mein inneres Auge, und ich atme tief durch, um es nicht Überhand gewinnen zu lassen. Ich will Charlie nicht verdrängen, ihn nicht vergessen, meine Augen nicht vor den Problemen verschließen. Doch ich will mir auch die Schönheit bewahren, die mich hat herziehen lassen.

»Ich mag sie«, sagt Declan entschlossen. »Meinetwegen kann sie das Zimmer haben.«

»War klar«, murmelt Aedan, doch er schmunzelt dabei, und die leicht gehobenen Mundwinkel lassen Grübchen in seinen Wangen zum Vorschein kommen. Sein Lächeln ist so warm, dass es ein klein wenig des Schmerzes vertreibt, der sich bei den Gedanken an Charlie in meiner Brust und meiner Kehle festgesetzt hat.

»Wehe, ihr fangt etwas miteinander an!« Nolan verschränkt die Arme vor der Brust und durchbohrt Declan bei seinen Worten förmlich mit seinem Blick. »WG-Regel Nummer eins untersagt Beziehungen, Affären und One-Night-Stands unter den hier Wohnenden. Und diese Regel existiert aus Gründen.«

Declan räuspert sich, woraufhin Aedan laut auflacht. Das tiefe Geräusch geht mir durch und durch, und als er sich mir zuwendet, schlägt mein Herz noch schneller als zuvor, und ich muss mich dazu zwingen, meinen Blick von ihm abzuwenden. »Vielleicht zeige ich dir das Zimmer erst mal?«

Ich nicke, versuche, Nolans Worte nicht zu sehr zu hinterfragen, und folge Aedan die Stufen nach oben in einen kleinen Flur, von dem vier Türen abgehen.

»Hier ist das Bad«, sagt er und drückt die Tür ganz links auf. Dahinter liegt ein längliches Badezimmer mit Wanne, Waschbecken, Toilette und einem Spiegelschrank, auf dem kein einziger Fleck zu sehen ist. »Wir haben leider nur eins, aber bisher hält sich der Streit in Grenzen. Direkt daneben ist Declans Zimmer, abgesehen von seinem Gaming-Rechner steht da nichts Spannendes drin. Nolans Zimmer ist das unten vor der Küche, wir nennen es liebevoll den Dschungel. Nolan ist Botaniker und hat einen Pflanzentick.« Er deutet auf die braune Tür und geht dann zum anderen Ende des Flurs. »Das hier ist meins, und hier ...« Er zeigt auf die vierte und letzte Tür, die einen Spalt offen steht. »... wäre deines.«

Aedan bleibt im Flur, damit ich den Raum als Erste betreten kann. Kaum dass ich einen Fuß hineingesetzt habe, erklingt ein leises Maunzen, und eine rotweiße zierliche Katze springt vom Bett auf den Boden und kommt neugierig auf mich zu. Ich gehe in die Hocke und strecke ihr die Hand entgegen, damit sie daran schnuppern kann. »Hi«, sage ich leise und lächle, als die Katze ihren Kopf an meiner Hand reibt.

»Das ist Klaus. Nolan hat ihn vor zwei Jahren aus dem Urlaub mitgebracht und entgegen seinen Beteuerungen nicht nur aufgepäppelt, um ihm neue Besitzer zu suchen. Jetzt wohnt er hier.«

»Klaus?«, wiederhole ich schmunzelnd, und der Kater miaut erneut, bevor er an mir vorbei- und aus dem Zimmer läuft.

»Nolans Onkel ist Deutscher, und er erinnert ihn wohl an ihn. Nolan ist ... speziell. Aber wir lieben ihn trotzdem.«

Mit einem leisen Lachen erhebe ich mich wieder und sehe mich endlich in dem Raum um, der bald mein Zuhause sein könnte. Zuerst fällt mir auf, wie hell es dank der beiden Dachfenster ist. In meinem Wohnheim hatte ich nur ein kleines, längliches Fenster, durch das wegen der gegenüberliegenden

Hausfassade wenig Sonnenlicht kam. Hier hingegen wirkt alles freundlich und sonnig, und das trotz der Kälte und einsetzenden Dämmerung draußen. Links steht ein gemütlich aussehendes Doppelbett aus braunem Holz direkt an der Wand. Daneben ein Nachttisch, auf dem ein paar Bücher liegen.

»Kasia, die Vormieterin, hat sie beim Umzug dagelassen, und ich bring es nicht übers Herz, Bücher wegzuschmeißen, auch wenn sie auf Polnisch sind und ich kein Wort verstehe. Ich will sie spenden, bin nur noch nicht dazu gekommen.«

»Kein Thema!«, sage ich schnell. »Ich kann sie auch wegräumen. Oder sie bleiben hier, ganz egal.« Ich will dieses Zimmer. Das weiß ich, bevor ich die kleine Kommode wahrnehme und den Schreibtisch, der zwar alt, aber stabil aussieht. »Es ist wirklich wunderschön.«

Aedans Mundwinkel heben sich leicht, während er sich in dem Zimmer umsieht. »Okay, wie viele wirklich schlimme Besichtigungen hattest du?«

»Zu viele«, antworte ich so trocken, dass Aedan lachen muss. Das Geräusch geht mir durch Mark und Bein. Wenn ich ihn zuvor schon attraktiv fand, dann ist er es jetzt umso mehr, denn das Lachen bringt seine Grübchen zum Vorschein und mein Herz zum Stolpern.

»Es kostet wirklich nur fünfhundertfünfzig Euro? Im Monat?«, frage ich, um meine Gedanken weg von Aedan und hin zu dem Grund zu lenken, aus dem ich hier bin.

»Jap.«

»Wieso das?«

»Der Vermieter hält nicht so viel von den horrenden Mietpreisen in der Stadt«, erwidert Aedan mit einem Schmunzeln.

»Sympathisch, geht mir genauso. Und wieso steht es dann frei?«

»Kasia und Declan hatten was miteinander, und dann gab

es … Probleme. Mittlerweile wohnt sie in der Nähe vom Krankenhaus.« Daher also die WG-Regel. »Eigentlich hatten wir schon einen Nachmieter, aber der ist uns heute Morgen spontan abgesprungen, weil er jetzt doch nach Dublin zieht.« Aedan hebt die Schultern. »Und drei Minuten, nachdem ich die Anzeige online gestellt habe, kamst du.«

»Wenn es nach mir geht, kannst du die Anzeige runternehmen.«

»Du willst das Zimmer?«

»Krieg ich einen Mietvertrag?«

»Klar.«

Ich atme erleichtert aus, und wieder lacht Aedan leise. »Gott, der Wohnungsmarkt ist echt hinüber.«

»Kannst du laut sagen. Hast du die Kontaktdaten des Vermieters für mich? Ich bräuchte den Vertrag leider recht schnell. Für die Uni.«

»Das ist kein Thema. Das Haus gehört meinem Dad, wenn du willst, klär ich das gleich heute.«

»Das wäre super.« Ein zentnerschwerer Brocken fällt von meinen Schultern, und am liebsten würde ich Aedan in die Arme fallen, so erleichtert bin ich. Stattdessen beschränke ich mich auf ein Lächeln und eine weitere Drehung in dem Zimmer, das ich ab jetzt mein Eigen nennen darf. Ich kann es kaum erwarten, es einzurichten, Homesense noch einen Besuch abzustatten, um Pflanzen und Kerzen zu kaufen und etwas Farbe in den Raum zu bringen.

»Danke«, sage ich, und als mein Blick Aedans begegnet, liegt ein Funkeln in seinen Augen.

»Dank mir nicht zu früh, immerhin erwarte ich jetzt auch das beste Referat, das die Welt je gesehen hat.«

»Versprochen«, sage ich und erwidere sein schiefes Lächeln. Es bringt nicht bloß seine Augen zum Funkeln, es sorgt auch dafür, dass sich in meinem Bauch etwas regt. Ein sanftes Kribbeln, das dieses Mal nicht bloß von der Vorfreude auf die bevorstehende Zeit herrührt, sondern tiefer geht. Ich habe das ungute Gefühl, dass ich es in der nächsten Zeit häufiger spüren werde, denn Aedan und mich trennt bald nur die Wand direkt neben meinem Bett.

5. KAPITEL

Aedan

Die Hoffnung, dass wir zu Beginn des Semesters geschont werden, hat sich als Wunschtraum herausgestellt. Es ist Freitag, und bisher haben es meine Profs an jedem einzelnen Tag geschafft, uns neue Seminararbeiten, Referate oder Portfolios aufzudrücken. Den Hinweis, dass das Semester schneller vorbei sein wird, als wir uns vorstellen, und wir lieber in der Bibliothek als in Pubs rumhängen sollen, gab es gratis obendrauf.

Mit einem Stöhnen verlasse ich das Architekturgelände. Ich werde von Regen begrüßt, und meine Sneaker hinterlassen schmatzende Geräusche auf dem Gehweg, als ich mich in Richtung Hauptcampus schleppe. Während unseres Seminars heute Vormittag habe ich mich mit Serena verabredet, um die gemeinsame Präsentation anzugehen. Obwohl mir in Anbetracht der etlichen Aufgaben ganz anders wird, merke ich, wie die Aussicht, sie wiederzusehen, meine Stimmung hebt. Zum einen, weil ich einen fertigen und unterzeichneten Mietvertrag für sie in der Tasche habe, zum anderen, weil sie etwas an sich hat, das mich seit unserem Aufeinandertreffen gestern nicht mehr in Ruhe lässt. Vielleicht sind es bloß ihre großen saphirblauen Augen, die einen so starken Kontrast zu ihren schwarzen Haaren darstellen, doch etwas an ihrer Art hat mich direkt dazu bewegt, ihr das Zimmer zu vermieten. Dabei hatte ich allein gestern über siebzig weitere Anfragen auf der Immobilienwebsite.

Ich habe ausgemacht, Serena in einem der Arbeitsräume der Bibliothek zu treffen, doch als ich zur Boole Library abbiege, sehe ich sie vor dem Gebäude im überdachten Bereich stehen. In der einen Hand hält sie einige Bücher, mit der anderen tippt sie etwas auf ihrem Handy. Ihr dunkelblauer Mantel und der senfgelbe Pullover darunter bilden den einzigen bunten Farbklecks inmitten dieses grauen Wetters.

Als ich sie beinahe erreicht habe, blickt sie auf, und ein Lächeln umspielt ihren Mund. Es bringt mein Herz zum Stolpern, und ich beiße die Zähne zusammen. Nicht gut.

Sie lässt das Handy in ihre Manteltasche gleiten und winkt. »Hey!«

»Hi«, erwidere ich und komme vor ihr zum Stehen.

»Ich weiß, wir wollten in die Bib, aber was hältst du von Kaffee? Ich hab die halbe Nacht das Zimmer eingerichtet und könnte einen gebrauchen.« Sie hebt die Hand mit den Büchern. »Hab uns schon ein bisschen was zur Recherche ausgeliehen, was zum Thema passen könnte.«

»Klar, warum nicht? Ich hab auch was für dich.« Ich lasse den Rucksack über die Schulter nach vorn gleiten und hole den Mietvertrag heraus, woraufhin Serena einen Schwall Luft ausstößt.

»Oh mein Gott, du bist meine Rettung.« Sie macht einen Schritt auf mich zu, und bevor ich schalten kann, hat sie ihre Arme um mich gelegt und mich an sich gedrückt. Ihr Haar kitzelt an meinem Kinn, und ein sanfter zitroniger Geruch dringt in meine Nase. Dann ist die Berührung so plötzlich vorbei, wie sie begonnen hat – leider. »Es hat echt so schnell geklappt?« Serena macht einen aufgeregten Hüpfer, und ich reiche ihr lachend die vier Seiten Papier.

»Jap, sagte ich doch.« Sie drückt die Zettel gegen ihre Brust, als handele es sich dabei um den Heiligen Gral. Doch vielleicht ist dem auch so, immerhin schien es ihr mit der Wohnung wirklich dringend gewesen zu sein. Ich habe meinem Dad noch heute Morgen einen Besuch im Büro abgestattet, um das Ganze für Serena schnell über die Bühne zu bringen. Die Erleichterung auf ihrem Gesicht gerade ist der beste Beweis, dass es den Umweg wert war.

»Okay, schätze, damit geht der Kaffee auf mich. Danke, wirklich.«

»Hast du deine Smartcard überhaupt schon machen können ohne Adresse?« Denn ohne die zahlt man am Campus nicht nur mehr, man ist auch generell ziemlich aufgeschmissen.

Serena beißt sich auf die Unterlippe. »Nope. Guter Punkt. Ich kam gerade nur dank meiner Überredenskünste überhaupt in die Bibliothek. Also … was hältst du davon, mich auf einen Kaffee einzuladen?«

Ich stoße ein Lachen aus und setze mich in Bewegung. »Ausnahmsweise. Auf gute Nachbarschaft und so.«

»Ich hoffe, ich hab gestern beim Einräumen nicht so viel Lärm gemacht?«

»Nein, keine Sorge. Ich hab nichts gehört. Wie war denn die erste Nacht in der WG?« Abgesehen von einem Mal kurz in der Küche habe ich von Serena nämlich rein gar nichts mehr mitbekommen. Heute Morgen war sie bereits aus dem Haus, bevor ich überhaupt aufgestanden war. Nur Nolan, der Frühaufsteher, hat sie noch kurz zu Gesicht bekommen.

»Perfekt. Wirklich. Wer hätte gedacht, dass es so förderlich für den Schlaf ist, wenn sich einem keine alten Metallfedern in den Rücken bohren?«

»Erstaunlich. Du hast echt was mitgemacht vor unserer WG, oder?«

»Ist ja jetzt vorbei«, meint Serena mit einem Lächeln und hält mir die Tür zum Café auf. Drinnen ist recht wenig los, vermutlich, weil wir den Mittagstrubel umgangen haben. Ich ziehe einen schwarzen Kaffee für mich und einen Caffè Latte für Serena am Automaten und zahle mit der Studikarte, die ihr noch fehlt.

»Sollen wir hoch?«, fragt sie und deutet in Richtung Treppe. »Da ist's etwas ruhiger.«

Ich nicke und folge Serena in den oberen Bereich des Unicafés. Dank der Glasfassade ist es trotz des miesen Wetters hell, und während ich unsere Becher auf dem Tisch abstelle, breitet Serena die Bücher, ihren Laptop und einen großen Notizblock zwischen uns aus.

»Also … Gemeinschaftsräume in Städten«, beginnt Serena, kaum dass ich mich gesetzt habe. »Ich war mir nicht ganz sicher, auf was genau sich das Thema bezieht, also hab ich einfach mal Bücher zu urbanem Design und Gemeinschaftsgebäuden mitgebracht, wobei die meisten von Kirchen und so handeln.«

»Ich hoffe, das Thema ist okay, ansonsten war nichts Besseres mehr übrig.«

»Bestimmt. Man kann aus allem etwas machen.«

»Gesprochen wie eine wahre Künstlerin.«

»Hey, sag das nicht so. Als Architekt bist du auch irgendwie Künstler.«

»Ich mach mehr mit Zahlen als mit Pinseln.«

»Mein Beileid«, sagt Serena trocken und bringt mich schon wieder zum Schmunzeln. Ich trinke einen Schluck des Kaffees, der für einen aus dem Automaten erstaunlich gut ist, und lehne mich in meinem Stuhl zurück, soweit es das harte Holz eben zulässt.

»So, dann wünsch ich dir viel Spaß.«

»Bitte?« Serenas dunkle Brauen schießen in die Höhe.

»Hast du mir nicht ein erstklassiges Referat versprochen? Das beste, das ich je gesehen habe, wenn ich mich richtig erinnere.«

»Es war nie davon die Rede, dass ich es allein mache.« Mit einem zuckersüßen Lächeln schiebt Serena mir zwei der Bücher entgegen, stupst damit meinen Kaffeebecher ein Stück zur Seite und wiederholt meine Worte. »Viel Spaß.«

»Also war das alles nur ein mieser Trick, um an das Zimmer zu kommen?« Ich greife mir an die Brust und sinke ein Stück tiefer in meinem Stuhl. Serenas Mundwinkel zucken, und als wären sie durch unsichtbare Fäden mit meinem Inneren verbunden, bringt die Regung meinen Bauch zum Kribbeln.

»Ich würde gern was sagen, um meine Ehre zu retten, aber so verzweifelt, wie ich war, hätte ich euch wahrscheinlich alles versprochen, also ... ja.«

»Das heißt, ich habe mir eine echte Chance entgehen lassen.« Ich seufze und grinse gleich darauf, als Serena schon wieder die Brauen hebt. Ich sollte sie nicht aufziehen. Vor allem aber sollte ich nicht so mit ihr reden – nicht mit ihr flirten. Serena scheint zu demselben Schluss zu kommen, denn sie trommelt mit ihrem Kugelschreiber auf die beiden Bücher direkt vor mir.

»Los jetzt. Ich hab einen Mietvertrag zum International Office zu bringen.«

»Jawohl, Ma'am.« Ich salutiere und schnappe mir das erste Buch, um es nach brauchbaren Texten für unser Referat zu durchforsten. Doch mein Blick gleitet immer wieder zu Serena. Im Gegensatz zu mir ist sie bereits völlig in die Bücher vertieft. Der Kugelschreiber ruht an ihrer Unterlippe, die schulterlangen Haare hat sie sich hinter die Ohren gestrichen, sodass einige Ohrringe und Piercings zum Vorschein kommen. Zum ersten Mal habe ich Zweifel daran, ob es das Richtige war, ihr das WG-Zimmer zu geben. Nicht, weil sie schön ist, und auch nicht, weil ich nicht in der Lage wäre, meine Finger und Gedanken bei mir zu halten. Vielmehr weil das Flattern in meinem Bauch und das sanfte Knistern eine erste Warnung dafür sind, dass es mir verdammt schwerfallen könnte.

Gute zwei Stunden später sind unsere Becher leer, das Café hingegen ist voll von Studierenden, die ihre letzte Vorlesung hinter sich haben, und unser Tisch ist das reinste Chaos.

»Ich kann nicht mehr«, seufzt Serena, klappt ihren Laptop zu und lässt den Kopf darauf sinken. »Ich hasse Theorie.«

»Ich weiß. Hast du mir drei-, vier-, fünfmal mitgeteilt«, ziehe ich sie auf, woraufhin sie ein weiteres Stöhnen von sich gibt. Ihr Pony steht in unordentlichen Strähnen zur Seite ab, und ich unterdrücke den Drang, die Hand auszustrecken und ihn glattzustreichen. »Wir können ja auch etwas Praxis ins Referat einbauen. Es gibt sicher auch Gemeinschaftsräume in Cork, die wir besuchen und wo wir Personen interviewen können. Wir starten mit dem theoretischen Teil und beziehen uns dann auf die praktische Umsetzung in Cork. Ich kann meine Mam mal fragen, sie arbeitet im kulturellen Bereich und hat bestimmt Kontakte.«

»Das wäre toll. Oder …« Sie zögert, doch ich nicke ihr aufmunternd zu.

»Was oder?«

»Das ist kein kulturelles Angebot, aber es gibt auch Gemeinschaftsräume für Menschen, die hier in der Stadt sonst gar keinen Raum finden. Obdachlosenunterkünfte zum Beispiel …«

Sie lässt den Satz zwischen uns stehen, sieht mich abwartend an, und sofort muss ich an das Gespräch mit meinem Dad denken. *Sie haben eine Leiche am River Lee gefunden.* Ob der

Mann von den Unterkünften wusste? Ob es nicht genug Platz für ihn gab? Ohne weiter über ihren Vorschlag nachzudenken, nicke ich. »Gute Idee. Darauf aufmerksam zu machen wäre ein schöner Nebeneffekt.«

Serenas müde Miene wird von ihrem Lächeln erhellt. Die Wärme darin bringt mein Herz dazu, ein wenig schneller zu schlagen und auch meine Müdigkeit zu vertreiben. »Das finde ich auch! Ich mach mich mal schlau und organisiere uns was. So hat es noch einen Nutzen. Neben der Spitzennote für das weltbeste Referat natürlich! Ich recherchiere, sobald ich daheim bin. Jetzt brauch ich leider echt 'ne Pause.«

»Mir brummt auch der Schädel«, sage ich und klappe das Buch vor mir zu. Der Tisch ist voller Notizen, und die Seiten des Buchs sind mit Post-its übersät. »Also Schluss für heute?«

Serena nickt. »Wenn es dir nichts ausmacht? Dann kann ich noch ins International Office, den Mietvertrag nachreichen, bevor sie mich exmatrikulieren.«

»Werden sie nicht.« Ich tippe gegen den Kaffeebecher. »Aber dann hast du bald deine Smartcard und kannst deine Einladung nachholen.«

»Deal. Hast du noch eine Veranstaltung?«

»Ne. Hab freitags immer nur zwei. Aber ich bin mit Declan zum Sport verabredet. In der Mardyke-Halle. Wir könnten also zusammen laufen, ist in etwa dieselbe Richtung.«

»Woher weißt du denn, wo das International Office ist?«

»Wegen deiner Vorgängerin, sie musste auch häufiger hin.« Und dank meines Dads kenne ich jedes Gebäude in Cork mittlerweile in- und auswendig. Aber das spreche ich nicht aus. Weil die meisten Menschen seltsam reagieren, wenn ich ihnen erzähle, dass mein Dad der Bürgermeister ist. Entweder nutzen sie es, um sich über Cork zu beschweren, und geben mir den Auftrag, ihre Sorgen an ihn weiterzuleiten, oder aber sie meiden mich, weil sie oder ihre Eltern Anhänger einer Gegenpartei sind. So oder so: In der Regel verliere ich. Ein Grund, weshalb ich mich schon im Kindesalter dagegen entschieden habe, einmal in die Politik zu gehen, sosehr ich meinen Dad auch bewundere.

»Ich wollte am Haupteingang lang, das wäre ein kleiner Umweg. Hab meinem Bruder und meinen Großeltern versprochen, ihnen ein Bild von der Uni zu schicken, und da ich die Kurse bisher eher versäumt habe …«

»Das ist kein Thema, ist so oder so der schönere Weg.« Ich packe den Stapel Bücher in meine Sporttasche, da diese wesentlich mehr tragen kann als Serenas kleiner Rucksack, und ziehe mir dann die Jacke über. »Außerdem regnet es nicht mehr«, sage ich und nicke in Richtung der Fensterfront. Grau und bewölkt ist es noch immer, aber das Prasseln des Regens gegen die Scheiben hat vor etwa einer halben Stunde endlich gestoppt.

Serena packt ihre Sachen ebenfalls zusammen und wirft die beiden Pappbecher in den Mülleimer neben der Treppe. Schweigend nehmen wir die Stufen nach unten und treten nach draußen. Vogelgezwitscher begrüßt uns, gemeinsam mit dem Geruch nach frischem Regen – und Teig, da vor der Bibliothek ein kleiner Stand aufgebaut wurde, der Waffeln verkauft. Vermutlich sammelt eine der Societys Geld für einen Ausflug oder einen guten Zweck. Heute wirkt es beinahe wie Frühling, die große Kälte scheint vorüber zu sein.

»Das hab ich vermisst.«

»Trockenes Wetter?«

»Haha«, macht Serena mit einem Schnauben, und schon wieder ist da dieses Schmunzeln in ihrem Gesicht, das meine Gedanken durcheinanderwirbelt. »Die Atmosphäre hier. An den deutschen Unis gibt es so was nicht.«

»Was genau meinst du?«

»Dass man sich einem Campus so zugehörig fühlt. Dass man am liebsten den ganzen Tag hier verbringen würde und all so was.«

»Sprich für dich selbst.«

»Die Clubs und Societys«, fährt Serena unbeirrt fort und biegt nach rechts auf den von Bäumen umsäumten Weg ab, der vom Campusgelände wegführt.

Die grauen Fassaden der umliegenden Gebäude sind von dichtem Efeu bewachsen und verleihen dem College etwas Magisches. Als ich ihn zum ersten Mal betreten habe, ging es mir genau wie Serena: Ich wollte gar nicht mehr weg. Kein Wunder bei dem vielen Grün und den schönen Fassaden. »Bist du irgendwo Mitglied?«, fragt Serena mich schließlich.

»Ja.«

»Wo?«

»Rate.«

»Irgendwas mit Sport und Testosteron.«

Ich stoße ein Lachen aus. »Beleidigst du mich gerade?«

»Ist es Rugby?«

»Nein«, erwidere ich grinsend.

»Hurling? Hockey? Fußball?«

»Rudern«, sage ich und lache noch einmal, als ihr Blick zu meinen Oberarmen schweift. »Und ich war länger nicht mehr, okay? Im Winter trainieren wir nicht, hör auf zu gucken!«

Nun muss sie lachen, und das Geräusch bringt mein Herz zum Stolpern. Ebenso wie die Leichtigkeit, mit der ich mit ihr reden kann. Und schweigen. Denn die Stille beim Lernen war seltsamerweise genauso natürlich, wie es die Gespräche mit ihr sind. »Wo bist du denn drin?«

»Was Sport angeht: aktuell nirgends. Was man meinen Oberarmen leider auch ansieht. Mal sehen, wo ich mich einschreibe. Ich hab letztes Jahr Bogenschießen gemacht, gemeinsam mit einer Freundin von mir, Evelynn. Wir waren außerdem in der Feminist Society und beim Bergsteigen – aber da ehrlich gesagt nur, um günstige Wanderungen abzustauben.«

»Völlig legitim. Ich nutze die Sci-Fi-Society auch hauptsächlich, um günstiger an neue Filme ranzukommen.«

»Science-Fiction? Deshalb das *Star-Trek*-Tattoo! Du bist ein Nerd!«

»Ist das wieder eine Beleidigung?«

Serenas Antwort ist ein Grinsen.

»Hier muss ich auch endlich wieder mal rein«, sagt Serena, als wir am Glucksman vorbeikommen, dem Kunstmuseum, das direkt auf unserem Campus liegt.

»Ich war noch nie drin«, gebe ich zu.

»Bitte was?« Serena bleibt mitten auf dem Weg stehen. »Noch nie? Aber du läufst jeden Tag dran vorbei.«

»Gar nicht wahr«, protestiere ich. »Meist verlasse ich den Campus über den Südausgang. Und an manchen Tagen muss ich gar nicht an den Hauptcampus.«

»Aber es ist auf dem Unigelände und kostenlos.«

»Ja, aber nicht jeder hier studiert Kunst!«

»Nein, aber studierst du nicht Architektur? O'Donnell und Tuomey haben mehrere Preise für das Gebäude abgestaubt. 2015 sogar die Royal Gold Medal.«

»Wer ist jetzt der Nerd?«, frage ich und stupse ihr mit dem Ellbogen in die Seite. Es ist eine sachte, instinktive Berührung. Eigentlich ist es nicht einmal eine richtige Berührung, immerhin tragen wir beide dicke Jacken. Und doch spüre ich sie in meinem ganzen Körper. Eilig gehe ich ein Stück zur Seite, so als würde der Abstand zwischen uns etwas ändern. Dabei sind mir offensichtlich schon alle Gehirnzellen durchgebrannt, wenn mich so eine Kleinigkeit dermaßen aus dem Konzept bringt.

»Warum weißt du das alles?«, frage ich, um das Gespräch wieder in sicheres Gewässer zu lenken. Ich sollte aufhören, sie zu necken. Necken führt zu Flirten, und Flirten führt zu komplizierten WG-Verhältnissen. Wohin das wiederum führt, habe ich an Declan und Kasia gesehen.

»Ich bin über alle Maßen gebildet.« Serena grinst. »Und ich hab es gerade heute Morgen gelernt und noch im Kurzzeitgedächtnis.«

»Du hattest mich für eine Sekunde.«

»Du solltest trotzdem mal rein! Es ist echt cool. Wir dürfen am Ende des Semesters hier ausstellen.«

»Dann werde ich wohl spätestens dann reingehen. Weißt du schon, was du zeigen wirst?«

Sie schüttelt den Kopf und zieht eine Grimasse. »Nein, keinen Schimmer. Dabei ist es unser erstes großes Projekt. Idealerweise soll unsere Masterarbeit darauf aufbauen. Die meisten gehen schon mit Ideen in die erste Veranstaltung.«

»Na ja, aber es ist erst Woche eins, und du warst mit Wohnungssuche beschäftigt. Dir fällt sicher noch was ein.«

»Hey, O'Brien!« Lautes Rufen unterbricht unsere Unterhaltung, und als ich mich umdrehe, kommt uns Ryan entgegen, ein Kommilitone von mir.

»Auch zum Sport?«, fragt er und nickt in Richtung meiner Tasche.

»Yep.«

Meine stumme Hoffnung, dass er nicht denselben Weg hat wie wir, löst sich in Luft auf, als ich sehe, dass er ebenfalls eine um die Schulter hängen hat. Na toll. Es ist nicht so, dass Ryan und ich ein Problem miteinander haben, aber er ist einer der Kerle, die mich für ein privilegiertes Arschloch halten, nur weil ich denselben Nachnamen trage wie mein Dad.

»Perfekt, ich auch«, sagt er und schiebt sich überflüssigerweise zwischen Serena und mich. »Hey, ich bin Ryan. Freut mich.« Ich kann das Grinsen in seiner Stimme hören, und es wandelt den Frust in meiner Brust zu Wut. Ich weiß nicht, ob ich bloß wütend darüber bin, dass er unser Gespräch unterbrochen hat, oder darüber, dass er offensichtlich Interesse an ihr hat. Denn mittlerweile läuft er beinahe seitwärts, um Serenas Aufmerksamkeit auf sich zu ziehen.

»Serena«, antwortet diese knapp, nickt ihm zu und holt dann ihr Handy heraus. Ich beiße mir auf die Lippe und verkneife mir ein Lachen. Ihr Korb an Ryan lässt die Wut in meiner Brust verpuffen. Dabei sollte ich mich nicht so freuen, immerhin zeigt sie ihm nicht meinetwegen die kalte Schulter. Ryan ist einfach nur nervig.

»Und«, sagt er nun wieder an mich gewandt, weil seine emotionale Intelligenz wohl der eines Brown Bread gleicht. »Wie lief die erste Woche?«

»Gut.«

»Tut's bei dir ja immer, was? Lass mich raten: Du hast schon ein Abschlussprojekt, und das in Woche eins?«

Meine Antwort ist ein Mahlen meines Kiefers. Weil ich es hasse, dass er recht hat. Noch mehr hasse ich, dass ich mich deswegen schlecht fühle, dass jemand wie Ryan es mit einem einfachen Kommentar schafft, meine Freude über das Hotelprojekt zu dämpfen. Ich hasse, dass er so ohne Weiteres erreicht, was er beabsichtigt – und dass ich es zulasse.

»Wusste ich's doch«, erwidert Ryan mit einem Schnauben, und ich sehe aus dem Augenwinkel, wie Serena aufblickt. »Muss so schön sein, wenn Daddy alles für einen regelt. Nicht, dass ich oder die anderen das jemals erleben würden, normale Menschen müssen arbeiten für das, was sie erreichen wollen.«

Wir sind beinah am Ausgang des Campus angelangtt, doch Serena hebt ihr Handy nicht, um ein Foto für ihre Familie zu machen. Stattdessen lässt sie es sinken und lächelt Ryan nun doch an, allerdings so zuckersüß, dass es angriffslustig wirkt.

»Vielleicht hat Aedan im Gegensatz zu dir auch einfach schon ein Projekt, weil er seine Zeit nicht damit verschwendet, andere Leute anzugehen, sondern stattdessen … Was haben wir gerade noch mal gemacht?« Fragend blickt sie zu mir, bevor sie sich spielerisch an die Stirn schlägt. »Oh, gearbeitet. Weißt du, das, was normale Menschen tun müssen, um was zu erreichen.«

Ihre Mundwinkel sinken, und obwohl ihre großen blauen Augen mit den langen Wimpern und das runde Gesicht ihr etwas Zartes verleihen, ist ihre Ausstrahlung alles andere als sanft. Das scheint selbst Ryan nicht zu entgehen, denn er räuspert sich und tritt einen Schritt zurück.

»Wie auch immer. Man sieht sich.« Er macht auf dem Absatz kehrt und geht, ohne noch etwas zu sagen, in Richtung Sporthalle. Perplex blicke ich zu Serena.

»Das war … beeindruckend. Ich erlebe ihn selten sprachlos. Danke.«

»Nicht dafür.« Serena sieht Ryan mit ernstem Ausdruck nach, bis er aus unserem Sichtfeld verschwunden ist, dann erst dreht sie sich zu mir. »Ich hasse so was. Wir sind mehr als unsere Eltern, weißt du? Und es ist unfair, ständig an ihren Erfolgen und Lebenswegen gemessen zu werden.« Ein Schatten huscht über ihre sonst so klaren Augen, doch ich komme nicht dazu, nachzufragen, denn im nächsten Moment ist er verschwunden, und Serena deutet in Richtung der Ampel, die gerade auf Grün gesprungen ist, und setzt sich in Bewegung. »Komm, sonst ist das Office zu, bevor ich da bin.«

»Du hast vergessen, ein Foto für deine Familie zu …«, beginne ich, doch Serena läuft so schnell, dass sie mich entweder nicht gehört hat oder nicht hören will. Ich folge ihr wortlos, doch in meinem Kopf kreisen die Fragen.

6. KAPITEL

Serena

Ich hasse es, Schwarz zu tragen. Der Inhalt meines Kleiderschranks erstrahlt in den buntesten Farben, sodass ich jeden Tag, je nach Stimmung, entscheiden kann, wie ich mich der Welt präsentiere. In gewisser Weise geht es mir dabei wie mit dem Malen. Vincent ist das genaue Gegenteil: Seine gesamte Garderobe besteht nur aus schwarzen oder maximal dunkelgrauen Farben. Und die dunkelgrauen Teile gehen in seinen Augen bereits als bunt durch.

Das letzte Mal, dass ich ein ausschließlich schwarzes Outfit anhatte, war auf der Beerdigung meiner Eltern. Nun ist es wieder eine Beerdigung, die mich zu der Farbe greifen lässt. Es trägt nicht gerade dazu bei, sie mir sympathischer zu machen.

Ich habe mir eine schwarze Stoffhose, eine dunkle Jacke und einen schwarzen Rollkragenpullover von Evelynn geliehen. Die Hose ist etwas lang, da meine Freundin größer ist als ich, und der Saum schleift über den nassen Friedhofsrasen. Es riecht nach feuchter Erde, was inmitten der etlichen grauen Grabsteine bedrückend wirkt. Das einzig Bunte ist mein knallpinker Regenschirm. Erst habe ich mich nicht getraut, ihn herauszuholen, doch niemand scheint sich daran zu stören. Leichter Nieselregen trommelt auf den Schirm und weht mir trotz diesem ins Gesicht. Die Wolken sind die Einzigen, die heute für Charlie weinen, denn es sind kaum Leute zur Beerdigung gekommen. Zwei weitere Frauen sind da, eine davon in meinem Alter. Außerdem zwei Männer und eine Frau, die ebenfalls obdachlos zu sein scheinen – zumindest haben sie ihr Hab und Gut dabei. Es steht in Rucksäcken und Taschen ein Stück abseits an einer Friedhofsbank. Ansonsten ist da nur der Pfarrer, der eine sehr standardisierte Rede hält. Ich habe fest damit gerechnet, dass zumindest jemand von der Presse anwesend ist, immerhin war Charlies Tod überall in den nationalen Nachrichten. Doch das Ganze ist sechs Tage her, und somit sind bereits andere Skandale auf den Titelseiten. Die Welt dreht sich weiter, neue Schlagzeilen entsetzen die Gemüter, und so ist alles, was geschehen ist, bereits vergessen. Dabei zeigen die löchrigen Handschuhe des Mannes neben mir, dass es eben alles andere als vorbei ist. Das Leiden, die Probleme, die Tode. Doch es interessiert niemanden mehr.

Der Pfarrer spricht ein Gebet, dann wendet er sich uns zu. »Wenn Sie möchten, können Sie nun nach vorn kommen und sich von Charlie Higgins verabschieden.« Er tritt zur Seite und nickt der blonden Frau, die sich langsam in Bewegung setzt, aufmunternd zu. Es ist die, die in meinem Alter ist. Ob die beiden sich persönlich kannten? Es fühlt sich falsch an, ebenfalls etwas zu sagen, also bleibe ich an Ort und Stelle stehen. Ich war mir nicht einmal sicher, ob ich herkommen sollte, immerhin kannte ich Charlie gar nicht richtig. Doch es fühlte sich auch falsch an, heute in meinem warmen neuen WG-Zimmer zu sitzen und so zu tun, als sei es ein Tag wie jeder andere.

»Danke für alles.« Die Frau spricht leise, doch in der Stille des Friedhofs schaffen es ihre Worte dennoch durch den sanften Regen bis zu mir. »Du hattest immer einen Witz auf den

Lippen, egal wie aussichtslos die Situation war, du warst ein hoffnungsloser Optimist. Du hast sogar mein wirklich schlechtes Essen gelobt.« Ihre Begleitung mit den kurzen, dunkelrot gefärbten Haaren, die ihr einen Arm um die Schulter gelegt hat, lacht leise. »Wir werden dich alle sehr vermissen.«

»Das werden wir«, sagt die ältere Frau mit tiefer Stimme. Beide schippen einen kleinen Haufen Erde auf das Grab, dann treten sie zurück und machen Platz für den Mann. Die Rothaarige legt ihm eine Hand auf die Schulter, allem Anschein nach kennen auch sie sich. Trotz des nassen Rasens kniet der Mann sich vor das Grab und hält die Hände zum Gebet an die Stirn. Er spricht seine Worte stumm, und ich bin so versunken in den Anblick, dass ich zusammenzucke, als die blonde Frau plötzlich neben mich tritt. In ihren grauen Augen liegt ein trauriger, aber freundlicher Ausdruck.

»Hey«, flüstert sie leise. »Du bist auch am UCC, richtig? Ich glaube, ich habe dich gestern im Café gesehen.«

Ich nicke. »Ja, du auch?«

»Ja, fünftes Semester, Linguistik. Woher kanntest du ihn?«

»Ich kannte ihn gar nicht richtig, wir haben uns manchmal unterhalten. Ich bin auf dem Weg zur Uni jeden Tag an seinem Zelt vorbeigelaufen.« Ich hebe die Schultern. Eigentlich reicht es als Antwort, doch während ich vorne am Grab keine Worte aussprechen möchte, sprudeln sie jetzt gegenüber dieser Fremden aus meinem Mund. »Am Anfang habe ich einfach was in seine Mütze geworfen und bin direkt weiter, doch irgendwann haben wir uns unterhalten. Er hat mir Fragen gestellt. Zur Uni, zu meinem Leben in Deutschland, zur Kunst. Ich wünschte, ich hätte mehr über ihn in Erfahrung gebracht. Aber ich wusste nicht, ob er über sein Leben reden wollte. Dabei ist das Unsinn, nicht wahr? Vielleicht hab ich einfach nur aus Angst vor seinen Antworten nicht nachgehakt.«

»Ich bin mir sicher, er hat es genossen, mit dir zu reden.« Ihr Lächeln ist so tröstend wie eine Umarmung, und als ich es erwidere, fällt mir eine Last von den Schultern, von der ich nicht wusste, dass sie da war.

»Woher kanntet ihr euch?«

Sie nickt nach hinten zu ihrer Begleitung, die mit etwas Abstand zu uns dasteht, den schwarzen Regenschirm über sich, und in Richtung des Grabes schaut. »Clarisse und ich arbeiten beide für Hope Harbour.«

»Oh. Das ist die Obdachlosenhilfe, richtig? Charlie hat euch mal erwähnt.«

Die Frau nickt und streckt mir ihre Hand entgegen. Sie ist ebenso kalt wie meine, als ich sie ergreife. »Mein Name ist Nora. Ich bin erst seit knapp einem Jahr dabei, weil ich da aus Norwegen hergezogen bin. Falls du mal Lust hast, vorbeizukommen, melde dich. Ich bin auch in der Hope Harbour Society an der Uni, wir treffen uns jeden ersten Dienstag im Monat und haben mehrere Events, um Spenden zu sammeln, Essen zu verteilen, aber auch entspannte Filmabende und so was.«

»Heißt das, ich könnte im Februar einfach an einem solchen Treffen teilnehmen?«

»Klar, aber du musst das offizielle Treffen gar nicht abwarten, du kannst auch schon früher mal kommen. Gerade jetzt in den kalten Monaten können wir jede helfende Hand gebrauchen.« Sie dreht sich zu Clarisse um. »Hast du zufällig eine Karte dabei?«

»Immer«, meint diese, tritt zu uns, greift in ihre Jackentasche und reicht mir kurz darauf eine weiße Visitenkarte, auf der das blaue Logo der Organisation zu sehen ist. »Hier ist meine E-Mail-Adresse. Wenn du willst, schicke ich dir gern unsere Termine, und du kannst vorbeischauen.«

»Ich bin auf jeden Fall auch da«, sagt Nora und schenkt mir ein leichtes Lächeln.

Ich nehme die Karte entgegen, und einen Moment verweilt mein Blick auf dem Logo, ein dunkelblauer Leuchtturm, der oben hellgelb erstrahlt und von einer weit geöffneten Tür geziert wird. Obwohl mir die Probleme auf der Welt dank der Arbeit meiner Eltern stets bewusst gewesen sind, habe ich mich nie wirklich wohltätig organisiert. Vielleicht wäre jetzt genau der richtige Zeitpunkt, damit anzufangen, denn auch wenn ich Charlie nicht gut gekannt haben mag – in mir ist dennoch Schuld. Schuld, nicht ebenso viel Interesse an seinem Leben gezeigt zu haben wie er an meinem. Schuld, ihn nicht mehr unterstützt zu haben. Aber auch Schuld, weil ich in den dreiundzwanzig Jahren vor Charlie tagtäglich weggesehen habe.

»Ich melde mich«, sage ich und merke überrascht, dass meine Stimme belegt ist.

»Wie schön, ich freu mich!« Noras aufrichtiges Lächeln bringt ihre grauen Augen zum Strahlen. Dann nickt sie zum Grab, wo der Mann mittlerweile aufgestanden ist und gemeinsam mit dem anderen leise Worte austauscht. »Sean und Bobby, die beiden da vorn, sind auch häufiger da. Wie gesagt: Schau es dir einfach an. Wenn die Arbeit nichts für dich ist, ist das vollkommen okay.«

Ich nicke, dabei bin ich mir bereits sicher, teilzunehmen. Denn nur, weil ich ein wenig aushelfe, bin ich noch lang nicht wie meine Eltern. Und etwas muss sich ändern, das wird mir beim Anblick der beiden Männer, die nach wie vor andächtig vor Charlies Grab stehen, klar.

Ich habe das Café kaum betreten, als Evelynn mir mit einem lang gedehnten »Hey« in die Arme fällt. »Ich hab dich vermisst. Und weil ich so eine gute Freundin bin, habe ich dir schon Caffè Latte und ein Stück Karottenkuchen bestellt.«

»Du bist die Beste«, erwidere ich und halte Evelynn ein bisschen länger fest als sonst. Obwohl wir in manchen Dingen nicht unterschiedlicher sein könnten – ich die bunte, oft verträumte Künstlerin, sie taff, schwarzgekleidet und analytisch –, hat es zwischen uns sofort geklickt. Evelynn lässt sich auf die Bank direkt am Fenster fallen, unser Stammplatz. Ich winke John, dem Barista, zu und mache mich daran, den Mantel aufzuknöpfen, wobei ich aus dem Augenwinkel sehe, wie Evelynn die Brauen hebt.

»Du trägst ja wirklich meine Kleidung. Verrätst du mir endlich, warum? Wagst du einen Ausflug in die Gothic-Szene? Cosplayst du? Bist du in deiner Reputation-Era? Warum das Schwarz?«

Kurz überlege ich, das Ganze abzutun, auf den Witz einzugehen, doch da meine Stimmung im Gegensatz zu Evelynns deutlich gedrückter ist, wird sie in spätestens fünf Minuten ohnehin merken, dass etwas nicht stimmt. »Ich war auf einer Beerdigung.«

Evelynns Mundwinkel sinken. »Was? Von wem?«

»Charlie Higgins.« Ich werfe den Mantel auf die Bank und setze mich mit einem Seufzen. »Erinnerst du dich an den Obdachlosen, an dem wir vom Wohnheim aus immer vorbeigekommen sind?«

»Direkt am Fluss?«

Ich nicke. »Ja. Ich … hab ihn gefunden.«

Es dauert nur einen Augenblick, dann kann ich dabei zusehen, wie Evelynn eins und eins zusammenzählt. »Scheiße. In den Artikeln ging es um ihn? Und du bist die Frau, die ihn entdeckt hat?« Sie rückt ein Stück näher und zieht mich wieder in eine Umarmung. »Scheiße«, sagt sie erneut und streicht mir über den Rücken. Ich lasse mich halten und merke jetzt erst, wie sehr ich genau das nötig habe. »Das tut mir so leid. Ihr habt euch immer mal unterhalten, richtig?«

Ich nicke, unfähig zu sprechen, weil sich in meinem Hals ein Kloß gebildet hat.

»Aber wieso hast du denn nichts gesagt? Ich hätte dich doch begleitet.«

»Du musstest heute Morgen arbeiten.«

Ich spüre ihr Schnauben als Luftschwall an meinem Ohr, bevor sie mich loslässt und ernst ansieht. »Also bitte, dann hätte ich die Schicht eben getauscht, es war eh nur Inventur. Wie geht es dir?«

»Ich weiß es nicht. Okay, schätze ich? Es fühlt sich blöd an, das zu sagen, aber mein schlechtes Gewissen ist fast größer als die Trauer.«

»Du hättest nichts tun können.«

»Sicher?« Ich blicke in ihre braunen Augen, die durch die Sorge darin beinahe schwarz wirken. »Das meinten sie bei der Polizei auch, aber stimmt das wirklich? Charlie ist erfroren, Eve. Während ich ein paar hundert Meter weiter im Warmen saß. Jeden Tag bin ich an ihm vorbeigelaufen, an seinem Zelt, und jeden Tag bin ich heimgegangen, während er kein Zuhause hatte. Und jetzt ist er tot, und es ist zu spät, etwas zu ändern.«

»Das ist schlimm. Glaub mir, ich weiß, wie sich diese Art von Hilflosigkeit anfühlt.« Kurz huscht ein Schatten über Evelynns Gesicht. Mit Sicherheit denkt sie an Cornelia – ihre kleine Schwester, die sie vor einigen Jahren an eine seltene Krankheit verloren hat und deren Tod ausschlaggebend für ihr Studium der Molekularbiologie war. Doch genau so, wie ich ungern über meine Eltern rede, spricht sie ungern über ihre, also hake ich weder nach, noch äußert sie ihre düsteren Gedanken. »Es sollte Aufgabe der Politik sein, die eigenen Bürger zu schützen«, sagt sie stattdessen. »Und darüber hinaus gibt es Organisationen. Ich sage das nicht, weil ich kleinreden will, was passiert ist. Charlie hätte nicht sterben dürfen und nicht sterben müssen. Aber du kannst dir diese Schuld nicht aufladen, Serena.«

Ich trinke einen Schluck des Kaffees, doch die heiße Flüssigkeit vertreibt nicht die Kälte in meinem Bauch. Vielleicht hat Evelynn recht. Und selbst wenn ich Charlie hätte helfen können – wie sah es bei den beiden Männern von der Beerdigung aus? Bei all den anderen Menschen ohne Obdach hier in Cork oder daheim in Hamburg? Doch geht es immer darum, eine große Schlacht zu gewinnen? Sind es nicht auch die kleinen Momente, die Hoffnungsschimmer im Leben Einzelner, die etwas Positives bewirken? Und da, so fühlt es sich zumindest an, habe ich versagt.

»Hey.« Evelynn legt ihre Hand auf meine und drückt leicht zu. »Du bist nicht schuld, okay?«

»Ich will trotzdem etwas tun. Ich will nicht mehr einfach weitergehen, eine Spende dalassen, die nicht einmal für eine warme Mahlzeit reicht, und mein Leben leben.« Ich entziehe Evelynn die Hand, jedoch nur, um die Karte hervorzuholen, die Clarisse mir auf dem Friedhof überreicht hat. Ich halte sie Evelynn entgegen, die sie von beiden Seiten betrachtet.

»Ich dachte, ich schreibe ihnen mal und frage, wie ich helfen kann.«

Mit einem Lächeln gibt Eve mir die Karte zurück. »Das finde ich super. Ich hab die Leute schon öfter in der St Patrick Street stehen und Essen austeilen sehen. Wenn du möchtest, komme ich mit. Nur dauerhaft beitreten wird nichts. Ich glaube, neben der Arbeit, der Uni und dem Tanzen kann ich das knicken.«

»Alles gut«, sage ich und winke eilig ab, da ich nicht will, dass Evelynn sich schlecht fühlt. Im Gegensatz zu mir ist sie nicht mit einem Stipendium da und musste schon für die Studiengebühren einen hohen Kredit aufnehmen. Die Zeit, in der sie nicht für Klausuren lernt, steckt sie entweder ins Kellnern in unserem Stammpub wenige Straßen weiter oder aber in das Street-Dance-Team des Colleges. Im Gegensatz zu mir hat sie sich direkt wieder in ihren Sportkurs eingetragen. »Aber ich freu mich, wenn du mal vorbeischaust. Ich geb dir gern Bescheid.«

»Möchtest du über Charlie reden?«, fragt Eve, als sich Schweigen zwischen uns ausbreitet.

Mit einem Seufzen schüttle ich den Kopf. »Nein, ich glaube, gerade will ich einfach nur Ablenkung.«

»Mein Spezialgebiet«, meint Eve mit einem breiten Grinsen und fährt sich durch das lange, wellige Haar. »Also … erzähl mir von den drei hotten Typen, mit denen du jetzt zusammenwohnst.«

»Ich hab nie gesagt, dass alle drei hot sind.«

»Notiert. Aber diesen Aedan findest du doch ein klitzekleines bisschen heiß?«

Ich verfluche, dass ich Evelynn gegenüber seine Grübchen erwähnt habe, denn sie weiß ganz genau, dass das meine Schwachstelle ist. Ich hätte besser die Klappe gehalten. Da sie und ich ständig aufeinanderhängen, wird sie Aedan früher oder später kennenlernen, und ich will mir Peinlichkeiten lieber ersparen – meine beste Freundin ist nämlich nicht gerade für ihre diskrete Art bekannt.

»Das hab ich so nie gesagt. Ich hab nur gesagt, dass er freundlich wirkt und ein sympathisches Lächeln hat.«

Sie zuckt mit den Schultern. »In meiner Vorstellung ist er es. Also?«

»Er ist nett.«

»Nett?«

»Na ja, ich wohne seit zwei Tagen da. Was erwartest du denn? Dass ich ihn morgens beim Duschen überrasche wie in einer Romcom und gegen seine vom Sport gestählten Muskeln pralle?«

»Ehrlich gesagt: Ja.«

Evelynn sieht mich einen Atemzug lang ernst an, dann brechen wir beide bei der Vorstellung in Gelächter aus. Es tut so gut, an diesem Tag voller Grau und Sorgen zu lachen. Wie immer schafft meine Freundin es innerhalb weniger Sekunden, mich auf andere Gedanken zu bringen. Wir haben uns direkt nach meiner Ankunft in Cork kennengelernt, im Innenhof des Wohnheims, wo ich sie auf ihren Taylor-Swift-Jutebeutel angesprochen habe. So habe ich nicht nur herausgefunden, dass wir einen ziemlich ähnlichen Musikgeschmack besitzen, sondern auch, dass sie ein Stockwerk über mir wohnt. In den folgenden Monaten gab es nur wenige Tage, an denen wir nicht aufeinanderhingen – sei es auf dem Campus, auf Partys oder im Wohnheim. Während alle anderen unserer Freundesgruppe nach dem Auslandssemester zurück in ihre jeweiligen Länder gereist sind, hat Evelynn ebenfalls beschlossen, zu bleiben. Eine Entscheidung, für die ich in diesem Moment wieder einmal unendlich dankbar bin. Denn so schön es ist, im Ausland zu leben: Es kann sich zeitweise auch sehr einsam anfühlen.

»Okay«, fährt Eve fort, als wir uns wieder beruhigt haben. »Also keine halbnackten Zusammenstöße bislang.«

»Und künftig auch nicht, ich werde sie zu vermeiden wissen.«

»Hmhm«, macht sie, trinkt einen Schluck ihres Kaffees und grinst mich wissend an.

»Erzähl du lieber mal, wie es auf der Arbeit läuft. Wird Zeit, dass ich mal wieder ins Sin É komme!«

Mein Ablenkungsversuch bringt Evelynn zum Schmunzeln, doch sie geht dankenswerterweise darauf ein. Was gut ist, denn auch wenn wir eben darüber gelacht haben: Das Bild vom nur mit einem Handtuch bekleideten Aedan will mir nicht mehr aus dem Kopf gehen.

7. KAPITEL

Aedan

Ich bin vollkommen in meinem Element. Mit jedem Strich auf dem Papier, jedem Objekt, das ich in der CAD-Software hinzufüge, nimmt meine Vorstellung Form an. Schon als Kind habe ich mich in Sims beim Häuserbau ausgetobt, und auch jetzt, Jahre später, mit einem professionellen 3D-Programm, versetzt mich das Planen in einen beinahe meditativen Zustand. Ich liebe es, Dingen scheinbar aus dem Nichts eine Form zu geben, meiner Kreativität freien Lauf zu lassen und gleichzeitig auf Funktionalität zu achten. Dass ich bald reale Gebäude erschaffen kann, in denen Menschen wohnen, arbeiten oder sich einfach die Zeit vertreiben, ist noch komplett surreal für mich und lässt mein Herz beim bloßen Gedanken höherschlagen.

Am Montag treffe ich mich mit Michael White. Es soll ein lockeres Kennenlernen werden, bei dem wir über unsere Zusammenarbeit sprechen, doch ich möchte vorbereitet sein. Also sitze ich, obwohl es Samstag ist, seit knapp vier Stunden hier und habe ein Chaos aus Büchern, Zetteln und Stiften auf dem Esstisch angerichtet, das selbst Klaus in die Flucht geschlagen hat. Doch mit Erfolg: Ich habe die Maße des Baugeländes, auf dem das Hotel errichtet werden soll, herausgefunden und entwerfe mögliche Grundrisse und Designs. Gerade sitze ich an verschiedenen Versionen für das Hoteldach. Da es das bisher höchste Gebäude Irlands werden soll, wird es eine atemberaubende Aussicht haben – und die sollte genutzt werden. Auf dem Bildschirm vor mir entsteht ein Skygarden mit vertikalen Pflanzenwänden und einer Art Urban Gardening, bei dem die Erträge direkt für die Cocktailbar genutzt werden können. Dank Nolans etlicher Monologe über sein Studium weiß ich, welche Pflanzen sich für unsere Breitengrade eignen.

Vermutlich schieße ich damit komplett übers Ziel hinaus, immerhin wird Mr White bereits Pläne haben, und ich soll ihm lediglich assistieren, doch ich will ihn beeindrucken. Will ihm zeigen, dass er sich auf mich verlassen kann und ich ein ernst zu nehmender Geschäftspartner bin. Dass ich nicht nur der Sohn meines Vaters bin. Denn sosehr es mich ärgert, Ryans Worte hallen noch immer in meinen Ohren nach.

Muss so schön sein, wenn Daddy alles für einen regelt. Normale Menschen müssen arbeiten für das, was sie erreichen wollen.

Als ob ich nicht arbeiten und mir den Arsch aufreißen würde. Als ob ich nicht auch ohne meinen Dad diesen Lebensweg verfolgen würde.

Solche Sprüche sind nicht neu, und obwohl ich weiß, dass sie Quatsch sind, dass ich genauso hart schufte wie alle anderen auch – vielleicht sogar härter als manch anderer –, treffen sie einen wunden Punkt in mir. Denn nicht nur, dass ich meinen Eltern gegenüber schon oft genug das Gefühl habe, nicht mithalten zu können, jetzt muss ich auch noch meinen Kommilitonen beweisen, dass ich es draufhabe. Und ich darf nicht stolpern, nicht fallen. Denn während ein Misserfolg bei ihnen als Patzer im Studium interpretiert wird, schauen bei mir sowohl Studierende als auch Partner meines Dads mit Argusaugen auf jeden einzelnen Schritt. Und obwohl es albern ist, weiß ich genau, dass meine Fehltritte auf Dad zurückfallen. Es ist der Grund, warum ich nie viel trinke, mich nach Sperrstunde der

Pubs nie mit den anderen einfach vor die verschlossenen Türen stelle und weiterfeiere. Irgendjemand hat immer ein Handy griffbereit, und irgendein Foto schafft es jedes Mal in die sozialen Medien und somit auf die Klatschseite der Lokalzeitung.

Ich bin so in meine Gedanken und die Arbeit vor mir vertieft, dass ich zusammenzucke, als die Haustür mit einem leisen Klicken geöffnet wird. Mein Bleistift rutscht ab und malt einen unschönen Strich über die Seite.

»Hey«, rufe ich, und als ein hohes »Hi« zurückkommt, das definitiv nicht von Declan oder Nolan stammt, vollführt mein Magen eine ähnlich akrobatische Leistung wie der Stift soeben. Ich fahre mir durch die Haare, die nach den letzten Stunden vermutlich in alle Himmelsrichtungen abstehen, und blicke zur Tür, durch die Serena gerade tritt.

Ihre Wangen sind von der Kälte draußen gerötet, doch das ist es nicht, was mich innehalten lässt. Es ist ihr Blick, den das Lächeln nicht erreicht, das sie mir schenkt. Dabei liegt sonst immer ein lebendiges Funkeln in ihren Augen.

»Wow, Woche eins, und du hast schon so viel zu lernen?« Sie betrachtet das Chaos, das ich veranstaltet habe, und ich schiebe einige der großen Blätter zusammen und klappe den Laptop zu.

»Bin gleich weg. Sorry, ich hab nicht bemerkt, was für eine Unordnung ich verursacht habe.«

»Kein Thema, ich wollte mir eh nur einen Tee machen.«

Ihre Stimme klingt flacher als sonst. Erschöpft. Selbst ihr Gang wirkt weniger federnd, als sie durch die Küche läuft und einen der Hängeschränke öffnet. Dinge, die mir nach zwei Tagen definitiv nicht auffallen sollten.

»Eins weiter rechts«, dirigiere ich, da sie den Schrank mit den Tellern erwischt hat. »Ist alles okay?«

Schon bei der bloßen Frage sacken ihre Schultern ein Stück

nach unten, doch als sie sich mir zuwendet, nickt sie. »Ja, geht schon. War einfach ein anstrengender Tag. Möchtest du auch einen Tee?«

»Gern.« Fragen liegen mir auf der Zunge und betteln darum, ausgesprochen zu werden, doch ich ringe meine Neugier nieder. »Soll ich dir den Kamin anmachen?«, frage ich stattdessen, da ich auch nicht nichts tun will.

Serena hebt die Brauen. »Der Kamin geht? Ich dachte, der wäre nur Deko.«

»Nope, der geht. Wir machen ihn nur nicht so oft an, weil wir eh meist hier in der Küche sitzen.«

»Das wäre lieb. Es ist eiskalt draußen.«

»Hast du schon gegessen?«

»Zählt Karottenkuchen?«

Ich wiege den Kopf hin und her. »Als Dessert, ja. Nicht als Mahlzeit.«

»Dann hatte ich wohl nur Dessert«, erwidert Serena mit einem leichten Lächeln, doch es wirkt eher traurig als fröhlich. Sie schaltet den Wasserkocher ein und lehnt sich gegen die Theke. Ich will etwas sagen, ihr irgendwie helfen, doch ich möchte mich auch nicht aufdrängen.

»Was hältst du von selbstgemachter Bolognese?«, frage ich schließlich, als das einzige Geräusch zwischen uns das Kochen des Wassers ist.

»Ich bin Vegetarierin.«

»Was hältst du von selbstgemachter vegetarischer Bolognese? Nolan isst auch kein Fleisch, ich klau mir einfach veganes Hack bei ihm.«

Serena beißt sich auf die Lippe, doch nach einem kurzen Zögern nickt sie. »Wenn es dir keine Umstände macht?«

»Gar nicht. Ich wollte schon längst kochen, aber ich hab die Zeit komplett vergessen.«

»Hast du gelernt?«

»Sozusagen. Hab an einem Projekt gearbeitet.«

»Unserem? Mist, ich hab völlig vergessen, mich nach möglichen Orten für den Besuch und die Interviews umzusehen. Sorry. Es war einfach zu viel los.«

»Das macht doch nichts.« Ich schiebe die letzten Papiere zusammen, damit Platz am Tisch ist, halte dann jedoch inne. »Magst du im Wohnzimmer essen? Ich schmeiß dir den Kamin an, und du machst es dir schon mal gemütlich?«

Erneut wandern ihre Brauen überrascht nach oben, und ich bin mir nicht sicher, ob die Röte auf ihren Wangen nach wie vor von der Kälte draußen herrührt. »Womit hab ich das denn verdient?«

Ich hebe die Schultern. »Du hattest einen miesen Tag. Wärst du Nolan, hättest du dich jetzt schon theatralisch auf der Couch zusammengerollt.«

Serenas Mundwinkel zucken. »Das hab ich die Woche schon oft genug. Wobei, nein, bis vor Kurzem hatte ich nicht mal eine Couch.«

»Tja, dann kriegst du heute das volle Programm.« Der Wasserkocher meldet mit einem Klicken, dass er fertig ist, und Serena dreht sich um, um den Tee zuzubereiten – doch ich sehe noch das Lächeln, das ihre Lippen umspielt. Ich sehe und ich spüre es, denn schon wieder macht es etwas mit meinem Inneren. Genau wie das leise »Danke«. Zwei Silben nur, und doch bringen sie mein Herz zum Stolpern.

Eine knappe Stunde später betrete ich mit zwei dampfenden Tellern voll Bolognese das Wohnzimmer, in dem es mittlerweile gemütlich warm ist. Serena sitzt in eine Decke gekuschelt auf dem Sofa und tippt auf ihrem Handy.

»Sorry«, sagt sie, als ich die Teller auf dem Tisch abstelle.

»Ich hab noch schnell meinem Bruder geschrieben. Er sorgt sich immer, sobald ich mal zwei, drei Tage nichts von mir hören lasse.« Sie verdreht die Augen, doch durch ihren Tonfall wird klar, dass sie nicht wirklich genervt ist. »Hast du Geschwister?«

»Nope, Einzelkind. Aber ich wollte immer welche.«

»Sie sind Segen und absolut nervtötend zugleich.«

»Glaub ich. Aber du hast ein gutes Verhältnis zu deinem Bruder?«

»Ja, total. Ohne ihn wäre ich gar nicht hier. Sein Ziel war immer, mir alles zu ermöglichen. Jetzt hat er eine erfolgreiche Zahnarztpraxis daheim in Hamburg und unterstützt mich, wo es nur geht.« Sie zögert, als sei sie nicht sicher, ob sie die nächsten Worte aussprechen soll, entscheidet sich dann aber doch dafür. »Meine Eltern sind verstorben, als ich sechzehn war. Das hat uns ziemlich zusammengeschweißt. Er war zu dem Zeitpunkt einundzwanzig und hat sich schon damals um sehr viel gekümmert, mehr, als er gemusst hätte.«

Mein Atem stockt, und in meiner Brust zieht etwas bei ihren Worten. Mein Blick sucht ihren, und sie schenkt mir ein schiefes Lächeln und hebt leicht die Schultern, wie um zu sagen: *So was passiert eben*. Und obwohl ich das weiß, möchte ich gerade nichts lieber, als sie in den Arm zu nehmen.

»Das tut mir leid«, sage ich stattdessen mit heiserer Stimme. »Ich kann mir nicht vorstellen, wie es ist, seine Eltern so früh zu verlieren. Ich wäre jetzt noch aufgeschmissen ohne meine.«

»Ich bin drüber hinweg«, betont sie, doch es klingt eine Spur zu fröhlich, als dass ich es ihr abkaufe. Und kann man jemals über einen solchen Verlust hinwegkommen?

»Also: Keine Geschwister, aber klingt, als wären deine Eltern ziemlich toll?«

»Die sind die Besten«, erwidere ich. »Zumindest seit ich aus dem Teenager-Alter raus bin.«

»Da ich dank deinem Dad endlich ein Dach über dem Kopf habe, noch dazu eins mit Kamin, kann ich nicht widersprechen.«

Serena schnappt sich ihren Teller, pustet kurz und schiebt sich dann eine voll beladene Gabel in den Mund. Ihr Seufzen vermischt sich mit dem Knistern des Feuers.

»Okay, das macht den Tag tatsächlich direkt ein ganzes Stück besser. Die ist der Hammer!«

»Eines von drei Gerichten, die ich kochen kann.«

»Also hab ich noch zwei weitere vor mir?«

Ich stoße ein Lachen aus. »Zum Glück bist du nicht fordernd. Aber freut mich, dass es hilft.« Ich nicke in Richtung des Fernsehers vor uns. »Wenn ich einen miesen Tag hab, schau ich *Star Wars*. Hast du einen Comfort-Film?«

»*Rapunzel.* Also *Tangled.*«

»Disney?«

»Yep. Ich liebe alles daran. Die Lieder, die Charaktere, das Chamäleon, die Laternenszene – wehe, du verurteilst mich.«

»Würde mir nie einfallen, *Star Wars* gehört mittlerweile schließlich auch zu Disney. Und deshalb …« Ich beuge mich vor, um an die Fernbedienung zu kommen. »… hast du Glück, dass zu meinen Hunderten Abos noch ein weiteres dazukam.« Ich öffne die Streamingplattform und klicke mich bis zu *Rapunzel* durch. Dann nehme auch ich mir meine Spaghetti Bolognese, und in den nächsten Minuten sitzen Serena und ich essend und schweigend nebeneinander, während die Erzählstimme uns von einem Königreich und einer magisch leuchtenden Blume berichtet.

Ohne es zu wollen, wandert mein Blick immer wieder zu Serena. Obwohl wir uns gerade mal seit zwei Tagen kennen, fühlt es sich seltsam vertraut an, mit ihr hier zu sitzen. Es ist einfach und doch nicht auf die gleiche Art, wie es mit Nolan und Declan der Fall ist. Denn während der gesamten Zeit bin ich mir Serenas Nähe nur zu bewusst. Wir berühren uns nicht, und doch ist es, als würde die Luft zwischen uns vibrieren – oder aber es ist völlige Einbildung meinerseits. Denn dass ich mich in der Gegenwart einer Frau so gefühlt habe, ist lange her. Da waren Tinder-Dates, vereinzelte Treffen mit Kommilitoninnen und die ein oder andere Nacht nach einer Party. Doch bei nichts davon habe ich diese kribbelnde Anspannung gefühlt, die mich alles irgendwie bewusster wahrnehmen lässt. Vermutlich sollte ich Abstand wahren, immerhin ist Serena meine Mitbewohnerin, und ich möchte nicht, dass sie denkt, dass ich diese Situation in irgendeiner Art und Weise ausnutze.

Doch als alles aufgegessen ist, Flynn Rider und Rapunzel singend eine goldene Laterne gen Himmel fliegen lassen und Serenas Kopf plötzlich an meine Schulter sinkt, als ich den friedlichen Ausdruck in ihrem schlafenden Gesicht sehe, fällt es mir plötzlich sehr schwer, diese Grenze in meinem Kopf aufrechtzuerhalten.

8. KAPITEL

Serena

Das Klirren von Gläsern und gemurmelte Flüche wecken mich, und ich brauche einen Moment, um zu begreifen, wo ich bin. Verwirrt blinzle ich gegen die Helligkeit an, und erst, als mein Blick auf den Kamin mit den zahlreichen Bildern auf dem Sims fällt, zähle ich eins und eins zusammen. Die Bolognese. Der Film. Aedan. Seine Nähe, die mir trotz des Abstands ein warmes Gefühl gegeben, mich geerdet hat. Die diesen Tag, der mit so viel Trauer und Schmerz begann, in etwas Schönes verwandelt hat.

Ich richte mich auf und bemerke erst jetzt das Kopfkissen, auf dem ich bis eben gelegen habe. Der blau-weiße Kissenbezug ist nicht meiner, also kann ich es nicht im Halbschlaf aus meinem Zimmer geholt haben. Hat Aedan es hierhergebracht? Bin ich beim Film eingeschlafen? Ich greife mein Handy, um die Uhrzeit zu checken. Halb neun. Nicht ungewöhnlich für einen Sonntagmorgen, aber wann bin ich gestern eingeschlafen? Es kann nicht nach sieben Uhr gewesen sein.

»Ist das sein Ernst?« Ein frustriertes Stöhnen dringt zu mir durch, und ich schlage die Decke zur Seite und strecke mich, bevor ich der Lärmquelle in die Küche folge. Ich trage nach wie vor Evelynns schwarze Sachen, meine Muskeln fühlen sich steif an, und in meinem Mund ist ein schaler Geschmack, weil ich gestern eingeschlafen bin, ohne meine Zähne zu putzen. Kurzum: Ich sollte dringend duschen, um mich wieder menschlich zu fühlen. Stattdessen bleibe ich im Türrahmen zur Küche stehen und verkneife mir ein Lachen, als ich sehe, wie Nolan darin wütet.

Als er einen Löffel mit solchem Karacho in die volle Spüle feuert, dass das Wasser bis auf den Boden platscht, entweicht meinem Mund doch ein Laut, und er wirbelt herum. »Ach, du bist's.« Die Falten auf seiner Stirn glätten sich. »Guten Morgen.«

»Morgen. Brauchst du Hilfe?«

»Ja, aber nicht von dir. Sorry, hab ich dich geweckt?«

Ich winke ab. »Nicht schlimm, ich hab viel zu lang geschlafen.«

Hinter mir erklingen schlurfende Schritte von der Treppe her.

»Hey, wieso seid ihr schon wach?« Declan tritt an mir vorbei in die Küche und verbirgt ein herzhaftes Gähnen hinter der Hand. »Kaffee«, murmelt er dann mit einem Grummeln und schiebt sich in Richtung des Wasserkochers. Nolan versperrt ihm den Weg und stößt ein Schnauben aus.

»Den kannst du dir verdienen.« Nolan hält den Topf in die Höhe. »Kannst du das nicht wenigstens einweichen? Wieso kocht ihr den Mist immer genau dann, wenn ich Küchendienst hab?«

»Chill, das war ich nicht.«

Nolans Blick fliegt zur Decke, als würde er am liebsten Laserstrahlen hindurchschießen. »Aedan«, murmelt er.

»Ist deiner Monstera 'ne Blattlaus über die Leber gelaufen, oder was ist los?«

Ich beiße mir noch fester auf die Lippen, und Declan zwinkert mir zu, als er meine zuckenden Mundwinkel bemerkt.

»Komm, ich mach das«, fügt Declan versöhnlicher hinzu, nimmt die Spülbürste und fängt an zu schrubben. »Gönn Aedan noch 'ne Pause. Als ich gestern los ins Pub bin, hat er hier über irgendwelchen Gebäudeplänen gehangen. Vermutlich ging das wieder bis in die Nacht.«

»Ich bin mal duschen, ruft, wenn ihr Hilfe braucht.« Ich mache kehrt und laufe die Treppe nach oben in mein Zimmer, bevor ihnen meine mit Sicherheit geröteten Wangen auffallen können. Beim Gedanken an den wahren Grund für das Chaos in der Küche schießt mir die Hitze ins Gesicht, dabei ist rein gar nichts passiert. Ich bin bloß eingeschlafen. In Anwesenheit meines – wie Eve richtig angemerkt hat – hotten Mitbewohners. Nachdem er für mich gekocht hat. Und mit mir meinen liebsten Disney-Film angeschaut hat. Weil ich einen schlechten Tag hatte, nicht mehr und nicht weniger war das. Doch wieso klopft mein Herz dann so schnell bei der Vorstellung, dass Aedan mir extra ein Kissen gebracht hat?

Ich hole mir frische Kleidung aus der Kommode und drücke die Tür zum Badezimmer besonders langsam auf, da ich mich noch sehr gut an Evelynns andere Bemerkung erinnere, die Aedan und einen nackten Oberkörper betrifft. Doch das Bad ist frei. Ich schäle mich aus der dunklen Kleidung und seufze leise auf, als das heiße Wasser in meinen Nacken prasselt. Im Wohnheim habe ich immer nur kurz duschen können, da das Wasser erst aufgeheizt werden musste und sonst nicht für mich und meine beiden Mitbewohnerinnen gereicht hätte. Mir darüber jetzt keine Gedanken machen zu müssen ist ein Luxus, den ich nie wieder hergeben will. Was ich ebenfalls nicht will, ist, dass meine Gedanken schon wieder zu Aedan wandern, doch sie tun es wie von selbst. Zu dem Ausdruck in seinen Augen, als ich ihm von meinen Eltern erzählt habe. Zu seinem tiefen Lachen, das selbst jetzt, da ich es nur in meiner Erinnerung höre, einen Schauer durch meinen Körper sendet.

»Es tut mir so leid«, beteuert Evelynn zum gefühlt hundertsten Mal. Obwohl ich sie übers Telefon nicht sehen kann, habe ich ihre zusammengezogenen Brauen genau vor Augen. »Ich wäre wirklich gern mitgekommen, aber ich kann Lauren auch nicht hängenlassen.«

»Das macht wirklich nichts.« Auch das habe ich Eve bereits mehrmals gesagt. Luke, ihr Kollege, hat sich beim Hurling die Hand gebrochen und sitzt seit Stunden in der Notaufnahme, weshalb Evelynn seine Schicht im Pub übernehmen muss und nicht, wie ursprünglich geplant, mit mir zu Hope Harbour gehen kann. Nora und Clarisse haben mir auf meine Mail noch nicht geantwortet, doch ich weiß dank Instagram, wo sie heute Essen verteilen, und habe beschlossen, einfach hinzugehen. Auf der Beerdigung klang es, als können sie jede helfende Hand gebrauchen. Vermutlich sollte ich den freien Sonntagabend eher nutzen, um mir etwas für mein Kunstprojekt zum Ende des Semesters zu überlegen. Unsere Dozentin Mrs MacDermott hat uns diese Woche darauf hingewiesen, wie schnell die Zeit bis zur Deadline verfliegen wird, aber dafür wirbeln meine Gedanken heute zu sehr durcheinander.

»Okay«, meint Evelynn mit einem Seufzen. »Wenn du danach noch was trinken willst, komm vorbei, ja? Geht auf mich.«

»Mach ich. Viel Spaß heute, und sag Luke gute Besserung, falls ihr sprecht.«

»Yes, Ma'am.«

Nach einer weiteren Entschuldigung verabschiedet sich Eve, und ich knipse die Lichterketten aus, schnappe mir meine Handtasche und gehe nach unten. Aus dem Wohnzimmer ertönt Gelächter, und als ich den Kopf hineinstecke, sehe ich

Declan, Nolan und Aedan, die nebeneinander auf der Couch sitzen und *Mario Kart* zocken. Vor ihnen liegen zwei Tüten Chips auf dem Tisch. Nolan und Declan tragen Jogginghosen, Aedan eine graue Jeans, und ich frage mich unweigerlich, was er heute so getrieben hat, dabei geht es mich rein gar nichts an.

»Hey!«, Nolan winkt mir und deutet auf den noch freien Sessel, bevor er wieder beide Hände an den Controller legt und sein Rennen fährt. »Fertig mit Telefonieren? Machst du jetzt mit?«

»Ne, ich bin noch verabredet.«

Aedans Blick huscht zu mir, kurz nur, dann konzentriert er sich wieder auf den Bildschirm vor ihm, wo ihn gerade eine blaue Schildkröte trifft. Declan stößt einen triumphierenden Schrei aus, doch Aedan reagiert kaum, er scheint sich nicht einmal zu ärgern, dabei hat er gerade den ersten Platz an seinen Mitbewohner verloren.

»Oh, ein Date?«, hakt Nolan nach und wackelt mit den Brauen.

Wieder dreht Aedan den Kopf zu mir, was zur Folge hat, dass er gegen die Wand fährt. Unsere Blicke treffen sich, und der Ausdruck in seinen Augen bringt mein Innerstes zum Erbeben. Zu gern würde ich mit ihm über gestern sprechen, mich bedanken und gleichzeitig dafür entschuldigen, dass ich einfach eingeschlafen bin. Die Asche im Kamin ist das Einzige, was noch darauf hindeutet, dass der Abend tatsächlich stattgefunden hat. Doch ich sage nichts, erst recht nicht vor den anderen, sondern schüttle bloß den Kopf.

»Nein.« Obwohl es Nolan war, der die Frage gestellt hat, sehe ich Aedan an, als ich antworte. Daher entgeht mir auch nicht, wie seine Miene sich bei meiner Antwort entspannt. Oder bilde ich mir das lediglich ein? Womöglich interpretiere ich in all die Kleinigkeiten viel zu viel hinein.

»Was ist los? Du fährst grottig.« Declan stößt Aedan in die Seite, rast an ihm vorbei ins Ziel und holt mich mit seinem Jubelschrei aus meiner Trance.

»Kein Date«, wiederhole ich. »Ich wollte zu Hope Harbour, dieser Obdachlosenhilfe, und bei der Essensausgabe helfen. Sie sind heute in der North Main Street.«

»Richtig cool, dass du das machst!« Nolan lächelt mir zu, wird von einer der computergesteuerten Figuren überholt und fährt nach Aedan als Vierter ins Ziel. Seufzend legt er den Controller weg. »Ich hasse dieses Spiel.«

»Ich liebe dieses Spiel«, meint Declan grinsend.

Aedan steht auf und streckt sich. »Und ich brauch 'ne Pause von diesem Spiel.«

Mit zu schnell klopfendem Herzen trete ich zur Seite, um Aedan durchzulassen. Ich habe ihn heute noch nicht gesehen, was zum einen daran lag, dass ich in der Stadt einkaufen war, zum anderen daran, dass ich mich kaum aus dem Zimmer getraut habe. Doch wie so oft scheint die Sache mit gestern in meinem Kopf größer zu sein als in der Realität, denn Aedan wirkt vollkommen normal, als wäre rein gar nichts passiert.

Weil rein gar nichts passiert ist.

Die Stimme in meinem Kopf hat recht, und doch stellen sich die feinen Härchen in meinem Nacken auf, als Aedan an mir vorbei in den Flur tritt. In meinem Rücken stehend räuspert er sich leise.

Als ich mich umdrehe, ist da ein beinahe unsicherer Ausdruck in seinen Augen. »Möchtest du Gesellschaft haben? Bei der Essensausgabe, meine ich.«

»Oh, ist schon okay«, sage ich und winke schnell ab. »Ich kenne mindestens zwei Leute dort.«

Kennen ist zwar übertrieben, aber ich will nicht, dass Aedan sich verpflichtet fühlt, mich zu babysitten. Er hat mir immerhin schon zweimal geholfen – mit dem Mietvertrag und gestern.

»Du könntest mindestens drei Leute dort kennen«, meint Aedan und lächelt schief, was schon wieder diese verdammten Grübchen zum Vorschein bringt. Mir war klar, dass ich eine Schwäche für Grübchen habe – aber anscheinend habe ich in erster Linie eine Schwäche für Aedan O'Brien. Und das ist wesentlich schlimmer. »Ich formulier's um: Darf ich dir Gesellschaft leisten?«

»Du möchtest deinen freien Sonntagabend mit Essensausgabe im Kalten verbringen?«

»Jap. Ist bestimmt eine größere Herausforderung, als die beiden Verlierer im *Mario Kart* abzuziehen.«

»Ich hab gewonnen«, ruft Declan.

»Und ich kann dich hören«, erwidert Nolan pikiert.

Aedans Lachen wird zu einem warmen Lächeln, als ich langsam nicke. »Wenn du magst, klar. Ich denke, sie freuen sich über jeden, der mithilft.«

Und ich freue mich. So sehr, dass mein Herz schneller schlägt und es in meinem Bauch zu flattern beginnt. Doch ich drehe mich schnell weg, laufe in die Küche und hole mir eine kleine Flasche Wasser aus dem Kühlschrank, die ich in meinen Rucksack packe. Denn wenn ich eines nicht will, dann, dass er sieht, was für eine Wirkung er auf mich hat. Er ist mein Mitbewohner, und nachdem er mir so sehr geholfen hat, will ich unter keinen Umständen, dass die Situation zwischen uns seltsam wird und er seine Entscheidung womöglich bereut.

Also packe ich stillschweigend meine Sachen zusammen, wickle mir einen dicken Schal um den Hals und lasse Aedan den Small Talk übernehmen, während wir gemeinsam in Richtung Innenstadt laufen. Die Sonne geht bereits unter und taucht den Horizont in sanftes, orangefarbenes Licht. Möwen kreischen über uns, und die Luft ist so klar, dass ich mir einbilde, das Meer zu riechen – auch wenn wir eigentlich noch zu weit vom Fluss entfernt sind.

»Hast du daheim auch Ehrenamt gemacht?«, fragt Aedan, nachdem wir schon über die Uni, Nolans Sauberkeitstick und unsere Lieblingspubs geredet haben.

»Ehrlich gesagt, nein. Das heute wird eine Premiere. Und du?«

»Ich war mal bei einem Spendenlauf dabei und auf ein paar Charity-Events mit meinem Dad«, erwidert Aedan. »Aber ich weiß nicht, ob das so richtig zählt. Einen Lauf wollte ich ohnehin machen, und auf den Galas zahlt mein Dad, nicht ich.«

»Es ist schon beeindruckend, dass du den Lauf überhaupt geschafft hast. Ich hasse Sport, der sich wie Sport anfühlt.«

Aedan lacht leise. »Mit der richtigen Musik geht das schon. Hast du dich denn mittlerweile fürs Bogenschießen eingeschrieben?«

»Noch nicht«, erwidere ich und bin überrascht, dass er sich das überhaupt gemerkt hat. Ich habe es nur in einem Nebensatz erwähnt, kurz bevor Ryan nach ihm gerufen hat.

»Danke noch mal wegen damals«, sagt Aedan, als auch er sich offenbar an die Begegnung mit seinem Kommilitonen erinnert.

»Kein Thema. Und dir danke für gestern.« Nun habe ich es doch ausgesprochen, und Aedans Lächeln nach zu urteilen, waren all meine Sorgen umsonst.

»Gern. Auch wenn ich nicht damit gerechnet habe, dass ich das Ende von *Rapunzel* allein schauen muss.«

»Du hast es fertiggeguckt?«, frage ich überrascht, als die Ampel uns piepend zu verstehen gibt, dass wir die Straße überqueren können.

»Klar, was dachtest du denn? Und wie brutal ist bitte das Finale? Ich dachte, die Filme sind für Kinder?«

»Aw, hattest du Schwierigkeiten, einzuschlafen?«

»Ja, das verkraftet mein zart besaitetes Herz einfach nicht. Aber du hattest immerhin gar keine Schlafprobleme.« Er grinst mich breit an, und schon ist es wieder leicht zwischen uns, und das peinlich berührte Gefühl in meiner Brust löst sich auf. Gerade im rechten Augenblick, denn ich kann die kleine Gruppe, die sich vor der Kirche versammelt hat, bereits in der Ferne ausmachen.

Eine Schlange hat sich auf dem Gehweg vor dem grauen Gebäude gebildet, und als wir näher kommen, sehe ich Noras blonden Haarschopf in der Menge. Doch es ist Clarisse, die mich entdeckt und freudestrahlend auf mich zuläuft.

»Serena!« Zu meiner Überraschung nimmt sie mich in die Arme, bevor sie Aedan die Hand entgegenstreckt. »Ich sehe, du hast Verstärkung dabei, sehr schön. Ich bin Clarisse Dalton, freut mich sehr.«

»Aedan O'Brien, hi.«

Clarisses Augen verengen sich kurz, als sie Aedan mustert, und daran, wie er die Schultern hochzieht, merke ich, wie sich seine Muskeln verkrampfen. Mein Blick huscht zwischen den beiden hin und her.

»Wie unser werter Bürgermeister? Mein Beileid, dass du dir mit ihm einen Namen teilen musst.« Clarisses Brauen sind erhoben, und ihr abfälliges Schnauben macht deutlich, was sie vom Bürgermeister hält. Jetzt erst klingelt es bei mir. O'Brien ist der Name, der in den Artikeln rund um die Obdachlosenpolitik häufiger gefallen ist. Bevor Aedan etwas erwidern kann, deutet sie zu den beiden Tischen, die vorm Eingangsbereich der Kirche aufgebaut wurden und an denen sich die Schlange gebildet hat. »Wir verteilen heute Suppe und Brot, außerdem haben wir drinnen Sachspenden. Wenn ihr mögt, könnt ihr beim Austeilen und Aufräumen im Anschluss helfen. Die Sachspenden übernehme ich mit zwei Kollegen, aber weist gern alle auf uns hin – wir haben Decken, Socken, Unterwäsche, Hygieneprodukte und solche Sachen.«

Aedan und ich nicken, und Clarisse verabschiedet sich bereits wieder, als sie von einem älteren Herrn angesprochen wird, den sie nach innen führt.

»Na dann«, meint Aedan mit einem Lächeln. Die Anspannung von eben scheint verflogen. »Zeig mal, ob du das hier genauso draufhast, wie Referate vorbereiten.«

»Haha. Ich hoffe, du beherrschst es besser als *Mario Kart*, sonst kann ich mich hier nicht mehr blicken lassen.«

»Uff, du teilst ganz schön aus. Und zwar nicht nur Essen.«

Mit einem Kopfschütteln wende ich mich ab und gehe auf Nora zu – doch ich habe ein breites Lächeln im Gesicht. Schon wieder.

Trotz meinem Schal und der dicken Jacke bin ich vollkommen durchgefroren, als wir etwa drei Stunden später die Schüsseln und Löffel zusammenräumen. Es ist mittlerweile komplett dunkel, und die Läden rund um die Kirche haben längst geschlossen. Zwei Frauen laufen mit großen Tüten Popcorn an uns vorbei und waren mit Sicherheit im Kino am Ende der Straße, ansonsten ist es für einen Abend in Cork ziemlich leer und still.

Sean und Bobby sitzen gemeinsam mit Nora und ein paar anderen Helfern vor der Kirche. Sie sind die Männer, die ich vom Friedhof kenne. Sean, derjenige, der schweigend an Charlies Grab saß, war mit diesem mehrere Jahre befreundet. Obwohl wir nur kurz über ihn geredet haben, tat es gut, mit jemandem zu sprechen, der ihn kannte, der die Erinnerung an ihn aufrechterhalten kann.

»Hier«, erklingt eine tiefe, mir sehr bekannte Stimme, als

ich die dreckigen Löffel in den großen Besteckkasten geworfen habe. »Du siehst aus, als könntest du was Warmes gebrauchen.«

Aedan steht vor mir und hält mir eine dampfende Tasse Tee entgegen.

»Danke.« Ich seufze, als meine kalten Finger auf das heiße Porzellan treffen. Sofort beginnen sie zu prickeln. »Dafür und dass du dabei warst. Heftig, wie viel Andrang heute war.«

»Ja, und vermutlich nicht nur heute«, erwidert Aedan, und für einen Wimpernschlag liegt ein Schatten auf seinem Gesicht. Ich verstehe ihn nur zu gut. Ich mag durchgefroren sein, doch ich habe dicke Kleidung und ein beheiztes Haus, in das ich gleich zurückkehren kann.

Meine Gedanken driften, nicht zum ersten Mal, seit ich hier bin, zu Charlie. Viel Zeit zum Plaudern hatten wir heute nicht, trotzdem hat Nora ein wenig von ihm erzählt. Zweimal die Woche hat er Hilfe von Hope Harbour angenommen, doch schlafen wollte er stets in seinem Zelt. Ich habe nicht nachgehakt, wieso, aber ich kann mir vorstellen, dass es sehr viel weniger Schlafplätze als Obdachlose in Cork gibt, die Schlange heute hat zumindest dieses Bild vermittelt.

»Ich möchte das häufiger machen«, sage ich genauso sehr zu mir selbst wie zu Aedan. Charlie mag der Auslöser dafür gewesen sein, dass ich hier stehe, doch all die Menschen heute sind der Grund für meine Worte. Und, wenn ich ehrlich bin, liegt es auch ein bisschen daran, wie ich mich gerade fühle. Gut. Nützlich. Denn so traurig der Grund für die Arbeit hier ist, hat es doch gutgetan, zu helfen.

Ob sich Mama und Papa auch so gefühlt haben?

Wie immer, wenn der Gedanke an meine Eltern aufkommt, versuche ich, ihn niederzuringen. Doch heute lässt er sich nicht vollkommen abschütteln. Denn ich weiß genau, dass sie stolz auf mich wären. Und sosehr ich meinen Großeltern und Vincent gegenüber immer beteure, dass es mir egal ist – die Vorstellung, dass sie stolz auf mich sind, macht wiederum mich stolz. Vermutlich, weil ich diese Worte immer so dringend habe hören wollen.

»Alles okay?« Aedan tritt näher an mich und reißt mich somit nicht nur aus meinen Gedanken, sondern bringt auch mein Herz dazu, von jetzt auf gleich zu rasen, als ob ich einen Marathon gelaufen wäre.

»Ja«, sage ich eine Spur zu schnell, was Aedan auffällt, denn seine dunklen Brauen wandern in die Höhe, aber er hakt nicht weiter nach, sondern gibt mir Raum. Die Stille hat jedoch keine Chance, sich zwischen uns auszubreiten, denn im nächsten Moment räuspert er sich.

»Was hältst du davon, wenn wir unser Referat hierüber halten? Also über ehrenamtliche Gemeinschaftsräume in Cork? Hope Harbour, Night Light und all diese Organisationen? Wenn du hier aushilfst, sitzt du ja direkt an der Quelle, und nach allem, was die Leute eben erzählt haben, gibt es da einige Ansätze, über die es sich zu sprechen lohnt.«

»Total gern!«, sage ich und bin plötzlich wieder hellwach statt kaputt und durchgefroren. »Wäre das denn auch für dich okay?«

»Klar! Wieso nicht?«

»Na ja, das Mardyke zählt zum Beispiel auch als Gemeinschaftsraum – und da du dort Sport machst, hast du dort eher einen persönlichen Bezug.«

»Mag sein, aber hier lerne ich noch was. Und ohne den Sportlern zu nah treten zu wollen, ich glaube, sie freuen sich hier eher über das Interesse.«

»Jetzt hab ich dir das weltbeste Referat versprochen, und die zündende Idee kommt von dir.«

Aedan legt den Kopf schief und sieht mich mit einem Lächeln an, das seine Augen selbst im Dunkeln erkennbar zum Funkeln bringt. »Ich bin sicher, du machst das wieder wett.«

Und obwohl mir klar ist, dass es sich um einen völlig normalen Satz handelt, dass Aedan nicht mit mir flirtet – mein Herz bringt er damit trotzdem zum Stolpern.

9. KAPITEL

Aedan

Es ist unmöglich, mich auf die Arbeit zu konzentrieren, wenn sie mich so ansieht. Mit ihrem intensiven Blick, der mir selbst in dem dämmrigen Licht durch und durch geht. Ich muss aufhören, mit ihr zu flirten, und zwar dringend. In den letzten Stunden haben wir nicht einmal groß miteinander geredet, vielmehr haben wir den Andrang bewältigt und nebeneinanderher gearbeitet. Doch jedes Mal, wenn unsere Hände sich beinahe berührt haben, habe ich es am gesamten Körper spüren können. Ihre Nähe bringt meine Finger nicht weniger zum Kribbeln als das heiße Porzellan, das ich an die Männer und Frauen weitergereicht habe, die hier waren. Paula, eine der Besucherinnen, die in Begleitung eines braunen, etwa kniehohen Mischlingshundes ist, rettet mich, bevor ich Serena noch weitere zweideutige Sprüche entgegenwerfen kann, indem sie zu der Tee-Ausgabe läuft, für die ich heute verantwortlich war.

»Hey, Aedan«, sagt sie, als ich zu ihr trete. Einzelne Strähnen ihres braunen Haars fallen ihr in die Stirn. »Ist noch was von dem Tee da?«

Ich rüttle an den Thermoskannen, wobei die mit Schwarztee nur kläglich plätschert. »Nur noch Kamille, wie's aussieht.«

Paula verzicht das Gesicht, und ich lache leise. »Mag ich auch nicht.«

»Ich nehm trotzdem einen. Kneif ich mir halt die Nase zu beim Trinken.«

»Wir haben auch noch Honig«, erwidere ich, während ich ihre Tasse auffülle.

»Na, dann her damit. Wollen wir mal sehen, ob das was verbessert.« Die Flasche gibt ein schmatzendes Geräusch von sich, als Paula den Honig in die Tasse tropfen lässt.

»Du auch noch?«, frage ich Sean, der jedoch den Kopf schüttelt.

»Nein danke. Ich wollte die hier nur zurückgeben.« Er stellt seine leere Tasse an den Rand der Biergarnitur, die heute als provisorische Theke dient. »Es war schön, dich kennenzulernen. Vielleicht sieht man sich ja mal wieder?«

»Das fand ich auch. Ganz bestimmt«, erwidere ich und merke, dass es stimmt. Ich hatte keine Ahnung, was mich hier erwarten würde – dass ich so viel Spaß haben würde, damit habe ich jedenfalls nicht gerechnet. Erst recht nicht nach Clarisses unterkühlter Begrüßung. Ich hatte Sorge, dass sie mich erkennt, dass sie vor Serena all die Unzulänglichkeiten auspackt, die mein Dad ihrer Meinung nach hat: dass er sich nicht genug einsetzt, dass er falsche Versprechen für Wählerstimmen macht, dann jedoch das Gegenteil ausführt. Dass er schuld am Wohnraummangel und den hohen Mieten ist, weil es nach wie vor keine Mietpreisbremse gibt – all die Dinge, die man eben ständig in den Zeitungen liest. Doch zum Glück kam das Thema nicht auf, und die Stimmung war nicht bedrückt, wie ich befürchtet habe, sondern beinahe ausgelassen.

»Ja, du hast dich besser gemacht, als ich dachte, als du hier aufgekreuzt bist«, fügt Paula hinzu, und ich hebe überrascht die Brauen. »Na ja, mit deinen Designerschuhen und der schicken Jacke. Aber du bist echt okay.«

»Danke«, erwidere ich und sehe verunsichert auf meine weißen Sneaker hinab, was Sean zu einem kehligen Lachen bewegt.

»Hört auf, den Jungen zu ärgern.« Clarisse tritt zu uns, in der Hand hält sie mehrere leere Schüsseln. »Paula hat Vorurteile.«

»Na, er hier doch bestimmt auch.«

Ich will protestieren, beiße mir dann jedoch auf die Zunge. Denn Paula hat recht, ich hatte Vorurteile. Ohne Serena würde ich mit Sicherheit nicht hier stehen. Den ein oder anderen Euro spende ich zwar, wenn ich danach gefragt werde, aber wie viel Eigeninitiative habe ich bislang schon gezeigt? Sosehr ich mich jetzt dafür schäme, wenn ich ganz ehrlich bin, habe ich oft genug bewusst weggeschaut. Wie oft habe ich wie beiläufig aufs Handy geblickt, wenn ich Tesco mit meinen Tüten voll Einkäufen verlassen habe und draußen jemand bettelnd saß? Was, wenn dieser jemand Paula war? Oder Bobby oder Sean? Ab heute tragen diese unbekannten, verschwommenen Gesichter Namen.

»Sag ich doch«, schiebt Paula sichtlich zufrieden hinterher. »Aber immerhin lügt er nicht, das ist doch ein Anfang.« Sie grinst breit und nimmt dann schlürfend einen Schluck aus ihrer Tasse. »Wird Zeit, zu gehen, war ein langer Tag. Die hier leih ich mir bis nächste Woche.« Sie deutet auf ihre Tasse, und Clarisse nickt.

»Geht klar.«

»Na dann, macht's gut!« Paula winkt uns noch einmal zu, ruft ihren Hund und läuft gemeinsam mit Sean zurück zu Bobby. Ich sehe ihnen nach, wie sie die Straße in Richtung des Flusses nehmen, und bemerke Clarisses Blick aus dem Augenwinkel.

»Du hast wirklich gute Arbeit geleistet«, sagt sie und stellt das dreckige Geschirr auf dem Tisch ab. »Entschuldige bitte die ruppige Begrüßung.«

»Alles gut«, erwidere ich und hoffe, dass sie es darauf beruhen lässt. Doch dieses Mal habe ich kein Glück.

»Der Bürgermeister – oder besser gesagt der gesamte Stadtrat – ist hier ein wunder Punkt.«

Serena tritt mit einem weiteren Geschirrstapel zu uns und stellt ihn klirrend neben den von Clarisse. »Weil sie nichts gegen die Probleme tun?«

»Weil sie aktiv dazu beitragen.«

»Inwiefern?«, frage ich und habe Mühe, meine Stimme neutral klingen zu lassen. Ohne es zu wollen, balle ich meine Hände zu Fäusten und verstecke sie, so gut es geht, hinter dem Tisch und den Geschirrbergen. Ich bin es gewohnt, dass schlecht über meinen Dad geredet wird. Und ja, die Politik in dieser Stadt ist weit davon entfernt, perfekt zu sein – aber wo ist sie es schon?

»Puh, wo fang ich an? Die Bänke wurden vor zwei Jahren erneuert, die haben jetzt Armlehnen – sogar in der Mitte. Dadurch können wohnungslose Menschen nicht länger darauf schlafen. Die Parks schließen nachts, da finden sie also auch kein Obdach. An den Fensterbänken vor den öffentlichen Gebäuden gibt es jetzt überall solche Spikes, ähnlich denen zur Taubenabwehr. Defensive oder obdachlosenfeindliche Architektur nennt man das.«

Serenas Augen sind während Clarisses Erläuterungen immer größer geworden. »Hattet ihr das im Studium?«, fragt sie an mich gerichtet. Ich schüttle den Kopf. Hatten wir nicht. Genauso wenig, wie mir diese Neuerungen aufgefallen sind. Zugegeben, das meiste, was ich über Politik weiß, habe ich von meinem Dad – aber auch er hat nie darüber gesprochen.

»Alles, was noch bleibt, sind die Liegeflächen vor den Eingängen der Geschäfte auf der St Patrick Street, die wenigen Unterkünfte, die wir anbieten, oder die Zelte am Fluss.

Und wie das enden kann, wissen wir nun wohl alle.« Clarisse sieht uns mit Nachdruck an, und der Ekel ist ihr aus dem Gesicht abzulesen. Ihr Mund bildet eine dünne Linie, und zwischen ihren Brauen liegt eine tiefe Falte.

»Aber seid ihr euch sicher, dass es die Schuld des Bürgermeisters ist?«, frage ich. Meine Brust fühlt sich wie zugeschnürt an, und meine Stimme klingt kratzig. »Zu solchen Entscheidungen gehören doch mehrere Leute, oder?«

»Klar, aber Torin O'Brien steht mit seinem Gesicht für die Entscheidungen, die in dieser Stadt getroffen werden. Vor ein paar Tagen war noch ein Artikel im *Echo*, dass er es ins County Council schaffen möchte – dann hätte er nicht nur kommunale Entscheidungsgewalt, sondern könnte über die gesamte Grafschaft Cork mitbestimmen. Angeblich will seine Partei ein Irland, das für alle funktioniert. Leider haben sie nur vergessen, dass alle auch wirklich alle meint.«

»Das ist furchtbar«, sagt Serena. »Können wir denn nichts dagegen unternehmen? Demonstrieren? Einen offenen Brief an den Stadtrat schreiben?«

»Es gibt immer mal wieder Demos. Bislang hat es jedoch nie viel bewirkt.«

»Jemand, der so gegen Menschen ist, sollte nicht Bürgermeister sein.« Nun sitzt die zornerfüllte Falte auch zwischen Serenas Augen. Ich möchte einschreiten, möchte meinen Dad in Schutz nehmen, doch meine Zunge klebt trocken an meinem Gaumen und formt keine Worte. Weil ich keine Argumente habe. Wie soll ich die Politik dieser Stadt verteidigen, wenn ich sie bislang nie groß hinterfragt habe? Was würde es auch bringen? Clarisses Bild von meinem Dad ist bereits gefestigt. Und den Gedanken, dass Serena mich so ansieht, mit diesem wütenden, geschockten Blick, ertrage ich nicht. Ich will weder unser Verhältnis gefährden, noch will ich einen Streit provozieren, der sie dazu bringt, dass sie möglicherweise auszieht und wieder ohne Wohnung und Stipendium dasteht. Also bleibe ich stumm. Der Druck in meiner Brust jedoch wächst mit jeder verstreichenden Sekunde.

Einige Minuten später glitzert der River Lee zu unserer Linken und reflektiert das Licht der Straßenlaternen, als wäre alles bestens. Serena hat gefragt, ob wir einen Umweg am Fluss entlang nehmen können. Es ist deutlich zu spüren, dass das Gespräch noch in ihr nachwirkt – so wie in mir, wenn auch auf andere Art und Weise. Einzelne Autos zischen vorbei, und von der anderen Flussseite schallen Musik und Gelächter zu uns herüber. Die sonst strahlend bunten Häuser am Ufer sehen in dem Licht matt und grau aus, dennoch hat das Bild etwas seltsam Schönes.

Seit wir uns von den anderen verabschiedet haben, herrscht Schweigen zwischen uns, und obwohl es keine unangenehme Stille ist, ist es offensichtlich, dass etwas im Raum steht. Irgendetwas sagt mir, dass es nicht nur an den Eindrücken der Essensausgabe liegt, sondern dass mehr dahintersteckt. Doch Serena sagt nichts, sondern stapft wortlos weiter geradeaus. Ich kann es ihr nicht verübeln, denn ich möchte in diesem Moment genauso wenig meine Gedanken aussprechen.

Clarisses abweisende Miene, als sie meinen Namen gehört hat, hat sich ähnlich tief in meine Netzhaut gebrannt wie die Dankbarkeit im Gesicht der Männer und Frauen, als ich den warmen Tee ausgeteilt habe. Ob der freundliche Ausdruck in Feindseligkeit umgeschlagen wäre, wenn sie wüssten, wer ich bin? Vermutlich, und zum ersten Mal kann ich es ihnen nicht ganz verübeln. Zwar weiß ich, dass weder mein Dad noch ich etwas für die Situation in Cork können – aber es ist auch nicht so, dass wir aktiv etwas dagegen unternehmen.

Eine Leiche ist PR-technisch ein Desaster.

Dads Worte kommen mir wieder in den Sinn. Obwohl mir klar ist, dass er sie nicht so gemeint hat, dass der Wahlkampf Druck auf ihn ausübt, dass er nicht wirklich so denkt – nach heute liegt mir der Satz bleischwer im Magen. Niemals hat er für die Änderungen, diese defensive Architektur, gestimmt, oder? Er ist es doch, der ständig betont, dass es Sozialwohnungen bräuchte, dass etwas gegen Altersarmut getan werden muss, dass die Politik nicht nach dem Geld, sondern nach den Leuten schauen soll.

Serena bleibt stehen und stützt die Arme auf die steinerne Mauer, die uns vom Wasser trennt. Das Licht der Laternen taucht ihr Gesicht in einen warmen Schein. Sie schließt die Augen und atmet tief ein, und wären da nicht diese sorgenvollen Falten auf ihrer Stirn, hätte es friedlich ausgesehen. Doch sie sind da.

»Du hast sicher von dem Mann gehört, der am Fluss erfroren ist«, sagt sie, als könnte sie meine Gedanken lesen.

Mein Atem verfängt sich, und mein Magen sackt noch ein Stück tiefer. »Ja«, erwidere ich und trete neben sie. Unsere Ellbogen berühren sich beinahe, doch gerade ist all meine Aufmerksamkeit auf das gerichtet, was sie sagt.

»Ich hab ihn gefunden.«

Für einen Moment hört die Welt auf, sich zu drehen.

»Scheiße.« Meine Hand schwebt eine Weile über ihrem Rücken, unsicher, ob sie Nähe oder ihre Ruhe will. Doch als ich mich entscheide, sie gegen ihren Rücken sinken zu lassen, lehnt sie sich in die Berührung. »Das tut mir so leid.«

»Ich kannte ihn«, fährt Serena fort, und mein Herz sinkt noch ein Stück tiefer. »Also nicht richtig, aber vom Sehen. Wir haben uns ab und an unterhalten. Er war Teil meines Lebens hier.« Sie zuckt mit den Schultern, und am liebsten würde ich sie in den Arm nehmen. Ich habe noch nie einen toten Menschen gesehen, selbst auf der Beerdigung meiner Großeltern nicht, und kann mir daher nicht ansatzweise ausmalen, wie sie sich fühlt. »Gestern war ich auf seiner Beerdigung. Deshalb ging es mir so schlecht.« Geräuschvoll atmet sie aus. »Ich hätte mehr tun müssen.«

Ihre Worte sind leise und doch fest, als spreche sie eine unumstößliche Tatsache aus. Es liegt so viel Schmerz in ihnen, dass es in meiner Brust zieht.

»Du hättest nichts tun können«, sage ich, um sie zu beruhigen, doch es hat den gegenteiligen Effekt. Sie wirbelt herum, die Brauen zusammengezogen, ein Funkeln in ihren Augen, die im dämmrigen Licht beinahe dunkelblau sind.

»Hätte ich nicht?«, fragt sie eine Spur lauter, doch an ihren verschränkten Armen und der Art, wie sie meinem Blick ausweicht, kann ich erkennen, dass die Wut gegen sie selbst gerichtet ist. Nicht gegen mich. Dabei hätte ich sie so viel mehr verdient. Denn wie oft bin ich an den Zelten und den schlafenden Menschen in der Innenstadt vorbeigelaufen? Und im Gegensatz zu Serena bin ich nie stehen geblieben. »Ich hätte so was wie heute viel früher machen können. Ich hätte mir einen Nebenjob suchen und ihm aushelfen können. Stattdessen werde ich von meinem Bruder und meinem Stipendium finanziert und bin durch die Pubs gezogen.«

»Es ist nichts verkehrt daran, dass du dein Leben lebst«, setze ich an, doch Serena bringt mich mit einem Kopfschütteln zum Schweigen.

»Es ist etwas verkehrt daran, wenn mein Lebensstil dafür sorgt, dass andere sterben.«

Ich öffne den Mund, um ihr zu widersprechen, schließlich ist nicht sie dafür verantwortlich, dass all die Menschen, die wir heute kennengelernt haben, auf der Straße leben müssen. Doch ich will ihr den Schmerz auch nicht absprechen. Erst recht nicht, wenn ich es nicht einmal schaffe, meine eigenen Gedanken und Zweifel zum Schweigen zu bringen. Also schließe ich den Mund wieder und blicke stumm mit ihr auf das dunkle Wasser des Flusses. Bis mir schließlich eine Idee kommt.

»Warst du schon mal auf dem St Patrick's Hill?« Früher haben wir Picknicks dort veranstaltet, und in den wenigen Wintern, in denen es Schnee gab, hat mein Dad mich zum Schlittenfahren hingebracht. Als er richtig in die Politik eingestiegen ist, hatte er keine Zeit mehr, doch es ist nach wie vor einer meiner liebsten Rückzugsorte. Vielleicht kann er das auch für Serena werden.

Irritiert sieht sie mich an. »Einmal letzten Sommer.«

»Warst du schon mal nachts dort oben?«

10. KAPITEL

Serena

Ich sollte mir das mit den Sportkursen wirklich noch einmal überlegen, denn als wir die Wiese auf dem St Patrick's Hill erreicht haben, brennen meine Waden, und meine Brust hebt und senkt sich schneller als sonst. Obwohl es so kalt ist, dass Atemweiß aus unseren Mündern in den Nachthimmel emporsteigt, habe ich in meinem Mantel zu schwitzen begonnen. Auf dem Hügel ist es bis auf eine Spaziergängerin mit Hund menschenleer. Als ich mit Evelynn im Sommer hier war, fanden Barbecues statt, Studierende haben sich auf ein Bier getroffen, und es wurde lautstark Musik gespielt. Nun ist die Stimmung nicht ausgelassen, dafür aber beinahe magisch. Ich bleibe mitten auf der Grünfläche stehen und blicke in Richtung Stadt, deren funkelnde Lichter die Nacht erhellen. Cork breitet sich unter uns aus wie ein strahlender Lichterteppich, und ein paar dieser Strahlen bahnen sich ihren Weg durch meine dunklen Gedanken. Ich kann den Shandon Tower erkennen und St Finbarr's Cathedral, die hell erleuchtet über die anderen Häuser ragt.

Aedan lässt sich auf die Bank hinter uns fallen, sieht zu mir auf und deutet mit der Hand auf die freie Fläche neben sich. Ich komme seiner stummen Aufforderung nach, und eine Weile sitzen wir einfach schweigend da.

»Von hier oben wirkt Cork wunderschön«, sage ich in die Stille hinein. Selbst die Frau mit ihrem Hund hat mittlerweile den Hügel verlassen. »Und im Dunkeln.«

»Hast du die Stadt gerade beleidigt?«

»Nur ein bisschen.« Aedan schmunzelt, und die feine Regung in seinem Gesicht bringt mein Herz dazu, schneller zu schlagen. »Das hat Vincent, mein Bruder, damals gesagt, als er mich zum ersten Mal hier besucht hat. Ich hab mich direkt Hals über Kopf in Cork verliebt, während er nicht verstanden hat, wieso ich nicht nach Dublin gezogen bin. Da hatte ich nämlich auch eine Zusage. Cork hat ihm im Vergleich nicht wirklich gefallen.«

»Hat er gesagt, warum?«

Ich schüttle den Kopf. »Nein. Aber ich glaube, Cork zeigt seine Schönheit erst bei genauerem Hinsehen. Auf den ersten Blick sieht man den Asphalt, die leeren Fässer vor den Pubs und den Dreck rund um den Hafen. Doch wenn man genauer hinschaut, dann bemerkt man die bunten Seitenstraßen, lernt die Menschen kennen, hört die Musik aus den Kneipen dringen und findet all die versteckten Orte. Deshalb wollte ich damals bleiben.«

»Ich hab nie woanders als in Cork gewohnt, auch wenn wir früher viel gereist sind. War es schwer, die Heimat zurückzulassen?«

»Nicht wirklich, nein. Ich hab ein paar Freundinnen daheim, aber ich hatte nie einen großen Freundeskreis oder so. Daran bin ich selbst schuld, ich hab mich immer zu sehr in der Kunst verloren und mich ewig lang nicht gemeldet.« Ich ziehe eine Grimasse, als ich daran zurückdenke. Im Studium haben sich einige lose Freundschaften gebildet, sodass ich in den Seminaren nie allein sitzen musste. Doch darüber hinaus war ich nicht sonderlich erfolgreich im Freundefinden. »Das ist besser geworden durch die Zeit hier. Durch die Erasmus-Partys wurde ich raus gezwungen. Und wenn ich mich lange Zeit nicht melde, taucht meine beste Freundin Evelynn vor meiner Tür auf. Also sei gewarnt, sie hat meine neue Adresse.«

»Notiert«, erwidert Aedan mit einem Grinsen.

»Du und Nolan seid ziemlich dicke, oder?«

»Ja, wir kennen uns seit der Schule. Dabei haben wir uns anfangs gehasst. Es gab ständig Streit zwischen uns, so sehr, dass uns angedroht wurde, dass wir in verschiedene Klassen versetzt werden.«

»Warum?«

Aedan beißt sich auf die Lippe, als sei er nicht sicher, wie er diese Frage beantworten soll. »Mein Dad …« Er zögert. »Nolan und ich kommen aus unterschiedlichen Welten, sagen wir es einmal so.« Er lacht nervös, und ich muss an die Begegnung mit Ryan denken. Es ist offensichtlich, dass Aedan ungern auf seine Eltern angesprochen wird, etwas, was ich nur zu gut nachempfinden kann. »Kinder eben«, fährt er fort. »Jetzt streiten wir uns nur noch bei *Mario Kart*.«

Unser Gespräch wird von einem Summen unterbrochen, als mein Handy in meiner Manteltasche vibriert. Ich ziehe es hervor und kneife die Augen zusammen, da das helle Display mich blendet.

»Mein Bruder«, murmle ich. Wie immer will er wissen, wie es mir geht und ob ich alles habe, was ich brauche. »Oh, und Evelynn.«

»Alles okay?«

»Ja, mein Bruder macht sich nur Sorgen seit der Sache mit Charlie. Und Evelynn wollte eigentlich mitkommen, hat dann aber wegen der Arbeit abgesagt, und fragt, ob ich noch ins Pub komme. Sie jobbt im Sin É.«

»Soll ich dich hinbringen?«

Ich denke kurz nach, schüttle dann jedoch den Kopf, da ich die Ruhe und das Gespräch mit Aedan gerade gegen nichts tauschen möchte. »Nein. Ich bin nicht wirklich in Feierlaune.«

Aedan nickt, und wir schauen schweigend auf die Stadt. Wie lange, kann ich nicht sagen. Doch mein Atem geht wieder normal, und die Kälte dringt in meine Poren. Mit ihr kehren auch die Gedanken an Charlie zurück, die ich kurz habe verdrängen können.

»Kannst du mich ablenken?« Meine Stimme ist ein Flüstern, so sacht wie die Luft um uns herum. Aedan dreht den Kopf zu mir, und sein Blick ist dermaßen intensiv, dass er mir einen Schauer über den Körper jagt. Er hat die Lippen leicht geöffnet, als wolle er sprechen, schließt sie jedoch wieder. Seine Lippen … Ich schlucke und zwinge mich, den Blick von Aedans Mund abzuwenden, denn dieser bringt mich tatsächlich auf Gedanken, wie er mich ablenken könnte.

»Wann hast du bemerkt, dass du das Malen liebst?«, fragt er schließlich.

Geräuschvoll stoße ich einen Schwall Luft aus. »Puh, das wird jetzt eher Deep Talk statt Ablenkung.«

»Du musst nicht …«, beginnt er, doch ich winke ab.

»Ich war eigentlich wirklich schlecht im Zeichnen. Daheim an der Pinnwand hingen Bilder von Vince und mir, und meine waren furchtbar im Vergleich.«

»Alle Kinderzeichnungen sind furchtbar.«

»Ja, aber bei allen Kindern sieht man irgendwann Fortschritte, ich war selbst mit zehn gefühlt auf dem Niveau einer Dreijährigen. Und dann sind meine Eltern gestorben.«

Wie schon beim letzten Mal zieht sich in mir etwas zusammen. Normalerweise erwähne ich sie nicht von mir aus, doch Aedan hat etwas an sich, das dafür sorgt, dass ich mich fallen lassen kann.

»Vincent und ich wurden in Therapie gesteckt, und ich war richtig genervt, dass ich gehen musste. Ich hab's meiner Therapeutin echt nicht leicht gemacht. Ich war nicht unhöflich oder so, im Gegenteil. Ich bin zu jeder Stunde hingegangen, habe ihre Fragen brav beantwortet, manchmal hat sie mich angeschwiegen, damit ich erzähle, und ich hab einfach zurückgeschwiegen, weil es nichts zu sagen gab. Und dann hat sie mir einen Zettel und eine Kiste voll Buntstifte in die Hand gedrückt.«

»Und du hast es geliebt?«

»Ich hab es gehasst.« Ich lache leise bei der Erinnerung. »Ich kam mir vor wie im Kindergarten und fand es superätzend. Zumal sie mir gar nicht wirklich gesagt hat, was ich malen soll. Sie hat mir immer irgendwelche Dinge erzählt, und ich sollte malen, was ich fühle. Damals dachte ich noch, dass das gar nicht geht. Gefühle malen, meine ich.« Ich hebe die Schultern. »Und dann haben meine Bilder irgendwie Sinn ergeben. Sie waren immer noch grauenvoll, aber sie haben mir geholfen, mich und die Welt zu verstehen. Ich hab nicht angefangen zu malen, weil ich es liebte. Ich habe angefangen zu malen, weil ich es brauchte. Die Liebe kam erst später. Mit ihr kam dann das Interesse am Handwerk dahinter.« Bei der Erinnerung an die zahlreichen YouTube-Tutorials, die ich mir angeguckt habe, und an die Verzweiflung, wenn ich die Perspektiven dennoch nicht hinbekommen habe, muss ich lächeln. »Und jetzt sitze ich hier und hab ein Stipendium für mein Kunststudium ergattert. Das klingt alles ziemlich egoistisch, oder? Kunst nur zu machen, damit es einem selbst besser geht?«

»Nein, gar nicht. Eine Sängerin ist doch auch nicht egoistisch, weil sie über ihren Herzschmerz schreibt. Sie hilft damit ja trotzdem auch anderen, die etwas Ähnliches durchmachen.«

»Ganz schön weise.«

»Jap, so bin ich. Manchmal ist es eine Bürde«, sagt Aedan mit einem Seufzen. »Also willst du Künstlerin werden? So richtig mit Vernissage und allem Drum und Dran?«

»Ich glaube nicht, dass ich dafür gut genug bin.« Aedan setzt an, zu protestieren, doch ich hebe bereits lachend die Hand. »Wehe, du sagst was Gegenteiliges. Du hast noch nichts von mir gesehen. Glaub mir einfach, wenn ich dir sage, dass es da draußen Unmengen an Leuten gibt, die es wesentlich mehr draufhaben. Mein Traum wäre es aktuell trotzdem. Aber ich hab mich für diesen Kurs entschieden, weil er Management und kreatives Produzieren lehrt, ich könnte damit also eine ganze Bandbreite an Dingen machen. Das erschien mir sinnvoller. So, aber genug zu mir. Wieso machst du, was du machst?«

»Okay, aber ich warn dich direkt: Ich hab keine so spannende Geschichte.«

»Du hast auch nicht den Tote-Eltern-Bonus.«

Aedan reißt die Augen auf und wirkt für einen Moment sprachlos. Bei seinem geschockten Gesichtsausdruck breche ich in lautes Gelächter aus, nur um mir kurz danach die Hand auf den Mund zu schlagen. »Entschuldigung, das war komplett daneben. Ich …« Ich schüttle den Kopf. »Es ist das erste Mal, dass ich so locker darüber sprechen kann, weißt du? Hier kennt sie niemand, und ich kann einfach von ihnen erzählen, ohne mir Gedanken zu machen, was mein Gegenüber denkt.« Ich halte inne und beiße mir auf die Lippe. »Na ja, außer dass du jetzt denkst, dass ich komplett pietätlos bin.«

»Tu ich nicht. Wieso kannst du daheim nicht normal über sie reden?«

»Nope«, sage ich und schnippe Aedan mit dem Finger gegen den Oberarm. »Erstens wird es dann wirklich zu deep, zweitens warst du gerade am Erzählen, und ich hab dich unterbrochen.«

»Ich hab als Kind schon gern gebastelt und Lego gebaut und all so was, zumindest ist das die Geschichte, die meine Eltern immer erzählen. Aber ich glaube, eigentlich kommt die Liebe daher, dass Architektur überall ist. Sie ist dauerhaft, aber sie erfindet sich ständig neu. Es gibt wahnsinnig schöne Gebäude, und es gibt praktische Gebäude, und idealerweise kombiniert man beides. Ich mag es, neue Dinge auszuprobieren, neue Formen, aber auch Funktionen. Und es ist ein so breites Feld! Man denkt bei Architektur immer nur ans Häuserbauen, aber theoretisch ist es wie in der Kunst: Du kannst ins Design, die Film- oder Videobranche. Früher hab ich das sogar mal überlegt. Nolan und ich haben echt viel *Minecraft* gezockt, und ich hab mir eingeredet, das zählt als Praxiserfahrung.«

»Das wären bestimmt wunderschöne Häuser geworden«, werfe ich ein.

»Hey, wir haben eine *Star-Wars*-Map inklusive Coruscant gebaut, die bis heute genutzt wird! Ich hab also schon damals einen bleibenden Eindruck hinterlassen.«

»Okay, okay.« Beschwichtigend hebe ich die Hände, muss aber schon wieder lachen. Da ist keine innere Kälte mehr, und der Druck auf meiner Brust, den die Gedanken an Charlie stets hinterlassen, ist weg. Stattdessen breitet sich Wärme in mir aus. Aedan hat es erneut geschafft, mir meine dunklen Gedanken zu nehmen. Genauso wie sein Blick es schafft, mich zum Beben zu bringen. Denn in ihm liegt eine Neugierde, aus der ich einfach nicht schlau werde.

11. KAPITEL

Aedan

Ich hätte keinen Kaffee trinken sollen. So heftig, wie mein Herz pocht, während Mr White sich die Entwürfe ansieht, die ich zu unserem Treffen mitgebracht habe, ist das Koffein gerade auf jeden Fall ein Overkill. Ich bin heute Morgen bereits Stunden vor meinem ersten Seminar wach geworden, und auch für unseren Termin war ich viel zu früh dran und saß bereits eine halbe Stunde eher im Café Velo. Das Café befindet sich ein paar Gehminuten außerhalb der Innenstadt und nur wenige Meter von Mr Whites Büro entfernt. Michael White. Der Stararchitekt, der in diesem Moment vor mir sitzt und sich meine Entwürfe ansieht. Ganz glauben kann ich es immer noch nicht. Dass er anerkennend nickt, genauso wenig.

»Gar nicht übel. Mir gefällt dein Ansatz für das Dach des Hotels«, sagt er, faltet die großen Papiere wieder und klopft sie einige Male gegen die Platte des Holztischs, um sie zu ordnen. Alles, was er tut, strahlt Autorität aus. Passend zu seinem Namen durchziehen erste weißgraue Strähnen sein ansonsten schwarzes Haar, und selbst wenn ich nicht wüsste, wer er ist, würde er mir direkt Respekt einflößen. »Dein Vater hatte recht, was dich anbelangt.«

Meine Aufregung erhält einen kleinen Dämpfer bei der Erwähnung meines Dads. Es ist albern, dass ich mich davon runterziehen lasse, immerhin habe ich das Treffen hier wirklich den Kontakten meines Dads zu verdanken. Das ist eine unumstößliche Tatsache und etwas, wofür ich dankbar sein sollte. Anstatt Frust zu fühlen, sollte ich mich eher über Mr Whites Lob freuen.

»Danke«, sage ich mit einem Lächeln und atme tief durch. Ich mag hier wegen meines Dads reingekommen sein, aber wenn ich bleibe, dann liegt es an meinem Können. Jemand wie Mr White würde meine Pläne nicht loben, wenn sie misslungen wären.

»Ich schließe daraus, dass du bei dem Projekt etwas mehr machen möchtest, als Kaffee bringen und Budgetpläne aktualisieren.«

»Idealerweise ja. Mir ist klar, dass Sie bereits genehmigte Baupläne haben werden, aber ich wollte trotzdem auf dem Projekt rumdenken«, sage ich und deute auf die Papiere in seiner Hand, die er daraufhin zu mir herüberschiebt. »Ich will mich wirklich einbringen. Nicht, indem ich Ihre Pläne umwerfe, aber es ist mein erstes praktisches Projekt, und ich möchte Erfahrungen sammeln.«

Mr White nickt. »Ich bin ehrlich: Das erleichtert mich, zu hören. Ich arbeite für gewöhnlich nicht mit Studierenden zusammen, nicht an solch großen Projekten zumindest. Als dein Vater auf mich zukam, habe ich in erster Linie damit gerechnet, dass du ein Klotz am Bein bist.«

Ich hebe die Brauen, etwas irritiert von seiner direkten Art.

»Ich sage das nicht, um dich vor den Kopf zu stoßen«, schiebt Mr White sofort hinterher, als er mein Gesicht sieht. »Sondern weil ich glaube, dass es fair ist, dass du die Umstände vollumfänglich kennst. Wir wollen mit dem Gebäude einen neuen Meilenstein setzen. Es soll, wieder einmal, das höchste Gebäude Irlands werden, und im unteren Bereich wird es

Konferenz- und Co-Working-Räume geben. Das war mehr ein Kompromiss, um es der Stadt schmackhaft zu machen, da Hotels gerade unter keinem guten Stern stehen. Es gibt zu wenig Wohnraum, das ist uns allen klar, aber Hotels sind die Bauprojekte, die in der Regel all den Frust abbekommen. Den Namen O'Brien mit an Bord zu wissen ist natürlich ein weiterer Bonus, den wir dank dir hätten.«

Ich nicke und bemühe mich um ein Lächeln. Eigentlich ist mir seine schonungslose Ehrlichkeit lieber, als dass er mir etwas vormacht. Und macht es wirklich einen Unterschied? Ich darf an einem Hotel mitwirken, und das mit gerade einmal dreiundzwanzig Jahren.

Ich werde in einem Jahr nicht nur meinen Abschluss in der Hand halten, sondern mir Irlands höchstes Gebäude in die Vita schreiben dürfen. Meine Gedanken fliegen zu gestern Abend zurück. Zu Serena und zu dem Ausblick über die Stadt. Bei der Vorstellung, dass ich – dass wir – meinem Projekt von dort oben beim Wachsen zusehen können, zieht es sehnsüchtig in meiner Brust. Mit etwas Glück stehen mir damit alle Türen offen. Ich würde mir einen eigenen Namen machen. Ja, vielleicht mag ich diesen Job dank meines Dads erhalten haben, doch alle künftigen wird man mir geben, weil ich in diesem hier beweisen werde, was ich kann.

»Wenn du willst, schicke ich dir die Baupläne heute Nachmittag zu, damit du einen Blick darauf werfen kannst. Die Fläche ist schon eine ganze Weile geebnet, der Bau hat auch bereits begonnen, aber wir stehen noch ganz am Anfang. Viel hast du also nicht verpasst.« Er trinkt einen Schluck von seinem Kaffee, dann lehnt er sich nach vorn. »Ich habe eine Verschwiegenheitserklärung mitgebracht. Nichts von dem, was wir besprechen, keine Interna sollen nach außen gelangen. Weder an die Presse noch an deine Kommilitonen, okay? Du kannst über alles sprechen, was sich auf der Website oder auf der offiziellen Seite der Stadt finden lässt, aber nichts darüber hinaus.«

Ich nicke erneut. »Verstanden.« Mit jedem seiner Worte wird das aufgeregte Kribbeln stärker, während ich mich ebenfalls nach vorn lehne und wie gebannt an seinen Lippen hänge. Er schiebt mir ein weiteres Blatt Papier zu.

»Hier stehen noch ein paar Eckdaten drauf. Das Praxissemester ist vergütet, und wir erwarten dich ab Februar zwanzig Stunden die Woche – wobei wir es flexibel gestalten können, solltest du Prüfungen oder Ähnliches haben.«

»Das passt perfekt!«, sage ich sofort. Zwanzig Stunden Arbeit neben dem Master mögen viel sein, doch es bedeutet zwanzig Stunden Praxiserfahrung. Zwanzig Stunden Lernen von dem Mann, der an berühmten Bauten rund um den Globus mitgearbeitet hat.

»Sehr schön. Lies dir die Verschwiegenheitserklärung und alle Infos in Ruhe durch und schicke sie mir dann unterschrieben per Mail. Das war auch alles an Papierkram, ich kann ihn langsam nämlich nicht mehr sehen. Du hast Glück, dass die ganze Bürokratie rund um den Bau schon erledigt ist, das war eine Mordsarbeit.« Zum ersten Mal in unserem Gespräch tritt ein Lächeln auf sein Gesicht, und plötzlich sieht er sehr viel nahbarer aus. Es bringt seine hellbraunen Augen zum Funkeln, als er weiterspricht. »Jetzt beginnt der richtige Spaß! Ich freu mich, dass du an Bord bist, Aedan.«

Er streckt mir die Hand entgegen, und als ich einschlage, habe ich das Gefühl, mich endlich einmal beweisen zu können – fernab des Namens meines Dads.

»Aedan!«

Meine Mam begrüßt mich in einer Lautstärke, die allen anderen Besucherinnen und Besuchern ein empörtes »Pscht!« beschert hätte, doch so häufig, wie sie in der Bibliothek aushilft, traut sich das bei ihr wohl niemand mehr.

»Hi, Mam«, flüstere ich zurück, und als sie mich umarmt hat, hält sie mich noch eine Weile an den Armen fest, um mich von oben bis unten zu betrachten.

»Wann bist du nur so erwachsen geworden?«

»Mam, es ist nur knapp eine Woche her, dass wir uns gesehen haben.«

»Und trotzdem hast du dich schon wieder verändert. Komm mal in mein Alter und hab Kinder. Erst machen sie dir graue Haare, und dann erinnern sie dich mit jeder kleinen Veränderung daran, wie schnell du älter wirst.«

»Ich seh kein einziges graues Haar, was wohl daran liegt, dass ich so ein wundervoller Sohn bin.«

»Daran oder an der frischen Farbe.« Meine Mam lacht leise und fährt sich über das dunkelbraune Haar, das sie mir vererbt hat. »Was hältst du von Kaffee im Park, und du erzählst mir von deinem Treffen mit Mr White?«

»Ja zu Park und Reden, Nein zum Kaffee, ich bin sowieso schon viel zu aufgedreht. Aber kann ich noch kurz in …«

»… die Fantasy-Abteilung«, vervollständigt sie meinen Satz mit einem Seufzen. »Natürlich. Wobei die Bücher fürs Cork Book Fest eingetroffen sind. Da sind tolle irische Titel dabei.«

»Cool!«, erwidere ich, doch sie weiß auch ohne mein Grinsen, dass ihre Hoffnung vergebens ist. Meine Eltern können mit Fantasy und Science-Fiction rein gar nichts anfangen. Es war Nolan, der die Liebe dafür in mir geweckt hat. Als meine Mam mit ihrer ehrenamtlichen Arbeit in der Bibliothek angefangen hat, bestand die Fantasy-Abteilung aus einem traurigen Regal in der Ecke zwischen Reiseliteratur und historischen Romanen. Mittlerweile ist sie auf drei stolze Regale angewachsen, was zu großen Teilen mein Verdienst ist.

»Hey, Aedan«, flüstert mir Stephanie, eine Kollegin meiner Mam, mit einem Winken zu, als ich an ihr vorbeilaufe. Ich liebe es, dass ich die Auswahl hier mitgestalten konnte, liebe, dass neben mir noch zwei weitere Menschen vor den Regalen stehen, wo einer von ihnen gerade *Dune* vom Brett zieht. Wenn dieser Anblick schon für so viel Stolz sorgt, wie muss es sich da erst anfühlen, an der Entstehung eines kompletten Gebäudes beteiligt zu sein?

Eine halbe Stunde später sitzen wir mit unseren Getränken auf einer der Bänke in dem kleinen Park direkt neben der Stadtbibliothek. Außer uns ist kaum jemand hier, was bei der Kälte kein Wunder ist. Selbst der Springbrunnen vor uns ist leer, nur eine einsame Krähe hockt krächzend dort, wo normalerweise das Wasser herabsprudeln würde. Für eine Stadt in Irland hat Cork überraschend wenig Grünflächen. Wann immer wir ins Grüne wollten, sind wir in die umliegenden Dörfer gefahren, oder aber ich bin mit Nolan bis zum Blackrock Castle gestapft, so nah, wie man dem Meer von hier zu Fuß kommen kann, und wir haben bei Ebbe im nassen Schlamm gespielt. Sehr zur Freude unserer Eltern. Doch dieser Park birgt ebenfalls etliche Erinnerungen an früher. Meine Mutter und ich waren hier regelmäßig mit meinem Dad, wenn er Mittagspause hatte.

»Das klingt alles ganz wundervoll«, sagt meine Mam, nachdem ich das Treffen mit Mr White zusammengefasst habe. »Wir müssen auf jeden Fall eine Nacht zur Eröffnung dort buchen! Aber pass auf, dass du dich nicht übernimmst. Neben deinen Univeranstaltungen klingt das nach ganz schön viel Arbeit.«

»Das wird schon. Ich mach es einfach wie du und lebe ab jetzt in der Bibliothek.«

Meine Mam lacht und gibt mir einen Knuff in die Seite. »Mach dich nur lustig. Ich liebe es dort. Die Stille, das Rascheln von Papier – außerdem freuen sich die Leute über jede helfende Hand.«

»Wie laufen denn die Vorbereitungen fürs Book Fest?«

»Sehr gut! Es gab etliche Zusagen, das Programm geht im Februar online.«

»Und wenn das über die Bühne gebracht ist, geht es mit dem Jazz Festival weiter?«

»Du sagst das, als wäre es etwas Schlechtes. Kultur ist wichtig«, tadelt sie und stupst mir mit dem Ellbogen in die Seite. Auf ihrem Gesicht liegt ein Lächeln, das auch meine Mundwinkel dazu bringt, sich zu heben. Sie liebt ihren Job. Das hat sie früher bereits, als sie noch an der Oper gearbeitet hat. Nach künstlerischen Differenzen mit dem Opernhaus organisiert sie jetzt jedoch federführend andere Projekte in und rund um Cork. »Erzähl mir lieber, was es bei dir Neues gibt.«

»Wir haben eine neue Mitbewohnerin«, sage ich das Erste, was mir in den Sinn kommt. Natürlich ist es Serena. Weil meine Gedanken ständig, besonders aber seit gestern Abend, in ihre Richtung wandern. Während ich mir bei unserem Filmabend noch eingeredet habe, dass ich mich bloß um sie gesorgt habe, weil es ihr schlecht ging, ist mir mittlerweile klar, dass es mehr ist. Es ist ihre Offenheit, die Art, wie sie über die Kunst spricht, als wäre sie ein fester Teil von ihr. Wie sie sich für andere einsetzt und Dinge sieht, denen ich viel zu lange gar keine Beachtung geschenkt habe.

»Ich hörte davon. Und?«, erwidert meine Mutter und sieht mich auffordernd an. Vermutlich, weil sie mir meine Gedanken mal wieder an meinem Gesicht ablesen kann. Es ist Fluch und Segen zugleich, sich so gut mit seinen Eltern zu verstehen. Denn Sachen vor ihnen geheim halten lag mir noch nie.

»Sie ist nett.«

Ihre Augen funkeln amüsiert, als sie schmunzelnd einen Schluck ihres Kaffees trinkt. Ich nippe ebenfalls an meiner heißen Schokolade, um nicht weiter auf ihren Kommentar eingehen zu müssen. Denn wenn ich ehrlich bin, gehen meine Gedanken Serena gegenüber in eine Richtung, die es gar nicht gäbe, fände ich sie bloß nett. Doch ich werde sie weder ihr noch mir gegenüber ausformulieren. Es würde ein Zusammenleben mit Serena nur unnötig verkomplizieren. »Wie nett denn?«

»Mam«, erwidere ich stöhnend, woraufhin sie laut auflacht.

»Du bist immer noch so verschwiegen wie eh und je.«

»Und du immer noch so neugierig!«

»Das ist mein Job als Mutter«, meint sie schulterzuckend. »Wenn du mir nichts verrätst, lade ich mich eben selbst einmal zum Frühstück ein.«

»Wag es ja nicht.«

»Abwarten.« Ihr Schmunzeln ist mittlerweile ein ausgewachsenes Grinsen, weil sie genau weiß, wie sie mich auf die Palme bringen kann. Zum Glück bohrt sie jedoch nicht weiter nach, sondern blickt seufzend auf ihre Uhr. »Den Rest müssen wir wohl im Gehen trinken. Um fünf Uhr schließt der Park. Ich kann es kaum erwarten, dass es Frühling wird und er zumindest ein bisschen länger aufhat.«

»Warum schließt er überhaupt?«

»Das tun alle im Zentrum. Der Fitzgerald's Park auch. Damit niemand hier übernachtet oder die Grünflächen zerstört, nehme ich an. Da musst du deinen Dad fragen, aber allem Anschein nach sind die Obdachlosen ein großes Problem.«

»Sind sie wirklich das Problem? Ich wette, die ganzen Betrunkenen zerstören weitaus mehr.« Ich spüre, wie mein Herzschlag sich beschleunigt. Clarisses Worte hallen mir noch deutlich in den Ohren nach. Wenn sie mit dem Grund für die Schließung der Parks recht behält, was, wenn sie bei meinem Dad dann auch nicht völlig danebenliegt? Könnte er mehr unternehmen? Hätte er genug Einfluss dafür?

Meine Mam legt den Kopf schief und nickt. »Das stimmt vermutlich, ja. Vielleicht sind auch sie der Grund.«

»Ich war mit Serena, der neuen Mitbewohnerin, bei der Obdachlosenhilfe.«

»Oh?« Überrascht sieht meine Mam mich an. »Engagiert sie sich da? Das ist ja toll!«

»Ja, seit Kurzem. Ich hab sie nur begleitet, aber …« Ich hebe die Schultern. »Ich glaube, wir müssten wirklich mehr tun. Der Mann, der am Fluss erfroren ist – so was darf nicht noch einmal passieren.«

Meine Mam nickt. »Absolut. Das ist eine Tragödie. Ich finde es toll, dass Serena sich ehrenamtlich einsetzt.« Erneut umspielt ein Lächeln ihren Mund. »Wer weiß, vielleicht möchtest du sie ja mal mit in die Bibliothek bringen, wenn sie so gern hilft …«

Meine Mam wackelt mit den Brauen, und obwohl ich weiß, dass es nur als Scherz gemeint ist, kann ich mir dieses Mal kein Lächeln abringen. Für sie ist das Thema bereits wieder erledigt. Abgeheftet, vergessen, nicht ihr Problem, so wie es all die Zeit nicht meins war. Doch die vielen Menschen gestern … auf diese Art wird keinem von ihnen jemals geholfen. Und es ist traurig, dass es Serena gebraucht hat, um mir das vor Augen zu führen. Dass ich nur durch sie erfahren habe, dass es sich bei Charlie nicht um einen namenlosen Obdachlosen handelt, sondern dass er nun ein Gesicht hat, eine Geschichte, Menschen, die ihn lieben. Ein Leben, das noch nicht hätte enden dürfen.

12. KAPITEL

Serena

»Mach's gut!«

»Bis nächste Woche!«

»Bis dann«, rufe ich zurück, werfe mir meinen viel zu schweren Rucksack über die Schultern und eile aus dem Gebäude, wobei ich beinahe mit Nora zusammenstoße, die in dem Moment gemeinsam mit Sean zur Tür hereinkommt und lachend ausweicht.

»Ciao«, sagt sie ebenfalls und winkt mir zum Abschied. Ich erwidere die Geste, dann eile ich in Richtung College. Die Zeit bei der Obdachlosenhilfe heute ist genauso schnell vergangen wie die letzten Wochen. Wenn ich nicht gerade zum Lernen in der Bibliothek oder mit Evelynn in unserem Stammcafé saß, dann war ich in dem kleinen Hauptgebäude von Hope Harbour oder im Night Light. Aedan und ich haben beide Unterkünfte für unsere Interviews besucht. Das Referat wird wesentlich emotionaler als geplant. Eine Mitarbeiterin des Night Lights hat uns erzählt, dass beinahe vierhundert Menschen letztes Jahr ihre Hilfe in Anspruch genommen haben. Bei einer Stadt in der Größe von Cork ist das eine enorme Menge, die umso deutlicher zeigt, wieso hier jede helfende Hand benötigt wird. Das scheint auch Aedan aufgefallen zu sein, denn Anfang der Woche war er erneut bei der Essensausgabe dabei. Diesmal war die Stimmung zwischen ihm und Clarisse deutlich entspannter. Auch ich werde in seiner Gegenwart zunehmend lockerer – mittlerweile weiß er so viel über mich, was ich sonst sorgfältig für mich behalte. Doch irgendetwas an Aedan bewirkt, dass ich all meine Schutzschilde senke. Schon jetzt vermisse ich seine Gegenwart, denn nächste Woche startet sein Job im Architekturbüro. Er hat bereits angekündigt, dann weniger helfen zu können, doch wenn ich ehrlich bin, werde ich das gemeinsame Kochen, die *Mario-Kart*-Abende und all das noch mehr vermissen.

Das Piepen der Ampel reißt mich aus meinen Gedanken, und ich werfe einen Blick auf mein Handy. Die Uhrzeit lässt mich in einen Laufschritt verfallen, denn ich schaffe es niemals in nur sechs Minuten bis zum Campus. Mist! Ausgerechnet jetzt, da unser gemeinsamer Kurs ansteht. Jeden Montag und Freitag um elf Uhr haben Aedan und ich unser Seminar bei Mrs Bonfield. Das, für das ich ihm die beste Präsentation aller Zeiten versprochen habe. Nur dass ich die – abgesehen von den Interviews – ebenfalls noch nicht begonnen habe.

Im Laufen öffne ich den Chat-Messenger, um Aedan kurz Bescheid zu geben, dass ich mich verspäte. Er antwortet binnen Sekunden und verspricht, mir einen Platz freizuhalten. Obwohl unsere Nachrichten nie aus mehr bestehen als aus Informationen zur Uni oder Einkaufslisten für die WG, schlägt mein Herz jedes Mal schneller, wenn ich seinen Namen auf dem Display lese. Dabei schicke ich selbst Declan und Nolan mehr Emojis und Small-Talk-Nachrichten als Aedan. Sogar am Montag, als Aedan wegen des Gesprächs mit dem Architekten sichtlich nervös war, habe ich mich kaum getraut, ihn zu beruhigen. Ein Teil von mir schiebt den Zeitmangel als Ausrede vor, aber eigentlich ist mir klar, dass es andere Gründe gibt.

Es ist nicht so, dass ich nicht mit Aedan reden oder Zeit verbringen will. Es ist vielmehr so, dass ich es zu sehr will. Ich will, was wir auf dem St Patrick's Hill hatten. Tiefschürfende, aber auch alberne Gespräche. Ich will reden über unsere Vergangenheit und was ihn im Moment beschäftigt. Doch so einfach ist das nicht. Evelynn mag im Scherz gesagt haben, dass Aedan hot ist, und wenn es nur das wäre: Ich käme klar. Doch es ist die Art, wie er mir zuhört, wie er, ohne zu zögern, sowohl mir als auch den Menschen bei der Essensausgabe geholfen hat. Die Art, wie er mich ansieht. Wie sein Blick manchmal etwas zu lange auf mir verharrt, wie er ihn zu meinen Lippen gleiten lässt. Ganz langsam. Auskostend. Als ob …

Aufhören!

Ich schiebe die Gedanken beiseite, renne über die Straße, obwohl die Ampel eigentlich gerade auf Rot gesprungen ist, und biege in die Washington Street ab. Als der Campus langsam in Sichtweite rückt, klingelt plötzlich mein Handy. Für einen kurzen, irrationalen Moment denke ich, dass Aedan anruft, doch Vincents Name erscheint auf dem Display.

»Hi!«, begrüße ich ihn.

»Alles okay? Du klingst, als ob du kurz vorm Krepieren bist.«

»Danke. Große Brüder sind ein Segen.«

»Ja, nicht wahr? Was machst du denn?«

»Zur Uni rennen, zu einem Seminar, zu dem ich jetzt schon zu spät bin.«

»Kaum hat sie ein Stipendium, hebt sie ab«, meint Vince mit einem Seufzen. »Aber ernsthaft: Willst du es nicht mal mit Sport probieren?«

»Mach ich ja gerade. Quasi. Was gibt's denn? Oder rufst du nur an, um deine kleine Schwester zu beleidigen?«

»Ich rufe an, um meine kleine Schwester daran zu erinnern, dass Opa bald Geburtstag hat.«

»Daran musst du mich nicht erinnern, das hat er jedes Jahr.«

»Wir brauchen ein Geschenk.«

»Und du bist mal wieder planlos?«, frage ich mit einem Lachen, bei dem mir selbst auffällt, wie atemlos ich klinge. Doch ich habe die schwarzen Tore des Campus endlich erreicht und eile den Weg – den ziemlich steilen Weg – hinauf zu den Gebäuden.

»Du bist die Kreative von uns beiden. Magst du dir was überlegen? Irgendwas Süßes, Kitschiges? Mit Fotos? Und vielleicht kannst du was aus Irland mitbringen.«

Ich seufze gespielt theatralisch.

»Du kommst doch nach wie vor, oder?«

»Zu Opas Geburtstag? Na klar!« Ich mache mir eine mentale Notiz, Flüge zu buchen, bevor sie zu teuer werden.

»Brauchst du Geld?«, fragt Vince, als hätte er meine Gedanken gelesen.

»Ne, alles gut. Ich hab noch.«

»Sag bloß, du jobbst jetzt doch nebenher?«

»Nein, mein neuer Vermieter ist nur kein Halsabschneider. Aber ich hab was Ehrenamtliches angefangen! Also jobbe ich irgendwie doch, aber unbezahlt.«

»Oh, okay. Was denn?«

Während ich die Treppen nach oben zum Seminarraum eile, fasse ich meinem Bruder die Arbeit bei Hope Harbour zusammen.

»Das klingt toll«, sagt er, als ich zum Ende komme. Ich habe den Teil ausgelassen, in dem mich die Arbeit an Mama und Papa erinnert hat. In dem das Gefühl, zu helfen, mir selbst irgendwie geholfen hat. Nicht, weil ich glaube, dass er es abtun oder nicht verstehen würde. Eher, weil ich selbst noch nicht weiß, was ich davon halte, ihnen plötzlich auf diese Art wieder nah zu sein.

»Ich bin jetzt an der Uni. Da sich gleich eh schon jeder unangenehm zu mir umdrehen wird, würde ich ungern noch später kommen.«

»Alles klar! Halt mich auf dem Laufenden! Und lass mal mehr im Gruppenchat von dir hören, Oma und Opa vermissen dich.«

»Mach ich!«, verspreche ich, lege auf und öffne die Tür, hinter der Mrs Bonfield den Unterricht bereits begonnen hat. Tatsächlich richten sich alle Blicke auf mich, doch ich nehme nur einen wahr. Den aus grünbraunen Augen, der mich all die anderen vergessen lässt.

»Also, verstehe ich das richtig: Du kommst zu spät zum Seminar, du hast – im Gegensatz zu mir wohlgemerkt – seit unserem letzten Treffen nichts mehr für die Präsentation gemacht und …« Aedan legt sich so dramatisch eine Hand an die Stirn, dass zwei unserer Kommilitonen uns einen verwunderten Seitenblick zuwerfen. »… hast mir nicht mal Kaffee oder Schokolade zur Entschuldigung mitgebracht.«

»Ich mach's wieder gut!«, verspreche ich, doch Aedans Lachen verrät, dass er mich nur aufzieht. Und dass ich verloren bin, denn das warme, tiefe Geräusch geht mir durch und durch.

»Quatsch. Aber ich wollte in die Bib, was fürs Referat machen und für eine Hausarbeit recherchieren. Willst du mit?«

»Gern!« Zwar ist es Freitagnachmittag, und Couch klingt sehr viel verlockender, aber ich sollte mich wirklich dringend an die Unisachen setzen. Also folge ich Aedan zur Boole Library, halte meinen Studierendenausweis an die Schranke und betrete die heiligen Hallen. »Ich liebe es hier«, flüstere ich und sehe mich in der gemütlichen Empfangshalle um. Die Bibliothek ist sehr viel größer als die der Uni Hamburg, und überall stehen Pflanzen, Wasserspender und sogar Laptops zum Ausleihen. »Ich war mit Eve manchmal einfach zum Netflixgucken hier, weil es wärmer war als im Wohnheim.«

»Ich weiß nicht, ob ich das niedlich oder erschreckend finde«, wispert Aedan zurück.

»Ein bisschen von beidem, aber jetzt, da ich endlich eine funktionierende Heizung habe, kann ich drüber lachen.«

Wir nehmen die Stufen nach oben, allerdings sind die Gruppenarbeitsräume alle belegt, sodass wir uns zwei nebeneinanderliegende Plätze am Fenster suchen. Selbst hier oben stehen Sessel, auf denen einige Studierende fläzen und Bücher lesen, während andere leise in die Tasten hauen. Aedan zieht einen der hellgrünen Sessel heran, wobei jegliche Geräusche vom dunklen Teppichboden verschluckt werden. Es ist komplett still, sodass ich mein Herz umso lauter in meinen Ohren pochen höre, als Aedan seinen Sessel so verrückt, dass er direkt neben mir sitzt. Während ich in meinem beinahe versinke, füllt er ihn mit wesentlich mehr Selbstbewusstsein. Es ist wie bei unserer ersten Begegnung: Aedans Selbstbewusstsein zeigt sich in seiner bloßen Haltung und darin, wie er sich in einem Raum bewegt.

Unsere Knie berühren sich nur für den Hauch einer Sekunde, bevor er seines wegzieht, als hätte er sich verbrannt. Ich weiß nicht, was mir mehr die Hitze ins Gesicht treibt: die Berührung oder seine Reaktion darauf. Denn die macht wohl überdeutlich, dass ich aufhören sollte, über seine Augen, seine Nähe, seine Stimme oder sein Lachen nachzudenken. Oder darüber, wie er sich in einem Raum bewegt, in dem sich Dutzende andere Menschen befinden – über die denke ich schließlich auch nicht nach.

Ich ziehe den kleinen Rucksack auf meinen Schoß und hole meinen Laptop hervor, auf dem ich die Mitschriften vom letzten Mal habe. Aedan tut es mir gleich. Im Gegensatz zu meinem silbernen Laptop ist seiner über und über mit Stickern beklebt.

»Warum hast du einen Mülleimer auf deinem Laptop?«

»Was?«

Ich tippe auf den kupferfarbenen Aufkleber des Mülleimers, der mit seltsamen Noppen versehen ist. Unter ihm steht in Großbuchstaben *PROCRASTINATE*. Also genau das, was ich mit meiner Frage tue: Zeit schinden, anstatt zu arbeiten.

»Das ist kein Mülleimer, das ist ein Dalek!«

»Ein was?«

Kopfschüttelnd öffnet Aedan seinen Laptop, nur um Dalek ins Suchfeld einzugeben. Dann dreht er den Bildschirm in meine Richtung. Ich ziehe die Brauen zusammen und betrachte die Fotos, die Google ausgespuckt hat, sonderlich hilfreich ist das jedoch nicht.

»Jetzt sehe ich etliche Mülleimer. Und?«

»Das ist aus *Doctor Who!*«

»Nie gehört.«

»Wow.«

»Entschuldige bitte meine enorme Bildungslücke.«

»Weißt du, was? Wir haben *Rapunzel* geguckt, ich bin dran. Wir gucken *Doctor Who!* Es gibt sogar eine richtig tolle Folge zu Vincent van Gogh, die dir als Künstlerin bestimmt …«

»Pscht«, ertönt es genervt von nebenan. Kein Wunder, während wir das Gespräch flüsternd begonnen haben, ist Aedan nun Feuer und Flamme. Wie anscheinend immer, wenn es um Science-Fiction geht.

»… bestimmt gefällt«, fährt er leiser fort. »Sie hat selbst mich fast zum Weinen gebracht.«

»Aw«, mache ich und tätschle ihm die Schulter. Ich denke nicht darüber nach, es geschieht einfach. Meine Hand berührt den Stoff seines schwarzen Pullis, und ich kann spüren, wie er die Muskeln darunter anspannt. Obwohl ich meine Finger wegziehe und schnell wieder auf meinen Schoß lege, fällt mir das Schlucken plötzlich schwer. Vielleicht liegt es auch daran, dass er mir so nah ist, dass ich seinen Atem auf meiner Haut spüren kann. Ich weiß, dass er mir nur näher gekommen ist, um leise reden zu können. Doch er weicht nicht zurück. Ich kann seine langen, dunklen Wimpern ausmachen. Kann sehen, wie das Braun rund um seine Pupillen herum nach außen hin ins Grün übergeht. Mein Blick gleitet von seinen Augen über seine Nase bis zu seinen Lippen.

Lippen, die meine Gedanken wandern lassen. Lippen, die meine Haut zum Kribbeln bringen bei der bloßen Vorstellung, dass er damit …

Nein.

Ich räuspere mich und lehne mich so weit wie möglich zurück, um Abstand zwischen uns zu bringen. »Klingt gut, lass uns *Doctor Who* gucken.«

Leider bin ich so durch den Wind, dass ich vollkommen vergesse, zu flüstern. Aedan beißt sich auf die Unterlippe, da genau in diesem Moment die Frau zu uns herumfährt, die uns eben schon zur Stille ermahnt hat.

»Könnt ihr euer Date vielleicht außerhalb der Bibliothek haben?«, fragt sie mit einem Augenrollen. »Ich hab 'ne Hausarbeit zu schreiben, zwei lärmende Mitbewohner und grad echt keinen Nerv dazu.«

»Sorry«, sage ich peinlich berührt. Hitze schießt in meine Wangen – weniger wegen der Situation an sich als wegen des Worts, das sie verwendet hat. Date. Das hier ist kein Date. Das ist mir klar. Doch meinem Herzen leider nicht, denn ein weiterer Blick auf Aedan, der sich sichtlich das Lachen verkneifen muss, genügt, damit es mir förmlich aus der Brust springen will.

13. KAPITEL

Serena

»Oh Gott, hast du ihr Gesicht gesehen?«, fragt Aedan prustend, kaum dass wir die Bibliothek verlassen haben. Draußen dämmert es bereits, und einzelne Gruppen Studierender stehen plaudernd vor den Gebäuden.

»Ja«, erwidere ich und halte mir die Seite, weil sie vom Lachen mittlerweile wehtut. Mein Sprint zur Uni hat sicher auch nicht geholfen. »Wie könnte ich nicht? Sie hat mich immerhin mit Blicken durchbohrt.«

»Ist auch mal was Neues, quasi aus der Bibliothek geworfen zu werden«, meint er lachend. Zwar kam niemand des Personals, aber lange hätte es wohl nicht mehr gedauert. Nachdem Aedan PowerPoint geöffnet und als Erstes einen Dalek hinzugefügt hat, haben wir uns beide nicht mehr einkriegen können, und die Studentin ist aufgesprungen und in Richtung Eingang gegangen. Mit Sicherheit, um jemanden vom Personal zu holen – nicht dass ich es ihr verübeln kann.

»*Doctor Who* steht unter einem schlechten Stern.«

»Wag es ja nicht! Wir werden es schauen.«

»Krieg ich wieder Bolognese?«

»Wenn du aufhörst, meine Lieblingsserie zu beleidigen, vielleicht ja«, erwidert Aedan. Er hat sich mittlerweile wieder beruhigt, nur seine Mundwinkel zucken ab und an noch. Ich zwinge mich, nicht hinzusehen. Doch es ist schwer, denn so gut Aedan aussieht: Wenn er lacht, ist er wunderschön. Zu schön. »Tja, das war wohl ein Reinfall mit dem Referat.«

»Sollen wir wieder ins Uni-Café?«

»Können wir, aber wenn ich ehrlich bin, hält sich meine Lust sowieso in Grenzen. Die Woche war echt anstrengend, und es ist Freitagnachmittag.« Er legt den Kopf schief. »Was hältst du von Pub?«

»Klar, gern«, sage ich eine Spur zu schnell.

Kein. Date, wiederholt die Stimme in meinem Kopf hingegen betont langsam. Und obwohl ich es besser wissen sollte, lässt die Aussicht, allein Zeit mit Aedan zu verbringen, meine Mundwinkel nach oben wandern.

»Cool! Ich schreib Nolan und Declan schnell. Normalerweise gehen wir immer in die Abbey Tavern, aber du meintest, deine Freundin arbeitet im Sin É? Hat sie Schicht? Sollen wir dahin?«

Natürlich will er als Gruppe gehen. Meine Mundwinkel rutschen nach unten, sosehr ich mich nun auch bemühe, das Lächeln aufrechtzuerhalten. Ich sollte dankbar sein. Dankbar dafür, dass zumindest er die Grenzen wahrt, während ich jede noch so kleine Berührung überinterpretiere. So ist es besser. Wir sind Mitbewohner, vielleicht sogar Freunde. Nicht mehr und nicht weniger. Wieso spüre ich dann plötzlich diesen Knoten in meinem Bauch?

»Ich schreib ihr mal«, erwidere ich, zücke mein Handy und öffne den Chat mit Eve.

Serena, 4.02 pm:
Hey, musst du heute arbeiten? Die WG und ich überlegen, ins Pub zu gehen.

Evelynn, 4.02 pm:
Bin offiziell seit zwei Minuten im Dienst! Heute Abend ist Live-Musik!

Evelynn, 4.02 pm:
Warte, die WG und du – das heißt, ich lerne den hotten Aedan kennen?

Serena, 4.02 pm:
Können wir ihn nicht so nennen? Zumal er neben mir steht.

Evelynn, 4.02 pm:
So wie du auf ihn stehst?

Serena, 4.02 pm:
😩 *Bis gleich*

Serena, 4.03 pm:
Wenn ein Kommentar in die Richtung kommt, kündige ich dir die Freundschaft.

Evelynn, 4.03 pm:
Machst du nicht, du hast hier nur mich.

Serena, 4.03 pm:
Autsch 💀

Evelynn, 4.03 pm:
Aber ich hab auch nur dich, also Glück gehabt. Benehme mich. Bis gleich, muss loslegen 🖤

Ich packe mein Handy weg und gebe Aedan einen Daumen hoch. »Sie ist da. Und heute ist wohl Musik, also sollten wir am besten los, bevor es zu voll wird. Oder musst du erst noch mal heim?«

Er schüttelt den Kopf. »Nope. Nolan ist auch schon unterwegs, er war grad im Labor, das liegt in der Nähe. Er hält uns was frei.«

»Perfekt«, erwidere ich und packe mein Smartphone in die Manteltasche. Gemeinsam nehmen wir den Weg nach unten, den ich vorhin hochgeeilt bin. Schweigen breitet sich zwischen uns aus. Es ist nicht unangenehm, aber auch nicht so entspannt wie auf dem Hügel letzte Woche. Denn in meinem Kopf rasen Gedanken, die ich doch nicht zulasse. Vielleicht ist der Abend im Pub genau das, was ich brauche. Zeit mit Evelynn, Zeit mit der ganzen WG, Zeit mit Aedan in der Gruppe. Um mir selbst zu beweisen, dass zwischen uns alles ganz normal sein kann.

Die Lampen, die den Weg säumen, gehen mit leisem Sirren an, und das Plätschern des Flusses, der sich über den Campus zieht, wird lauter, als wir uns der kleinen Brücke nähern.

»Hast du mittlerweile eigentlich schon eine Idee für dein Abschlussprojekt?«, fragt Aedan und nickt in Richtung Glucksman Gallery, die wir soeben hinter uns gelassen haben.

»Nein«, sage ich mit einem Seufzen. »Meine Woche war auch ziemlich voll. Ich dachte, mir fällt bestimmt im Alltag was ein, zumindest ein erster Ansatz, aber bislang noch nicht.«

»Wenn du brainstormen magst, sag Bescheid.« Aedan lächelt mir aufmunternd zu. »Du findest was, da bin ich mir sicher.«

»Wird schon«, sage ich. »Aber wie war deine Woche denn? Declan hat ein wenig von deinem Treffen erzählt. Am Montag im Seminar warst du ja ganz schön nervös.«

»Ist dir also aufgefallen?«

»Dein Bein hat so sehr gewackelt, dass der Boden im Seminarraum fast mitgebebt hat. Mit anderen Worten: Ja.«

Aedan lacht. Und ich verfluche mich. Schon wieder.

Wieso ist Reden mit ihm so leicht? Wieso wird Small Talk so schnell mehr? Wieso denke ich, es ist mehr, nur weil sein Lachen diese Dinge mit meinem Bauch anstellt? Ich höre zu, wie Aedan mir von seinem Termin mit Mr White erzählt, und versuche dabei krampfhaft, diese Gedanken niederzuringen, die ich nicht haben sollte. Doch leider ändert es nichts: Das Kribbeln in meinem Bauch bleibt.

Das Sin É empfängt uns mit lauter Musik und Wärme, die ich nach der halben Stunde Fußmarsch dringend gebrauchen kann. Meine Finger prickeln, während ich den Blick durch das dämmrige Pub streifen lasse. Hinten rechts am Ecktisch sitzen, wie so oft, Musiker und Musikerinnen und füllen die Räumlichkeiten mit irischen Songs und guter Laune. Auf den Tischen stehen hohe Kerzen, die in Hälsen leerer Whiskey- und Gin-Flaschen stecken, Lichterketten hängen an den Wänden, und das Pub ist über und über mit Postkarten und anderen kleinen Mitbringseln verziert. Nummernschilder, Geldscheine aus unterschiedlichen Ländern, Briefe und Fotos zieren Decken und Wände. Auch ich habe mich hier das ein oder andere Mal verewigt. Dieses Pub zu betreten fühlt sich wie nach Hause kommen an. Und das nicht nur für mich, denn es ist so voll, dass Eve eine ganze Weile braucht, bis sie mich entdeckt. Dann jedoch winkt sie mir strahlend zu. Ich schiebe mich durch die Menschenmenge, passe auf, dass niemand sein Bier über meinen Mantel schüttet, und umarme Evelynn über die breite Theke hinweg, was eher schlecht als recht gelingt.

»Wie schön, dass du da bist.« Ihr Blick huscht an mir vorbei. »Oh mein Gott, das ist er?«

Ich drehe mich nicht um, doch das brauche ich auch nicht, denn im nächsten Moment steht Aedan neben mir. Sein Arm presst sich an meinen, was bei der Masse an Menschen hier drinnen kaum anders geht, dennoch halte ich für einen Augenblick die Luft an.

»Hi! Ich bin Evelynn. Ich hab schon so viel von dir gehört!« Eve winkt ihm ein bisschen zu enthusiastisch zu.

»Hey, freut mich total. Ich bin Aedan.« Ich höre das warme Lächeln in seiner Stimme. Jetzt wende ich mich ihm doch zu und bereue es in dem Moment, in dem mein Blick auf seine Grübchen fällt. Großartig. Ich bin anscheinend keine dreiundzwanzig mehr, sondern ein hormongesteuerter Teenager, denn der Anblick lässt meinen Hals trocken werden.

»Was wollt ihr trinken? Geht aufs Haus!«

»Du kannst nicht ständig Drinks ausgeben«, protestiere ich.

»Du warst ewig nicht hier, ist das erste Mal in diesem Jahr!«

»Dann nehm ich ein Rebel Red.«

»Aedan?«

»Ein Murphy's.«

»Red oder Stout?«

»Stout! Danke dir.«

»Kommt sofort!«

Evelynn zwinkert mir zu, was auf Aedan hoffentlich wie eine normale, freundschaftliche Geste wirkt. Ich hingegen kenne sie mittlerweile gut genug, um zu wissen, dass sie mir damit stumm ihre Zustimmung signalisiert. Die ich nicht brauche. Weil da nichts ist und nichts sein wird. So.

»Für dich«, sagt sie eine Spur zu fröhlich und schiebt mir mein Red Ale zu. »Und für dich.«

Aedan nimmt sein dunkles Bier dankend entgegen und nickt dann in Richtung der Treppe. »Sollen wir oben mal nachschauen, ob die anderen schon da sind? Hier unten haben sie sicher keinen Platz mehr bekommen. Oder soll ich sie herholen, damit wir bei Evelynn bleiben können?«

»Ich glaube, sie hat hier unten alle Hände voll zu tun«, sage ich mit Blick zu meiner Freundin, die schon wieder am Bierzapfen ist. Aedan nickt und bahnt uns dann den Weg, vorbei an singenden, angetrunkenen Menschen. Unsere Mitbewohner sitzen tatsächlich oben, wo es zwar ein wenig leerer ist, aber nicht weniger ausgelassen zugeht.

»Aedaaan!«, ruft Declan gedehnt, läuft auf ihn zu, umarmt ihn und schlägt ihm dabei so fest auf den Rücken, dass es selbst über die Musik zu hören ist. Nolan steht auf, klopft Aedan ebenfalls auf die Schulter, umarmt mich und zieht dann einen noch freien Stuhl vom Nachbartisch für mich heran.

»Schön, dass wir uns mal auf meiner Seite der Stadt treffen.«

»Deine Seite?« Mit erhobenen Brauen sehe ich Nolan an. »Wir wohnen zusammen, schon vergessen?«

»Wie könnte ich? Die schwarzen Haare überall sind meine tägliche Erinnerung.«

»Deine Haare sind mittlerweile länger als meine«, erwidere ich mit Blick auf die Strähnen, die ihm ins Gesicht hängen, doch bevor ich weiter protestieren kann, werde ich ebenfalls von hinten umarmt und einige Zentimeter in die Luft gehoben. Mein Ale wankt gefährlich, doch glücklicherweise schwappt nichts davon auf den Boden.

»Declan!«, rufe ich und spüre sein Lachen an meinem Rücken. Er lässt mich los und nimmt wieder auf dem gemütlich wirkenden dunkelroten Sessel Platz.

»Sorry. Hab gute Laune.« Sein Grinsen macht klar, dass es ihm kein Stück leidtut.

»Hast du schon so viel getrunken?«, frage ich mit erhobenen Brauen. »Wie hast du es überhaupt so schnell hergeschafft?«

»Ich war in der Stadt, und nope, das hier ist mein erstes.« Er hebt sein Bier und trinkt direkt einen Schluck davon, bevor er weiterspricht. »Aber ich hab heute mit meinem Bruder telefoniert. Die Renovierung der Schule ist durch, also kann es bald so richtig losgehen.«

»Oh!« Ich lasse mich auf den Stuhl fallen, den Nolan mir geholt hat, und lehne mich vor, um Declan besser verstehen zu können. Ich selbst habe die Schule seines Bruders im letzten Jahr für einen zweiwöchigen Kurs in Gälisch besucht. Sie mag etwas in die Jahre gekommen gewesen sein, aber ich habe mich direkt wohlgefühlt, was vor allem auch an der Leidenschaft gelegen hat, mit der Declans Bruder Conor uns die Sprache beigebracht hat. »Also gibt es bald richtigen Unterricht?«

»Er meinte, sie bauen erst einmal die Sprachkurse aus, bevor es wieder eine richtige Schule wird. Sie haben schon einige Anmeldungen aus Galway, aber langfristig ist das der Plan, ja.«

»Grüß ihn von mir, wenn ihr das nächste Mal sprecht!«

»Mach ich«, verspricht Declan und lehnt sich mit einem glücklichen Seufzen in seinem Sessel zurück.

»Wir sollten öfter herkommen.«

»Das sag ich dir jeden Tag! Aber wir gehen ja immer in eurer Seite der Stadt aus.« Nolan wirft Declan einen vorwurfsvollen Blick zu. »Was hast du eigentlich die Woche getrieben? Man kriegt dich gerade kaum zu Gesicht«, sagt er dann an mich gewandt. Ich gebe ihm und Declan eine kurze Zusammenfassung meiner Woche und höre mir Nolans Frust über ein missglücktes Experiment im Labor an, wobei ich nur die Hälfte der Worte, die aus seinem Mund kommen, verstehe. Die Musik, die von unten zu uns dringt, wird immer ausgelassener, und zwei Tische weiter beginnt eine Gruppe zu tanzen. Ich habe gerade den letzten Schluck meines Biers getrunken, als plötzlich eine blonde Frau an uns vorbeimarschiert.

»Nora!«, rufe ich und springe mit einem Winken auf.

»Serena, hi!« Strahlend kommt sie auf mich zu und umarmt mich. »Mit dir hab ich hier gar nicht gerechnet, ich dachte, du wohnst hinten am College.«

»Ja, aber meine Freundin kellnert unten, und unser altes Wohnheim lag gegenüber vom Bahnhof, da waren wir häufiger hier.«

»Wie cool! Hi, Aedan«, sagt sie dann, und ich stelle sie Declan und Nolan vor, wobei mir nicht entgeht, wie Noras Augen zu strahlen beginnen, als sie Nolans Hand schüttelt.

»Sitzt du unten?«, frage ich.

»Ja, ich war nur noch mal schnell auf Toilette. Meine Freundinnen wollen leider schon heim.«

»Du kannst dich ruhig mit zu uns setzen, falls du noch bleiben magst«, biete ich an, bevor mir einfällt, die anderen zu fragen. Doch Nolan steht direkt auf und deutet auf seinen Platz.

»Ja, setz dich, ich organisier uns noch einen Stuhl.«

»Das ist total lieb! Wenn das okay ist?«

»Klar!«, sagt Nolan sofort, während Declan nur nickt und es plötzlich eilig zu haben scheint, sein Bier zu leeren.

»Möchtest du noch was?«, frage ich und deute auf Declans leeres Glas. »Die nächste Runde geht auf mich.«

»Na, dann gern«, meint er. »Bringst du mir ein Beamish?«

»Klar. Nolan?«, frage ich, als dieser mit einem Stuhl vom Nachbartisch zurückkommt, doch er schüttelt den Kopf.

»Ne, danke.«

Ich sehe Nora fragend an.

»Ich sag meinen Leuten erst mal Tschüss und organisier mir was, aber danke dir!«

Mein Blick landet auf Aedan, der gerade dabei ist, aufzustehen. »Ich helf dir tragen.«

Ich will ihm antworten, dass ich drei Gläser schon schaffe,

da ist er bereits nach vorn getreten und steht mir dank des eng gestellten Mobiliars und der vielen Menschen plötzlich nah gegenüber. So verdammt nah, dass ich sein frisches Aftershave riechen kann, mir die Worte in meinem Hals stecken bleiben und ich bloß nicke.

14. KAPITEL

Serena

Ich spüre Aedan in meinem Rücken, während ich die Treppen nach unten nehme. Was ich außerdem spüre, ist der Alkohol, der mir ein wenig zu Kopf steigt, obwohl ich erst ein Pint getrunken habe. Allerdings habe ich noch nie sonderlich viel vertragen – eine Tatsache, die nicht sehr gut mit meinem neuen Wohnsitz harmoniert, wie ich festgestellt habe. Die Hand ans Geländer gestützt, schaffe ich es dennoch sicher nach unten. Nora bleibt links an der Treppe bei einer Gruppe Frauen in unserem Alter stehen und beginnt, auf Norwegisch mit ihnen zu reden, ich biege nach rechts zur Theke ab. Evelynn ist gerade dabei, die Spülmaschine auszuräumen, also bestelle ich das Beamish für Declan und den Cider für mich bei ihrem Kollegen Lauren.

»Für mich noch ein Murphy's.«

»Langweiler«, erwidere ich mit einem Schnauben.

»Ich weiß eben, was ich mag«, sagt Aedan mit einem Schulterzucken und einem Lächeln, bei dem ich nicht zu genau hinsehe. Dafür fällt mein Blick auf die zahlreichen Tattoos auf seinem rechten Arm. Irgendwann im Laufe des Gesprächs hat Aedan seinen Pulli ausgezogen, sodass er nur noch sein schwarzes Shirt trägt. Kein Wunder, so warm, wie es hier drin dank der vielen Leute ist. Doch der Anblick sorgt dafür, dass auch mir noch wärmer wird. Ich entdecke das mir bereits vertraute *Star-Trek*-Tattoo, eines von *Star Wars*, eine 42 – für Douglas Adams, wie ich zugegeben nur dank des Films weiß – und ein … Einhorn? Ich ziehe die Brauen zusammen, da das so gar nicht in den Tattoo-Sleeve zu passen scheint.

»*Blade Runner*.«

Ertappt schaue ich auf und drehe mich, bevor mein hochroter Kopf mich verraten kann, wieder zur Theke, wo Lauren gerade meinen Cider zapft. Natürlich musste Aedan bemerken, dass ich starre. Glücklicherweise ruft genau in diesem Moment jemand seinen Namen, und er entschuldigt sich kurz, um den blonden Mann an der anderen Seite der Theke zu grüßen. Ich muss mich wirklich zusammenreißen. Wegen der WG-Regel, aber auch, weil weitere Komplikationen gerade das Letzte sind, was ich gebrauchen kann. Dabei ist das alles andere als einfach – insbesondere nicht, wenn Aedan mir, obwohl er gerade im Gespräch mit seinem Freund ist, Blicke über die Schulter zuwirft.

Etwas berührt mich am rechten Ellbogen, und es dauert einen Moment, bis ich verstehe, dass die Berührung kein Versehen war. Ich drehe den Kopf zur Seite und begegne dem lächelnden Gesicht eines gutaussehenden schwarzhaarigen Mannes mit Drei-Tage-Bart.

»Hi!«, sagt er über die Lautstärke der Musikertruppe hinweg. »Wie geht's?«

»Gut«, antworte ich knapp, ohne eine Gegenfrage zu stellen, doch allem Anschein nach reicht ihm das nicht als Abfuhr, denn er rückt noch ein Stück näher, sodass nun sein gesamter Oberarm meinen berührt. Da sich links von mir jemand über den Tresen lehnt, um eine Bestellung aufzugeben, kann ich nicht ausweichen.

»Du bist mir vorhin schon aufgefallen, als du reinkamst. Du bist echt schön.«

»Danke, aber kein Interesse.«

»Interesse woran?«, fragt er und lacht. »Ich hab doch gar nichts angeboten. Darf man dir keine Komplimente machen?«

Meine Antwort ist ein Augenrollen, denn Gespräche wie dieses hatte ich bereits zur Genüge, und sie laufen in jedem Land gleich ab.

»Ich hab nur gesagt, dass ich dich schön finde«, sagt er, trinkt einen Schluck seines Biers, und obwohl ich den Kopf nicht in seine Richtung gedreht habe, sehe ich aus dem Augenwinkel, wie er seinen Blick langsam über meinen Körper wandern lässt. »Hast du 'nen Freund, oder was?«

Ich weiß, dass ich ihn ignorieren, auf meine Getränke warten und nach oben gehen sollte, doch irgendetwas in mir sorgt dafür, dass ich genau das nicht tue. Vermutlich der Alkohol.

»Warum? Hältst du dich für so unwiderstehlich, dass du dir anders nicht vorstellen kannst, dass jemand kein Interesse an dir hat?« Jetzt sehe ich ihn doch wieder an und schenke ihm ein übertriebenes Lächeln.

»Wow, halt mal den Ball flach, Kleine. So gut siehst du auch wieder nicht aus.«

»Das reicht.« Aedans Tattoos erscheinen in meinem Sichtfeld, als er dem Typen eine Hand auf die Schulter legt und ihn ein Stück nach hinten zieht.

»Hast du ein Problem?«, fragt der Schwarzhaarige.

»Keins mit dem Gehör im Gegensatz zu dir. Sie hat Nein gesagt.« Aedan schiebt sich vor den Typ an den Tresen. »Du hast deine Drinks schon längst, und ich würd gern an meine rankommen, also *sláinte* und ciao.«

Der Kerl grummelt irgendwelche Beleidigungen, die im Geplauder der Leute und der immer schneller werdenden Geigenmusik untergehen, und trottet von dannen.

»Danke«, sage ich.

»Nicht dafür, du hattest die Situation ja selbst im Griff.«

Damit mag Aedan zwar recht haben, es tut dennoch gut, jetzt ihn an meiner Seite zu wissen und nicht den aufdringlichen Fremden.

»Und dein Beamish! Sorry, dass es so lang gedauert hat, es ist die Hölle los.« Lauren deutet mit der Hand in den Raum, als ob uns die Meute entgangen wäre. Ich krame in meinem Rucksack, der für die kurze Zeit hier viel zu viele Quittungen und sonstigen Müll beinhaltet. Als ich mein Portemonnaie endlich gefunden habe, hat Aedan sein Handy bereits an Laurens Lesegerät gehalten.

»Hey«, protestiere ich, doch Aedans einzige Reaktion ist ein schiefes Lächeln.

»Danke. Aber das wäre nicht nötig gewesen. Ich wollte zahlen.«

»Dann musst du nächstes Mal wohl schneller sein«, meint Aedan mit einem Zwinkern.

»Jetzt schulde ich dir schon zwei Getränke.«

»Ich bin mir sicher, wir finden noch Gelegenheit.«

Ich nicke und würde mir am liebsten mit der Hand gegen den Bauch schlagen, weil dieser bei Aedans Blick schon wieder zu kribbeln beginnt. Dabei war es ein ganz normaler Satz. Kein Versprechen, keine Einladung, einfach eine Tatsache, weil wir Mitbewohner sind.

»Ich liebe es hier«, sagt Aedan plötzlich mit Blick an die Decke. »Es gibt jedes Mal was Neues zu entdecken. Hast du das Plastikkrokodil schon gesehen?«

Ich lege den Kopf ebenfalls in den Nacken und lache, als ich das kleine, grüne Krokodil sehe, das von der Lampe baumelt. »Hast du auch schon mal was hier an die Wand gehängt?«

Aedan schüttelt den Kopf.

»Was? Ich dachte, du bist hier aufgewachsen?«

»Ich wusste nicht, dass das zur Cork Experience dazugehört.«

»Evelynn!«, rufe ich, als meine Freundin gerade das Kartenlesegerät wegbringt.

»Hey, Süße! Alles gut?«

»Ich brauche einen Zettel und einen Stift!«

»Okay«, sagt sie gedehnt, fragt aber nicht weiter nach und reicht mir beides, bevor sie mit einem Lachen die nächste Bestellung aufnimmt.

»Da.« Ich gebe es an Aedan weiter, der die Brauen zusammenzieht.

»Und jetzt?«

»Keine Ahnung, mal was, schreib was. Dann stecken wir es irgendwo mit an die Wand.«

»Ich soll was malen? Du bist doch die Künstlerin von uns beiden!«

»Umso lustiger wird es jetzt für mich.«

Aedan stützt sich auf die Theke und sieht mich mit erhobenen Brauen an. »Hat dir schon mal jemand gesagt, dass du echt gemein bist?«

Bevor ich etwas erwidern kann, entfernt er seufzend die Kappe des Fineliners und beginnt, zu malen. Ich trinke einen Schluck Cider und beuge mich vor, damit ich seine Zeichnung in dem dämmrigen Licht besser erkennen kann.

»Ist das Nolan?«, frage ich, als er dem Strichmännchen schulterlange Haare verpasst.

»Das bist du! Sieht man doch«, sagt Aedan entrüstet. »Das hier ist ein Pinsel.«

»Oh, ich dachte, das wäre ein Finger.«

Aedan schnaubt und fügt der Skizze etwas hinzu, das mit viel Fantasie eine Staffelei ist.

»Wie läuft es eigentlich mit dem Malen? Als du mit all dem

Kunstkram eingezogen bist, dachte ich, es würde häufiger nach Farbe riechen.«

Jetzt bin ich diejenige, die seufzt, denn während ich im Wohnheim und selbst im B&B fast jeden Tag gemalt habe, zieren mein WG-Zimmer weiße Leinwände.

»Ich hatte zu viel zu tun«, verteidige ich mich. »Mit Hope Harbour, dem Einrichten und all so was. Jetzt am Wochenende habe ich Zeit.«

»Gut, dann kannst du dich hierfür revanchieren«, sagt Aedan und überreicht mir den Zettel mit feierlicher Miene. »Ich finde, es ist zu großartig, um hier im Pub zu verstauben. Ich schenk es dir.«

Mit zuckenden Mundwinkeln huscht mein Blick über die Zeichnung. Mein Strichmännchen-Ich hat ein breites Lächeln im Gesicht und eine Blume mit ungleich großen Blütenblättern auf die Staffelei gemalt. Darunter hat Aedan in krakeliger Schrift »Kunst« geschrieben.

»Danke. Es ist sehr … inspirierend.«

Aedan lacht. »Das war das schönste ausweichende Kompliment, das ich je erhalten habe.«

»Ich mag auch, dass du darunter erklärt hast, was es ist.«

»Ja, so kommen keine Missverständnisse auf«, erwidert er grinsend. »Nein, aber mal im Ernst: Wie läuft es?«

Ich hebe die Schultern, und leider zwingt mich die Frage, zum ersten Mal aufrichtig darüber nachzudenken, wieso ich so lange nicht mehr zu Pinsel und Farbe gegriffen habe. Während meine erste Reaktion, nachdem ich Charlie aufgefunden habe, das Malen war, erscheint es mir seitdem beinahe nichtig.

»Im Vorwort zu *Dorian Gray* hat Oscar Wilde gesagt, dass alle Kunst nutzlos ist«, beginne ich langsam und bin selbst überrascht, dass mir die Erinnerung daran gerade jetzt kommt. »In einem Brief hat er später erklärt, was er damit meint, nämlich, dass Kunst nicht zu Handlungen führen soll, sondern nur zur Freude da ist, genau wie eine Blume. Und dass wir, wie bei Blumen, persönlichen Nutzen aus ihr ziehen können, indem wir Kunst beispielsweise verkaufen, aber dass das eben nicht die Essenz der Kunst sei. Kunst selbst ist laut ihm ohne Nutzen. Wir haben im Bachelor über diesen Brief gesprochen, und ich habe wie wild dagegen argumentiert.« Der Gedanke bringt mich zum Lächeln, doch es verrutscht, weil ich in diesem Moment das erste Mal das Gefühl habe, zu verstehen, was Oscar Wilde mit seinen Worten meinte. »Seit letzter Woche bin ich mir nicht mehr so sicher, ob er nicht doch recht hatte.«

Ich schlucke. Nicht bloß wegen der Erinnerung an Charlie, sondern weil mir plötzlich klar wird, wieso ich nicht gemalt habe.

»Es fühlt sich sinnlos an, etwas zu malen, wenn es nur mir selbst dient. Wenn ich Gefühle auf die Leinwand bringe, die schön aussehen, die dafür sorgen, dass es mir besser geht, aber die rein gar nichts bewirken.« Ich klammere die Finger fester um das Cider-Glas und lasse den Blick kopfschüttelnd durch den vollen, von Lichterketten beleuchteten Raum schweifen, bevor er wieder auf Aedan landet. »Ist es nicht total selbstsüchtig? Mich darin zu verlieren, während da draußen so viel Mist passiert?«

Ich erwarte, dass Aedan den Kopf schüttelt, wieder verneint, wie er es schon auf dem St Patrick's Hill getan hat, doch er scheint ernsthaft über meine Frage nachzudenken. Er zieht die dunklen Brauen zusammen und kaut für einen Augenblick auf seiner Unterlippe, bevor er schließlich antwortet.

»Nein«, sagt er. Als wäre es ein Fakt. »Erstens ist absolut nichts falsch daran, Dinge zur bloßen Unterhaltung zu erstellen oder weil wir sie schön finden. Zweitens brauchst du nur Nolan zu fragen, um ein dreistündiges Referat darüber zu erhalten, welche ökologischen Funktionen Blumen haben. Ich wette einen weiteren Pint darauf, dass ›sie sehen schön aus‹ kein Teil seines Monologs wäre, sondern er dir irgendwas von Bestäubung und Biodiversität erzählt. Und das, obwohl wir sie verschenken, weil wir sie einfach nur schön finden.« Er tritt ein Stück näher an mich heran, und sein Blick wird so intensiv, dass mir ein Schauer über den Rücken läuft. Mir war nicht klar, wie sehr ich diese Worte brauche. »Drittens verstehe ich zwar, woher die Gedanken kommen, aber ich glaube wirklich, dass Kunst mehr kann als nur schön aussehen oder dir persönlich weiterhelfen. Ich hab kein Wissen über Gemälde, aber ich wette, es gibt Bilder, die zu Revolutionen verholfen oder die uns als Gesellschaft weitergebracht haben, weil sie auf Missstände aufmerksam gemacht haben. Und ganz bestimmt gibt es welche, die jemanden zum Nachdenken angeregt oder ihn zu einem anderen Menschen gemacht haben. Wenn du Kunst mit einer Message kreieren willst, die wirklich zu Handlungen führt und einen Nutzen hat, dann kannst du das auch. So ungern ich das über einen Landsmann sage: Scheiß auf Oscar Wilde. Deine Kunst ist wichtig.«

15. KAPITEL

Aedan

Serenas Blick weicht nicht von meinem. Beinahe regungslos steht sie da und sieht mich einfach nur an, während die Gespräche und die Pub-Musik über uns hinwegspülen.

»Danke.« Ein einziges Wort auf meinen viel zu langen Monolog, doch in ihm liegt so viel mehr, denn mit diesen wenigen Buchstaben kehrt etwas von dem Funkeln in Serenas Augen zurück, das ich vermisst habe. Sie trinkt einen Schluck ihres Ciders, und ihr Blick gleitet ins Leere, bevor ihr Ausdruck schließlich entschlossen wird. »Ich glaub, das ist es.«

»Was ist was?«, frage ich verwirrt.

»Was ich für das Abschlussprojekt machen will.« Sie reißt mir den Stift aus der Hand und schnappt sich ein weiteres Blatt Papier, auf dem sie zu skizzieren beginnt. »Auf Missstände aufmerksam machen, zum Nachdenken anregen. Wie du eben meintest. Ich kann meine Kunst mit meiner Arbeit kombinieren.« Die Finelinerspitze jagt über das Papier und hinterlässt eine wilde Ansammlung aus Skizzen und Worten. »Ich hab bisher immer meine Gefühle und meine Erfahrungen verarbeitet. Aber was, wenn ich die Erfahrungen der Menschen vom Hope Harbour zeige?«

Ich nicke, als ich endlich verstehe, worauf Serena hinauswill. »Gute Idee.«

»Ich will dieses Mal nichts Abstraktes, ich muss greifbar machen, was sie tagein, tagaus erleben. Interviews haben wir für das Referat ja ohnehin schon geführt, vielleicht kann ich die gleich doppelt nutzen.«

»Müsst ihr malen?«, hake ich nach. »Oder könnt ihr euch auch anderweitig austoben?«

»Können wir, solange es sich im Rahmen des Moduls bewegt.«

»Vielleicht könntest du diverse Unterkünfte nachbauen? Ich kann dir mit dem 3D-Programm helfen«, biete ich an.

Serena wiegt den Kopf hin und her. »Das würde gehen, aber ich war nie sonderlich gut darin. Was, wenn …« Ihre Finger greifen schon wieder zum Stift, und sie spricht weiter, ohne von dem Kellnerblock aufzublicken. »Ich glaube, die Idee, etwas Plastischeres zu machen, ist gut! Was, wenn ich die Unterkünfte nicht nachbaue, sondern Teile von ihnen in die Gemälde einfließen lasse?«

»Was meinst du?«

»Ich könnte Materialien aus ihrem Leben einbauen. Decken, Pappbecher, Münzgeld, Teile der Zeltplanen.« Ihre Finger halten für einen Augenblick inne, als sie die letzten Worte ausspricht. Ich muss den Schmerz in ihren Augen nicht sehen, um zu wissen, dass er da ist. Vermutlich ist er immer da, schließlich war sie es, die Charlie gefunden hat. Einem Instinkt folgend lege ich meine Hand auf ihre. Ihre Finger, die den Stift halten, zucken kurz unter der Berührung, doch sie zieht die Hand nicht weg, und als sie den Kopf hebt, sind ihre blauen Augen geweitet. Mein Herz setzt einen Takt aus, nur um dann so laut zu pochen, dass es dem Beifall um uns herum, der den Musikern gerade gespendet wird, Konkurrenz macht. Beinahe vergesse ich die Worte, die mir auf der Zunge lagen, so sehr bringt mich die Berührung aus der Fassung.

»Wenn das in der Galerie möglich ist, könntest du auch die Fläche nutzen. Du könntest den Bereich mit deiner Kunst wie ein Zelt gestalten, sodass man sich darin bewegt.«

»Du Architekt.«

»Ich geb mir Mühe«, erwidere ich und muss schlucken, als ihr Blick von meinen Augen zu unseren Händen gleitet, die immer noch übereinander liegen. Obwohl ich sollte, bewege ich meine Hand keinen Millimeter.

Nur Mitbewohner. Klar. Ich habe extra die anderen mit ins Pub eingeladen, damit so etwas nicht passiert. Dieser Plan ist wohl gescheitert, denn trotz aller Bemühungen genieße ich es, mit ihr allein zu sein.

Serenas Zunge gleitet über ihre vollen Lippen. Kurz nur. Um sie zu befeuchten in diesem viel zu warmen Pub voller Menschen. Doch die kurze, simple Bewegung reicht, um meine Gedanken in eine Richtung wandern zu lassen, die sich für Mitbewohner ganz und gar nicht gehört. Gedanken, die mich wünschen lassen, dass wir nicht länger in diesem Pub sind, sondern allein. Anstatt endlich zu reagieren und meine Hand zurück zu meinem Glas zu bewegen, drücke ich ihre. Leicht nur. Der Hauch einer Bewegung. Geführt von Alkohol, der ausgelassenen Stimmung und etwas, das sich wie eine Mischung aus Sehnsucht und Lust anfühlt. Etwas, das da zwar nicht sein sollte, es aber ist. Serenas Augen weiten sich kaum merklich, und ihre Hand rührt sich keinen Millimeter, sondern bleibt genau unter meiner liegen. Haut an Haut. Die Geräusche und Gesichter um uns herum treten in den Hintergrund, als sie einen kleinen Schritt auf mich zumacht. Mir plötzlich so nah ist, dass ich ihre feinen, langen Wimpern sehen, ihren Atem an meinem Hals spüren kann.

»Da seid ihr ja.« Ich zucke so heftig zusammen, dass mein Ellbogen das Bier beinahe vom Tresen befördert. Serena macht einen Schritt zurück, als Declan zwischen uns tritt und nach seinem dunklen Bier greift, das mittlerweile keinen Schaum mehr vorzuweisen hat. Er trinkt eilig einige Schlucke und scheint gar nicht zu bemerken, dass er gerade einen Moment zerstört hat. Was gut ist. Sehr gut sogar, denn die kurze Pause erlaubt mir, wieder Sauerstoff in mein Gehirn zu befördern und klar zu denken.

»Sorry, wir haben uns verquatscht und die Zeit vergessen.« Serenas Wangen sind leicht gerötet, und während ihr Blick meinen eben noch gesucht hat, meidet sie ihn nun.

»Macht nichts, so hab ich einen Grund gehabt, runterzukommen. Ich glaub, ich hau ab.«

»Alles okay?«, frage ich und beobachte mit erhobenen Brauen, wie Declan das Glas in großen Schlucken leert und dann mit etwas zu viel Schwung auf den Tresen zurückstellt.

»Alles bestens«, erwidert er. »Bin einfach müde.«

Selbst Serena, die Declan erst seit Kurzem kennt, scheint seine Worte in Frage zu stellen, so wie sie ihn mit gerunzelter Stirn mustert. Kein Wunder, denn von seiner ausgelassenen Stimmung von vorhin ist nichts mehr übrig. Er räuspert sich, umarmt erst Serena und mich und klopft dann einmal mit der Hand auf die klebrige Theke.

»Bis morgen, viel Spaß noch.«

»Ist sicher alles gut?«, frage ich, doch er streckt nur den Daumen nach oben und ist im nächsten Moment durch die Menschentraube nach draußen verschwunden.

»Das war ein Nein, oder?«, fragt Serena.

»Definitiv ein Nein. Aber Declan ist nicht der Beste darin, über Gefühle zu reden, also wer weiß, was los ist.«

»Dabei war er vorhin noch so glücklich.«

»Ja, aber mit seinem Bruder war's nicht immer so leicht. Als er damals zu uns in die WG gezogen ist, haben die beiden kein

Wort miteinander geredet, also …« Ich hebe die Schultern. »… vielleicht wühlt das mit der Schule einiges bei ihm auf.«

Serena nickt und nippt nachdenklich an ihrem Bier. Dann deutet sie an mir vorbei in Richtung Treppe. »Wir sollten wohl langsam wieder hoch.«

»Klar«, sage ich, folge ihr zu den Stufen und ignoriere das beinahe enttäuschte Gefühl in meiner Brust. Der Moment zwischen uns ist vorbei. Doch das Echo der Gedanken hallt noch nach, egal wie sehr ich mir verbiete, an das weiche Gefühl von Serenas Haut oder ihren warmen Atem zu denken.

Oben ist es mittlerweile noch voller als zuvor. Eine Gruppe Studierender in College-Shirts spielt Karten, ein junges Pärchen macht ziemlich heftig miteinander rum, und zu den Tanzenden haben sich mittlerweile weitere Gäste gesellt. Nora und Nolan sind so in ihr Gespräch vertieft, dass sie uns erst bemerken, als wir unsere Getränke auf dem Tisch vor ihnen abstellen. Nora zuckt ein kleines bisschen zusammen, und ich fühle mich an den Moment von eben erinnert und habe plötzlich das Gefühl, die beiden bei etwas zu stören.

»Hi!«, sagt Nolan. »Hat ja ganz schön gedauert. Wo habt ihr Declan gelassen? Er wollte nach euch schauen.«

»Er ist heim«, erwidere ich, und Nolan zieht die Brauen zusammen.

»Er hat gar nicht Tschüss gesagt.«

»Vielleicht war er müde«, wirft Nora ein. Nolan zuckt mit den Schultern, und kurz darauf scheint Declan vergessen, und die beiden sind wieder in ein Gespräch vertieft, wobei Nolans Gesicht ihrem näher kommt, als es selbst bei der Lautstärke nötig wäre. Aber wer bin ich, ihn zu verurteilen, denn als Serena sich in meine Richtung dreht und weiter über das Kunstprojekt spricht, ist alles, woran ich denken kann, dass ich ihr gern noch näher wäre.

16. KAPITEL

Serena

Es ist gerade einmal neun Uhr, als ich den Laptop zuklappe und mich zufrieden in meinem Schreibtischstuhl zurücklehne. Die ersten Seiten der Präsentation mit Aedan stehen endlich, und eine grobe Idee für das Abschlussprojekt habe ich dank ihm nun auch. Gerade habe ich einen ersten Entwurf per E-Mail an meine Dozentin Mrs MacDermott gesendet, und während ich bis gestern noch vollkommen planlos war, bin ich nun mehr als zuversichtlich, dass sie das Projekt begeistern wird. Es geht voran. Wie immer, wenn ich etwas getrunken habe, bin ich auch heute viel zu früh aufgewacht, dabei wünsche ich mir insgeheim, noch einmal in meine Träume tauchen zu können. Denn nicht nur jetzt ist mein Kopf voll von Aedan, letzte Nacht war er es auch. An Einschlafen war nicht zu denken, und als es mir doch endlich gelang, habe ich von ihm geträumt. Von seinem durchdringenden Blick, dem warmen Druck seiner Hand – nur dass die Hand in meinem Traum nicht bloß auf meiner lag. Denn dort hat er sie wandern lassen. Erst meinen Arm entlang, dann über meinen Rücken hinab bis zu meinen Beinen. Der Traum ist mir so deutlich in Erinnerung, als wäre er real. Selbst meine Haut brennt an den Stellen, an denen mich Traum-Aedan berührt hat. An meinen Oberschenkeln, erst über dem Stoff, dann unter ihm.

Ich schließe die Augen, wie um mich besser daran zu erinnern, wie seine Finger quälend langsam Muster auf meine nackte Haut gemalt haben. Wie mein Atem schneller ging, ebenso wie seiner. Wie sich mein Bauch vor Lust zusammengezogen hat, als er seine Finger immer weiter nach oben hat gleiten lassen, bis …

Stopp.

Mein Herz rast, dabei ist all das nur ein Szenario in meinem Kopf. Meinem Traum. Ein Trugbild meines Unterbewusstseins. Doch die Gedanken müssen aufhören, und was noch viel dringender aufhören muss, ist das Verlangen, das mit ihnen einhergeht. Hätte Declan uns gestern nicht unterbrochen, wer weiß, wie weit ich gegangen wäre. Und dann was? Wache ich irgendwann im Zimmer nebenan auf statt hier, alles wird unangenehm zwischen uns, und ich bin schon wieder auf Wohnungssuche? Unter gar keinen Umständen. Da kann Aedan noch so heiß sein und noch so gut zuhören. Ich kann diese Wohnung nicht verlieren. Vermutlich würde ich mit ihr direkt mein Stipendium einbüßen.

Mein Handy vibriert auf dem Schreibtisch und zerreißt die Stille mit dem unangenehm schabenden Geräusch. Als ich die Nachricht lese, stöhne ich laut auf, denn wieder einmal ist es gruslig, wie gut Evelynn mich zu kennen scheint.

Evelynn, 09.01 am:
Soso. Aedan ist also nicht hot? Deine Finger waren bestimmt nur kalt vom Bier und mussten dringend gewärmt werden, hm? Und ihr habt nur beinahe aneinandergeklebt, weil es laut war, was? Der Schlafzimmerblick in deinem Gesicht war dann sicher auch nur irgendeine künstlerische Übung? ERZÄHL MIR ALLES!

Serena, 09.01 am:
Es gibt nichts zu erzählen, wir hatten einen schönen Abend, sind mit Nolan heim und fertig.

Serena, 09.02 am:
Aber ja, Aedan ist hot. Zu hot. So hot, dass es zum Problem wird. Ich hatte einen Sextraum mit ihm!!!

Ich schicke das Geständnis ab, bevor ich groß darüber nachdenken kann, aber es bringt sowieso nichts, Geheimnisse vor ihr haben zu wollen. Ein Blick, wenn wir uns das nächste Mal sehen, würde genügen, und sie wüsste Bescheid. Mit einem Seufzen schiebe ich das Handy in die Tasche meiner weiten, dunkelgrünen Hose und nehme die Stufen nach unten.

Leise Geräusche dringen aus der Küche zu mir, ansonsten ist es still im Haus. Ich erwarte, Nolan aufräumen zu sehen, da er gewöhnlich als Erstes von uns allen wach und aktiv ist, doch es ist Declan. Und er … spült.

»Hi. Welch seltener Anblick.«

Declan trocknet sich die Finger am Geschirrtuch ab, dann zieht er sich einen seiner Airpods aus den Ohren und lehnt sich an die braune Küchentheke, deren weiße Oberfläche überraschend krümelfrei ist.

»Guten Morgen! Bist du schon wieder fit?«

»Yep, hab sogar schon gefrühstückt und was fürs College gemacht.«

»Streberin.«

»Du spülst, obwohl wir eine Spülmaschine haben, wer ist der Streber von uns?«

Declan murmelt etwas Unverständliches, dreht sich um und wäscht eine weitere Tasse ab. Ich lasse meinen Blick durch die geräumige Küche schweifen. Auch die kleine Kücheninsel und der dunkle Holztisch sind gewischt, und der Mülleimer, dessen Deckel kaum noch zuging, ist geleert. Was auch immer gestern vorgefallen ist, es beschäftigt Declan ganz offensichtlich nach wie vor, denn so, wie die Küche aussieht, ist er schon länger am Werk. Die letzte Tasse findet ihren Weg zum sauberen Geschirr, und Declan zieht den Stöpsel, woraufhin das Spülwasser gluckernd abläuft.

»Ich mach uns einen Tee«, beschließe ich und schiebe ihn leicht zur Seite, damit ich unseren Wasserkocher an der Spüle befüllen kann. »Ist mit dir und Conor alles okay?«

»Ja, schon. Aedan hat dir erzählt, dass damals was vorgefallen ist, was?«, fragt er, und die Art, wie er mich dabei ansieht, beinahe verunsichert, macht deutlich, dass das Thema ihm ganz und gar nicht behagt.

»Ja, also, dass ihr Streit hattet. Aber nicht, weshalb.«

»Ich war …« Er fährt sich mit der Hand über die Stirn, als bereite ihm der bloße Gedanke Kopfschmerzen. »Ich *bin* ein ziemlicher Arsch manchmal.«

»Bist du nicht«, sage ich sofort. »Nicht so, wie ich dich kennengelernt habe, zumindest.«

»Ich red mir auch gern ein, dass ich mich gebessert hab.« Er lächelt schief. »Aber ich hab damals ziemlich Mist gebaut und meinem Bruder das Schlimmste angetan, was ich hätte tun können. Nicht seinetwegen, sondern nur meinetwegen. Ich wollte weg, und ich war zu feige, es ihm zu sagen. Also dachte ich, es ist einfacher, wenn er mich gar nicht mehr dahaben will.«

»Das klingt …«

»Nach der Logik eines kleinen Kindes«, beendet Declan den Satz für mich und zieht eine Grimasse. »Ich hab mich auch benommen wie eines. Na ja, aber um deine Frage zu beantworten: Bei uns ist alles okay oder zumindest auf sehr gutem Weg dorthin.«

»Was war denn dann los gestern?«

Declan kaut nachdenklich auf seiner Lippe. Das Rauschen des heißer werdenden Wassers ist das einzige Geräusch in der Küche, bevor er zögerlich antwortet.

»Ich denke gerade viel über mich nach. Darüber, was ich getan habe, aber auch darüber, wer ich eigentlich bin. Und ich weiß noch nicht so recht, was ich mit den Antworten, die ich finde, anfangen soll.«

Ich nicke langsam, auch wenn ich mir nicht sicher bin, ob ich weiß, worauf er hinauswill, so kryptisch, wie er antwortet. Aber wenn ich eines verstehe, dann, wie es sich anfühlt, wenn die Vergangenheit unser Jetzt beeinflusst, sosehr wir sie auch abzuschütteln versuchen. »Tut mir leid«, antworte ich. »Aber es ist ja gut, dass du das Ganze reflektierst, oder?«

»Denke schon.« Der Wasserkocher klickt leise, und Declan macht sich daran, zwei der frisch gespülten Tassen zu trocknen, als Aedan mit Klaus im Schlepptau die Küche betritt. Sofort beschleunigt sich mein Puls, und ich schaue schnell woanders hin.

»Oh Gott, was ist hier los? Kommen irgendwelche Eltern zu Besuch?«

»Halt die Klappe«, gibt Declan zurück, doch es liegt schon wieder ein Lächeln auf seinem Gesicht.

»Ich hab die Küche nur seit … nein, eigentlich hab ich sie noch nie so sauber gesehen.«

»Hatte Zeit«, sagt Declan mit einem Schulterzucken, das nur ein kleines bisschen zu gleichgültig wirkt. Doch Aedan tut ihm den Gefallen und hakt nicht weiter nach. Stattdessen nimmt er sich ebenfalls eine Tasse, trocknet sie und schmeißt einen Teebeutel hinein.

»Was haltet ihr von Kinsale?«, fragt er, während er uns dreien Wasser eingießt.

»Heute?« Declan bückt sich, um Klaus auf den Arm zu nehmen, der ein leises Maunzen ausstößt, das Ganze jedoch über sich ergehen lässt.

»Ja, oder wolltest du dir das Wohnzimmer auch noch vornehmen?«

»Haha«, macht Declan trocken. »Aber klar, ich hab nichts vor.«

»Serena?«

Meinen Namen aus seinem Mund zu hören macht seltsame Dinge mit meinem Bauch. Weil auch das irgendwie heiß klingt. Dabei sollte es das nicht. Nicht so früh, nicht bei Schwarztee in der Küche, nicht bei meinem verdammten Namen, den ich bereits seit dreiundzwanzig Jahren jeden Tag höre. Und doch reagiert mein Bauch sofort mit einem heftigen Ziehen.

»Gern«, sage ich und hoffe, dass man mir nichts von alldem anmerkt. »Ich wollte letztes Semester schon mal mit Evelynn hin, aber dann sind wir doch in Cobh geendet.«

»Wenn dir Cobh gefällt, wirst du Kinsale lieben«, meint Aedan. »Lad sie gern ein. Oder muss sie heute arbeiten?«

»Ich frag sie mal«, erwidere ich und bin froh, eine Ausrede zu haben, um ans Handy zu gehen. Obwohl gestern eigentlich nichts passiert ist, macht Aedans Anwesenheit mich nervös. Weil eben doch was passiert ist. Sonst würde meine Haut beim bloßen Gedanken an seine Hände nicht zu prickeln beginnen.

Evelynn hat noch nicht auf meine letzte Nachricht geantwortet, also frage ich sie in wenigen Worten, ob sie Lust hat, uns auf dem Trip zu begleiten. Wenn sie liest, dass die anderen mitkommen, wird sie unter Garantie Ja sagen. Für alles andere ist sie viel zu neugierig. Ich drücke auf Senden, als hinter mir plötzlich ein Räuspern ertönt. Ich drehe mich um und blicke auf eine breite Brust verhüllt von einem tiefschwarzen Shirt.

Und dann direkt in ein paar amüsiert funkelnde Augen, bei denen mir das Herz bis in den Magen rutscht.

»Dein Tee.« Aedans Blick gleitet nach unten zu meinem Smartphone. Sein linker Mundwinkel zuckt verräterisch. »Und danke«, fügt er dann so leise hinzu, als wäre es nur für mich bestimmt. Irritiert folge ich seinem Blick – und wünsche mir eine Sekunde später, dass sich der Küchenboden unter meinen Füßen auftut. Aedan muss eben perfekte Sicht auf mein Handy gehabt haben. Besser gesagt auf mein hell erleuchtetes Display. Und auf diesem sind gut leserlich Worte zu sehen, die nicht für seine Augen bestimmt waren.

Aedan ist hot.

Ich hatte einen Sextraum mit ihm!!!

Drei Stunden später, als uns der Busfahrer an der Bushaltestelle in Kinsale rausschmeißt, glüht mein Gesicht immer noch. Evelynn hingegen, der ich das Ganze eben flüsternd auf unseren Sitzen geschildert habe, kriegt sich nicht mehr ein vor Kichern.

»Aber sieh es mal positiv: Das Eis ist gebrochen. Oder wäre geschmolzen der passendere Begriff?«

»Pscht!«, ermahne ich sie, da Aedan sich nur wenige Meter vor uns befindet. Allerdings ist er mit Declan in eine Diskussion über irgendein Videospiel vertieft, sodass er zum Glück nichts um sich herum bemerkt.

»Wir müssen hier lang, oder?«, fragt Nora, die ebenfalls mitgekommen ist. Nolan nickt, und die beiden laufen voraus. Ich lasse mich mit Evelynn ein Stück zurückfallen, um in Ruhe reden zu können.

»Und was machst du jetzt?«, will sie mit gesenkter Stimme wissen.

»Was ich mache? Nichts natürlich. Ich ignoriere, dass das jemals geschehen ist.« Was supereinfach wird, ich laufe ja nur jedes Mal knallrot an, wenn Aedan in meine Richtung sieht. »Hättest du schneller geantwortet, wäre das nie passiert! Dann wäre die Nachricht viel weiter oben gewesen.«

Eve lacht auf und streicht sich die langen, dunkelbraunen Haare aus dem Gesicht. So nah am Meer ist es noch windiger als in Cork, und nicht zum ersten Mal bin ich dankbar für meine recht kurzen Haare.

»Du kannst mir nicht ernsthaft die Schuld dafür geben. Außerdem glaube ich, dass es gut ist, dass das passiert ist.«

»Was bitte soll daran gut sein?«

»Na ja, jetzt weiß er es, und ihr braucht nicht mehr umeinander rumzuschleichen.«

»Wir schleichen gar nicht umeinander rum!«

»Pf, klar.« Eve lacht schon wieder und läuft dann kopfschüttelnd einen Schritt schneller. »Und jetzt komm, ich will den Typen kennenlernen, der es geschafft hat, dir den Kopf zu verdrehen.«

Bevor ich sie zurückhalten kann, hat sie zu Aedan und Declan aufgeschlossen und steigt mühelos mit in das Gespräch ein. Ich ergebe mich seufzend meinem Schicksal, denn so innig, wie Nolan und Nora miteinander reden, kann ich mich den beiden wohl schlecht anschließen. Da Evelynn direkt neben Aedan läuft, kann ich zumindest seinen Blicken besser ausweichen, als ich sie einhole. Die beiden reden über die Uni, ihre Kurse und die bald bevorstehende RAG Week. Leider versteht Evelynn meinen stummen Wunsch, mich unsichtbar zu machen, nicht, sondern bezieht mich in das Gespräch mit ein.

»Ihr seid mit Hope Harbour doch sicher auch dabei, oder?«

Ich nicke. RAG steht für *Raise and Give*. Eine Woche lang werden am Campus Spenden für alle möglichen guten Zwecke gesammelt. Durch Verkäufe von Essen, Trinken und Dekoartikeln oder durch Wettkämpfe auf dem Campus. Zumindest wird es so kommuniziert, in Wahrheit nutzen die Studierenden die Woche, um die Vorlesungen zu schwänzen und an den Campuspartys teilzunehmen – da die Erlöse der Feiern und Getränke jedoch auch gespendet werden, sagt in der Regel niemand etwas dagegen. »Wir machen einen Kuchenverkauf.«

»Also backst du?« Declans Mundwinkel heben sich. »Ich komm vorbei. Machst du was Deutsches? Schwarzwälder Kirsch?«

»Ich mach was Einfaches«, korrigiere ich, denn wenn ich eines nicht kann, dann ist es backen.

»Wir könnten dir helfen und Scones backen oder so«, schlägt Aedan vor, woraufhin Declan wie wild nickt.

»Da hab ich meiner Mam häufiger bei geholfen«, meint er. »Dazu ein paar Thermoskannen mit Tee, und der Laden brummt.«

»Eher der Tisch. Wir werden vor der Boole Library stehen.«

»Ich besorg die Zutaten bei Tesco«, beschließt Declan. »Und im Anschluss können wir ins Pub oder auf eine der Partys.«

Während die anderen weiter planen, werden die Häuser um uns herum immer bunter. Knallgrün folgt auf Rot, Lila und Orange, und plötzlich stehen wir auf einem kleinen Platz mit einem azurblau gestrichenen Café, etlichen Blumen und einigen Besuchern, die mit Einkaufstüten und Tassen auf den Bänken sitzen und die Sonnenstrahlen genießen.

»Ich brauch 'nen Kaffee!«, beschließt Evelynn sofort. »Die Schicht gestern ging viel zu lang.«

»Da schließ ich mich an«, meint Nora.

»Dann komm ich mit.« Nolan sieht uns an, doch Aedan schüttelt bereits den Kopf. »Buchhandlung?«, fragt Nolan mit einem Grinsen, und jetzt fällt mir auf, dass das violett gestrichene Haus am Ende des Platzes tatsächlich mit einem Büchertisch wirbt.

»Du kennst mich.« Aedan sieht mich mit schief gelegtem Kopf an. »Kommst du mit? Wir gehen nicht in die da oben, wir gehen in meine liebste in ganz Irland: Prim's Bookshop. Fantasy, etliche Bücher und das Beste: Sie haben sogar einen Hund!«

Aus dem Augenwinkel sehe ich Evelynn wild nicken und würde ihr am liebsten gegen den Kopf schnippen, doch dann merke ich, wie auch meiner sich auf und ab bewegt. »Ja, warum nicht?«

Declan sieht unschlüssig von uns zu den anderen, tritt dann jedoch ebenfalls in Richtung des Cafés. »Bis gleich!«

Und so schnell sind Aedan und ich allein. Den kurzen Weg zur Buchhandlung verbringen wir schweigend, und das »Danke«, das meinen Mund verlässt, als Aedan mir die Tür öffnet, klingt kratzig. Genau das wollte ich vermeiden. Diese Befangenheit, die Nervosität. Ich will das entspannte Gefühl zurück, das zwischen uns geherrscht hat, als Aedan und ich mit Spaghetti vorm Fernseher saßen. Doch allem Anschein nach habe ich das mit meiner Nachricht ein für alle Mal zerstört.

17. KAPITEL

Aedan

Ich lasse meinen Blick über die Buchrücken schweifen und tue so, als würde ich irgendetwas wahrnehmen. Wobei, ich nehme Dinge wahr. Sie haben nur rein gar nichts mit den Büchern vor mir zu tun, die kreuz und quer in braune Regale sortiert stehen, sondern alles mit der Frau neben mir. Es ist, als würde mein Körper auf jede ihrer Bewegungen reagieren, selbst wenn sie nur die Hand ausstreckt, um eines der Bücher genauer zu betrachten. Vielleicht liegt es daran, dass ich jetzt weiß, wie sich diese Hand unter meiner anfühlt. Und dass ich weiß, welche Nachricht diese Hand getippt hat.

Sie wiederum weiß, dass ich die Nachricht gesehen habe. Hätte ihr hochroter Kopf sie nicht bereits verraten, die Befangenheit gerade spräche Bände. In mir hat ihre Nachricht an Evelynn das genaue Gegenteil bewirkt. Während Serena ihre Hände vor dem Körper verschränkt hält und so durch den Laden wandert, kann ich meine nur schwer bei mir behalten.

Serena hatte einen Sextraum. Mit mir. Und es wäre eine glatte Lüge, zu behaupten, dass ich mir nicht auch vorgestellt habe, wie es zwischen uns wäre. Mit jedem Blick auf ihre Lippen sind die Bilder da. Selbst jetzt, in der Buchhandlung, wo ich definitiv keine Gedanken in diese Richtung haben sollte, ist alles, was in meinem Kopf umhergeistert, die Vorstellung, wie es wäre, Serena gegen eines der Regale zu drücken. Sie zu küssen. Meine Hände wieder auf ihre Haut zu legen. Sie zu erkunden. Zu sehen, ob sie andere mit der gleichen Hingabe liebt wie ihre Kunst.

Ich schlucke und schüttle den Kopf, als könnte ich die Bilder so vertreiben. Fehlanzeige. Außer uns befinden sich nur Simon, der Besitzer, und sein Border Collie Jody in der Buchhandlung. Jody liegt vor dem antik wirkenden dunkelbraunen Piano und hat den schwarz-weißen Kopf auf die Pfoten gestützt. Leise Musik ertönt aus den Boxen, und es duftet nach frischem Kaffee, den man an der Theke hinten in der Ecke ordern kann. Alles hier schreit Gemütlichkeit, was genau der Grund ist, weshalb ich Prim's Bookshop so liebe. Dennoch jagt Adrenalin durch meine Adern, und mein ganzer Fokus liegt auf Serena, die weiter die einzelnen Bücher betrachtet.

»Also … suchst du was Bestimmtes?« Sie stellt das Buch zurück ins Regal und verschränkt die Arme direkt wieder vor der Brust, als wüsste sie nicht, wohin mit ihren Händen.

»Nein, ich wollte nur mal schauen, was es Neues gibt. Meistens leihe ich aus, aber Indie-Buchhandlungen wie diese unterstütz ich gern.«

Serena nickt langsam. »Cool«, sagt sie dann nur und räuspert sich schon wieder. Der Elefant steht meterhoch zwischen uns im Raum, und ich will gerade ansetzen, ihn anzusprechen, doch Serena kommt mir zuvor.

»Du hast gesehen, was ich Evelynn geschrieben habe, oder?«

»Hab ich.«

Ihre Wangen färben sich schon wieder sanft rosa. Ihr Blick fliegt kurz über die Schulter, wie um sich zu vergewissern, dass Simon sie nicht hören kann. Doch der sortiert gerade irgendwelche Papiere und summt leise zur Musik mit. »Es tut mir leid.«

»Warum?«

Ich kann ihr ansehen, dass sie mit der Rückfrage nicht gerechnet hat. Sie beißt sich auf die Lippe und sieht zur Seite, als grüble sie über eine passende Antwort nach. Leider reicht diese leichte Regung aus, um mich schon wieder auf ganz andere Gedanken zu bringen. Ich denke an unsere WG-Regel. Daran, wie absolut leichtsinnig es wäre, ausgerechnet mit Serena etwas anzufangen. Und doch verlassen die nächsten Worte meinen Mund.

»Mir tut es nicht leid.« Jetzt wird auch mir warm. Weil es stimmt. Wenn ich eines nicht gefühlt habe, als ich Serenas Nachricht gelesen habe, dann war es Bedauern.

»Nein?« Ihr Blick sucht meinen und ist so intensiv, dass ich ihn vom Scheitel bis in die Zehen spüre.

»Nein.«

Ich mache einen Schritt auf Serena zu. Einen kleinen nur. Gerade nah genug, dass ich ihren Atem an meinem Hals spüren kann, so wie es schon gestern Abend im Pub der Fall war. Es ist gemein. Es ist gemein, weil ich genau weiß, wie sie reagiert, und weil ich es genau deshalb tue. Weil ich es nie getan hätte, hätte ich ihre Nachricht nicht gelesen. Doch als sie den Kopf leicht in den Nacken legt, um meinen Blick halten zu können, nur damit ihrer eine Sekunde später zu meinen Lippen gleitet, weiß ich, dass ihre Gedanken in eine ähnliche Richtung wandern wie meine. Ich schiebe meine Hand langsam nach vorn, bis meine Fingerspitzen ihre berühren. Ganz sanft nur, doch es genügt, damit sich ihre Augen leicht weiten.

»Kann ich euch helfen?«

Eilig ziehe ich meine Hand wieder zurück, als Simon mit einem Lächeln neben uns tritt. Jody steht schwanzwedelnd daneben.

»Darf ich euch einen Tee oder Kaffee bringen? Oder seht ihr euch nur ein wenig um?« Er krault den Border Collie hinter den Ohren und sieht uns freundlich an, als wäre die Luft zwischen Serena und mir nicht förmlich am Knistern.

»Ich bräuchte ein Notizbuch. Ohne Linien oder Kästchen«, sagt Serena. Ihre Stimme ist tiefer als sonst, und sie fährt sich über die dunklen Haare, als hätten wir mehr getan, als nur geredet. In gewisser Weise haben wir das auch oder hätten es zumindest, wenn es nach mir ginge.

»Natürlich, ich habe an der Kasse welche. Ich zeig sie dir.«

Serena folgt dem Buchhändler in den hinteren Bereich des Ladens, während ich ihr mit klopfendem Herzen nachsehe. Ihre Nachricht ist Fluch und Segen zugleich. Segen, weil ich weiß, dass es ihr geht wie mir. Fluch, weil es mit diesem Wissen beinahe unmöglich ist, mich von ihr fernzuhalten.

»Ich war schon so oft in Kinsale, aber ich hab es nie hier rüber geschafft!« Nora sieht sich mit breitem Lächeln um. Nachdem wir in der kleinen Küstenstadt alle Läden abgeklappert haben, haben wir die wenigen Kilometer Fußmarsch auf uns genommen, um auf die Halbinsel gegenüber dem Hafen zu gelangen. Serena ist dabei die gesamte Zeit neben Evelynn hergelaufen. Kaum hatte sie ihr Notizheft bezahlt, hat sie beinahe fluchtartig die Buchhandlung verlassen. Ich hätte es als Zeichen gedeutet, dass ich zu weit gegangen bin – wären da nicht die Blicke, die sie mir selbst jetzt zuwirft, wenn sie glaubt, dass ich es nicht bemerke.

Während der Strand im Sommer von Besuchern nur so wimmelt, haben wir ihn jetzt – von ein paar Spaziergängern abgesehen – komplett für uns. Ich atme tief ein und genieße die salzige Luft, die hier so viel intensiver ist als bei uns in der Stadt. Evelynn hat sich auf ihren Jutebeutel in den Sand gesetzt und stößt ein glückliches Seufzen aus. »Wir sollten öfter hierherkommen«, meint sie an Serena gewandt, die genau wie Nora dasteht und den Ausblick auf die keltische See genießt.

»Absolut.«

»Scheint dir auch gutzutun, ich hab dich lang nicht mehr zeichnen sehen.« Eve nickt in Richtung von Serenas Notizbuch, in dem sich nun bereits erste Bleistiftskizzen von Kinsale befinden.

»War viel zu tun«, meint Serena ausweichend.

Evelynn nickt und schaut dann zu mir. »Normalerweise rennt sie immer mit Stift und Papier rum, daher danke, dass du sie entführt hast. Ich dachte diese Woche schon, sie wohnt jetzt selbst bei Hope Harbour.« Sie dreht den Kopf zu Nora. »Nichts für ungut, was ihr leistet, ist großartig!«

Nora winkt lächelnd ab. »Alles gut. Aber die Arbeit reißt einen manchmal echt mit. Ich weiß nicht, wann ich das letzte Mal beim Sport war oder so einen Ausflug gemacht habe. Wollt ihr am Strand bleiben?«

Serena hält sich die Hand schützend vor die Augen und blinzelt Nora entgegen. »Willst du schon heim?«

»Nee, ich würde gern zum James Fort, wenn wir schon hier sind.« Sie deutet hinter sich, in die ungefähre Richtung der alten Festung, die wir auf dem Weg gesehen haben.

»Ist es sehr doof, wenn ich hierbleibe?«, fragt Serena, und Nora schüttelt sofort den Kopf.

»Quatsch. Mag sonst jemand mit?«

»Klar!« Evelynn springt auf. »Im Gegensatz zu Serena werd ich Burgen und Festungen und all so was niemals überhaben. Sie ist zu verwöhnt.«

»Hey!«

»Stimmt doch. Du meintest mal, ihr habt die in Deutschland an jeder Ecke.«

»Nur weil ich nicht bei jedem alten Stein ausraste, heißt das nicht, dass …«

»Jaja. Lieb dich!« Evelynn zwinkert Serena zu, klopft sich den Sand von der Hose und sieht dann zu mir. »Mr Architekt?«

Ich schüttle den Kopf. »Ich muss mich die Woche über schon genug mit Gebäuden beschäftigen, ich bleib hier.« Das ist nur die halbe Wahrheit, denn meine Entscheidung ist bereits mit Serenas Nein gefallen.

»Ich auch«, sagt Declan und sieht dann Nolan mit erhobenen Brauen an. In seinem Blick liegt eine Herausforderung, und nicht zum ersten Mal heute frage ich mich, was mit den beiden los ist.

»Ich bleib hier«, sagt Nolan und winkt Nora und Evelynn, die in Richtung Felder laufen. Den Strand und die Festung trennen nur ein paar dünn besiedelte Hügel, sodass es kein allzu weiter Fußmarsch ist. Declan lässt sich in den Sand fallen und holt die Coladosen und Wasserflaschen aus der Tüte, die wir vorhin im Laden gekauft haben. Er reicht erst Nolan eine Dose und schaut dann fragend zu Serena und mir.

»Danke«, meint Serena und nimmt ebenfalls eine, während ich nach dem Wasser greife. »Ich dreh eine Runde am Strand. Magst du mit?«

Ich hebe die Brauen. Nachdem sie es in der Buchhandlung kaum erwarten konnte, von mir wegzukommen, ist ihre Einladung überraschend.

»Gern«, sage ich und winke Declan und Nolan zum Abschied. Nolan winkt zurück, Declan hingegen hebt nur kurz die Hand und mustert daraufhin mit zusammengezogenen Brauen den Sand unter seinen Füßen. Irgendwas stimmt nicht. Ich kann nur hoffen, dass es nicht wieder mit seinem Bruder zu tun hat.

»Haben die beiden Streit?«, fragt Serena im Flüsterton, als wir uns einige Schritte entfernt haben.

»Declan und Nolan?«

»Ja. Wirkt so, oder?«

Ich werfe einen Blick über die Schulter. »Hm. Vielleicht«, gebe ich zu. »Irgendwie dachte ich bisher, es wäre ein Declan-Problem, aber du könntest recht haben.«

»Würde auch erklären, wieso Declan auf einmal die gesamte Küche geputzt hat.«

»Was auch immer es ist, sie klären es schon. Die beiden zanken ja sowieso fast jeden Tag.«

Serenas Lippen verziehen sich zu einem schiefen Lächeln, und ich zwinge mich, wegzusehen, weil es mir sonst schwerfällt, die Distanz zu wahren, die sie gerade offensichtlich braucht. Meine erste Reaktion nach ihrer Nachricht war, sie damit aufzuziehen. Doch so offensichtlich peinlich berührt, wie sie nach wie vor ist, ersterben die Sprüche auf meiner Zunge.

Wir weichen dem Drachen eines Jugendlichen aus, der neben uns in den Sand schlägt, und laufen schweigend den ansonsten leeren Strand entlang. Die Sonne malt glitzernde Muster auf das Wasser, und die Wellen brechen sich mit sanftem Rauschen am Strand. Obwohl es nur elf Grad sind, sorgen die warmen Strahlen dafür, dass es sich beinahe nach Frühling anfühlt.

Wir laufen so lange in Stille, dass der Sand erst von Kies und dann schließlich von Steinformationen abgelöst wird und wir klettern müssten, um weiterzukommen. Unsere Schritte werden langsamer, bis Serena plötzlich stehen bleibt. Ich erwarte, dass sie umkehrt, doch sie steht mit dem Rücken zu mir gewandt da und blickt in Richtung der Steine.

»Falls du drüber nachdenkst, zu klettern: Tu's nicht. Der Krankenwagen bräuchte ewig, um hier zu sein.«

Jetzt dreht sie sich doch um, und obwohl mein Scherz zugegeben ziemlich mies war, habe ich nicht mit dem ernsten Ausdruck gerechnet, mit dem sie mich ansieht.

»Wegen der Nachricht …«, beginnt Serena.

»Ich hab dir schon gesagt, dass es dir nicht leidtun muss.«

»Ja.« Sie schluckt. »Genau das meine ich.«

Verwirrt blicke ich sie an. Bilde ich mir das ein, oder geht ihr Atem plötzlich schneller? Nein, ihre Brust hebt und senkt sich definitiv zu schnell, als dass es nur vom Laufen herrühren könnte. Serena öffnet den Mund und fährt sich mit der Zunge über die Lippen. Es ist nur ein kurzer Moment, doch ich fühle mich direkt in das Pub zurückteleportiert. Denn da hat sie mich genauso angesehen wie jetzt. Mit geweiteten blauen Augen, die viel zu gut zu dem Meer neben uns passen. Mit beinahe grübelndem Ausdruck. Genau wie gestern will ich nichts sehnlicher, als den Abstand zu ihr zu überbrücken, ihre Hand zu ergreifen, ihre Haut zu berühren. Ihr die dunklen Strähnen aus der Stirn zu streichen, die ihre Augen noch klarer wirken lassen. Doch es ist Serena, die einen kleinen Schritt auf mich zukommt.

»Wenn es mir nicht leidtun soll, dann …«

Ihr Blick huscht zu meinen Lippen. Es ist der einzige Hinweis darauf, welche Bedeutung hinter ihren Worten liegt. Dann stellt sie sich auf die Zehenspitzen und verharrt wenige Millimeter von meinem Mund entfernt, zögerlich, fragend. Einen Wimpernschlag später senke ich meine Lippen auf ihre. Sie erwidert den Kuss sanft, als wäre sie sich selbst nicht ganz sicher, was hier gerade geschieht. Mein Körper hingegen scheint all das schneller zu verarbeiten als ich, denn meine Hände umfassen wie von selbst Serenas Gesicht und ziehen sie näher. Ihr Atem vermischt sich mit meinem, der fruchtige Zitrusgeruch ihres Shampoos mit dem des Meeres, und ich werfe all die Bedenken über Bord. Die, dass ich meine Mitbewohnerin nicht küssen sollte. Die, dass wir damit für ganz schönes Chaos in der WG sorgen könnten. Die, dass wir das hier mit ziemlicher Sicherheit nicht täten, wenn Serena wüsste, wer mein Dad ist. All das spielt keine Rolle mehr, als ihre Zunge auf meine trifft. Mein Bauch glüht, mehr noch, als Serena ihre Finger von meinem Rücken zu meinem Hinterkopf wandern lässt und in mein Haar krallt.

Ohne meine Lippen von ihren zu lösen, mache ich noch einen Schritt nach vorn, so weit, bis sie zurücktreten muss und ihr Rücken auf einen der Felsen trifft. Ein leises Stöhnen dringt aus Serenas Mund direkt in meinen. Das ist alles, was es braucht, um unseren Kuss von etwas Unschuldigem in etwas Hungriges zu verwandeln.

»Ich will das schon viel zu lange machen«, murmle ich gegen Serenas Lippen. Ihre Antwort ist ein noch innigerer Kuss. Beinahe verzweifelt umklammert sie mein Gesicht. Als stünden wir nicht am Strand, sondern im tiefen Ozean, und ich wäre ihre Luft zum Atmen. Dabei weiß ich gar nicht mehr, wie atmen geht, als ihre Zunge meine streift. Mein Herz rast, und ich spüre, dass auch ihres heftig pocht.

»Jetzt haben wir die Regel doch gebrochen«, sagt Serena, als wir uns voneinander lösen. Ihre Wangen sind gerötet und ihre Pupillen geweitet.

»Scheiß auf die Regel.«

Und als ich mich zu ihr beuge, unsere Lippen einander wieder berühren, sind mir jegliche Verbote und Konsequenzen zum ersten Mal komplett egal.

18. KAPITEL

Serena

Seine weichen Lippen an meinen, der Geschmack seiner Zunge, wie seine Hand sich an meinem Rücken angefühlt hat, wie mein Herz nicht mehr hinterherkam mit dem Schlagen, wie mein Blut in meinen Ohren gerauscht hat. Sein Geruch, seine Nähe, das Gefühl seiner weichen Haare unter meinen Fingern. Sein Atem vermischt mit meinem.

Der Pinsel schwebt geradezu über die Leinwand, federleicht, und doch hinterlässt er rosafarbene, dann dunkelblaue Linien.

Ich habe Aedan geküsst. Und er hat mich geküsst.

Schon wieder trommelt mein Herz gegen meinen Brustkorb. Es führt meine Hände, die den Pinsel erneut in Farbe tunken – orange dieses Mal – und dem Bild, das vor mir entsteht, kleine Farbtupfen hinzufügen. Knallorange wie die Nachmittagssonne, saphirblau wie die irische See, rosa wie Haut an Haut.

Es ist das erste Mal seit Langem, dass ich male, um all die Glücksgefühle in mir zum Ausdruck zu bringen. Als ich mit dem Malen begonnen habe, musste der Schmerz hinaus. Dann habe ich Antworten auf meine Fragen gesucht und meine Wut und Verzweiflung zum Ausdruck gebracht. Vor Kurzem bei Charlie wieder Schmerz und Trauer. Jetzt ist es das genaue Gegenteil, denn ich weiß gar nicht wohin mit meinen Glücksgefühlen.

Ich habe Aedan geküsst. Aedan. Meinen Mitbewohner, von dem ich eigentlich die Finger lassen wollte. Doch warum sollte ich, wenn es sich so, so gut anfühlt?

Farbe tropft auf den Boden, und mit einem Fluchen lege ich den Pinsel beiseite. Ich greife ein Taschentuch und wische das Orange auf, bevor es in das Holz dringen kann. Dann sehe ich mich in dem Zimmer um, in dem es mittlerweile dunkel geworden ist. Nur meine Schreibtischlampe taucht den Raum in warmes Licht. Es ist unmöglich, an Schlaf zu denken. Wie soll ich auch nur ein Auge zukriegen, wenn Aedan und mich bloß eine Wand trennt? Jedes der Geräusche, das von nebenan in mein Zimmer dringt, lässt mich aufhorchen, und es kostet mich enorme Selbstbeherrschung, nicht einfach nach drüben zu schleichen. Doch leider dringen auch die Stimmen von unten deutlich zu mir vor, und ich habe keine Lust, in Declans und Nolans Streit involviert zu werden, den sie – entgegen unseren Hoffnungen – noch nicht ad acta gelegt haben.

Ich trete einen Schritt zurück, um die Leinwand besser begutachten zu können. Ich liebe es, so ohne Plan und Vorgaben zu malen. Manchmal in abstrakten Formen, andere Male sind es konkretere Abbildungen von Szenerien, die ich gesehen habe. Als ich mit dem Kunststudium begonnen habe, habe ich naiverweise geglaubt, dass es sich immer so anfühlt. Doch Kunst zu studieren heißt, Rahmen und Grenzen kennenzulernen, sich in verschiedenen Epochen und Stilen auszuprobieren und Theorie und Handwerk zu lernen. So toll das alles sein mag, das hier ist es, was ich liebe.

Ich streife das überschüssige Orange vom Pinsel und nehme die beiden kleineren Pinsel von der Palette. Am besten, ich schaffe sie direkt ins Bad und säubere sie. So bleibt mir ausreichend Zeit, das Waschbecken wieder in seinen Ausgangszustand zu bringen. Meine Mitbewohner sind großartig, aber

Nolans Sauberkeitstick ist größer als der meiner Oma. Meine Lippen verziehen sich zu einem Lächeln, als ich an meine Großeltern denke. Ich muss sie dringend anrufen, denn selbst in unserem Familienchat habe ich diese Woche kaum etwas gepostet. Es war einfach zu viel Trubel.

Mit dem Ellbogen drücke ich meine Zimmertür auf, da meine Finger wie immer genauso viel Farbe abbekommen haben wie die Leinwand. Unten läuft Musik, aber Nolans und Declans zischend ausgestoßene Worte sind dennoch zu hören.

»Du hättest ja nicht einfach abhauen brauchen.« Nolan klingt trotzig, und obwohl ich ihn nicht sehen kann, weiß ich genau, dass er gerade mit verschränkten Armen vor Declan steht. »Was ist eigentlich dein Problem?«

»Nora ist Serenas Freundin!«

»Kasia war unsere Mitbewohnerin, das hat dich ja auch nicht gestört.«

Declan schnaubt. »Das war was anderes.«

»Ach ja?«

Ich rolle mit den Augen. Also streiten sie immer noch, na prima. Ellbogen voraus öffne ich die Tür zum Bad mit einem leisen Quietschen, und als ich eintrete und mich nach rechts zum Waschbecken drehe, pralle ich mit etwas Hartem zusammen.

»Hi«, erklingt es genuschelt. Aedan steht mit einem Grinsen im Gesicht und einer Zahnbürste im Mund am Waschbecken. Ohne Shirt.

»Hey«, sage ich und räuspere mich. Vor Kurzem habe ich mit Evelynn noch über Zusammenstöße dieser Art gescherzt, jetzt gehören sie allem Anschein nach tatsächlich zu meinem Alltag. Für den Hauch einer Sekunde huscht meine Aufmerksamkeit zu seiner nackten Brust … Ein Räuspern sorgt dafür, dass mein Blick nach oben schnellt.

Aedan spuckt die Zahnpasta in das Waschbecken und stößt ein lautes Seufzen aus. »Meine Augen sind hier oben. Also bitte. Das gehört sich nicht für Mitbewohner.«

»Ich glaube, die Mitbewohnergrenze haben wir vorhin sowieso überschritten, oder?«

»Da hast du vermutlich recht«, erwidert er mit einem Lächeln, das mir durch Mark und Bein geht. Seine Grübchen, die vielen Tattoos, der Geruch nach Minze gemischt mit etwas, was ganz unverkennbar Aedan ist, und die glatte Haut, zu der mein Blick schon wieder ohne mein Zutun gleitet … wie konnte ich jemals denken, dass ich in ihm nur meinen Mitbewohner sehen würde?

»Du hast da Farbe.«

Mit zwei ausgestreckten Fingern wischt Aedan zärtlich über meine Wange. Sie sind nun ebenso blau wie einer der Pinsel in meiner Hand, und vermutlich hätte ich einen Blick in den Spiegel werfen sollen, bevor ich mein Zimmer verlasse.

»Danke.« Meine Stimme ist heiser. Kein Wunder, denn ein nicht gerade kleiner Teil möchte, dass Aedan mich weiter berührt. Meine Wange, meinen Nacken, meinen Körper. »Ich hab gemalt«, füge ich überflüssigerweise hinzu, bevor meine Gedanken noch weiter abdriften können.

»Das habe ich vermutet«, erwidert Aedan mit leisem Lachen. »Also geht es wieder? Ist deine Inspiration zurück?«

Ich nicke, verkneife mir aber besser, was genau das heutige Gemälde inspiriert hat. Stattdessen drehe ich den Hahn des Waschbeckens auf und halte die Pinsel unter den Strahl, bis das Wasser blasser und schließlich wieder klar wird. Ich schüttle die restliche Flüssigkeit aus den Pinseln, und erst, als mein Blick mein Spiegelbild trifft, wird mir klar, wie chaotisch ich wirklich aussehe.

»Oh.«

Ich hätte nicht einmal in den Spiegel schauen müssen, ich kann Aedans Grinsen förmlich hören.

»Du hättest was sagen können.«

»Hab ich doch. Keine Sorge, du bist wunderschön.«

Ich lege die Pinsel auf der Anrichte ab, befeuchte meine Hände und versuche, so gut es eben geht, die Farbe von meinen Wangen zu entfernen. Selbst auf der Stirn habe ich einen hellrosa Farbklecks.

»Siehst du in deinen Kursen auch so aus? Dafür würde ich nämlich definitiv den Umweg über den Hauptcampus auf mich nehmen.«

»Haha«, mache ich trocken und spritze ihm das überschüssige Wasser an meinen Händen entgegen. Anstatt zurückzuspringen, wie ich es sicher getan hätte, tritt er näher an mich heran. So nah, bis er genau vor mir steht und ich den Kopf in den Nacken legen muss, um seinen Blick zu halten.

»Ich mag das«, flüstert er.

»Was?«, frage ich, denn er könnte alles meinen: diese neuartige Situation zwischen uns, dass ich wieder gemalt habe, das Zusammenwohnen mit mir, die Farbkleckse in meinem Gesicht, die ihn offensichtlich so amüsieren.

»Dass du etwas hast, wofür du so sehr brennst, dass du alles andere vergisst. Ich glaube, das ist genauso wichtig wie selten.«

Er mustert mich ernst, und meine Kehle wird plötzlich trocken. Weil ich mich gesehen fühle. Verstanden. Weil er mir schon einmal gesagt hat, dass meine Kunst nicht egoistisch ist, und weil ich ihm glaube, dass er es genau so meint. Mir war nie klar, wie sehr ich diese Worte hören muss. Von jemandem, der meine Geschichte nicht kennt, der mich nicht an meinen Eltern misst, jemandem, bei dem ich keine Sorge haben muss, dass die Worte mehr aus Mitleid gesprochen werden als aus Aufrichtigkeit.

Er hat die Distanz zwischen uns überwunden, bevor einer von uns noch etwas anderes sagen kann. Seine Lippen landen auf meinen, weich, sanft, und meine Finger gleiten über seinen warmen Rücken. Ich unterdrücke ein wohliges Seufzen, denn das hier ist besser als alles, was ich jemals auf die Leinwand bringen könnte. Es ist echt, kein Abbild. Wir sind echt.

Aedan vertieft den Kuss, lässt seine Zunge über meine streichen und umfasst meine Wangen mit seinen Händen.

»Was hältst du davon«, murmelt er an meinen Lippen, »wenn du heute bei mir übernachtest?«

Ich schlage die Augen auf, und mein Atem stockt, als ich die Hingabe in seinen sehe. »Und die anderen …«, setze ich an, doch Aedan hebt die Schultern.

»Sind eh unten und denken, wir schlafen schon.«

Ich schlucke, und bevor sich Zweifel in meinem Kopf einnisten können, nicke ich. »Okay.«

Ein aufgeregter Schauer jagt durch meinen Körper, als Aedan meine Hand ergreift und mich leise durch den Flur in sein Zimmer zieht. Er hat recht, die Geräuschkulisse unten ist nach wie vor unverändert. Lautlos drückt er seine Zimmertür auf, und mir wird jetzt erst bewusst, dass ich in all den Wochen kein einziges Mal hier drin war. Mein erster Gedanke ist, dass es genauso aussieht, wie ich es mir vorgestellt habe. Auf dem Regal über dem Bett mit der grauen Kopfleiste thront ein Lego-Raumschiff, das sicherlich mit *Star Wars* zu tun hat. Direkt neben der Tür befindet sich ein kleines Bücherregal voller Fantasy und Science-Fiction, wobei sich einige Bücher auch auf dem Boden türmen, die nicht mehr hineingepasst haben. An der Wand hängt ein edler, gerahmter Bauplan in Schwarz und Weiß. Sein Schreibtisch ist ein einziges Chaos aus Zetteln, Unibüchern und Post-its.

Ich spüre Aedan in meinem Rücken, und als ich mich zu

ihm umdrehe, wirkt er beinahe ein wenig nervös. Mir geht es nicht anders, das alles ist intimer als vorhin am Strand. Weil wir allein sind, aber auch, weil es hier stattfindet, in seinem Zimmer, das so durch und durch er ist.

»Ich hätte aufräumen sollen, aber ich habe nicht mit nächtlichem Besuch gerechnet«, murmelt er und fährt sich über die dunklen Haare.

»Ich mag es«, sage ich, und Aedan erwidert mein Lächeln. »Das mit der Leidenschaft trifft auf dich genauso zu, wenn ich mir das alles angucke.«

»Ein wenig«, meint er mit einem Schmunzeln. Seine Finger finden wieder meine, meine Lippen seine, und kurz darauf liegen wir auf seinem ungemachten Bett. Es ist warm, als hätte er es gerade erst verlassen.

»Konntest du auch nicht schlafen?«, frage ich und nicke in Richtung der zerknautschten Decke.

»Nein.« Aedans Stimme ist rau. Mein Kopf ruht auf seinem rechten Arm, und er fährt mit den Fingern der linken Hand sanft durch meine Haare, bis er sie schließlich an meiner Wange ruhen lässt. Wo auch immer er mich berührt, hinterlässt er einen Pfad aus Wärme und prickelnder Haut. Ich schiebe mich ihm entgegen, atme seinen Duft ein und fühle mich in diesem Moment so sicher und geborgen wie noch nie. Ich will mehr von ihm, gleichzeitig hat diese Situation trotz all ihrer Intimität nichts Sexuelles. In diesem Augenblick habe ich alles, was ich brauche. Vielleicht ist das der Grund, dass Worte meinen Mund verlassen, die ich so lange zurückgehalten habe: Weil ich Aedan nichts mehr beweisen muss. Weil er mir nie das Gefühl gibt, etwas anderes zu sein, als was ich tief in meinem Inneren bin.

»Ich weiß nicht, ob Leidenschaft immer etwas Gutes ist. Auch wenn wir es eben beide als Kompliment gemeint haben«, sage ich. Meine Stimme ist ein Flüstern, mein Herz klopft aufgeregt, aus Angst, diesen Moment zwischen uns zu zerstören. Ich will Aedan. Ich will ihn mehr, als ich jemals etwas wollte, aber genau deshalb muss ich ihm alle Seiten von mir zeigen.

»Wie meinst du das?« Aedans Stimme ist ebenso sanft wie die Berührung seiner Finger, die kleine Kreise auf meiner Kopfhaut malen.

»Manchmal habe ich Angst davor. Meine Eltern hatten auch etwas, wofür sie gebrannt haben.« Mein Herz schlägt noch schneller, doch jetzt hat es nichts mehr mit seiner Nähe zu tun, sondern damit, dass ich mein Innerstes nach außen kremple. »Sie haben so sehr dafür gebrannt, dass sie meinen Bruder und mich darüber vollkommen vergessen haben. Sie waren beide Chirurgen. Das geht mit etlichen Überstunden einher, sodass wir schon als Kleinkinder oft bei meinen Großeltern waren. Und dann sind meine Eltern als Ärzte ohne Grenzen nach Afghanistan. Wir haben sie kaum noch gesehen. Aber sie haben dafür gebrannt, also was hätten wir schon sagen können? Zumal sie ihr Leben für andere aufgeopfert haben. Was sind zwei Kinder im Vergleich zu etlichen Hilfsbedürftigen?«

»Deshalb hast du Sorge, dass deine Kunst egoistisch ist? Weil deine Eltern es waren und du dir gewünscht hast, dass sie Zeit für dich haben?«

Er versteht meine Gedanken nicht nur, er erfasst die Zusammenhänge womöglich sogar schneller als ich. Mein viel zu heftig klopfendes Herz zieht sich beinahe schmerzhaft zusammen.

»Ja. Weil sie nicht einfach gestorben sind, sie sind bei einem Einsatz in Afghanistan ums Leben gekommen. Man weiß bis heute nicht, wer den Anschlag verübt hat, aber vermutlich ist es auch egal. Alle anderen Details konnte ich jeden Tag in den Nachrichten hören oder in diversen Zeitungen nachlesen:

Fassbomben, abgeworfen mit Helikoptern, direkt auf die Klinik, obwohl das eigentlich ein Tabu ist. Aber was ist im Krieg schon tabu? Meinen Vater hat es irgendwo im OP erwischt, meine Mutter in der Gynäkologie. Vincent und ich haben sie davor drei Monate lang nicht gesehen. Sie haben sogar Vinces Geburtstag verpasst, obwohl sie bereits einen Flug gebucht hatten.« Ich schlucke. »Ist das nicht auch irgendwie egoistisch? Wenn man Kinder in die Welt setzt, sollte man sie doch zumindest auf eine Stufe mit seinem Job stellen, oder nicht?« Wieder schlucke ich, auch wenn es diesmal wehtut, so trocken ist mein Hals geworden, als hätte die wütende Hitze alles in mir weggebrannt. Und dann spreche ich die Worte aus, für die ich mich schämen sollte und die trotzdem seit dem Verlust meiner Eltern in mir wohnen. »Ich war neidisch auf die Kinder, die sie dort behandelt haben.« Ich schließe die Augen und schüttle den Kopf. »Ist das nicht krank? Mir ist klar, wie verwöhnt und privilegiert und scheiße das klingt. Immerhin hatten Vincent und ich alles, uns hat es an nichts gefehlt. Und dann bin ich neidisch auf Menschen, denen alles genommen wurde.«

Jetzt schlägt mein Herz noch schneller, denn diese Gedanken habe ich so bisher nur vor Vincent geäußert. Selbst meiner Therapeutin gegenüber habe ich sie nur angekratzt, weil ich tief in meinem Inneren weiß, wie selbstsüchtig und grausam sie klingen. Immerhin haben meine Eltern tagein, tagaus Menschen gerettet. Hätten sie darauf verzichten sollen, nur weil sie uns das Leben geschenkt haben?

»Sie waren so selbstlos und haben es irgendwie trotzdem geschafft, eine selbstsüchtige Tochter in die Welt zu setzen.«

»Hey.« Seine Hand wandert an meine Wange, und er sieht mich mit Nachdruck an. »Du bist nicht selbstsüchtig, nur weil du deine Eltern vermisst hast.«

Ich hebe die Schultern und lasse sie wieder sacken, und es fühlt sich an, als würden sie mich mit hinabziehen. Mich durch die Matratze und den Boden nach unten sinken lassen, ein Stockwerk tiefer, noch tiefer, irgendwohin, wo es nicht mehr so wehtut.

»Du hast die Menschen ja nicht um die katastrophalen Zustände beneidet. Du hast einfach nur deine Eltern gebraucht, so wie jedes andere Kind auch. Daran ist nichts verkehrt.«

Es fällt mir schwer, seinen Worten zu glauben, denn jegliche Kritik an meinen Eltern, jeglicher Hinweis, dass Vincent und ich uns allein gelassen gefühlt haben, wurde zu jeder Zeit direkt abgeschmettert. Die Schulpsychologin, bei der ich war, bevor ich meine Therapeutin gefunden habe, hat mir nur ständig vor Augen geführt, wie stolz ich sein kann. Vincents wütender Aufsatz im Deutschunterricht, eine Erörterung, die ein wenig zu persönlich wurde, brachte nicht nur eine miese Note mit sich, sondern auch ein tadelndes Gespräch mit unseren Großeltern. Jegliche Kritik und kindliche Versuche von Hilferufen wurden ignoriert, bis wir diese Worte, die man anscheinend nicht sagen, nicht einmal denken darf, tief in uns verschlossen haben.

Aedan scheint meine Skepsis zu spüren, denn anstatt weiter gegen meine Gedanken anzusprechen, zieht er mich kommentarlos in seine Arme. Ich lasse es zu. Lasse mich gegen ihn sinken, werde weich an seiner harten Brust und atme seinen minzigen, frischen Duft ein. Er hält mich so lange, bis die tosenden Worte in meinem Kopf zur Ruhe kommen. Eines nach dem anderen werden sie leiser, stattdessen höre ich nun sein stetig pochendes Herz unter meinem Ohr. Aedans Kinn liegt sacht auf meinem Scheitel, seine Arme halten mich an Ort und Stelle.

Ich habe ihm mein Innerstes offenbart, die hässliche Seite von mir, die ich, so gut es geht, vor der Welt verschließe. Doch anstatt mich wegzustoßen, ist er mir näher denn je. Und als er mich nach Sekunden oder Minuten – es könnte auch eine Ewigkeit sein – wieder loslässt, ist da kein Urteil in seinen Augen. Aedan sieht mich an, wie man Kunst betrachtet: intensiv und so vollumfassend, als würde er darauf achten, dass ihm keine Facette entgeht.

19. KAPITEL

Aedan

Die Sonne taucht die Uferpromenade in goldenes Licht und hat es endlich geschafft, den Nebel zu vertreiben, der am Morgen noch über der Stadt lag. So nah am Wasser ist die leichte Brise deutlich kälter auf der Haut als in der Innenstadt, doch nach der Nacht mit Serena gibt es vermutlich nichts, was die Wärme aus meiner Brust vertreiben könnte. Es ist nichts passiert, und doch ist alles passiert.

»Erde an Aedan.« Declan wedelt vor meinen Augen herum. »Du hast versprochen, mich nicht wie einen Loser aussehen zu lassen, wenn ich mitkomme. Also erklär mir bitte, was ich mit den beiden Ruderteilen tue.«

»Die Ruderteile nennt man Skulls, und die befestigst du hier«, erwidere ich und deute auf die Dolle am Rand des Boots. »Aber erst, wenn du schon im Boot sitzt. Gib her, ich mach das gleich. Zieh du lieber die Rettungsweste an.«

»Wieso muss ich eine tragen, wenn du keine anhast?«

»Weil es eine absolute Ausnahme ist, dass Archie dich ohne ewig lange Einweisung aufs Boot lässt, und ich es ihm versprochen habe.«

»Okay, aber …«

»Anziehen, oder ich steck dich in den Junior-Kurs. Dann kannst du mit den ganzen Neunjährigen rudern lernen.«

»Uff, nutzt du den Befehlston auch bei Serena? Ist das euer Ding?«

Ich schieße ihm einen scharfen Blick zu, der ihn zum Lachen bringt. »Was? Denkst du, ich krieg nicht mit, wie ihr umeinander herumtigert? Dass du komplett ausgehungert bist, versteh ich, wie lang ist es her, dass du jemanden mit in die WG gebracht hast? Bestimmt drei Monate?«

Ich rolle die Augen und bereite den Doppelzweier vor, den Archie uns gegeben hat. Mein Team rudert erst ab März wieder, aber weil das Wetter erstaunlich gut ist und Archie, der seit Kurzem in Rente ist, ohnehin Zeit hat, dürfen wir zu zweit mit dem Boot raus. Eigentlich habe ich den gesamten Sonntag über den Plänen von Mr White verbringen wollen, da die Zusammenarbeit morgen offiziell startet, doch ich habe mich kaum konzentrieren können. Immer wieder sind meine Gedanken zu Serena gedriftet. Zu dem Blick, mit dem sie mich angesehen hat. Ich habe sie noch nie so verletzlich erlebt wie letzte Nacht. Und ich habe mich noch nie so gut gefühlt wie heute Morgen. Neben ihr aufzuwachen, als Erstes ihr Haar zu riechen, sie so nah an meinem Körper zu spüren – verdammt, ich will mehr davon. Am liebsten hätte ich den gesamten Tag mit ihr im Bett verbracht, doch Serena hatte einen Termin bei Hope Harbour. Und das war gut so. Entweder musste ich mich wirklich zusammenreißen, oder aber ich müsste ihr gegenüber mit offenen Karten spielen. So unmöglich es mir vor Kurzem noch erschien, mit ihr über meinen Dad zu sprechen, mich von ihr fernzuhalten erscheint mir mittlerweile wesentlich schwieriger.

»Ich mein ja nur«, fährt Declan fort, als ich nicht antworte, »wenn da was zwischen euch läuft, könntest du es mir sagen. Ich tratsch es auch nicht an Nolan weiter, von daher wäre es …«

»Ach ja, Nolan«, unterbreche ich ihn, um das Gespräch von Serena und mir wegzulenken. Immerhin hat er seine Weste endlich angezogen. »Was ist eigentlich bei euch los? Braucht ihr eine Paarberatung?«

Declans Augen weiten sich, nur den Hauch einer Sekunde, dann hat er sich wieder gefangen. Vermutlich bin ich zu weit gegangen. Declan und ich haben uns direkt verstanden, doch er ist nicht gerade der offene Typ. Es hat ewig gedauert, bis er uns verraten hat, wieso er nach Cork gekommen ist. Dabei war von Anfang an offensichtlich, dass er nicht bloß die Uni wechseln wollte, sondern etwas Schwerwiegenderes dahintersteckt. Er hat mit der Freundin seines Bruders geschlafen und hatte Angst, dass wir ihn dafür verurteilen würden. Dabei war er es, der sich am meisten verurteilte. Zwar scheint mit seinem Bruder mittlerweile alles geklärt, doch manchmal verhält er sich dennoch merkwürdig, und in diesen Momenten frag ich mich, ob seine betonte Fröhlichkeit vielleicht nur Fassade ist.

»Bei uns ist alles cool.«

»Deshalb die tolle Stimmung in Kinsale und danach?«

»Hatten einfach 'ne Meinungsverschiedenheit, soll vorkommen.« Er zuckt mit den Schultern. »Bald ist RAG-Week, wir planen die Hausparty, haben Wetten abgeschlossen, ob du trotz deiner Praxisphase mitfeierst … Alles wieder gut.«

»Wenn du meinst …«, sage ich und gehe nicht auf die Stichelei mit der Arbeit ein. Declan und Nolan haben sich bereits vor Wochen in den Kopf gesetzt, eine Hausparty zur RAG Week zu veranstalten. Seit ich eingeworfen habe, dass ich in der Woche eher würde arbeiten müssen, statt zu feiern, lassen sie nicht davon ab, mich aufzuziehen, ich solle mich locker machen. Nicht so jedoch jetzt, denn Declan räuspert sich und hat es plötzlich eilig, ins Boot zu kommen. Er tritt bereits an den

Steg und hebt ein Bein, doch ich kann ihn in letzter Sekunde stoppen.

»Archie killt mich, wenn du direkt ins Wasser fällst. Lass mich erst das Boot stabilisieren. Du steigst zuerst ein, ich stoß uns gleich vom Steg ab.« Ich halte das Boot fest, damit es nicht allzu sehr schwankt, und dirigiere Declan auf den vorderen Sitz. Ausnahmsweise leistet er meinen Anweisungen ohne Widerworte Folge, und kurz darauf befinden wir uns endlich auf dem Wasser. Es hat mir gefehlt. Weniger die körperliche Belastung, denn dafür gehe ich mit den anderen ins Gym an die Rudermaschine, aber es ist etwas völlig anderes, auf dem Fluss unterwegs zu sein. Die Luft wirkt klarer, auch wenn das vermutlich Einbildung ist, aber auch die Stadt sieht vom Wasser aus ganz anders aus. Weniger voll, weniger laut, weniger grau. Spaziergänger sehen zu uns herüber, und eine Gruppe Kinder, die allem Anschein nach einen Ausflug macht, winkt uns aufgeregt. Das Rauschen der Autos tritt in den Hintergrund und wird von Vogelzwitschern, einer lärmenden Ente und dem Plätschern des Wassers ersetzt. Wir sind bestimmt fünf Minuten unterwegs, bis Declan wieder das Wort ergreift.

»Uff, das geht sehr viel mehr in die Arme als die Maschine.«

»Jap!«, erwidere ich grinsend. »Machst du schon schlapp?«

»Kommt drauf an: Ruderst du uns durch die Gegend, wenn ich Ja sage?«

»Nein, aber ich erzähl allen, die ich kenne, dass du ein Weichei bist.«

Declan wirft einen Blick nach hinten und hebt die dunkelblonden Brauen. »Toxisch. Ich brauch 'nen neuen Mitbewohner.«

»Das dachte ich auch, als fast jeden Tag lautes Stöhnen durch Kasias Wand kam und mich wach gehalten hat. Wenn ich das durchstehe, dann überlebst du ein paar Sticheleien.«

»Nur dass du seit ihrem Auszug in Frieden schläfst und ich deine Sticheleien weiter ertragen muss.«

Wenn man davon absieht, dass ich letzte Nacht kaum schlafen konnte, weil ich die meiste Zeit damit beschäftigt war, Serenas Atemzügen zu lauschen und ihre Nähe zu inhalieren, dann ja.

»Hast du deshalb Streit mit Nolan?«, frage ich und verdränge die Gedanken an Serena, so gut es eben geht. »Bist du neidisch, weil bei dir seit Kasia eine Sex-Flaute herrscht und er was mit Nora am Laufen hat?«

Ich kann sein Gesicht nicht sehen, da er mit dem Rücken zu mir sitzt und sich wieder aufs Rudern konzentriert, doch seine Stimme klingt seltsam, als er weiterspricht, beinahe vorsichtig.

»Haben sie? Was am Laufen, meine ich?«

»Weiß nicht, bin davon ausgegangen nach dem Pub. Also sie war nicht in der WG, aber ist bestimmt nur 'ne Frage der Zeit.« Ich will noch einen Spruch nachlegen, zögere dann aber. Hatten sie deshalb Streit? Steht Declan etwa auch auf Nora? Das würde zumindest die frostige Stimmung am Strand erklären und weshalb Declan im Pub so früh aufgebrochen ist. »Aber vielleicht ist da auch gar nichts«, schiebe ich hinterher.

»Klar«, murmelt Declan. »Genauso wie bei euch nichts ist.«

»Serena und ich haben ganz andere Probleme«, beginne ich. Denn auch wenn ich ihm weder von unserem Kuss noch von letzter Nacht erzählen kann, gibt es da eine andere Sache, über die ich dringend reden muss.

»Ja?« Überrascht sieht er mich an und vergisst für einen Moment, zu rudern. »Was denn?«

»Sie weiß nicht, dass mein Dad der Bürgermeister ist.«

»Oh nein.« Declan seufzt theatralisch. »Wie wird sie nur reagieren, wenn sie erfährt, dass ihr Mitbewohner und heimlicher Geliebter ein Kind aus gutem Hause ist und sein Name Geld und Einfluss bedeutet. Die Ärmste!«

Ich rolle mit den Augen. »Sie weiß nicht, dass mein Dad der Mann ist, den sie hasst, den ungefähr jeder bei Hope Harbour hasst.«

»Oh.« Declan lässt die Skulls in den Fluss gleiten, sodass unser Kanu an Schwung verliert und langsamer über das Wasser gleitet. Dann dreht er sich, so gut es geht, im Sitz um und betrachtet mich skeptisch. »Bist du dir sicher? Ist es wegen der Sache mit den Obdachlosen?«

»Ja.«

»Aber dein Dad ist super, er kann doch nichts dafür.«

»Dachte ich auch, aber …« Ich seufze und reibe mir nur deshalb nicht übers Gesicht, weil mein Ruder dann ins kühle Nass gleiten würde. »Ich glaub, ganz so einfach ist es nicht. Er hängt trotzdem in alldem drin.«

»Na ja, das tut Michael D. Higgins als unser Präsident auch. Trotzdem lieben wir ihn, weil er klein und niedlich ist und Berner Sennenhunde mag. Nur weil die politischen Entscheidungen eines Landes oder einer Stadt scheiße sind, sind die Personen dahinter es ja nicht auch gleich.«

»Erklär das Serena …«, murmle ich.

»Du hast Angst, es ihr zu sagen.« Es ist keine Frage, dennoch habe ich das Bedürfnis, mich zu rechtfertigen.

»Sie würde sich unwohl in der WG fühlen. Das Haus gehört meinem Dad. Sie hasst alles, wofür er steht.«

»Dank ihm hat sie, so wie wir alle, 'ne bezahlbare Miete. Das hasst sie wohl kaum.« Er zwinkert mir zu, doch sein Aufmunterungsversuch prallt an mir ab. Ich habe lange nicht mehr so empfunden wie bei Serena. Vielleicht noch nie. Ich will das, was wir haben, nicht zerstören.

»Ich liebe meinen Dad, aber ich hab dadurch ehrlich gesagt

nie groß in Frage gestellt, was er tut. Er erzählt zwar regelmäßig von seiner Arbeit, aber ich könnte definitiv besser über die Politik hier in Cork informiert sein. Ich weiß zu wenig … Ich sollte mit meinem Dad reden«, beschließe ich. »Es gibt sicher für alles Gründe. Wenn er sie mir erklären kann, dann kann ich es wiederum Serena begreiflicher machen.«

»Gute Idee.« Declan packt die Skulls fester und beginnt wieder, zu rudern. »Und bis das erledigt ist, sollten wir Nolan nichts davon sagen, er schafft es nämlich nie, die Klappe zu halten, und nach meinem letzten Jahr hab ich echt keine Lust mehr auf Drama.«

Ich gebe ein zustimmendes Brummen von mir und beginne ebenfalls wieder mit dem Rudern. Drama ist auch das Letzte, was ich will, aber ich habe das ungute Gefühl, dass es unvermeidlich wird, wenn ich nicht bald eine Lösung für alles finde.

20. KAPITEL

Serena

»Wie geht es Ihnen, Sean?«

»Bestens, Liebes, und dir?«

»Ebenso«, erwidere ich mit einem Lächeln und reiche Sean eine dampfende Tasse Kaffee. Er legt die Finger um das heiße Porzellan und seufzt leise. Sein kariertes Hemd weist ein Loch unter der Achsel auf, das letztes Mal noch nicht dort war. Ich bin heute extra früh bei Hope Harbour erschienen. Die Nacht mit Aedan hat mich so aufgewühlt, dass ich dankbar für die Beschäftigung bin. Es macht mir Angst, wie sehr ich ihm vertraue. Mit unserem Kuss haben wir bereits eine klar gezogene Grenze überschritten, doch das Gespräch … das hat eine Linie übertreten, von der ich gar nicht wusste, dass ich sie gezogen habe. Und da meine Gedanken unerlässlich kreisen, brauche ich etwas zur Ablenkung. Die Texte für die Seminare habe ich bereits gelesen, das Waschbecken und das restliche Badezimmer geputzt, und mit meinem Abschlussprojekt kann ich erst starten, wenn ich es meiner Dozentin nächste Woche präsentiert habe. Da Evelynn im Gegensatz zu mir eine Langschläferin ist, hat sie sich selbst jetzt, um eins, noch nicht auf meine Nachrichten gemeldet, und so stehe ich nun in der Küche und assistiere Nora und den anderen. Es ist schön, wieder hier zu sein, die Mitarbeitenden, aber auch die Gäste langsam beim Namen nennen zu können.

Sean habe ich seit Charlies Beerdigung bereits mehrmals hier im Gebäude von Hope Harbour gesehen. Er scheint, genau wie Bobby und wie auch Charlie es war, ein regulärer Gast zu sein, jedoch nutzen sie das Schlafangebot nicht. Lediglich in besonders kalten Nächten, das weiß ich von Clarisse. Mittags jedoch ist er häufiger hier, so auch heute. Sein hellgrauer Bart, der einmal rot gewesen sein muss, darauf lassen zumindest einige Stoppeln schließen, ist frisch gestutzt. Er trägt eine beige Kappe, die er gerade absetzt und auf den Tisch legt.

»Gehst du die Tage auch feiern?«, fragt er, als er sich auf einem der knarzenden Stühle niederlässt. Der Tisch, auf dem er sich nun abstützt, gibt ähnlich ächzende Laute von sich. Generell könnte das Mobiliar in einem besseren Zustand sein, doch die Spendengelder werden anderweitig dringender benötigt, das ist mir selbst nach meiner kurzen Zeit hier nur zu klar. Während ich zu Beginn lediglich das Essensangebot auf dem Schirm hatte, weiß ich nun, dass alles von Hygieneartikeln über Kleidung und Decken bis hin zu Medikamenten benötigt wird. In den kalten Wintermonaten kommen außerdem Aufenthalte in Hostels hinzu, da die Unterkünfte bei den verschiedenen Hilfsorganisationen einfach nicht ausreichen. Auch wenn viele Menschen an die Organisation spenden – die Not ist größer und das Problem so tiefgehend, dass all die Hilfe nur die gravierendsten Brände zu löschen vermag.

»Feiern?«

»Demnächst ist RAG Week, oder nicht? Das weiß sogar ich, und ich hab die Uni nicht einmal besucht.«

»Oh, stimmt.« Tatsächlich hatte ich die RAG Week komplett verdrängt, dabei wollten Declan und Nolan unbedingt eine Party in unserem Haus steigen lassen. »Ich hab letztes Semester genug für die nächsten fünf Jahre gefeiert, glaub ich. Ich werd am Stand aushelfen und Spenden sammeln.«

»Warum nicht beides?«, fragt Sean mit einem heiseren Lachen, bei dem ich mich sofort frage, ob es von einer Erkältung herrührt.

»Sean?«

»Hm?«, macht er und trinkt einen weiteren Schluck Kaffee.

»Wo wohnen Sie eigentlich?«

»Liebes, hätte ich 'ne Wohnung, wär ich nicht hier.« Wieder lacht er heiser, und meine Mundwinkel heben sich.

»Okay, doof formuliert. Aber unwahr, es gibt auch genug Leute, die eine Wohnung haben und trotzdem Unterstützung bei den Lebensmitteln brauchen.«

»Klugscheißerin«, erwidert Sean trocken, und ich verkneife mir ein Grinsen. Die Gespräche mit ihm sind leicht, weil er es irgendwie in all den Jahren geschafft hat, seinen Humor nicht zu verlieren. Ich mag noch nicht lange hier arbeiten, doch ich weiß, dass das nicht selbstverständlich ist.

Nicht, wenn du für alles kämpfen musst, das eigentlich Grundrecht sein sollte: Essen, ein Dach über dem Kopf – ein Leben. Nicht, wenn deine einzige Wärmequelle in einer kalten Nacht die Lampen sind, die die prunkvollen Gebäude Corks beleuchten. Wie oft bin ich an den Kirchen und staatlichen Einrichtungen vorbeigelaufen und habe die Architektur bewundert? Nicht ein Mal ist mir dabei aufgefallen, was Bobby mir erzählt hat: dass die in den Boden installierten, großen, kreisrunden Lampen die einzige Art Heizung sind, die er hat. Eigentlich stelle ich keine Fragen, weder zu den Unterkünften noch zu den Werdegängen der Leute hier, sondern warte ab, was sie freiwillig mit mir teilen. Doch bei Sean ist es anders, vermutlich, weil wir mit Charlie etwas haben, das uns verbindet.

»Ich bin seit einer Weile mit ein paar Freunden in einem alten Gebäude untergekommen. Da hab ich meine Sachen auch grad, meist ist jemand von uns vor Ort.« Er hebt die Schultern. »Ist besser als nichts.«

»Ist es trocken?«

»Wenn's nicht regnet.« Wieder grinst er, doch dieses Mal habe ich Mühe, meine Mundwinkel zu heben.

»Warum …« Ich beiße mir auf die Lippe, weil ich mir vorstellen kann, wie naiv die Frage aus meinem Mund klingen muss, doch Sean nickt mir ermutigend zu. »Warum schlafen Sie nicht hier? Oder in der offiziellen Notunterkunft?«

»Hast du dir die mal angesehen?« Er hebt die Brauen. »Charlie ist nicht grundlos erfroren, Liebes. Die Unterkünfte sind zu voll, es ist laut. Wir können sowieso nicht rein, weil Paula 'nen Hund hat. Tiere sind da nicht erlaubt. Und dass Paula als Frau nicht hinwill, versteh ich auch. Ich hab einmal da geschlafen, Jahre her, und am nächsten Tag war die Hälfte von meinem Zeug weg. Damals kannte ich Paula und die Jungs noch nicht. Wir bleiben lieber unter uns. Haben Charlie auch häufiger angeboten, dass er bei uns schlafen kann, aber wollte er nicht.« Sean trinkt noch einen Schluck. »Clarisse hat erzählt, dass es dieses Jahr so viele Obdachlose in Cork gibt wie noch nie zuvor. Und dass es in Dublin nicht anders aussieht. Also sind die Zustände bestimmt nicht besser im Vergleich zu früher. Das werden sie wohl auch nie werden, wenn die Politik weiterhin wegsieht. Wobei … würden sie bloß wegsehen, könnten wir uns noch glücklich schätzen. Aber sie tun ja alles, um uns das Leben noch schwerer zu machen.«

»Was tun sie denn? Meinst du die obdachlosenfeindliche Architektur? Davon hat Clarisse mir erzählt.«

»Ach die, die ist ja nicht einmal das Schlimmste. Sie verscheuchen uns von den Eingängen der Supermärkte, dabei ist das aktuell der einzige Ort, an dem einen noch etwas warme Luft erwischt. Sie zwingen uns, unseren Müll zu räumen.« Bei dem Wort *Müll* imitiert Sean mit der freien Hand Anführungszeichen in der Luft. »Müll meint in dem Fall unsere Decken. Weil sie das Stadtbild stören, vermutlich, und die schicken Touristen das niedliche, idyllische Irland dann nicht mehr genießen können. Und weißt du, was der Bürgermeister in seiner Rede gesagt hat nach Charlies Tod?«

Sean sieht mich abwartend an, und ich schüttle den Kopf. Ich habe die Zeitungsartikel gemieden, weil ich Charlies Gesicht ohnehin noch zu klar vor Augen hatte. Dann wiederum hat sich die Zeitung selbst zu seiner Beerdigung schon nicht mehr für das Thema interessiert.

»Er hat gesagt, dass diese tragischen Tode eine Erinnerung daran sind, dass die Regierung mehr tun muss.« Sean lacht heiser. »Was für eine leere Phrase ist das bitte? Er soll aufhören zu labern und selbst endlich was tun. Hast du die Wahlplakate gesehen?«

Dieses Mal nicke ich, denn an jeder zweiten Laterne hängt ein Plakat irgendeiner Partei mit freundlich lächelndem Gesicht oder hoffnungsvollen Sprüchen darauf.

»Für ein besseres Cork. Für alle.« Wieder lacht Sean, und ich lächle missmutig. Denn dass diese Worte nur so dahingesagt sind, sehe ich an meiner Arbeit hier. »Es ist ein Witz, oder?«

Ich nicke und weiß ausnahmsweise nicht, was ich dazu sagen soll. Wie auch? Mich hat bereits die Wohnungssuche in Cork fertiggemacht, doch nie hatte ich dabei wirklich Sorge, keinen Schlafplatz zu haben. Ich hatte mein Bed and Breakfast, mein Bruder hätte mir Geld für ein Hotel gegeben, und im schlimmsten Fall hätte ich den Flieger zurück nach Hamburg nehmen können. In meiner Verzweiflung hatte ich dennoch alle Optionen. Sean hingegen hat keine, dabei hat er in seinem Leben mit Sicherheit mehr geschuftet als ich.

Eine Weile herrscht Schweigen, dann setzt Sean die Tasse

ab und räuspert sich. »Ich finde wirklich, du solltest während der RAG Week auch ein bisschen feiern gehen.« Er zwinkert mir zu, und es ist offensichtlich, dass er mir einen Ausstieg aus dem schweren Gespräch geben will. Ein Teil von mir ist dankbar, der andere jedoch schämt sich dafür. Bin ich es Sean nicht schuldig, mehr zu tun? Und Charlie? Und meinen Eltern?

Der Gedanke an sie ist da, bevor ich ihn stoppen kann, und er schnürt mir seltsamerweise die Kehle zu. Weil da zum ersten Mal seit Langem keine Wut ist, wenn ich an meine Eltern denke. Stattdessen fühle ich mich ihnen in diesem Moment näher denn je. Haben sie all das gesehen? Das Leid? Die Chance auf Besserung? Haben sie gehandelt, wo ich mich Ausflüchten hingeben will?

»Kuchen?« Ein Teller wird in mein Sichtfeld geschoben, und ich zucke zusammen, so sehr war ich in meine Überlegungen versunken. Nora lächelt erst mir und dann Sean zu. »Hat Amanda gebacken.«

»Da sag ich nicht Nein!« Nora schneidet Sean ein Stück von dem Marmorkuchen ab, während ich dankend ablehne. Stattdessen ziehe ich mein Handy aus der Tasche meines Cardigans, weil der Gedanke an meine Eltern einen Knoten in meiner Brust hinterlassen hat, der sich stark nach Sehnsucht anfühlt.

Serena, 12.33 pm:
Hey, wie geht es euch? Ist alles gut zu Hause?

Oma, 12.34 pm:
Hallo, Serena. 🖤👋
Ja, hier ist alles gut. 👍
Was gibt es für Neuigkeiten bei dir? 📰 *Dein Opa und ich waren gerade bei Vincent zum Brunch.* 🥐☕ *Sie haben so ein neues Gerät, er hat damit Brötchen selbstgemacht. Thermometermix.*

Vincent, 12.34 pm:
Thermomix.

Oma, 12.34 pm:
Ah ja, genau. 🤗 *So einen brauchen wir auch.* 😍

Opa, 12.34 pm:
Nein, wir holen die Brötchen weiter bei Frau Peters.

Oma, 12.34 pm:
Sonst sagst du immer, wir müssen mehr selbst machen. 💪

Opa, 12.35 pm:
Wir gehen seit über fünfzehn Jahren jedes Wochenende zu Frau Peters!

Oma, 12.35 pm:
🙄

Serena, 12.35 pm:
Freut mich, dass es euch gut geht. 😁
Ich hab euch lieb!

Oma, 12.35 pm:
😚

Als ich das Handy zur Seite lege, hat Sean sein Stück Kuchen bereits zur Hälfte verputzt, und Nora telefoniert – allerdings trägt sie nicht wie ich ein Lächeln im Gesicht, ihre Stirn ist in Falten gelegt.

»Okay. Ja. Ich kann auf jeden Fall, ich schreibe es gleich in die Gruppe.« Sie nickt, und ihr Blick streift meinen. »Serena ist hier, ansonsten nur Amanda und Chris. Hmh. Okay, bye.« Sie legt auf und stößt ein langes Seufzen aus. »Shit.«

»Was ist passiert?«

Anstelle einer Antwort lässt sie sich auf den Stuhl neben Sean fallen, legt den Kopf in den Nacken und seufzt noch einmal.

»Kopf hoch, Mädchen. So schlimm wird's nicht sein«, meint Sean und schiebt sich den letzten Bissen Marmorkuchen in den Mund.

»Das war Clarisse.« Nora lässt den Kopf wieder nach vorn kippen, doch der Ausdruck in ihrem Gesicht ist genauso sorgenvoll wie zuvor. »Der neue Bebauungsplan wurde auf der Seite der Stadt hochgeladen.«

»Okay«, sage ich gedehnt. »Und das ist schlecht, weil?«

»Weil es wieder etliche freie Flächen gibt, die für Tourismus und große Firmen weichen müssen. Dabei haben Mr O'Brien und sein Rat vor Kurzem noch große Töne gespuckt, was Sozialbauten und mehr Wohnfläche angeht. Tja, nur findet man davon leider nichts im Plan gespiegelt. Ein neues Wohnhaus wird gebaut, aber das ist in Ballincollig, nicht mal direkt in Cork. Ansonsten: Fehlanzeige. Also war alles wieder gelogen. Dafür wird am Hafen eine Grünfläche plattgemacht, da packen sie ein Bürogebäude hin. Bestimmt wieder irgendwas von Apple, denen gehört mittlerweile ja eh halb Cork.«

Sean lacht auf. »Gesprochen wie eine Irin, bald lassen sie dich nicht mehr zurück nach Norwegen.«

Nora lächelt müde. »Und ein leerstehendes Gebäude in der Nähe des National Monuments soll abgerissen werden. Clarisse hat nicht gesagt, wieso, aber ich wette, es muss auch für irgendein Büro oder Hotel Platz machen.« Sie schnaubt, doch meine Aufmerksamkeit liegt auf Sean, der Nora plötzlich mit wachen, aufmerksamen Augen betrachtet.

»Wo genau ist das Gebäude?«

»Clarisse hat die Straße genannt, aber ich hab es wieder vergessen. Auf der anderen Flussseite. Meade Street oder so?«

Seans Adamsapfel hüpft, als er schluckt. »Tja, Liebes«, sagt er und sieht mich an. In seinen Augen lese ich etwas, das Angst verdammt nahekommt. Etwas, das Sean gar nicht ähnlichsieht. »Schätze, jetzt benötigen wir doch bald eine Notunterkunft.«

21. KAPITEL

Aedan

Es ist nicht ungewöhnlich, dass ich zur Stadthalle zitiert werde, zumindest nicht, seit mein Dad sein Büro im City Council hat. Es ist auch nicht ungewöhnlich, dass es an einem Sonntag geschieht, denn gerade rund um den Wahlkampf arbeitet mein Dad zu jeder Tages- und Nachtzeit. Doch es ist ungewöhnlich, dass nicht er mich in sein Büro ruft, sondern Mr White. Zwar hat er mehrmals betont, dass ich nicht kommen muss und es sich nur um ein lockeres Treffen handelt, bei dem er keine Anwesenheit erwartet – doch natürlich habe ich nicht vor, die Gelegenheit zu verpassen, ihn besser kennenzulernen. Da ich ohnehin mit meinem Dad sprechen wollte, kann ich im Idealfall gleich zwei Fliegen mit einer Klappe schlagen.

Morgen startet meine Praxisphase offiziell, und auch wenn ich mir alles, was Mr White geschickt hat, bereits angesehen habe und er betont hat, dass es ansonsten nichts vorzubereiten gibt, bin ich nervös. Seine Erleichterung, dass ich wirklich an dem Projekt interessiert bin, tritt mir wieder vor Augen. Ich will unter keinen Umständen, dass er es bereut, mich eingestellt und mir mein Abschlussprojekt verschafft zu haben. Genauso wenig will ich, dass Ryan mit seinen Sprüchen recht hat. Zwar weiß ich, dass er sie weiterhin bringen wird, dass mir der Name meines Dads, egal was ich tue, anhaften wird, doch wenn ich es mir und allen anderen beweise, werden die Sprüche hoffentlich endlich an mir abprallen, und wer weiß – vielleicht denkt man beim Namen O'Brien dann nicht mehr nur an den Bürgermeister, sondern auch an den Architekten.

Doch bis dahin ist es ein weiter Weg, und ich bin bereit, die Schritte zu gehen, die nötig sind. Auch an einem Sonntag. Selbst wenn Declan mich im Scherz mit den Skulls geschlagen hat, als ich mich nach unserem Ausflug entschuldigt habe. Eigentlich hatte ich ihn und Nolan zu Tesco begleiten sollen, um für die nächsten Tage einzukaufen. Stattdessen habe ich ihm vierzig Euro gepaypalt und mich direkt vom Steg aus auf den Weg zur City Hall gemacht.

»Hi, Aedan!« Lucía winkt mir vom Empfang aus zu, kaum dass ich das Gebäude betreten habe. Sie arbeitet hier bereits, seit ich denken kann. »Schön, dich mal wiederzusehen.«

»Hi, alles gut bei dir? Haben sie dich verpflichtet, an einem Sonntag?«

Sie nickt, und kleine Lachfältchen erscheinen um ihre braunen Augen. »Ja, es ist ganz furchtbar. Ich werde gegen meinen Willen gefangen gehalten.« Bei ihrem Schmunzeln muss auch ich grinsen. Das Bild von ihr an der Rezeption ist ebenso Teil meiner Kindheit wie die alte Schaukel in unserem Garten oder die Aufführungen in der Oper mit meinen Eltern. »Mir geht's prima, alles beim Alten. Und bei dir? Wie ist die Uni? Dein Dad meint, du machst jetzt schon deinen Master? Die Zeit rast.«

»Ja, hab aber gerade erst angefangen.«

»Das geht schnell rum, wart nur ab. Es kommt mir wie gestern vor, dass du gerade mal über die Theke gucken konntest und ständig die Bonbons geklaut hast.«

»Und du hast extra viele mit Apfel nachgefüllt.«

»Hab ich«, erwidert sie lachend. »Deine Mam gibt mir bis heute die Schuld an der Zahnspange, die du gebraucht hast.«

»Ich glaub nicht, dass die Bonbons schuld an meinem Überbiss waren.«

»Sie ist übrigens auch da. Du willst sicher zu deinem Dad?«

»Zu Mr White.«

»Der ist mit deinen Eltern in der Millennium Hall.«

Ich hebe die Augenbrauen. Nicht nur, weil meine Mam da ist, was unüblich ist – im Gegensatz zu meinem Dad hält sie sich nämlich an Wochenenden –, sondern weil die Halle mit ihren über zweihundert Plätzen eigentlich für Feste oder große Pressekonferenzen gedacht ist. Ich verabschiede mich von Lucía und laufe durch das Gebäude, wobei mir jeder Riss in den Steinplatten des Bodens bekannt ist. So trocken und hart die Politik auch ist, hier zu sein fühlt sich ein wenig wie Heimkommen an. Ich könnte die Wege blind gehen, und der Geruch nach kaltem Stein gemischt mit etwas Blumigem, das ganz sicher künstlich versprüht wird, ist mir ebenso vertraut wie die Geräusche, die hinter den verschiedenen Türen hervordringen und durch die Flure hallen.

Als mein Dad seine ersten Sitzungen hier hatte, ging ich gerade mal zur Grundschule. Seinen Job fand ich langweilig, doch dieses Gebäude habe ich bereits damals geliebt. Es gab unzählige Möglichkeiten, sich zu verstecken, und ich bin mehr als einmal heimlich in die Konzerthalle gelaufen und habe mit meinen Playmobil-Figuren auf der Bühne gespielt. Vielleicht rührt meine Liebe zu Gebäuden und der Architektur auch ein wenig daher. Einrichtungen, selbst diese hier, bringen die Menschen zusammen. Sie sind ein Mikrokosmos mit völlig eigenen Regeln und Schlupflöchern, nach denen man nur Ausschau halten muss.

»Aedan!« Die Stimme meiner Mam hallt durch den Flur, und sie kommt mir winkend durch die geöffneten Türen entgegen. »Wir sind hier.«

»Ja, Lucía hat mir Bescheid gegeben.« Ich erwidere die Umarmung meiner Mutter. »Was machst du denn hier?«

»Anstoßen!«, entgegnet sie lächelnd, und ihre roten Wangen bestätigen ihre Worte, noch bevor ich meinen Dad, Mr White und einige weitere Anwesende mit Sektgläsern entdecke. Sie hakt sich bei mir ein, und gemeinsam gehen wir zu den anderen. Weiß gepolsterte Stühle stehen in Reih und Glied, und zwei Männer sind auf der erhöhten Bühne und verkabeln Mikrofone und sonstige Technik.

»Gibt es was zu feiern?«

»In der Tat!«, sagt mein Dad und klopft mir zur Begrüßung auf die Schulter.

»Hallo, Aedan.« Mr White reicht mir die Hand, und als ich ihn in dem schicken Anzug sehe, wünschte ich, ich wäre doch noch mal heimgegangen, um mich umzuziehen. In meiner Jeans und dem schlichten schwarzen Pulli fühle ich mich plötzlich etwas fehl am Platz. »Tatsächlich haben wir allen Grund zum Feiern. Da morgen deine Arbeit bei uns beginnt, dachte ich, du willst vielleicht daran teilhaben. Du hast die Baupläne sicher schon studiert. Einer von ihnen war vorläufig, da ging es um eine Tiefgarage und einen Spa-Bereich darüber.«

Ich nicke. Es hat etwas gedauert, bis ich mich in den ganzen Dokumenten zurechtgefunden habe, doch mittlerweile habe ich mir alles so oft angesehen, dass sich mir das meiste ins Gedächtnis gebrannt hat.

»Hier gab es noch einiges mit dem alten Eigentümer zu klären. Dann haben wir noch die Bewilligung benötigt. Tja, und die ist dank deinem Dad jetzt pünktlich durch.« Mr White lächelt zufrieden. »Dein Dad stößt eher auf den Bebauungsplan und die Tatsache an, dass die Stadt endlich wieder eine Konzerthalle bekommt, aber für mich persönlich ist diese Neuigkeit der Sechser im Lotto.« Er hebt sein Glas mit einem breiten Lächeln. »Es wird eine Sauna und einen Wellnessbereich mit Garten geben. Es wird das Luxuriöseste, was Cork bislang gesehen hat. Ein toller und wichtiger Beitrag für die Stadt, denn auch wenn es Hotels gibt, so richtig edel konnte ich Geschäftspartner bislang nicht unterbringen. Davon kann dein Dad sicher ebenfalls ein Lied singen.«

»Bislang hat sich niemand getraut, sich zu beschweren«, meint dieser lachend. »Aber das werden sie da auch auf keinen Fall. Auf dem Platz stand bislang nur ein heruntergekommenes Gebäude, der Abriss sollte schnell erledigt sein.«

»Das ist ein zusätzlicher Pluspunkt daran, dass wir die Fläche kaufen konnten.« Mr White trinkt einen Schluck Sekt. »Das Ding hätte uns echt die Aussicht versaut.«

»Das klingt gut«, sage ich und lächle meiner Mam dankbar zu, als sie mir einen Sekt in die Hand drückt. Ich bin trotz der positiven Neuigkeiten angespannt, als wüsste mein Körper genau, welches Gespräch mir gleich mit meinem Dad bevorsteht. »Das heißt, das Hotel wird jetzt größer als ursprünglich geplant?«

»Besser gesagt: Jetzt wird es genau so, wie ich es ursprünglich geplant habe«, meint Mr White, und in seine Augen tritt ein glückliches Funkeln. »Das wird eine rundum gelungene Sache, über die man in der gesamten Republik berichten wird. Das Marketingteam macht sich bereits Gedanken zur Eröffnung.«

»Gibt es dafür denn schon einen Termin?«, frage ich etwas überrascht.

»Ja, Ziel ist der März nächsten Jahres. Ich will das Gebäude vor St Patrick's Day zum Laufen bringen.«

»Ambitioniert, oder?« Zwar haben wir uns im Studium mehr mit der Planung von Gebäuden befasst als mit der eigentlichen Umsetzung, doch ein Jahr scheint mir eine knapp bemessene Zeit zu sein.

»Wir wären nicht so bekannt, hätten wir keine großen Ambitionen«, erwidert Mr White grinsend. »Keine Sorge, ich hab letztens ein Marriott in elf Monaten hochgezogen, und das hatte vierzig Zimmer mehr als unser Hotel.«

Unser Hotel.

Ich wiederhole die Worte stumm für mich selbst: unser Hotel. Ich, Aedan O'Brien, wäre mit gerade mal dreiundzwanzig Jahren als Architekt am Bau eines Hotels beteiligt. Okay, als Architekturstudent, und ich wäre auch eher zweite Hand, aber trotzdem.

Ich trinke einen Schluck Sekt, um mein Lächeln zu verbergen. Die Flüssigkeit prickelt an meiner Zunge, und auch in meiner Brust prickelt es – dort jedoch vor Vorfreude. Mehr noch, als ich den Blick meines Dads bemerke, denn darin lese ich nichts als Stolz. Er war schon immer stolz auf mich, das weiß ich. Meine Mam genauso. Doch im Vergleich zu seinen politischen Erfolgen oder den philanthropischen meiner Mutter wirkte alles, was ich erreicht habe, klein. Was ist schon ein ganz gut bestandener Bachelor im Vergleich dazu, eine Stadt mitzuformen? Dass ich jetzt in gewisser Weise auch die Chance dazu bekomme, ist ein unbeschreibliches Gefühl.

»Morgen gibt es eine kleine Konferenz, bei der unter anderem der neue Bebauungsplan der Stadt vorgestellt werden soll«, ergreift mein Vater wieder das Wort. »Michael wird dort ebenfalls ein paar Dinge sagen und womöglich aufkommende Fragen beantworten.«

»Die Konferenz wäre morgen um elf, ich weiß, du hast da eigentlich ein Seminar, aber falls du ausnahmsweise kannst …«

»Ich komme auf jeden Fall«, sage ich. Um elf ist das Seminar mit Serena. Das, bei dem unser Vortrag in wenigen Wochen ansteht, aber ich bin mir sicher, sie wird es verstehen und mir die Mitschriften geben. Das Kribbeln wandert von meiner

Brust in meinen Bauch. Ich kann es kaum erwarten, ihr hiervon zu erzählen. Vielleicht kann ich sie sogar einmal mit an die Baustelle nehmen. So interessiert, wie sie bei unserem Gespräch im Pub wirkte, könnte es ihr gefallen. Außerdem, und dieser Gedanke mag kindisch sein, aber er ist da, will ich sie beeindrucken. So sehr, wie sie mich mit ihrer Kunst beeindruckt und mit der Art, die Welt zu betrachten.

Ihre Art, die Welt zu betrachten … Mit dem Gedanken mischen sich leise Zweifel in die kribblige Vorfreude. Wird sie überhaupt beeindruckt sein? Denn wenn ich eins weiß, dann, dass Serena auch die Facetten der Welt bemerkt, die andere – mich inbegriffen – zu übersehen wissen. Mein Blick gleitet zu meinem Dad und Mr White in ihren schicken Anzügen. Bislang habe ich nur an meine Arbeit gedacht, an die Möglichkeiten, wie ich mich in dem Bauprojekt verwirklichen könnte – aber ist es wirklich ein Luxushotel, das diese Stadt braucht? Ein Spa für Menschen, die sich ohnehin alles leisten können?

Paula hat Vorurteile, kommen mir Clarisses Worte wieder in den Sinn, gepaart mit Paulas dankbarem Gesicht bei der Essensausgabe. Was, wenn Paulas Vorurteile begründet sind? Sollte ein Mensch dankbar aussehen, weil er das absolute Minimum erhält? Was, wenn Serena alles andere als begeistert wäre, sondern ihr Hass auf meinen Dad in Hass auf mich umschlägt?

Der Gedanke drückt zentnerschwer auf meinen Brustkorb. Ich muss mit meinem Dad reden.

»Nach der Konferenz können wir dann gemeinsam ins Büro, ich stelle dich dem Kernteam vor, und dann geht es auch schon los.« Mr White lächelt. »Aufregend, nicht wahr?«

Ich will gerade antworten, als laute Stimmen von draußen zu uns dringen. Erst denke ich, es handelt sich um eine Gruppe Jugendlicher, doch die Stimmen ziehen nicht weiter, sie werden vielmehr intensiver. Auch die anderen haben es gehört, denn meine Mam kneift die Augen zusammen, wie um verstehen zu wollen, was sie sagen. Die zwei Männer, die zuvor die Mikrofone installiert haben, treten ans Fenster und sehen hinaus.

»Was ist denn da los?«, murmelt nun auch mein Dad und tritt zu den beiden. »Alles okay da draußen?«

»Alles gut«, meint einer der Männer und wendet sich bereits ab. »Ein paar Spinner, die wieder mit irgendwas unzufrieden sind. Wusste gar nicht, dass die jetzt auch schon sonntags demonstrieren.« Er lacht und macht sich, gemeinsam mit seinem Kollegen, zurück an die Arbeit, den Saal für morgen herzurichten.

Ich will es ebenfalls weglachen, so wie mein Dad es gerade tut, doch plötzlich kann ich die gerufenen Wörter ausmachen: »Baut Häuser, nicht Hotels!«

Der Sprechgesang wiederholt die Worte mehrere Male, bevor er in einen anderen wechselt, der einen Stopp der steigenden Mietpreise fordert. Ein Anliegen, für das ich ebenfalls auf die Straße gehen würde, nur dass die Worte dieses Mal etwas anderes in mir lostreten, etwas, das sich nach Schuld anfühlt. Dabei kann ich nichts für die Mietpreise, und unser Hotel ebenso wenig. Die zwei, drei Häuser, die auf die Grundstücke gepasst hätten, würden das Problem der steigenden Preise wohl kaum lösen. Dennoch: Die kribbelnde Vorfreude bekommt einen immer faderen Beigeschmack, und auch wenn ich den Frust der Demonstrierenden gut verstehe, ein wenig wütend bin ich auch, dass sie mir diesen Moment madig machen. Jetzt, da ich drauf und dran bin, mir endlich einen eigenen Namen zu machen. Jetzt, da Stolz in meiner Brust sein sollte, dieser jedoch einem unguten Gefühl weicht. Dem, etwas falsch gemacht zu haben. Und vielleicht habe ich das auch …

Ich trete an das Fenster, an dem die beiden Männer eben noch standen, und sehe hinaus auf die kleine Menschentraube, die sich vor den Stufen des Gebäudes gebildet hat. Das ungute Gefühl wird zu echter Übelkeit, als mein Blick auf ein vertrautes Gesicht fällt. Serena. Die Lippen, die gestern noch meine berührt haben, formen nun aufgebrachte Worte, fallen in den Sprechgesang ein. *Baut Häuser, nicht Hotels.* Immer wieder. Ihre dunklen Brauen sind wütend zusammengezogen. Ich trete vom Fenster weg und lehne mich mit dem Rücken an die Wand daneben, als handle es sich um einen der Shooter, die ich manchmal mit Declan und Nolan spiele. Als könne eine falsche Bewegung, ein Blick nach draußen, mich das Leben kosten. Ein klein wenig fühlt es sich auch so an.

Mein Herz hämmert in meiner Brust, so sehr, dass es wehtut. Hat sie mich gesehen? Sicher nicht, ich stand nur wenige Sekunden am Fenster, und die Sonne scheint, sodass die Scheiben bestimmt das Licht reflektieren. Scheiße. Meine Finger verkrampfen sich um das mittlerweile warme Glas. Ich war so naiv, Serena mit ans Hotel nehmen, mit ihr reden, ihr meine Arbeit zeigen zu wollen. Dass das nicht geht, ist offensichtlich. Allem Anschein nach lag ich mit meiner Intuition, ihr nicht zu sagen, wer mein Vater ist, goldrichtig. Sie hasst dieses Projekt. Sie hasst ihn. Sie würde mich hassen.

»Alles okay?« Mein Dad sieht mich fragend an. »Mach dir keine Sorgen, die werden das Projekt nicht behindern.« Er macht eine wegwerfende Bewegung mit der leeren Hand, die andere führt das Sektglas zu seinem Mund, als er trinkt, als ob das da draußen wirklich nichts wäre.

»Es sind nur eine Handvoll Demonstranten, Aedan«, stimmt meine Mam ihm zu. »Das ist nach jeder zweiten Entscheidung so. Vermutlich hat jemand die aktualisierten Pläne auf der Website gesehen, oder es gab ein paar wütende Tweets. Das ist in zwei, drei Tagen alles wieder vergessen.«

»Es ist ja nicht einmal eine gemeldete Demo«, fügt mein

Dad hinzu. »Nichts, worüber man sich Sorgen machen muss, das gehört zum Business.«

»Dad«, setze ich an und bin mir plötzlich all der Blicke auf mir bewusst. Mr Whites scheint sich förmlich unter meine Haut zu graben. »Können wir kurz reden? Allein?«

Er zieht die Brauen zusammen, nickt jedoch und geht dann, nachdem er einen weiteren Schluck getrunken hat, mit mir an den Rand der Bühne, weg von den Demonstrierenden. Ihre Worte kann ich dennoch hören, sie sind ein stetes Hintergrundrauschen, das mit jeder verstreichenden Sekunde stärker auf meinen Kopf drückt.

»Alles in Ordnung? Mach dir deretwegen echt keinen Kopf. Das gehört zur Politik dazu.« Der Tonfall meines Dads ist locker, die Sorge in seiner Miene gilt nur mir, nichts von dem da draußen scheint ihn zu berühren.

»Ich habe jetzt zweimal bei Hope Harbour ausgeholfen.«

»Ja, deine Mam hat davon erzählt. Toll, dass du das machst. Es ist wichtig, Gesicht zu zeigen.«

»Ist es das?« Mein Blick sucht seinen, und mein Herz schlägt schneller. Nicht vor Aufregung, sondern vor Wut, die mich plötzlich überkommt. »Wieso zeigen wir dann keins?«

»Was meinst du?«

»Wir bauen ein scheißteures Luxushotel, und letzten Monat ist jemand erfroren. Direkt am Fluss an der Hauptstraße, mitten in der Stadt. Das Erste, woran du gedacht hast, ist PR, nicht daran, ob er eine Familie hat, die wir benachrichtigen sollten, nicht daran, wie es hätte verhindert werden können. Gehört das auch zur Politik dazu? Dass wir Menschen sterben lassen, sobald sie nicht genug Geld in die Stadtkasse bringen?«

Mit jedem Wort werden die Augen meines Dads größer, und ich presse die Finger meiner freien Hand in mein Bein, bis es wehtut. Der Schmerz lenkt mich ab, bringt mich dazu, mich zusammenzureißen, denn ich merke bereits, wie das schlechte Gewissen anklopft. So rede ich nicht mit meinem Dad, habe ich noch nie. Wir streiten nicht, wir sind ein Team. Zumindest habe ich das geglaubt.

»Ich verstehe deine Wut. Aber …«

»Tust du das?«, unterbreche ich ihn. »Wirklich, Dad? Oder ist das eine deiner Floskeln, mit denen du Presse und Wähler beruhigst? Kannst du bitte für fünf Minuten den Job sein lassen und mit mir als deinem Sohn sprechen?« Aus dem Augenwinkel sehe ich, wie meine Mam uns einen besorgten Blick zuwirft, und senke meine Stimme. Wut hin oder her – Michael White ist hier, und trotz all der widersprüchlichen Gefühle in mir liegt mir etwas an dem Projekt. Ich will es nicht in den Sand setzen, ich will nur eine Lösung für diesen ganzen Schlamassel. »Du sagst immer, dass du helfen willst, dass du Cork für alle besser machen willst.« Meine Hand lässt von meinem Bein ab und deutet in Richtung der Fenster. »Auch für die Menschen vorm Stadtrat? Auch für die, die sich keine Wohnung leisten können? Weißt du, wie viele Leute gerade obdachlos sind?«

»Siebenhundertsechsundsechzig in Cork und Umgebung, fast zweihundert davon Kinder. Zwölftausend sind es in ganz Irland.« Das Lächeln ist aus dem Gesicht meines Dads gewichen, stattdessen hat er die Lippen zu einer ernsten, dünnen Linie gepresst. Mir hingegen nimmt er den Wind aus den Segeln. Ich habe nicht damit gerechnet, dass er so gut darüber informiert ist. »Ich kenne die Zahlen vermutlich besser als jeder andere hier im Raum. Ich weiß, dass die Unterkünfte nicht reichen, ich weiß auch, dass Charlie Higgins nicht die letzte Person sein wird, die dank mangelnder Versorgung ihr Leben lassen wird. Genauso kenne ich die Zahlen der Toten durch übermäßigen Alkoholkonsum oder die der überfüllten

Frauenhäuser in diesem Land. Das sind Dinge, die mich nachts wach halten, Tatsachen, vor denen ich dich und deine Mam abzuschirmen versuche. Ich weiß, dass es den Anschein hat, dass sich nichts ändert. Dass es wie Schwarz und Weiß wirkt. Aber es ist nicht so einfach, Aedan.«

Er stellt sein halb ausgetrunkenes Glas auf die Bühne und wendet sich mir wieder zu. »Zum einen hat das Hotel, das ihr baut, auch positive Auswirkungen. Es stärkt Cork als Standort, schafft direkt Arbeitsplätze und hoffentlich auch indirekt, wenn sich langfristig mehrere Events und Firmen unserer Stadt zuwenden. Dafür sorgt zum Beispiel auch deine Mam mit ihren kulturellen Angeboten – das alles macht Cork attraktiver. Es kurbelt die Wirtschaft an. Das hilft, löst aber das Problem der Schere zwischen Arm und Reich nicht, das ist mir klar.«

»Also akzeptieren wir einfach, dass es weiterhin mies läuft?«, frage ich, merke jedoch bereits, wie die Wut in mir verebbt.

»Ich fahre eine langfristige Strategie. Ich kann jetzt im Rat dafür kämpfen, dass wir das Hotel sein lassen. Vielleicht stimmen mir genug Leute zu, dann kauft ein privater Investor die Fläche und baut sich ein Haus dorthin. Vermutlich wird es zweistöckig, so wie alle Gebäude hier. Dann finden, wenn er sich entscheidet, es zu vermieten, vier bis sechs Leute darin Platz. Zu horrenden Mietpreisen.«

Ich gebe ein Brummen von mir, weil er leider recht hat. Denn nichts anderes geschieht hier in regelmäßigen Abständen. Der Druck auf meiner Brust ist dennoch nicht weg, vielmehr fühlt es sich an, als würde er mich mal nach links, mal nach rechts reißen. Was, wenn es wirklich nicht schwarz und weiß ist? Wenn weder mein Dad noch Serena die komplette Wahrheit für sich pachten, sondern sie irgendwo dazwischen liegt?

»Wenn sich auf Dauer etwas ändern soll, dann muss ich langfristig denken. Leider bedeutet das zwangsläufig, dass kurzfristig etwas auf der Strecke bleibt.« Er schluckt, und zum ersten Mal, seit er seinen Monolog begonnen hat, schafft er es nicht, meinem Blick standzuhalten. »Als ich diesen Job begonnen habe, war mir nicht klar, dass auch Menschen dabei auf der Strecke bleiben würden. Vermutlich war das naiv.«

Er streckt die Hand nach mir aus und berührt sacht meine Schulter. »Ich möchte genau aus dem Grund wiedergewählt werden. Wenn ich sage, dass ich im Rat des Countys und irgendwann in Dublin sitzen will, dann sind das keine leeren Phrasen. Es muss sich auf Ebene der Grafschaft und sogar der gesamten Republik etwas ändern, nicht nur hier in der Stadt. Verstehst du? Dein Hotel ist keine schlechte Sache. Hilft sie den Menschen, die Hilfe am dringendsten brauchen? Nein. Aber das macht das Gebäude nicht weniger wertvoll für Cork.« Sein Mundwinkel hebt sich ein kleines Stück. »Vielleicht kannst du ja auch langfristig denken: ein Hotel, um dir einen Namen zu machen und dir den Weg zu ebnen für Gebäude, die dringend benötigt werden. Leider hört unsere Welt den Mächtigen nämlich eher zu als den Leidenden.«

Ich nicke, wenn auch zögerlich. »Danke. Dass du dir die Zeit genommen hast, es zu erklären.«

»Danke, dass du gefragt hast. Schön, dass du dich jetzt doch endlich für Politik interessierst.« Mein Dad zwinkert mir zu, und ich ziehe eine Grimasse.

»Glaub mir, vorher war's leichter.«

»Tja, der leichte Weg ist bequem, aber selten der richtige.«

Er klopft mir noch einmal auf die Schulter, dann nimmt er sein Sektglas, und wir gehen gemeinsam zurück zu den anderen. Bei jedem Schritt bin ich mir der Sprechgesänge, die nicht abgerissen haben, nur zu bewusst. Ich verstehe meinen Dad. Doch ich verstehe auch Serena und die anderen.

Als wir wieder in der kleinen Gruppe stehen, trifft mich Mr

Whites stechender Blick. Mit seinen hellbraunen Augen mustert er mich, und obwohl sein Gesicht nicht den Hauch einer Regung zeigt, ist mir klar, dass ich beurteilt werde. Hat er etwas von dem Gespräch mitgehört? Vermutlich, ich habe mich nicht gerade um Diskretion bemüht. Mein erster Arbeitstag mag vielleicht morgen sein, das hier jedoch ist bereits ein Test. Eine Feuerprobe. Lasse ich mich von dem Unmut anderer beeinflussen, oder habe ich die Stärke, das Projekt trotzdem durchzuziehen?

Also atme ich tief durch und rufe mir die Worte meines Dads in Erinnerung: langfristig denken, ein größeres Ziel anvisieren. Ich kann mir einen Namen machen, gute Arbeit leisten und all das dann nutzen. Dennoch achte ich darauf, mit dem Rücken zu den Demonstrierenden zu stehen, ich will nicht, dass Serena mich erkennt. Jemand schließt das Fenster, sodass die Protestrufe nur noch leise durch Glas und Mauern dringen. Ich bin ihm dankbar, dennoch fühlt sich mein Arm bleischwer an, als ich mein halbleeres Glas erhebe.

»Auf eine gute Zusammenarbeit«, sage ich und halte Mr Whites Blick dabei stand. Die Worte fühlen sich falsch auf meiner Zunge an und hinterlassen einen schalen Geschmack, doch Mr Whites Mundwinkel heben sich leicht, als er sein Glas klirrend an meines stößt.

»Auf eine gute Zusammenarbeit«, wiederholt er, nickt mir zu und führt die perlende Flüssigkeit an seine Lippen.

Test bestanden.

Doch noch nie hat sich Bestehen so sehr nach Versagen angefühlt.

22. KAPITEL

Serena

Wir sind zu wenige. Zu wenige, um einen Eindruck zu hinterlassen. Zu wenige, um ernst genommen zu werden. Anscheinend sogar zu wenige, um für eine Schlagzeile in der Zeitung zu sorgen, denn der Reporter hat nur müde ein paar Fotos geknipst und ist wieder von dannen gezogen, um sich wichtigeren Dingen wie dem aktuellen Rugby-Spiel oder den steigenden Tabakpreisen zu widmen.

Ein vertrautes Gefühl legt sich in meinen Magen. Wut. Ich begrüße sie wie eine alte Freundin. Dabei war Irland immer frei von dieser roten, heißen Empfindung. Wut war etwas, was ich mit daheim verband. Mit dem Verlust meiner Eltern, den tröstenden Kommentaren, die doch nie aufhörten zu betonen, dass die beiden für einen größeren Nutzen starben. Irland hingegen war ein blaues Gefühl, ein ruhiges, tief wie die See, erdend wie das Rauschen von Wellen. Es waren lange Abende im Pub mit Evelynn, es war der vor sich hin plätschernde River Lee, das Geräusch von Papier in der Bibliothek, der Geruch von schwarzem Tee im Café Myo, und auch Aedans warmes Lachen in der neuen WG.

So selbstsüchtig der Gedanke ist, ich hasse es, dass die Menschen in ihrem schicken Stadtrat mir dieses Irland kaputtmachen, dieses verklärte, schöne Bild der Insel. Dass sie mir die Macken zeigen, die jedes Land hat, aber die ich hier vorher nie wahrgenommen habe. Genauso sehr hasse ich, dass dort drinnen Menschen sitzen, die über andere Menschen entscheiden können, ihnen von heute auf morgen die Lebensgrundlage nehmen können.

»Baut Häuser, nicht Hotels!«, rufe ich mit, was sich anscheinend als Sprechgesang durchgesetzt hat. Clarisse hat per Social Media ein paar Leute mobilisiert, doch die meisten interessieren sich weniger für Hope Harbour, sondern viel eher für die steigenden Mietpreise. Nicht dass ich es ihnen verübeln kann, immerhin war ich bis vor Kurzem selbst noch verzweifelt auf Wohnungssuche. Dennoch: Wir sind zu wenige. Nicht einmal zwanzig Leute. Eine kleine Truppe, über die der Bürgermeister und seine Angestellten gerade hinter verschlossenen Fenstern lachen. Genauso wie er mich von seinem Wahlplakat anlächelt.

Ich halte inne und schüttle den Kopf. »Das hat doch keinen Sinn.«

Nora wirft mir einen fragenden Blick zu. »Was meinst du?«

»Die werden das Gebäude abreißen und das Hotel da hinknallen, ganz egal, was wir davon halten.«

»Werden sie«, stimmt Nora zu. Eben vor Sean war sie hoffnungsvoller. Jetzt hingegen wirkt sie genauso resigniert wie ich. Vielleicht, weil Sean nicht hier ist. Er ist zu Paula und seinen Freunden gegangen, um ihnen mitzuteilen, was er weiß. Es war das erste Mal, dass ich ihn geknickt erlebt habe, ohne lockeren Spruch auf den Lippen. »Aber sie sollen zumindest wissen, was wir davon halten.«

Und weil mir nichts Besseres einfällt, weil Nora recht hat, weil da keine Leinwand weit und breit ist, an der ich meine Wut sonst auslassen könnte, falle ich wieder mit in den Sprechgesang ein. Doch er vertreibt weder die Wut noch die Hoffnungslosigkeit.

Die Tür fliegt eine Spur zu laut ins Schloss, als ich die WG am Nachmittag betrete.

»Die ist zu!«, schallt es mir aus der Küche lachend entgegen. Dem Curry-Geruch nach zu urteilen, kocht Declan gerade. Mir läuft das Wasser im Mund zusammen, und jetzt erst bemerke ich, wie hungrig ich eigentlich bin. Kein Wunder, zwischen der Arbeit in der Obdachlosenhilfe und dem Protest blieb keine Zeit zu essen. »Hi, Serena!«

»Woher willst du wissen, dass ich es bin?«, rufe ich zurück, schmeiße meinen dunkelblauen Mantel an die viel zu volle Garderobe und streife mir die Schuhe von den Füßen.

»Nolan hat nicht genug Kraft in den Armen, um die Tür so zu knallen.«

»Hey!«

»Außerdem sitzt er hier«, fügt Declan lachend hinzu, und für einen Moment heben sich auch meine Mundwinkel. Also haben sich die beiden endlich eingekriegt und ihren Streit begraben. Immerhin etwas.

»Hi«, sage ich, als ich in die Küche trete. Declan steht am Herd und rührt in einem großen Topf, Nolan hat es sich am Tisch gemütlich gemacht und schaut leise irgendein YouTube-Video. Klaus schläft auf seinem Schoß und lässt sich hinter den Ohren kraulen, sein Schnurren klingt wie das eines kleinen Motors. Das Ganze wirkt so heimelig, dass mir warm in der Brust wird. Gleichzeitig ist da eine gewisse Wehmut. Hat nicht jeder so etwas verdient? Das Gefühl von Heimat? »Ist Aedan gar nicht hier?«, frage ich. Denn so schön es ist, die beiden zu sehen, gerade will ich nichts lieber, als mit Aedan zu sprechen. Mich von ihm halten zu lassen.

»Ne, der Streber ist unterwegs und muss irgendwas für sein Praktikum klären. Wenn er deshalb die RAG Week schwänzt, setzt es was. Wir wollten zum Auftakt feiern gehen – du bist übrigens fest eingeplant.« Er deutet auf den Topf. »Magst du auch was essen?«

»Wenn genug da ist?«

Declan nickt, und ich lasse mich seufzend auf den Stuhl gegenüber von Nolan fallen und stütze den Kopf auf die Hände. Dieser klappt den Laptop zu und schiebt ihn zur Seite.

»Alles okay?«, fragt er leise und stupst mir mit dem Zeigefinger gegen den Arm.

»Das Leben ist ungerecht.«

»Ja, das ist eine unumstößliche Tatsache. Was ist passiert?«

»Sean, einer der Typen von Hope Harbour, muss seinen Schlafplatz aufgeben, weil sie das Gebäude abreißen.«

»Das tut mir leid. Findet er vielleicht ein neues?«

»Vielleicht«, meine ich schulterzuckend. »Sorry, ich will gar nicht jammern. Lenk mich lieber ab, und erzähl was.«

Nolan stößt die Luft aus und sieht sich in der Küche um, als könnten ihm die Gesprächsthemen dort zufliegen. Sein Blick bleibt an Declan kleben, der gerade das Curry auf die Teller verteilt und Erdnüsse darüber streut.

»Erdnüsse sind botanisch gesehen keine Nüsse, sondern Hülsenfrüchte. Sie wachsen auch nicht wie Nüsse an Bäumen oder so, sondern unterirdisch.«

Declan wirft ihm einen irritierten Blick über die Schulter zu. »Du sollst sie aufbauen, Mann.«

»Erdbeeren hingegen sind aus botanischer Sicht – und etwas vereinfacht ausgedrückt – eigentlich Nüsse. Also müsste man korrekterweise Erdbeeren in Erdnüsse umbenennen.«

»Junge …« Declan schiebt Nolan einen Teller vor die Nase. »Iss. Tu uns allen den Gefallen.«

Nolan zuckt mit den Schultern. »Aber es hat dich abgelenkt, oder?«

»Ja«, meine ich schmunzelnd und nehme dankend den Teller

mit dampfendem Curry von Declan entgegen. »Und mit der Frage zurückgelassen, wie wir Erdnüsse dann ab jetzt nennen, wenn das Wort schon belegt ist.«

»Gute Frage«, entgegnet Nolan. Declan setzt sich kopfschüttelnd neben mich und seufzt leise. »Nora ist doch Linguistin, wir sollten sie zu Rate ziehen.«

Ich kann förmlich spüren, wie Declan sich neben mir verkrampft. Seine Schultern wandern ein Stück nach oben, und die Finger der Hand, die den Löffel umklammern, spannen sich so sehr an, dass das Weiß seiner Nägel hervortritt. Scheint, als sollte Aedan recht behalten, und Nora ist tatsächlich der Streitpunkt zwischen den beiden. Nur bin ich mir bei dem Ausdruck in Declans Augen nicht sicher, ob er mit seiner gesamten Theorie recht behält.

23. KAPITEL

Serena

Das RAG in RAG Week mag für *Raise and Give*, also fürs Spenden, stehen, wenn ich mich auf dem Campus umsehe, habe ich jedoch eher das Gefühl, dass das alles nur eine Ausrede ist, um mit gutem Gewissen tagsüber trinken zu können. Zwar gibt es etliche Stände, an denen, genau wie an unserem, Sachen für den guten Zweck verkauft werden, doch die meisten spazieren mit Pappbechern und Bierdosen in der Gegend herum. Eigentlich steht auf Alkoholkonsum in der Öffentlichkeit eine Geldstrafe, doch das scheint schon unter normalen Umständen niemanden zu interessieren, und heute weniger denn je. Laute Musik schallt über den Campus, und ich entdecke selbst Mrs MacDermott, meine Kunstdozentin, mit einem Glas Sekt in der Hand stöbernd vor einem der Flohmarktstände. Auf der großen Fläche zwischen Café und der ehemaligen Kirche des Campus befindet sich eine Hüpfburg, auf der sich Studierende mit Poolnudeln ein Match liefern können. Mit fortschreitender Stunde und steigendem Alkoholkonsum nimmt der Andrang vor der Hüpfburg zu. Noras und meine Aufmerksamkeit hat jedoch ein anderer Wettkampf auf sich gezogen. Wir beobachten mit erhobenen Augenbrauen die Milk Mile: eine jahrelange Tradition, bei der Studierende auf Zeit einen Liter Milch trinken und dann eine Runde um die Grünfläche vorm Hauptgebäude des Campus sprinten. Gerüchten zufolge mussten sie mal eine ganze Meile sprinten, da das unter diesen Umständen aber kaum jemand geschafft hat, wurde das Ganze beschränkt. So oder so ist die Aktion ebenso fragwürdig wie eklig, doch die Teilnahme ist mit einem Beitrittsgeld verknüpft, das komplett gespendet wird, und der Andrang ist groß.

»Igitt, hat er die Milch gerade auf halber Strecke ausgespuckt?« Nora stellt sich auf die Zehenspitzen, um besser sehen zu können, während ich dem brünetten Mädchen vor uns ein Stück Kuchen reiche und die drei Euro an Spenden dafür entgegennehme. Sie ist sicher in einem der ersten Semester und wirkt etwas eingeschüchtert von dem ganzen Trubel. Ich kann es ihr nicht verübeln, das Ganze erinnert von der Stimmung her eher an die Reeperbahn als an ein College.

»Lass es dir schmecken!«, rufe ich, bevor sie sich umdreht, werfe das Geld in die Kasse und stelle mich dann ebenfalls auf die Zehenspitzen, nur um kurz darauf das Gesicht zu verziehen, als ich sehe, was Nora meint. »Ja, hat er definitiv. Denkst du, die machen das selbst wieder sauber?«

»So besoffen, wie sie sind, können sie sicher keinen Wischmopp mehr halten«, gibt Nora zu bedenken.

Jubel ertönt von gegenüber, als der erste Student an der Ziellinie angelangt. Besonders fit sieht er jedoch auch nicht aus – kein Wunder, bei diesen Spielregeln. Er steht vornübergebeugt, lässt sich von seinen Freunden auf den Rücken klopfen und hält sich den Bauch. Ich mache mich kopfschüttelnd daran, den Kuchen wieder präsentabel herzurichten, unser Angebot wurde nämlich schon erheblich verkleinert, dabei ist es gerade einmal elf Uhr. Die Scones, die ich mit Declan und Aedan gebacken habe, sind schon komplett ausverkauft. Hitze kriecht in meine Wangen, als ich an Aedan in seinem schwarzen, vom

Mehl bestäubten Shirt denke. Kaum dass meine Gedanken zu ihm wandern, sehe ich mich – nicht zum ersten Mal heute – suchend nach ihm um. Seit dem Start seines Praktikums ist er irgendwie abwesend. Zwar hat er uns alle vorgewarnt, dass er weniger Zeit haben wird, aber ich habe beinahe das Gefühl, als weiche er mir aus. Auch beim Backen war er seltsam angespannt, und über den neuen Job, auf den er so sehr hingefiebert hat, möchte er kaum sprechen. Ob dort doch nicht alles so rosig läuft, wie er anfangs dachte?

»Ist das deine erste RAG Week?«, fragt Nora und bringt damit mein Gedankenkarussell zum Halten.

»Ja, ich hatte vorher erst ein Semester hier. Die letztes Jahr hab ich verpasst.«

»Dann musst du mitmachen!«

»Bei der Milk Mile? Auf keinen Fall.«

»Quatsch, aber bei den ganzen Partys. Davon genervt sein darfst du erst ab dem zweiten Mal.«

»Mal gucken, vielleicht geh ich ins Pub oder so.«

»Du musst! Zumindest heute zum Start der Woche! Es gibt so viele Partys in der Stadt, überall ist was los. Das gehört zur Auslands-Experience dazu.«

»Hallo, ihr zwei Schönheiten!« Evelynn kommt uns winkend entgegen, bevor Nora mich weiter überreden kann. In der einen Hand hält sie eine Dose Bier, in der anderen eine volle Packung Donuts. Sie trägt ihren beigen Mantel trotz der Kälte geöffnet, und ihr Gang ist federnd, beinahe springt sie. Ich vermute stark, dass das in ihrer Hand nicht ihr erstes Bier ist. »Voilà«, sagt sie und streckt uns die weiße Box mit den sechs Donuts entgegen.

»Oh, sind die für uns?«, frage ich begeistert. Wir arbeiten zwar selbst am Kuchenstand, haben den anderen jedoch versprechen müssen, nichts von unseren Produkten wegzufuttern.

»Sind sie! Zumindest jeweils einer, ich wollte den Jungs noch welche bringen, aber besser erst, nachdem sie gelaufen sind.«

»Warte, mit Jungs meinst du Nolan, Declan und Aedan? Sie laufen mit?«

»Ja, wobei Aedan wohl nur anfeuert. Declan hingegen ist Feuer und Flamme, und Nolan leidet jetzt schon mehr als der Typ, der sich eben übergeben hat.«

»Kannst du Fotos machen? Für den WG-Kühlschrank?«, frage ich. Denn damit will ich die anderen definitiv noch eine Weile aufziehen.

»Geh ruhig kurz rüber«, wirft Nora ein. »Solange der Lauf ist, ist hier eh nicht viel los.«

»Sicher? Du willst doch bestimmt auch gucken.«

»Nee, danke. Mir reicht das von hier aus«, erwidert sie und schüttelt sich. »Sonst breche ich gleich mit. Das ist die eine Sache, die ich an der RAG Week echt nie verstanden hab.«

»Okay, bin auch ganz schnell wieder zurück!«

Evelynn und ich warten, bis Nora sich einen Donut aus der Box ausgesucht hat, und laufen dann mit den restlichen fünf runter zum Quadrangle.

»Serena! Evelynn!«, erklingt es laut. Declan reißt die Arme hoch, kommt auf uns zugelaufen und umarmt erst mich, dann Evelynn. Er trägt eine weite Jogginghose, ein Sportjersey, und an seinem Arm befindet sich ein Schweißband, auf dem ein Guinness abgebildet ist. Vermutlich ein Werbegeschenk. Jetzt erst fällt mir auf, dass fast alle Sportkleidung, manche sogar Kostüme tragen. »Machen wir ein Wettrennen?«

»Nur über meine Leiche«, sagt Evelynn, woraufhin Declan ein Lachen ausstößt.

»Das hat Aedan auch gesagt. Er hat genauso viel Angst, zu verlieren.«

»Aedan hat eher Angst, fotografiert zu werden«, fügt Nolan hinzu. »Wenn das passiert …«

»Wärmt ihr euch lieber auf«, unterbricht Aedan seinen Freund und wirft ihm einen mahnenden Blick zu, der ernster wirkt, als für die lockere Situation angemessen scheint. Ob er ihn schon länger aufzieht? Nolan hebt abwehrend die Hände, ist aber tatsächlich still und dehnt halbherzig seinen Oberschenkel.

»Hey«, sagt Aedan, kommt auf mich zu, und sein Blick gleitet für einen Augenblick zu meinem Mund, der sich wie automatisch zu einem Lächeln verzieht. Weil ich genau weiß, was diese kleine Regung bedeutet. Er will mich mindestens genauso sehr küssen wie ich ihn. Ich lecke mir leicht über die Lippen, nur um zu sehen, was es mit dem Ausdruck in seinen grünbraunen Augen macht. Und tatsächlich: Seine Pupillen weiten sich. So nervig es sein sollte, das Ganze vor Nolan und Declan geheim zu halten, hat es doch auch seinen Reiz. Zumindest so lange, bis das Verlangen in seinem Blick durch etwas ersetzt wird, was Frustration verdammt nahekommt. Was ist nur los mit ihm?

»Hi«, sage ich und räuspere mich, als ich merke, wie belegt meine Stimme klingt. »Alles okay bei dir?«

»Ja, klar.« Aedan verschränkt die Arme vor der Brust. Bilde ich es mir ein, oder weicht er meinem Blick aus? Es brennt mir auf der Zunge, weiter nachzuhaken, doch so angespannt, wie Aedan wirkt, will er offensichtlich nicht darüber reden. Was auch immer *darüber* bedeutet. Muss er auch nicht, da Evelynn die Spannung löst, indem sie ihm ihre Packung Donuts vor die Nase hält.

»Willst du einen?«

»Gern! Kann ich den hier haben?«, fragt er und deutet auf den mit gelbem Frosting und Erdbeerstücken.

»Na klar.«

»Oh, ich nehm den mit Oreo«, meint Declan und streckt bereits seine Hand aus, als Eve sie wegschlägt.

»Nach dem Run. Es reicht, dass ich die nächsten Abende das Pub schrubben darf, ich will mich nicht noch hier am Boden verausgaben. Außerdem seid ihr gleich dran«, erwidert Evelynn und nickt in Richtung der kürzer werdenden Warteschlange.

Declan verzieht sich grummelnd, und Nolan folgt, nachdem er uns noch einmal kurz zugewunken hat. Evelynn nimmt sich den Donut mit rosafarbenem Frosting und Keksen darauf und lässt sich seufzend auf den kleinen Hügel vor dem Rasen sinken. Aedan tut es ihr gleich, und ich will mich auch gerade setzen, als ein »Ms Herzog« mich zurückhält. Es ist Mrs MacDermott, deren Sektglas mittlerweile fast komplett geleert ist. Anscheinend ist sie ebenfalls ein großer Fan der RAG Week. Es ist ungewohnt, sie in legerer Kleidung zu sehen. Sie trägt eine dunkle Jeans und einen übergroßen weinroten Pulli, während sie in den Vorlesungen stets Hosenanzüge oder schicke Kleider anhat. Ihr langes, dunkelbraunes Haar fällt ihr locker über den Rücken. Sie wirkt mehr wie eine Studentin als eine Professorin.

»Hallo, Professor MacDermott«, begrüße ich sie.

»Hallo. Wie ich eben gesehen habe, helfen Sie am Stand von Hope Harbour aus, wie schön! Das ist eine wichtige Initiative.«

»Ja, danke. Ich bin noch nicht lang dabei, aber ich finde großartig, was sie tun.«

Sie nickt. »Ist es. Allerdings will ich mit Ihnen über ein anderes Projekt sprechen. Ich habe mir Ihre Mail und den Entwurf durchgelesen.«

Wie auf Kommando beginnt mein Herz so schnell zu schlagen, als wäre ich diejenige, die gerade ihre Runden um den Rasen dreht. »Und? Was sagen Sie?«

Ich stolpere über meine Worte und sehe aus dem Augenwinkel, wie Aedan sich mit neugierigem Blick zu uns umdreht. Mrs MacDermott lächelt leicht und nippt an ihrem Sekt. »Es gibt viele Kunstschaffende, die der Ansicht sind, dass gute Kunst subjektiv interpretiert werden muss. Dass sie eine eigene autonome Sphäre haben und ihre Botschaft nicht plakativ in die Welt hinausschreien sollte. Sie sind der Ansicht, dass man Kunst unabhängig von ihrer Aussage verstehen können muss.«

Ich nicke zögernd. Denn wenn mein Projekt eines ist, dann politisch und plakativ und somit rein gar nichts von den Dingen, die Mrs MacDermott gerade aufgezählt hat. Mein Magen sackt ein kleines Stück tiefer. Mir war klar, dass das Projekt gewagt ist. Erst recht, nachdem ich es letzte Woche noch einmal angepasst habe. Der Protest vor der Stadthalle hat mich zum Nachdenken gebracht, und ich habe das Konzept, das Aedan und ich ausgearbeitet haben, um Spenden erweitert und Mrs MacDermott direkt von der Idee berichtet. Nicht nur, dass die einzelnen Stücke gegen Spenden erworben werden können, das Hauptwerk der Ausstellung, das betretbare Zelt, lässt sich auch nur durch eine Spende öffnen. Ich war mir nicht sicher, ob das erlaubt ist, da die Ausstellung kostenlos sein wird und wir vor Ort auch keine Stücke verkaufen dürfen, aber ich habe mein Anliegen genau erläutert und gehofft, dass es nicht von vornherein abgelehnt werden würde. Dass es abgelehnt werden könnte, weil es zu plakativ ist und einer allgemeinen Auffassung von Kunst widerspricht, daran habe ich nicht gedacht.

»Ich gehöre nicht dazu«, meint Mrs MacDermott trocken, bevor ich auf ihre Worte eingehen kann. Irritiert suche ich ihren Blick und brauche einen Moment, um zu verstehen, was sie meint. »Ich bin der Ansicht, dass es unsere Aufgabe als Künstler und Künstlerinnen ist, zu reflektieren, zu kommentieren und die Welt ein kleines Stück besser zu machen. Gute Kunst entsteht aus Emotionen und ist Katalysator. Sie eröffnet einen Raum für Dialog und Diskussion. Und genau das tun Sie. Wortwörtlich sogar, wenn man das Zelt als einen solchen Raum versteht.« Sie trinkt ihren Sekt aus und hebt die Hände. »Entschuldigen Sie, ich wollte Ihnen keinen Monolog über mein Kunstverständnis halten. Eigentlich wollte ich Ihnen nur zu Ihrer Arbeit gratulieren. Sie können gern loslegen, und alles Weitere klären wir dann noch einmal in einer Sprechstunde oder nach einem der Seminare.«

»Ich … Heißt das, ich darf das Projekt umsetzen?«

»Ja. Ich finde es grandios.«

Grandios. Meine Augen weiten sich, als das Wort sich seinen Weg von meinen Ohren bis in meinen Kopf bahnt. Grandios. Sie findet die Idee, die ich mit Aedan zusammen ausgearbeitet habe, grandios. »Obwohl es ein wenig von den Vorgaben abweicht?«

Mrs MacDermott wiegt den Kopf hin und her. »Es weicht ja nicht wirklich von den Vorgaben ab. Sie generieren keine Einnahmen damit. Wenn es sich um eine vollständige Spende handelt und Sie den Spendenbeleg im Anschluss nachweisen können, sehe ich kein Problem darin.« Ihre Mundwinkel heben sich. »Ich habe die Pressekonferenz unseres Stadtrats letzte Woche gesehen, wenn überhaupt, dann ist jetzt die beste Zeit, um politische Kunst zu machen. Ich mag den Ansatz bei Ihrem Projekt. Er kombiniert verschiedene künstlerische Schaffensprozesse, aber was ich noch viel lieber mag, ist, dass er etwas Gutes bewirkt.«

»Das … danke!«, sage ich, immer noch ein wenig sprachlos.

»Danken Sie nicht mir, Sie sind diejenige, die jetzt einen Batzen Arbeit zu erledigen hat«, meint Mrs MacDermott schmunzelnd. »Und ich bin diejenige, die sich verziehen sollte.« Sie nickt an mir vorbei in Richtung Rasen. »Ihre Freunde sind gleich dran.«

Sie winkt mir mit ihrem leeren Sektglas zu und wandert dann den kleinen Hügel hinauf zurück in Richtung der Stände. Perplex sehe ich ihr hinterher, Stolz wärmt meine Brust von innen.

»Tja«, erklingt es hinter mir, und als ich mich umdrehe, blickt Aedan lächelnd zu mir auf. Er hat die kurze Unterbrechung genutzt, um sich eine Dose Bier zu organisieren, mit der er mir nun zuprostet. »Schätze, Oscar Wilde hatte unrecht. Kunst hat doch einen Nutzen.«

»Ja, scheint so.« Ich lasse mich auf dem erdigen Hügel zu seiner Linken nieder, Evelynn sitzt rechts von Aedan und leckt sich genüsslich über die mit Zuckerguss verschmierten Finger.

»Was wiederum bedeutet, dass ich auch recht hatte.« Aedan seufzt glücklich. »Ich liebe es, recht zu haben.«

»Wieso wundert mich das nicht?«

»Weil du mich schon ganz gut kennst«, erwidert Aedan. Für einen Moment treffen sich unsere Blicke, lang genug, dass Evelynn mir kichernd in die Seite stupst. Wir sollten uns wirklich zusammenreißen. Andererseits: Declan und Nolan mögen mich. Wäre es wirklich so ein No-Go für sie, wenn Aedan und ich etwas miteinander anfangen würden? Kommt daher Aedans seltsame Stimmung, die das reinste Auf und Ab ist? Doch selbst wenn es schiefginge, könnten wir es sicher wie erwachsene Menschen klären, und ich müsste nicht auf der Straße landen, oder?

»Ich freu mich wirklich für dich, dass das Projekt klappt«, fährt Aedan ernster fort. »Ich hab bei der Lautstärke hier nicht alles verstanden, aber sie war – wie zu erwarten – begeistert?«

»Und wie! Und das Beste: Ich darf Spenden für Hope Harbour sammeln. Ich war mir nicht sicher, ob das klargeht, weil die Ausstellung eigentlich kein monetäres Ziel verfolgen darf. Aber da es um Spenden geht, ist das wohl kein Thema.«

»Das ist eine schöne Idee.«

»Ja, sie kam mir letztens erst.« Ich schnaube bei der Erinnerung. »Auf der Demo vorm City Council, ich hab beim Backen schon kurz davon erzählt, falls du dich erinnerst?«

Aedan neben mir setzt sich etwas aufrechter hin, und ich schaue zum Rasen, in der Erwartung, dass Declan und Nolan jetzt dran sind, doch vor ihnen befinden sich noch zwei Personen.

»Sie wollen ein Hotel bauen. Weil das die eine Sache ist, die Cork braucht.« Ich rolle mit den Augen. »Aber weil das noch nicht reicht, brauchen sie natürlich noch mehr Platz und eine schicke Garage dazu. Und wo? Genau auf dem Platz, auf dem sich aktuell eines der wenigen Gebäude befindet, das Wohnungslosen in Cork noch Obdach bietet. Diesen Schnöseln im Stadtrat ist doch echt alles egal.«

Ich merke, wie die Wut wieder durch meinen Körper fließt wie brennende Lava. Wann immer ich daran denke, sehe ich Seans Augen vor mir. Die Resignation darin, als er mir mitteilt, dass er Paula und den anderen Bescheid geben muss. Ich sehe Charlie. Den lachenden und den, den ich am Fluss vorgefunden habe.

»Das kann aber nicht sein.« Die Worte sind so leise, dass ich einen Moment brauche, um zu verstehen, dass sie Aedans Antwort auf meinen Wutausbruch sind.

»Was meinst du?«

»Sie reißen dafür doch keine Obdachlosenstätte ab.«

»Das nicht, aber dreimal darfst du raten, wer in dem Gebäude gerade lebt? Sean, Bobby und Paula. Nicht dass die Stadt das juckt.«

Aedans Finger, die zuvor locker auf seinem Schoß lagen,

verkrampfen sich. Kein Wunder, er ist hier aufgewachsen, also macht ihn die Sache sicher noch wütender als mich.

»Wir wollen noch eine größere Demo organisieren, die …«

»Es geht los!« Evelynn wirft die halbleere Kiste Donuts neben sich und springt mit einem Pfeifen auf. »Go Declan, go Nolan!«

Aedan und ich stehen ebenfalls auf, gerade rechtzeitig, denn der Schiedsrichter startet bereits seine Stoppuhr. Ich juble Declan zu, als er eine der Milchpackungen vom Boden nimmt, die Kappe löst und das Päckchen an die Lippen setzt. Er trinkt so schnell, dass er sich verschluckt und die Flüssigkeit ihm das Kinn hinabrinnt. Nolan steht direkt neben ihm und feuert ihn an, während Declans Brauen sich zusammenziehen.

»Das ist echt widerlich. Selbst wenn ich nicht vegan wäre, wäre es widerlich.« Evelynn verzieht kurz das Gesicht, dann stößt sie einen weiteren Pfiff aus. »Aber auch lustig.«

Ich rufe Declans Namen, als er lossprintet, und reiße die Hände in die Höhe. Aedan neben mir klatscht zwar, doch die Euphorie der Umstehenden scheint sich nicht auf ihn zu übertragen. Seine Stirn ist in Falten gelegt, und er wirkt angespannt. Vielleicht hätte ich das mit dem Hotel später erst ansprechen sollen, immerhin hat er Sean auch kurz kennengelernt. Nicht gerade das passende Thema für die Partystimmung auf dem Campus.

»Yeah, Declan!«, ruft Evelynn und springt auf und ab, als Declan die Ziellinie überquert. Er reißt die Arme in die Luft, nur um sich kurz darauf vornüberzubeugen und sich den Bauch zu halten. Auf seinem Gesicht liegt jedoch ein breites Grinsen, als seine Zeit es unter die Top Ten schafft, die mit Magneten auf einem großen Whiteboard befestigt werden.

Platz 8, 41 Sekunden, Declan O'Casey

Sein Lächeln verschwindet allerdings so schnell, wie es gekommen ist. Er lässt sich auf den Rasen fallen und führt die Hände erneut an seinen Bauch.

»Und er wollte nachher noch ins Pub«, meine ich kopfschüttelnd.

»Schafft er schon«, erwidert Evelynn trocken. »In ein paar Minuten geht's ihm wieder gut.« Dann beginnt sie erneut, zu pfeifen, weil nun Nolan an der Reihe ist. Er muss das Päckchen Milch mehrere Male absetzen, bevor er losläuft. Declan erwartet ihn mit ausgebreiteten Armen im Ziel und hebt ihn hoch, als er es ebenfalls geschafft hat. Nolan rudert wild mit den Armen und fällt, als Declan ihn endlich loslässt, auf alle viere ins Gras. Die Milch behält er Gott sei Dank bei sich.

»Dinge, die ich meinen Großeltern daheim nicht erzählen werde«, murmle ich, und Evelynn lacht auf. Aedan hingegen ist genauso stumm wie während Declans Lauf.

»Ich verheimliche generell alles, was mit Feiern zu tun hat«, stimmt Eve mir zu. »Meine Mom denkt bis heute, ich arbeite im Café, nicht im Pub.«

»Du hast es ihr gar nicht erzählt?«

Sie schüttelt den Kopf. »Nope. Nur meine Schwestern wissen es. Und dabei bleibt es besser auch. Apropos Pub: Du kommst aber mit, oder?«

»In welches wolltet ihr denn? Und wann?«

»Ich glaube, in das hier am Campus, sobald die anderen fertig sind, oder, Aedan?«, fragt Evelynn mit Blick zu Aedan, der nach wie vor zwischen uns steht, aber vollkommen in seinen Gedanken verloren zu sein scheint. »Aedan?«

»Ja?« Er blickt von Eve zu mir, und es ist offensichtlich, dass er rein gar nichts von unserer Unterhaltung mitbekommen hat. In seinen Augen liegt ein matter Ausdruck, und seine Stirn ist nach wie vor leicht in Falten gezogen, als versuche er, ein Problem in einer schwierigen Vorlesung zu lösen.

»Ich hab gefragt, in welches Pub ihr wolltet. Das am Campus?«

»Ja, zumindest zu Beginn. Nachher gehen wir sicher in die Stadt. Kommt ihr mit?«

Es versetzt mir einen kleinen Stich, dass er es jetzt wie beiläufig fragt. Als hätten wir uns nicht geküsst. Als wären wir nicht nebeneinander eingeschlafen. In seinem Blick liegt zumindest nichts von der Wärme, die mir sonst darin begegnet. Zwar meinte Declan gestern, ich sei fest eingeplant, doch gerade wirkt es nicht, als ob Aedan meiner Anwesenheit große Bedeutung beimisst. Ich mustere sein gezwungenes Lächeln, das er nun aufsetzt. Ob irgendetwas passiert ist? Mittlerweile bin ich mir sicher, dass seine Laune nichts mit meinen Worten von eben zu tun gehabt hat. Vielleicht ist etwas mit seinen Eltern vorgefallen?

»Ich bin auf jeden Fall dabei. Meine Schicht heute startet erst um sechs. Serena?«

Ich nicke. »Gern. Ich muss nur erst mal zurück zum Stand, ich komme nach, sobald Nora und ich abgelöst werden.«

»Top! Ich bring den Jungs mal ihre Donuts, dann sehen wir uns gleich.«

Evelynn drückt mich kurz an sich, hebt die Box vom Boden auf und bahnt sich dann einen Weg durch die Menge, die sich mittlerweile auf dem kleinen Hügel versammelt hat, um den Läufern zuzuschauen. Aedan räuspert sich, und es wirkt, als wäre es ihm unangenehm, mit mir allein zurückzubleiben.

»Ist wirklich alles okay?«, frage ich, obwohl mittlerweile offensichtlich ist, dass dem nicht so ist.

»Ist es. Wieso?«

Ich hebe die Brauen und sehe Aedan so lange abwartend an, bis er schließlich seufzt.

»Es ist einfach … extrem stressig momentan.«

»Hat es mit deinen Eltern zu tun? Du warst letztens bei deinem Dad, oder?«

»In gewisser Weise ja.« Aedans Mundwinkel sinken nach unten, und einen Moment lang wirkt es, als wolle er noch etwas sagen. Allerdings kommen ihm keine weiteren Worte über die Lippen.

»Magst du drüber reden?«

»Nein, schon gut.« Er nimmt meine Hand in seine und drückt sie. Die Berührung und die Wärme, die von ihm ausgeht, genügen, dass ich mich ein klein wenig entspanne.

»Ich bin einfach etwas gestresst, entschuldige. Auch mit der Uni und allem.«

»Du musst dich nicht entschuldigen.« Immerhin war ich die Angespanntheit in Person, als Aedan und ich einander kennengelernt haben. »Wer weiß, vielleicht ist der Pub-Besuch da ja genau das Richtige, und er hilft dir, ein bisschen abzuschalten.«

»Ja, bestimmt«, erwidert Aedan lächelnd. Allerdings bringt das Lächeln nicht wie sonst seine Augen zum Strahlen. Es erreicht sie nicht einmal. Und als er meine Hand ein letztes Mal drückt, sich verabschiedet und zu Evelynn, Declan und Nolan aufschließt, werde ich das Gefühl nicht los, dass hinter seinem Verhalten mehr als ein wenig Stress steckt. Ich hoffe nur, es hat nichts mit uns zu tun.

24. KAPITEL

Aedan

Das Bier hinterlässt einen herben, malzigen Geschmack auf meiner Zunge, als ich es viel zu schnell leere und zurück auf die Theke stelle. Leider erfüllt der Alkohol bislang nicht seinen gewünschten Zweck. Er lockert zwar meine angespannten Muskeln, nicht jedoch den Knoten in meinem Kopf, der mittlerweile hinter meiner Stirn pocht.

»Na, du legst ja vor«, meint Declan und klopft mir dann anerkennend auf die Schulter. Die Worte gleiten nur schwer über seine Zunge, aber vermutlich klinge ich genauso. Immerhin sind wir seit knapp zwei Stunden hier im Uni-Pub und haben getrunken, als wären es bereits vier. Laute Musik dringt aus den Boxen, die Party-Version irgendeines Liedes von Dermot Kennedy, einige tanzen, die meisten stehen jedoch mit Getränken in der Hand herum und versuchen, sich über den Song hinweg zu unterhalten. Von der Kälte draußen ist rein gar nichts zu spüren, denn hier drin ist die Wärme so erdrückend wie in einer Sauna. Am Tischkicker hat sogar jemand sein Oberteil ausgezogen und es achtlos in die Ecke geworfen. Es riecht nach Drinks, Schweiß und Party. Ein klassischer RAG-Week-Auftakt.

»Ich find es immer noch wild, dass das College ein Pub hat«, meint Evelynn zum bestimmt fünften Mal und kippt einen weiteren Shot. Ich bin mir nicht sicher, ob sie es später wirklich auf die Arbeit schaffen wird. Nicht, wenn sie ein ebenso schnelles Tempo an den Tag legt wie ich. »Noch 'ne Runde?«, fragt sie und tippt an ihr Glas. Ich nicke, was meine Kopfschmerzen verstärkt, aber die hab ich vermutlich verdient.

Ich sitze in einer verdammten Zwickmühle. Ich hätte es wissen müssen, als Serena mir von Charlie erzählt hat. Hätte zumindest ahnen können, dass das zu Problemen führen würde. Wieso habe ich es nicht gut sein lassen? Wieso musste ich mich auf sie einlassen? Und wieso um alles in der Welt kann ich es jetzt nicht einfach beenden, bevor es noch tiefer geht?

Sie auf der Demo zu sehen war schlimm genug, ihre ablehnenden Worte meinem Vater gegenüber ebenso – doch das ständige Herumschleichen ist das Schlimmste. Natürlich merkt sie, dass ich ihr aus dem Weg gehe. Ich sollte ihr sagen, dass das mit uns nichts wird. Sollte einen Schlussstrich ziehen. Doch immer, wenn diese Gedanken kommen, folgen ihnen die Bilder von Serenas Gesicht im Schlaf, von dem Abend mit ihr, dem Kuss. Ihre Nähe ist das Berauschendste, was ich jemals gefühlt habe. Ich kann sie nicht aufgeben, und genauso wenig kann ich sie haben. Ich nehme das Shot-Glas, das Evelynn mir reicht, und kippe es, ohne mit den anderen anzustoßen.

Declan schlägt mir mit der flachen Hand gegen den Hinterkopf. »Junge, wo sind deine Manieren? *Sláinte.*«

»Sorry«, murmle ich, als die anderen drei anstoßen. Selbst dieses kleine Wort klingt wie Matsch aus meinem Mund.

»Ist echt alles okay?« Nolan mustert mich besorgt, nicht zum ersten Mal. Ich nicke, ebenfalls nicht zum ersten Mal.

»Nur Stress«, erwidere ich. »Ich hol uns noch was«, sage ich und schnappe mir die leeren Shot-Gläser. Ich drehe mich um, lehne mich über die Theke und schiebe sie dem Barkeeper zu, der mich mit erhobenen Brauen mustert.

»Na, ihr seid wirklich fleißig dabei.«

»Ist ja für den guten Zweck«, nuschle ich.

Der Barkeeper hebt die Brauen noch ein Stück höher, sagt jedoch nichts weiter, als ich meine Bestellung bei ihm aufgebe. Eine Runde Gin Tonic für alle. In der Hoffnung, dass mich das abschalten lässt oder aber auf die perfekte Lösung bringt, wie ich das Chaos kläre, das sich gerade vor meinen Augen bildet.

»Ich nehm auch einen!« Mein Atem stockt, und ich wage es kaum, mich umzudrehen. Brauche ich auch gar nicht, da Serena eine Sekunde später neben mir an dem Tresen lehnt. Sie ist mir so nah, dass sich die Haare an meinen Armen aufstellen. Denn leider interessiert meinen verräterischen Körper nicht die Bohne, dass das mit uns beiden keine gute Idee ist. Mein Herz genauso wenig, denn das schlägt viel zu schnell.

»Hey«, bringe ich hervor, lächle ihr knapp zu und beobachte dann den Barkeeper dabei, wie er Eiswürfel und Limettenscheiben in Gläser gibt. »Wie war der Verkauf noch?«, frage ich, in der Hoffnung auf ein neutrales Gespräch, das weder mit dem Hotel noch mit ihrem Kunstprojekt noch mit der Stadtpolitik Corks zu tun hat.

»Super! Wir sind den ganzen Kuchen losgeworden. Die anderen haben zum Glück ordentlich Nachschub gebracht, den werden sie auch brauchen.« Als ich doch wieder zu ihr schaue, sieht sie sich lächelnd in dem spärlich beleuchteten Pub um. »Ich hoffe, es kommt noch gut was zusammen in der Woche. Nora und ich haben eben ein wenig über weitere Demonstrationen gesprochen. Keine Ahnung, ob es was bringt, aber wir wollen es denen auf keinen Fall zu leicht machen.«

Denen. Uns. Mir.

Obwohl sich das Pub mit all den Feiernden bereits leicht dreht, bin ich dankbarer denn je, als der Barkeeper mir meinen

Gin Tonic reicht. Ich gebe ihm im Austausch meine Kreditkarte und trinke, während er sie an das Kartenlesegerät hält, schon einmal zwei Schlucke ab.

Serena verteilt die Getränke in die Runde, dreht sich dann jedoch wieder zu mir. In ihren blauen Augen liegt ein ähnlich sorgenvoller Ausdruck wie zuvor in Nolans. »Aedan«, sagt sie leise, und ihre Stimme meinen Namen sagen zu hören macht Dinge mit mir, die nicht sein dürfen. Ich schlucke. Nicht den Alkohol diesmal, sondern die Worte, die ich am liebsten sagen würde. Die Entschuldigung, weil ich natürlich nicht will, dass das Hotel jemandem den Lebensraum nimmt. Die Rechtfertigung, weil es mein Lebenstraum ist und es nichts ändert, ob ich Teil des Projekts bin oder nicht. Die Sache ist beschlossen. Die Ausflüchte, weil ich sie am liebsten einfach küssen und all das vergessen machen würde. Stattdessen sage ich nichts.

»Rede mit mir.« Serena tritt einen Schritt näher, und ihre Finger berühren meine federleicht. Sie malen Muster aus kühlem Kondenswasser auf meine Hand. Vermutlich vom Gin-Glas. Die Kälte sorgt dafür, dass sich mein Blick fokussiert und das Hier und Jetzt deutlicher zu mir hindurchdringt. Dabei möchte ich gerade genau das Gegenteil. »Bitte. Ist was mit deinem Dad?«

Ich schüttle den Kopf. »Nein, es ist wirklich alles okay. Die letzten Tage waren anstrengend. Nichts, worüber ich reden muss.« Ich zwinge mich zu einem Lächeln. »Grad mag ich einfach nur die freie Zeit genießen.«

»Okay«, erwidert Serena zögerlich. Sie streicht sich das schulterlange Haar hinter die Ohren, dann wandern ihre Finger meinen Unterarm entlang, malen einige Linien der Tattoos nach. Die Bewegung hat etwas seltsam Hypnotisierendes und sorgt dafür, dass Gänsehaut sich von meinem Arm über meinen gesamten Körper ausbreitet. Es erinnert mich an den Abend in meinem Zimmer. An die Nähe. Ich will mehr davon, brauche mehr davon. Von ihr und ihren Berührungen.

Als unsere Blicke sich wieder treffen, sind ihre Pupillen geweitet, und auch wenn es womöglich an der Dunkelheit hier im Pub liegt, wünsche ich mir, dass ich der Grund dafür bin.

»Hab ich dir schon mal gesagt, dass du wunderschön bist?«, flüstere ich. Es ist genau die Art von Satz, die ich ihr nicht sagen sollte. Nicht, wenn ich das Chaos nicht noch größer machen will. Doch als ihre Mundwinkel sich heben, so weit, dass ihre Nase sich kräuselt, bin ich dankbar, dass der Alkohol meine Zunge gelockert hat. Denn das Strahlen in ihren Augen macht sie noch schöner.

»Falls ja, hab ich mich noch nicht sattgehört«, erwidert sie schmunzelnd. »Kann es sein, dass du schon ein bisschen was getrunken hast?«

Ich halte Zeigefinger und Daumen in die Höhe und führe sie dann zusammen, bis sie fest aufeinandertreffen. »So ein winziges bisschen.«

»Hmhm«, macht sie und lacht dann, vermutlich weil mein Lallen mich entlarvt. Ich würde es gern häufiger hören, dieses Lachen, gern öfter der Anlass dafür sein. Doch stattdessen hebe ich mein Gin-Glas, proste ihr zu und ordne mich nach einigen Schlucken wieder in den Kreis unserer Gruppe ein. Vielleicht hätte ich mich besser an die Mitbewohner-Regelung der WG halten sollen, denn allem Anschein nach ist sie doch nicht so sinnlos wie gedacht. Sonst würde es in meiner Brust nicht so sehnsüchtig ziehen.

Das Abbey Tavern ist ähnlich voll wie das College-Pub vor wenigen Stunden. Dafür ist die Musik leiser, und es ist auch nicht ganz so heiß, da Elaine, die Besitzerin, die Tür zum Innenhof geöffnet hat, sodass regelmäßig kalte Luft hereindringt. Die Lichterketten an den Wänden ziehen Schlieren, und ich blinzle mehrmals, in der Hoffnung, dass ich Declan, der auf mich einredet, so besser folgen kann. Er hat den Kopf auf einen Arm gestützt, als hätte er Schwierigkeiten, ihn weiter aufrecht zu halten. Kein Wunder, meiner fühlt sich ähnlich schwer an.

Seufzend lehne ich mich nach hinten an die dunkelrot gestrichene Wand. Wir haben viel zu viel getrunken. Erst am College, dann hier in einem unserer Stammpubs, nur wenige Minuten von unserer Wohnung entfernt. Evelynn hat es entgegen meinen Befürchtungen doch noch zur Arbeit geschafft, sodass wir nun zu viert um den kleinen Tisch in der Ecke des Raums herum sitzen. Ich weiß nicht, wie lange wir bereits hier sind, auf jeden Fall lang genug, dass die Kerze am Rand des Tischs komplett niedergebrannt ist.

»Ey, du hörs gar nich zu!«, ruft Declan und wirft mir schwungvoll einen Bierdeckel entgegen. Er prallt an meiner Brust ab und kullert dann unter den Tisch, was Nolan zum Lachen und Serena zum Kopfschütteln bringt. »Lach nich, er hört nich zu!«, sagt Declan und boxt Nolan gegen die Schulter, was diesen nur noch stärker zum Prusten bringt. So sehr, dass es plötzlich von Schluckauf unterbrochen wird.

»Ich hol dir mal ein Wasser«, meint Serena und erhebt sich.

»Brings du mir lieber ein Murphy's?«

»Und mir 'n Rebel Red?«, fügt Nolan hinzu.

»Ich nehm noch 'n Gin«, nuschle ich und lächle Serena dankbar zu. Sie sieht wesentlich fitter aus, als ich mich fühle.

»Ich weiß nicht, ob das so eine gute Idee ist«, murmelt sie, geht jedoch in Richtung Bar.

»Sie is 'n Schatz«, meint Nolan mit einem glücklichen Seufzen, hebt dann jedoch so schwungvoll den Finger, dass er das leere Glas vor sich beinahe umstößt. »Das heißt aber nich, dass ihr was anfangen dürft. Also miteinander! Auf keinen Fall!«

»Hä, die treiben's doch längst.« Declan schnippt Nolan gegen die Nase. »Hast du Tomaten auf'n Augen, oder was?«

»Wusstest du, dass Tomaten botanisch gesehen Obst sind, obwohl sie kulinarisch dem Gemüse …« Nolan hält inne, sein Kopf schnellt zu mir herum. »Ihr treibt es nich miteinander! Das is Quatsch, oder? Aedan, sag, dass das nich stimmt!«

»Es stimmt nich.«

»Ha, siehst du!«, meint Nolan stolz und verschränkt die Arme vor der Brust.

»Ja, das sagt er doch nur, weil du ihm gesagt hast, dass er es sagen soll!«, erwidert Declan.

»Aedan würd nie lügen.« Nolan streckt die rechte Hand aus, legt sie an mein Kinn und presst meine Wangen so zusammen, dass meine Lippen einen Fischmund formen. »Können diese Augen lügen?«

»Aedan, sag ihm die Wahrheit!«, meint Declan lautstark. »Ihr flirtet! Du stehs auf sie! Das seh ich! Erzähl mir nich, dass da nichts läuft.«

»Aedan hat die Wahrheit schon gesagt!«

»Declan lügt, wir treiben es nicht miteinander«, sage ich, was durch meine zusammengepressten Lippen allerdings kaum zu verstehen ist. Nolan jedoch scheint zufrieden, denn er lässt endlich von meinem Gesicht ab. Immerhin entspricht es der Wahrheit, wir hatten keinen Sex. Auch wenn der bloße Gedanke daran mir die Hitze in die Wangen treibt und ich wünschte, wir hätten zumindest die Chance dazu gehabt. Doch dafür ist es jetzt wohl zu spät.

»Ein Murphy's, ein Rebel Red und einmal Gin.« Serena kommt an den Tisch zurück und stellt drei identisch aussehende Gläser vor uns.

»Also ich weiß nich, ob ihr's gemerkt habt, aber ich bin ja nich mehr ganz nüchtern«, meint Declan, hebt sein Glas hoch, kneift die Augen zusammen und mustert es von allen Seiten. »Aber ein Murphy's ist braun, und das hier, das ist nicht braun.« Er stellt das Glas ab und fixiert Serena mit ernstem Blick. »Wieso bringst du uns Wasser? Wasser in der RAG Week ist eine Beleidigung.«

»Trink es einfach, und dank mir morgen«, erwidert Serena trocken. »Ihr alle. Jetzt.«

Nolan setzt das Glas direkt an die Lippen, Declan erst nach einigen Widerworten, aber letzten Endes gehorchen wir alle drei.

»Okay, aber jetzt brauch ich immer noch 'n Bier.« Declan steht auf. »Ich bring euch was mit. Allen außer dir, du Verräterin.«

Serena schnaubt. »Ich bleib sowieso lieber beim Wasser.«

»Ich komm mit«, meint Nolan, steht auf und hält sich direkt an seinem Stuhl fest. »Uff. Vielleicht war das mit dem Wasser gar nicht so blöd.«

»Nich du auch noch! Komm.« Declan packt Nolan am Arm und zieht ihn mit sich nach vorn zur Bar.

»Ihr seid alle so hinüber«, meint Serena, doch in ihrer Stimme liegt ein Lächeln.

»Bin ich wirklich«, murmle ich, trinke mein Wasserglas leer und lasse den Kopf wieder auf meine Hände sinken, weil er plötzlich viel zu schwer ist. Ich schließe die Augen und seufze, als sich alles dreht.

»Magst du lieber heim?«

»Mh mh«, mache ich und wünschte, es wäre leiser. Das Stimmengewirr macht mir zu schaffen, und durch das Wasser merke ich erst, wie ausgetrocknet mein Hals ist.

»War das ein Ja oder ein Nein?«

»Ein Nein, aber ich glaube, es wird grad zum Ja.«

»Wir könnten *Doctor Who* gucken, und ich mach dir was zu essen?«

Die Erinnerung an das gemeinsame Bolognese-Essen kurz nach Serenas Einzug bringt mich zum Lächeln. Es ist erst etwas über einen Monat her, kommt mir jedoch vor wie eine halbe Ewigkeit. Serena ist mittlerweile so ein fester Bestandteil unserer WG und unseres Alltags, dass ich es mir gar nicht mehr anders vorstellen kann. Ich öffne die Augen und blinzle heftig, weil selbst der warme Schein der Lichterketten plötzlich grell wirkt. »Das klingt schön.«

Declan und Nolan bahnen sich ihren Weg zurück an den Tisch und lassen sich auf die beiden Stühle uns gegenüber fallen.

»So sieht 'n Murphy's aus.« Declan hält Serena das Glas mit der dunklen Flüssigkeit vor die Nase.

»Da ist mir wohl ein Fehler unterlaufen«, erwidert Serena und lacht leise. Das Geräusch geht mir durch Mark und Bein. Den Kopf weiterhin in den Händen, drehe ich ihn zur Seite und betrachte Serenas Profil. Die leichte Stupsnase. Das Muttermal daneben. Ihre langen Wimpern.

»Guck, das mein ich«, sagt Declan und stößt Nolan in die Seite. »Das is doch nich normal.« Sofort richte ich meinen Blick wieder geradeaus, bevor Serena Wind von dem Gespräch vorhin bekommt. Dabei hat Declan recht: Normal fühlt es sich wirklich nicht an.

»Wir würden uns langsam auf den Heimweg machen«, meint Serena. »Wollt ihr nach dem Bier mit, oder bleibt ihr noch?«

»Es is gerade mal …« Nolan schaut auf die Uhr. »Oh shit. Es is schon zehn.«

»Erst zehn«, korrigiert Declan und hebt sein Glas.

»Na ja, das heißt, wir sind seit knapp zwölf Stunden dabei.«

»Es ist RAG Week«, antwortet Declan, als wäre das Grund genug, weiterzumachen.

»Na gut, für eins noch«, gibt Nolan nach. »Aedan?«

»Nope, ich geh heim.« Ich schaffe es irgendwie, den Kopf auch ohne Hilfe meiner Hände aufrecht zu halten, verabschiede mich von den Jungs und laufe gemeinsam mit Serena durch die Masse an Menschen zur Tür. Elaine winkt uns im Vorbeigehen zu, und selbst das Zurückwinken fällt mir schwer, so träge ist meine Hand plötzlich. Als ich sie wieder sinken lasse, umschließen Serenas warme Finger meine, und ich bin mir ziemlich sicher, dass die Zeit für den Hauch einer Sekunde stillsteht. Mein Blick gleitet zu unseren ineinander verschränkten Fingern. Der Alkoholnebel mag meine Gedanken langsam und müde machen, doch das hier, ihre Nähe, die mir vertraut und neuartig zugleich ist, das dringt bis in mein Innerstes durch.

25. KAPITEL

Serena

Als ich mit einer Karaffe Leitungswasser zurück ins Wohnzimmer komme, liegt Aedan zwar nach wie vor auf der Couch, ist wider Erwarten jedoch nicht eingeschlafen, sondern klickt sich durch die BBC-Bibliothek.

»Wir fangen doch nicht mit dem neunten Doctor an, hab ich beschlossen.«

»Hier, trink das«, sage ich, nachdem ich sowohl ihm als auch mir ein Glas Wasser eingeschenkt habe. Zwar habe ich bei Weitem nicht so viel getrunken wie die anderen, aber meine Kehle ist trotzdem trocken, und hinter meinen Augen pocht es leicht. Zum Glück herrscht an der Uni während der Spendenwoche Ausnahmezustand, also habe ich keine Referate, Abfragen oder zu viele Aufgaben zu befürchten.

»Danke«, sagt Aedan und trinkt tatsächlich einige große Schlucke. Er wischt sich mit dem Handrücken über den Mund. »Wir gucken die Folge mit van Gogh, von der ich dir erzählt habe. Da geht es um Kunst, und wenn du nicht weinst, hast du kein Herz und musst leider ausziehen.«

»Wow, kein Druck.«

»Ich meine es ernst«, sagt Aedan, wendet sich mir zu und sieht mich nachdrücklich an. »Diese Folge ist mir heilig. Die ganze Serie ist mir heilig.«

»Okay, okay«, erwidere ich und hebe lachend die Hände. »Bei *Doctor Who* endet der Spaß, verstanden. Hast du dazu eigentlich auch ein Tattoo?«

Er schüttelt den Kopf, fläzt sich nach hinten in die Couch und klopft auf den freien Platz neben sich. »Nope«, sagt er, als ich mich gesetzt habe. Unsere Beine berühren sich, und weder er noch ich machen Anstalten, sie wegzuziehen. Warum auch? Wir haben uns immerhin geküsst. Doch das Ganze kommt mir vor, als wäre es bereits Wochen her, und ich bin nicht sicher, ob es für ihn eine einmalige Sache war oder doch mehr. Was, wenn seine Anspannung daher rührt, dass er sich anders entschieden hat? »Hab ich nicht. Noch nicht. Ich konnte mich bislang auf kein Motiv festlegen.«

»Und du wolltest dir keinen Mülleimer tätowieren lassen? Versteh ich nicht.«

Kaum dass das letzte Wort meinen Mund verlassen hat, schreie ich quietschend auf. Aedan hat die Finger in meine Seiten gegraben und kitzelt mich. Ich presse die Hände an seine Brust und versuche, ihn wegzuschieben, muss jedoch so sehr lachen, dass mir Luft und Kraft dafür fehlen.

»Nimm das zurück!«

»Auf…hören«, presse ich atemlos hervor, und tatsächlich lässt er von mir ab, hält seine Hände jedoch weiterhin drohend in die Höhe und wackelt mit den Fingern.

»Nimm das mit dem Mülleimer zurück.«

»Dalek!«, rufe ich. »Nicht Mülleimer.«

Er nickt zufrieden und hebt die Mundwinkel, sodass seine Grübchen zum Vorschein kommen. Es lässt sein markantes Gesicht weicher wirken, und ich muss mich zusammenreißen, um nicht die Hand auszustrecken und über seine Wange zu streichen. Als ich im Pub nach seiner Hand gegriffen habe, ist es mehr aus einem Reflex heraus geschehen. Mir fällt es schwer, das zwischen uns einzuordnen. Der Kuss, dass ich bei ihm übernachtet habe – all das schreit mehr als Mitbewohner, oder etwa nicht? Die WG-Regel und seine Anspannung jedoch bringen meine Sicherheit ins Wanken. Denn auch wenn Aedan mir versichert hat, dass all das nichts mit mir zu tun hat, irgendetwas stimmt nicht.

Bevor ich mich in den Grübeleien verlieren kann, startet Aedan die Folge, wirft die Fernbedienung achtlos neben sich auf die Couch und rückt ein Stück näher an mich heran. Entweder hat der viele Alkohol ihn gelockert, oder aber ich habe mir völlig umsonst Sorgen gemacht, denn im nächsten Moment legt er den Arm um mich. Seine Hand ruht warm auf meiner Schulter, und ich lehne den Kopf leicht an seine.

»Bereit, deine Bildungslücke zu schließen?«, flüstert er, als das Intro startet.

Ich nicke und schmunzle in mich hinein, weil das Wort »Bildungslücke« ihm dank des Lallens Schwierigkeiten bereitet.

»Die nächste Serie darfst du dann aussuchen.«

»Egal was?«

»Egal was. Wahrscheinlich guckst du sowieso nur richtig komplizierte Arthouse-Filme.«

»Gar nicht wahr. Du guckst ja auch nicht nur Einrichtungsshows, nur weil du Architekt bist.«

»Hey, die guck ich tatsächlich gern. Und jetzt pscht, es geht los.«

»Du hast angefangen!«, wispere ich zurück. Im nächsten Moment landet Aedans Zeigefinger auf meinen Lippen.

»Pscht!«

Ich verstumme tatsächlich. Jedoch nicht, weil er mich dazu ermahnt, sondern weil sein Gesicht meinem auf einmal ganz nah ist. Intensiv sieht er mich an, und ich verkneife mir, ihn darauf hinzuweisen, dass er mir die Sicht versperrt. Ich sehe ohnehin viel lieber ihn an. Seine Haare sind ein einziges Chaos, weil er sich beim Reinkommen den Pullover über den Kopf gestreift hat und bloß noch in seinem schwarzen Shirt hier sitzt. Der Geruch seines Aftershaves, der ihn sonst umgibt, ist verflogen. Er riecht nur noch nach Aedan. Am liebsten würde ich die Augen schließen und seinen Duft inhalieren. Stattdessen reiße ich sie weiter auf, als sein Finger von meinen Lippen meine Wange entlangwandert, bis er die Hand schließlich in meinen Haaren versenkt.

»Das hab ich vermisst«, murmelt er und zieht dann die Brauen zusammen. »Tut mir leid, dass ich so komisch drauf war.«

»Alles gut«, sage ich und merke, wie mein Herz einen erleichterten Hüpfer macht.

Er schüttelt den Kopf. »Nichts ist gut gerade. Nur du.« Seine Finger streichen durch mein Haar hinab bis zu meinem Arm. Meine Haut glüht, wo er mich berührt, dennoch merke ich, wie sich Gänsehaut auf meinem Körper ausbreitet. Wegen seiner Berührungen, aber auch wegen seiner Worte.

Nur du.

Die Serie im Hintergrund scheint vergessen, denn sein Blick folgt seinen Fingern, die weiter über meine Haut fahren. Ich habe mich direkt in gemütliche Kleidung geworfen und bin in diesem Moment unendlich dankbar dafür, meinen dicken Pulli gegen das Top getauscht zu haben. Ich schließe die Augen, als seine Finger weiter über meine nackte Haut wandern, bemühe mich jedoch, meine Gedanken beisammenzuhalten, so schwer das nach diesem Tag auch sein mag.

»Was meinst du damit, dass nichts gut ist? Ist etwas passiert?«

Seine Antwort ist ein erneutes »Pscht«, sanfter diesmal, und meine weiteren Fragen sterben unausgesprochen auf meiner

Zunge, als er sich über mich beugt. Ich schlucke, ohne die Augen zu öffnen, und genieße das Gefühl seines Gewichts auf mir. Genieße es, ihn so nah bei mir zu spüren, nachdem sich die letzten Tage so distanziert angefühlt haben.

»Gerade will ich nicht daran denken«, spricht er leise weiter, »sondern viel lieber hieran.« Seine Finger wandern meinen Nacken hinauf, und ich atme zischend die Luft ein, als ich plötzlich seine Lippen an der empfindlichen Stelle direkt unter meinem Kinn spüre. Nun öffne ich die Augen doch, sehe allerdings nur sein braunes, weiches Haar aus dem Augenwinkel und die sich wandelnden Farben, die der Fernseher an die Decke wirft.

Meine Hände wandern wie von selbst an seinen Hinterkopf, und ich versenke die Finger in seinen Haaren, ziehe ihn näher an mich heran, weil ich mehr von ihm will. Mehr von ihm brauche. Ich schlinge mein Bein um seine Hüfte und seufze leise auf, als er meiner stummen Aufforderung nachkommt und sich endlich ganz auf mich sinken lässt.

Seine Antwort ist ein leises Lachen, das ich an meinem Hals spüre und das Schauer durch meinen gesamten Körper sendet. Ich lasse die Hände an seinem Rücken hinabgleiten, und Hitze schießt bis in meine Zehenspitzen, als meine Finger auf nackte Haut treffen. Die Muskeln in seinem Rücken bewegen sich unter meinen Fingern. Ungeduldig ziehe ich das Shirt nach oben. Ich will ihn wieder so sehen, ihn spüren. Nur dass meine Gedanken dabei dieses Mal ganz und gar nicht unschuldig sind.

Als könnte er diese lesen, lässt er von meinem Hals ab, richtet sich auf mir auf und zieht sich das Shirt vom Körper. »Besser?«

»Viel besser«, murmle ich und lasse meine Hände über seinen Bauch fahren. Man erkennt, dass er Sport macht, doch so schön die Muskeln unter meiner Hand auch aussehen, es ist der Ausdruck in seinen Augen, der mir den Atem raubt. Diese stumme Bitte, nicht damit aufzuhören. Ich tue es dennoch, was mir ein frustriertes Knurren einbringt. Als er jedoch bemerkt, was ich vorhabe, heben sich seine Mundwinkel ein kleines Stück. Mein Shirt landet neben seinem, und nun wird sein Ausdruck beinahe hungrig, als er mit geweiteten Pupillen den Blick über mich schweifen lässt.

Aedan bewegt sich kein Stück, fasst mich auch nicht an, er sitzt einfach nach wie vor auf mir und betrachtet mich. So als wäre ich nicht Künstlerin, sondern Kunstwerk. Mein Atem geht schneller, als ich merke, wie er an meinem Schritt hart wird. Zwischen meinen Beinen beginnt es, zu ziehen, und ich schiebe ihm instinktiv mein Becken entgegen. Das hier ist gegen alle Mitbewohnerregeln, und es ist mir in diesem Moment scheißegal. Ich will ihn.

Ich packe Aedan an den Oberarmen und ziehe ihn zurück zu mir auf die Couch. Meine Lippen finden seine, nicht sanft und zögerlich, sondern hart und ungeduldig. Er rückt ein Stück höher, sodass sich seine Härte genau an meine empfindlichste Stelle presst, und ich stöhne in seinen Mund, was ihn nur noch mehr anzutreiben scheint. Er beißt leicht in meine Unterlippe, dann vertieft er den Kuss. Seine Hand stützt meinen Nacken, und er zieht mich näher an sich. Dass er mich genauso sehr will wie ich ihn, ist ein berauschendes Gefühl.

Atemlos lösen wir uns aus dem Kuss, doch es dauert nicht einmal den Hauch einer Sekunde, bis sein Mund wieder auf meiner Haut liegt und er heiße Küsse bis zu meinen Brüsten verteilt. Er schiebt die Träger meines schwarzen Spitzen-BHs zur Seite und verlagert sein Gewicht, um seine Lippen weiterwandern lassen zu können. Ich drücke meinen Rücken durch, schiebe mich ihm entgegen. Die Farben an Decke und Wänden wechseln sich schneller ab, offensichtlich ist einer von uns an die Fernbedienung gekommen und hat die Serie vorgespult, doch all das nehme ich nur wie in Trance wahr. Da ist nur noch Aedan. Auf mir, in meinem Kopf, überall. Und ich will nicht, dass es endet.

Leider tut es das im nächsten Moment, als das Klicken der Haustür uns zusammenzucken lässt.

»Shit«, fluche ich, was jedoch in dem Lärm untergeht, den Nolan und Declan verursachen. Ein lautes Poltern hallt durch den Flur, als einer der beiden über ein Paar Schuhe stolpert.

Zu meiner Überraschung wirkt Aedan sehr viel weniger gestresst als ich. Seine Mundwinkel zucken. Wieder führt er einen Zeigefinger an meine Lippen. Dann zieht er sich sein Shirt über und reicht mir mein Top. Vorsichtig, ohne Geräusche zu verursachen, schlüpfe ich hinein, während Nolan und Declan sich im Hintergrund darüber streiten, wem das Paar Schuhe nun gehört. Ich streiche mir über die Haare, und Aedan legt sich mit leisem Räuspern eines der Sofakissen auf die Beule in seiner Jeans. Der Anblick sorgt dafür, dass mir schon wieder heiß wird, und innerlich verfluche ich unsere beiden Mitbewohner dafür, dass sie sich genau diesen Moment für die Heimkehr ausgesucht haben. Andererseits: Lieber jetzt als zehn Minuten später, denn dann hätten wir einiges an Erklärungsarbeit zu leisten gehabt.

Ich rücke ein gutes Stück nach rechts, um Abstand zwischen mich und Aedan zu bringen, und er schafft es gerade noch, die Serie wieder auf normaler Geschwindigkeit laufen zu lassen – zwei Männer, von denen einer vermutlich Doctor Who ist, führen gerade ein Gespräch –, als die beiden ins Wohnzimmer platzen.

»Na, ihr Turteltauben?« Declan schlägt zweimal gegen den Türrahmen, wobei ich mir bei genauerer Betrachtung nicht sicher bin, ob er einfach nur dagegenfällt. Ich versuche, nicht allzu ertappt auszusehen. Er kann unmöglich etwas mitbekommen haben. Wir waren leise, die Vorhänge des Wohnzimmers sind zugezogen, und er war bis eben noch in sein Gezanke mit Nolan vertieft. Trotzdem merke ich, wie ich rot anlaufe, und schaue schnell wieder in Richtung Fernseher.

»Oh, wirst du in *Doctor Who* eingeführt?«

»Jap«, erwidert Aedan, und ich sehe aus dem Augenwinkel, wie er erst das Kissen zurechtrückt und sich dann die Decke über die Beine legt. Zum Glück, denn Declan wankt nun vollends ins Wohnzimmer und schmeißt sich genau zwischen uns auf die Couch.

»Das is eine meiner liebsten Folgen!« Er legt einen Arm um Aedan und einen um mich und lehnt seufzend den Kopf an die Wand. Ich fange Aedans Blick auf und muss mir ein Lachen verkneifen, denn er sieht aus, als würde er Declan am liebsten eine verpassen. Dieser scheint davon jedoch gar nichts mitzubekommen, sondern streckt die Beine aus und legt die Füße auf den Tisch. »Nolan?«, ruft er dann.

»Ja?«, erklingt es von irgendwo aus Flur oder Küche.

»Brings du mir bitte, bitte, bitte eine Cola und Snacks? Es müssten noch Chips in meinem Regal sein.«

»Mach ich«, ruft Nolan zurück, und auf Declans Gesicht breitet sich ein zufriedenes Lächeln aus.

»Hach ja«, meint Declan mit seligem Ausdruck und hickst einmal. »Wir hatten schon so lange keinen WG-Filmabend mehr. Was haltet ihr davon, jeder schlägt seine Lieblingsfolge in seiner Lieblingsserie vor?« Er sieht abwechselnd von Aedan zu mir, während sein Schluckauf heftiger wird.

»Großartige Idee«, presst Aedan hinter zusammengebissenen Zähnen hervor. Ich nicke bloß und beiße mir auf die Zunge, damit ich nicht laut loslache. Denn auch wenn ich ebenfalls gern da weitermachen würde, wo wir aufgehört haben:

Aedans Frust zu sehen sorgt für ein warmes Kribbeln in meinem Bauch. Eines, das die Unsicherheit von heute Mittag vertreibt. Eines, das die Vorfreude steigert auf das nächste Mal, wenn ich mit Aedan allein bin. Denn dass es ein nächstes Mal gibt, das lese ich aus seinem Blick ab, der selbst dann immer wieder zu mir herübergleitet, als Nolan längst zurück ist und *Friends* auf dem Bildschirm flimmert.

26. KAPITEL

Aedan

Als ich am nächsten Morgen die Augen aufschlage, tut mir alles weh. Mein Kopf pocht so stark, dass ich ihn mir am liebsten vom Hals reißen und aus dem gekippten Dachfenster schmeißen würde. Meine Zunge klebt trocken an meinem Gaumen, mein Knie schmerzt, und ich erinnere mich dumpf daran, mich gestern auf dem Weg zum Zimmer am Treppengeländer gestoßen zu haben. Gestern, nach dem spontanen Serienabend. Gestern, nachdem Serena und ich …

»Shit«, fluche ich und huste gleich darauf, weil mein Hals so sehr kratzt.

Ich trinke nie wieder. Zum einen, weil ich mich hundeelend fühle, zum anderen, weil es gestern nicht so weit hätte kommen dürfen. Wären Nolan und Declan nicht ins Wohnzimmer gestolpert, hätte ich mit Serena geschlafen. Der bloße Gedanke an sie genügt, damit es in meinen Boxershorts verräterisch zuckt. Ich presse mir die flache Hand an die Augen, als könnte ich die Bilder von ihr in dem schwarzen BH, wie sie unter mir liegt, so vertreiben. Verdammt. So heiß, wie mir gerade wird, werde ich das Bild nie wieder vergessen können. Als wäre es vorher nicht schon schlimm genug gewesen. Als wäre es nicht gestern schon die reinste Qual gewesen, mich zurückhalten zu müssen. Wie um alles in der Welt soll ich das jetzt schaffen, nachdem ich weiß, wie sie aussieht, wenn sie mich will? Jetzt, da ich weiß, wie sich ihre Finger auf meiner nackten Haut anfühlen?

Mit einem Stöhnen rolle ich mich aus dem Bett in den Stand und bereue es im nächsten Augenblick, da alles wankt und mein Kopf so sehr schmerzt, dass ich die Augen zusammenkneife. Ich bleibe kurz an Ort und Stelle stehen, massiere mir die Stelle über meiner Nase, wo es besonders wehtut, dann wanke ich mit halb geöffneten Augen in Richtung Bad. Ich gehe auf Toilette, wasche mir die Hände und greife anschließend zur Zahnbürste, um diesen ekligen Geschmack in meinem Mund loszuwerden. Als das erledigt ist, beuge ich mich, soweit es meine Kopfschmerzen zulassen, über das Waschbecken und spritze mir eisig kaltes Wasser ins Gesicht. Es hilft zwar nicht dabei, die Schmerzen zu vertreiben, aber immerhin fühle ich mich wieder einigermaßen wach und menschlich.

Zum Glück kann ich die Vorlesung heute sausen lassen, da dank der RAG Week ohnehin kein regulärer Unterricht stattfindet. Allerdings wollte ich meine Stunden bei Mr White leisten. Ein Blick in den Spiegel offenbart, dass ich immerhin fitter aussehe, als ich mich fühle. Eine Dusche und ein extrastarker Kaffee sollten den Rest regeln, doch wenn ich ehrlich zu mir bin, ist das nicht der wahre Grund, der mich hemmt, zur Baustelle zu gehen.

Ich stütze mich auf das Waschbecken und sehe meinem Spiegelbild in die leicht geröteten Augen, als könnte es mir irgendeine Antwort offenbaren, wie ich den ganzen Mist löse, ohne meine Karriere in den Sand zu setzen oder meinen Vater oder Serena zu enttäuschen. Ich will dieses Hotel bauen. Nicht für meinen Dad oder Mr White, nicht einmal nur für Cork, sondern für mich. Ich will mir einen eigenen Namen machen, will etwas hinterlassen, das bleibt. Ich will an der Eröffnung teilhaben und wissen, dass ich zu etwas beigetragen habe. Dass ich Teil von etwas war, dass ich für meine Zukunft gearbeitet habe.

Doch ich will auch Serena. Und ich will das Richtige tun. Leider habe ich das Gefühl, dass diese beiden Dinge nicht mit meiner Karriere und meiner Zukunft zu vereinen sind. Es ist eine verfluchte Zwickmühle. Wahrscheinlich wäre es das Klügste, die Sache mit Serena abzuhaken, mich nicht weiter in etwas zu verstricken, was ich nicht lösen kann. Es zu beenden, bevor es richtig anfangen kann, aber wie?

Die Tür fliegt auf und unterbricht meine kreisenden Gedanken.

»Oh, sorry. Das Licht war aus, ich dachte, es ist frei.«

Serena. Und ein Blick auf ihre vom Schlaf zerzausten Haare, in ihre blauen Augen, auf die locker sitzende Jogginghose, die einen Streifen Haut offenbart, dort, wo das rote Top hochgerutscht ist – dieser eine Blick genügt, um all meine Überlegungen ins Leere laufen zu lassen. Ich will sie. So sehr. Zu sehr.

»Hey.« Sie tritt einen Schritt näher, ein sanftes Lächeln auf ihrem Gesicht, bevor sie sich auf die Zehenspitzen stellt und ihre Lippen meine streifen. Ich lehne mich in die Berührung, obwohl ich zurückweichen sollte, lege meine Hand an ihre Hüfte, obwohl ich sie wegstoßen sollte.

»Wie geht es dir?«

»Beschissen«, erwidere ich mit rauer Stimme, und Serena lacht leise, weil sie denkt, es rührt nur von meinem Kater her. Doch mir ist nicht nach Lachen zumute. »Und dir?«, frage ich und versuche, nicht zu sehr darauf zu achten, wie gut sie riecht oder wie richtig sie sich an meiner Hand anfühlt.

»Gut«, erwidert sie eine Spur zu fröhlich. »Es ist fast so, als würde Wassertrinken helfen.« Sie grinst. »Auch wenn ich mir wünsche, wir wären gestern nicht unterbrochen worden.« Ihre Finger wandern meinen Rücken hinab und hinterlassen glühende Pfade auf meiner Haut. Meine Muskeln verkrampfen. Weil es sich gut anfühlt. Weil es aufhören sollte. Weil ich nicht will, dass es aufhört.

»Musst du zur Uni?«, fragt sie, als ich nichts erwidere. Mein Schweigen liegt mir schwer auf der Zunge, und ich fühle mich wie der größte Arsch, doch was soll ich tun? Meinem Wunsch nachgeben und mit ihr schlafen, obwohl ich weiß, dass uns das tiefer in die Misere reitet? Sie wegstoßen, obwohl ich weiß, dass es uns beide verletzt?

»Wir haben eine Mail bekommen, dass unser Seminar heute ausfällt und wir stattdessen etwas für den guten Zweck tun sollen«, erzählt sie weiter, offensichtlich ahnungslos von den tosenden Gedanken in meinem Kopf. »Etwas, was nicht mit Alkohol zu tun hat, wohlgemerkt. Da ich das ohnehin mache, dachte ich, ich gehe schon mal für die Party einkaufen.«

»Die ist doch erst am Freitag.«

»Ja, aber wenn ich eh nichts vorhab …« Sie zuckt mit den Schultern. »Ich treffe mich gleich mit Eve zum Frühstück, aber sie schiebt diese Woche Extraschichten, damit sie den Ansturm im Pub bewältigen können, ich hab also Zeit. Wenn Nolan und Declan so weiterfeiern, kriegen sie das bis Freitag definitiv nicht auf die Reihe. Außerdem wollte ich schon mal nach ein paar Dingen für das Kunstprojekt Ausschau halten, damit ich bald mit dem Modell loslegen kann.«

Ich nicke nur und hoffe, sie schiebt es auf den Kater. Denn das Kunstprojekt ist nur eine weitere Erinnerung daran, dass sie mich nicht mit solcher Zuneigung ansehen würde, wenn sie wüsste, womit ich den restlichen Tag meine Zeit verbringen werde. Der Druck in meiner Brust wird noch größer, als sie ihre Lippen erneut auf meine presst. Und doch erwidere ich den Kuss, weil die Nähe zu ihr wie eine Sucht ist. Eine, gegen die ich gar nicht ankämpfen will.

Trotz des schlechten Gewissens kann ich die Aufregung nicht leugnen, die ich empfinde, als ich Mr White die grauen, unverkleideten Treppenstufen nach oben folge. Die Sicherheitsschuhe fühlen sich ungewohnt an, ebenso das Schild, das ich mir an die Jacke geklippt habe: *Aedan O'Brien – Architekt*. So stolz ich auch darauf bin, ein wenig fühle ich mich wie ein Hochstapler. Doch ich werde alles dafür tun, der Beschreibung gerecht zu werden und in sie hineinzuwachsen.

Von dem Glamour des Hotels lässt sich noch nichts erahnen, bisher besteht es aus blanken Wänden, Gerüsten und umherlaufenden Bauarbeitern. Dennoch überrascht mich, wie weit sie bereits sind. Es ist erst wenige Monate her, dass die Fläche dem Boden gleichgemacht wurde, und die Bauarbeiten haben gerade erst begonnen. Mr White hat nicht nur ein großes Team zusammengestellt, sondern allem Anschein nach auch ein effizientes. Es riecht feucht, aber nicht unangenehm, und laute Neunzigerjahre-Musik hallt in leeren Räumen wider. Von weiter oben erklingt Gelächter, von unten lautes Scheppern, da dort gerade die Container mit den Bauabfällen geräumt werden. Das ganze Treiben erinnert mich an die Ameisenhaufen, die Nolan und ich als Kinder mit Stöcken aufgewühlt haben: Auf den ersten Blick ist alles ein einziges chaotisches Treiben, wenn man genauer hinsieht, folgt es jedoch einem System.

Im dritten Stock angelangt biegt Mr White nach links ab und kommt in einem großen, leeren Raum zum Stehen. Die Fenster, oder besser gesagt die Löcher, die einmal zu Fenstern werden, geben den Blick auf das nebenan liegende Gebäude frei. Schon jetzt, mit nur drei Stockwerken, können wir über dessen Dach hinwegsehen. Leider weiß ich dennoch ganz genau, um welches Gebäude es sich dabei handelt – das, das bald unserer Garage weichen soll. Ich kann bereits einen Bagger und einige Container ausmachen. Jetzt, da die Genehmigung zum Abriss steht, handelt es sich wohl nur noch um Tage, bis das Haus dem Erdboden gleichgemacht wird. Die Fläche ist schon abgesperrt. Jetzt oder nie. Das bin ich nicht nur Serena schuldig, sondern auch Charlie, Sean und all den anderen hier in Cork.

»Mr White?« Mein Herz klopft schneller, und ich hasse es, dass ein Teil von mir sich sträubt, die Frage zu stellen, aus Angst, ihn zu enttäuschen und mir und meinem Ruf zu schaden.

»Ja?« Mit einem Lächeln auf den Lippen dreht er sich zu mir um. Sein freundliches Gesicht macht es mir nicht gerade leichter, eher im Gegenteil.

»Das Haus nebenan, das abgerissen werden soll …« Ich nicke in Richtung des Fensters. »Ich habe gehört, dass dort Menschen wohnen.«

Mr White runzelt die Stirn und folgt meinem Blick. »Die Bruchbude hier? Da wohnt schon seit Ewigkeiten niemand. Wir haben alles mit dem ehemaligen Besitzer geklärt, er lebt mittlerweile nicht einmal mehr in der Stadt und war mehr als glücklich, uns die Fläche zu verkaufen.«

»Nein, ich meine, nicht offiziell. Dort wohnt eine Gruppe Obdachloser.«

»Oh.« Mr White tritt näher an das Fenster heran, als versuche er, Sean und die anderen zu entdecken, dann wendet er sich wieder mir zu. »Das wusste ich gar nicht. Wir haben etwas Müll und ein paar alte Decken gefunden, als wir das Gelände begutachtet haben, aber es wirkte verlassen. Nun, ich bin mir sicher, sie werden ein neues Haus finden oder sich an eine der offiziellen Unterkünfte der Stadt wenden, da gibt es ja genug. So was passiert leider ab und an, wenn ein Gebäude den Besitzer wechselt und plötzlich wieder genutzt wird.« Sein Lächeln findet zurück in sein Gesicht. »Aber jetzt, da du das zweite Gelände sowieso schon ansprichst, kann ich ja gleich zu meiner Überraschung kommen.«

»Überraschung?«, wiederhole ich irritiert, als eine Frau mit kastanienbraunen Haaren, die etwa im Alter meiner Mutter sein dürfte, den Raum betritt. Genau wie Mr White und ich trägt sie Sicherheitsschuhe und eine dicke Jacke, da der Durchzug hier drinnen für eisige Temperaturen sorgt. Unter ihrem Arm klemmt eine rote A4-Mappe.

»Hallo«, sagt sie und kommt mit einem Strahlen auf mich zu. »Ich bin Sheila, du musst Aedan sein, richtig?«

Ich schüttle ihre Hand und nicke. »Ja, freut mich. Ich habe letzte Woche bei Mr White angefangen.«

»Und bisher eine Glanzleistung hingelegt«, wirft Mr White ein, und ich kann nichts dagegen tun, dass meine Brust vor Stolz anschwillt. Genau das wollte ich seit Jahren.

»Das habe ich mit eigenen Augen gesehen«, meint Sheila schmunzelnd. »Ich bin die Projektentwicklerin. Ich habe gemeinsam mit unserem Investor und Mr White die gesamte Vision für das Hotel angehen dürfen und passe jetzt auf, dass alles den geplanten Weg nimmt.«

»Oder auch nicht«, meint Mr White, und sein Lächeln wächst zu einem Grinsen heran.

»Oder in unserem speziellen Fall nicht. Aber genau deshalb liebe ich diesen Job so. Mr White hat mir deinen Bauplan gezeigt.«

»Für das Hotel?«

»Genau.«

»Okay«, sage ich, unsicher, worauf Sheila hinauswill. Ein aufgeregtes Flattern fährt durch meinen Körper, was vor allem daran liegt, dass Mr White mich abwartend ansieht, so als würden die beiden gleich ein großes Geheimnis lüften. Sheila öffnet ihre Mappe und zieht einen Plan daraus hervor, den sie zur Hälfte entfaltet. »Deine Idee für das Hoteldach …«

»Ja?« Mein Herz schlägt mir mittlerweile bis zum Hals.

»Unser Dach bleibt wie gehabt, das Ganze ist längst abgesegnet, wir haben die Genehmigungen, und unsere Innenarchitekten reißen mir den Kopf ab, sollte ich ihre Pläne durchkreuzen.« Sie dreht das Papier so, dass ich es nicht mehr auf dem Kopf sehen muss. »Aber wir haben uns etwas für das neue Gebäude überlegt. Wie du weißt, ist ein Spa-Bereich vorgesehen, den man vom Hotel nebenan über eine gläserne Brücke erreichen kann.«

Ich nicke, und meine Augen weiten sich, als sich die kleinen Puzzleteile nach und nach zusammensetzen und ich erkenne, was ich da vor mir sehe. Mein Plan. Zumindest Teile davon – eingebaut in den ursprünglichen für das Garagendach.

»Wir haben den Bauplan überarbeitet«, steigt Mr White ein und tritt näher an uns heran. »Die Idee mit den vertikalen Pflanzenwänden hat uns so gut gefallen, dass wir zum einen gern die Garage damit verkleiden würden, zumindest ab hier.« Er tippt auf den Bauplan vor mir. »Und wir bauen hier eine Rooftopbar, die botanische Cocktails anbietet. Also eine einzigartige Auswahl an Drinks, die aus den frisch gepflückten Kräutern und Früchten des Skygardens hergestellt werden. Hier in der Ecke …« Mr White stupst den Plan ein Stückchen weiter auf. »… wird es eine Art Gewächshaus geben, das auch betreten werden kann. Natürlich werden wir viel hinzukaufen müssen, es geht mehr um den Effekt. Aber das gemixt mit deinem Vorschlag, das Regenwasser aufzufangen und für Bewässerung und die Wasserwand zu nutzen? Perfekt.«

»Das Marketingteam war auch begeistert. Yoga inmitten der Grünpflanzen, vielleicht gesonderte Events wie Kochkurse mit den Produkten aus unserem Urban Garden, an denen alle aus

Cork teilnehmen können. Nachhaltigkeit ist natürlich ein großer Salespoint, aber da verliere ich mich jetzt wieder im Detail.«

»Sie setzen meinen Vorschlag um«, spreche ich das Offensichtliche aus. Doch auch ausgesprochen wirkt das Ganze wie ein Traum.

»Das tun wir. Er ist wirklich gut und passt perfekt in die Vision, die wir für das Hotel haben. Du müsstest dem Ganzen noch zustimmen, und natürlich würde es zusätzlich vergütet werden. Ich wollte mir erst einmal das Okay von unserem Auftraggeber holen – und natürlich dich damit überraschen. Wäre das in deinem Interesse?«

»Auf jeden Fall!«, sage ich eilig und kann mein Glück kaum fassen. Das Dach, das ich vor Kurzem noch in meinem 3D-Programm entworfen habe: Ich werde es begehen können. Es wird Realität werden, hier in Cork, genutzt von Tausenden von Menschen. Ungläubig lache ich auf. »Es wäre mir eine Ehre.«

Mr White klopft mir auf die Schulter. »Na dann: Gute Arbeit, Aedan. Ich freue mich schon jetzt auf die Eröffnung.«

»Ich mich auch. Danke. Auch Ihnen, Sheila.«

Ich sehe mich in dem grauen, noch tristen Gebäude um, das schon bald von Farbe und Leben erfüllt sein wird – und von meinen Ideen. Wie von selbst hebe ich die Hand zu dem kleinen Namensschild, das ich über meiner linken Brust befestigt habe: *Aedan O'Brien – Architekt*. Vielleicht werden diese Worte doch schneller Wirklichkeit, als ich mir je zu träumen erhofft habe.

27. KAPITEL

Serena

Der Regen fließt mir von meinen Haaren in den Nacken und übers Gesicht, während ich zwei voll beladene Jutebeutel von Tesco zurück in Richtung Wohnung schleppe. Obwohl es gerade mal früher Nachmittag ist, tummeln sich schon erste Betrunkene auf den Straßen, von denen einige definitiv keine Studierenden sind. Anscheinend ist die gesamte Stadt im Ausnahmezustand. Selbst vorhin, als ich mich mit Evelynn zum Pancakeessen in der Innenstadt getroffen habe, waren die Auswirkungen anhand von leeren Dosen und Flaschen deutlich zu spüren. So lustig es gestern auch war, für den Rest der Woche werde ich mich mit meinem Projekt in meinem Zimmer verschanzen und an dem Modell arbeiten. Zum einen kann ich Mrs MacDermott und der Galerie anhand des Modells besser zeigen, was ich bei meiner Ausstellung vorhabe, zum anderen freue ich mich darauf, die Stadt erst wieder zu betreten, wenn die RAG Week vorüber ist.

Ich weiche zwei kichernden Frauen aus, die Schwierigkeiten haben, noch geradeaus zu laufen, und presse mir das Handy fester ans Ohr, um meinen Bruder über den Lärm und den prasselnden Regen hinweg besser zu verstehen.

»Was hast du gesagt?«, hake ich nach, als Jubel aus einem Pub zu meiner Linken dringt.

»Ich hab gefragt, ob du die Flüge für Opas Geburtstag schon gebucht hast.«

Vincents leicht tadelnder Tonfall geht mir in erster Linie deshalb auf die Nerven, weil ich das tatsächlich komplett vergessen habe.

»Nein, mach ich später! Versprochen. Es war viel los mit der Uni, in der WG, dann ist hier gerade so eine Spendenwoche, und mit dem Aushelfen nebenbei …« Ich hebe die Schultern, was er natürlich nicht sehen kann und was ich direkt bereue, weil die schweren Einkaufstüten mir ins Fleisch schneiden. »Ich buche sie, sobald ich daheim bin.«

»Gut. Opa und Oma sind schon total aufgeregt, dich endlich wiederzusehen.«

»Ich war doch erst an Weihnachten da, so lang ist das auch noch nicht her.«

»Sie vermissen dich halt. Schick ihnen ab und an mal ein Foto.«

»Mach ich.«

»Und wie sieht es mit dem Geschenk aus? Brauchst du da was von mir? Falls wir das mit den Fotos machen: Ich hab dir schon mal welche hochgeladen, ich schick dir den Link gleich. Ich wollte noch 'nen Gutschein für dieses Café holen, in dem sie so gern sind, aber wenn du es schaffst, was zu basteln, wäre das toll.«

»Klar, so gut wie erledigt.« Zumindest, sobald ich mein Projekt ein wenig vorangebracht habe.

»Meinst du nicht, das ist alles ein bisschen viel bei dir? Du wirkst gestresst. Letztes Semester hast du Irland erkundet und ständig Fotos von irgendwelchen Reisen und Partys mit Evelynn und den anderen geschickt.«

»Ist es nicht«, erwidere ich sofort. »Letztes Semester habe ich hier ja auch nicht richtig studiert, sondern Erasmus gemacht. Da gehört Feiern zur Grundvoraussetzung. Außerdem sehe ich Evelynn immer noch, und falls es dich beruhigt: Wir waren gestern sogar zusammen aus.«

»Beruhigt mich tatsächlich ein wenig.« Ich kann das Schmunzeln aus der Stimme meines Bruders heraushören und entspanne mich ein kleines bisschen. »Ich mach mir nur Sorgen. Ich find es toll, dass du ehrenamtlich arbeitest, aber deine Ausbildung geht vor. Du solltest dich auf die Uni konzentrieren, ich will nicht, dass du dich in der Arbeit bei diesem Verein verlierst.«

»Vince«, schreite ich ein, bevor er seinen Vortrag fortführen kann. »Es ist nicht wie bei Mama und Papa, okay?« Ich schlucke, und plötzlich halte ich an, lege die Jutebeutel auf die nasse Straße und lehne mich an die Hausfassade neben mir. »Aber …«, beginne ich, und mein Herz klopft, weil ich nicht weiß, wie Vincent reagieren wird. »Aber ich fühl mich ihnen dadurch irgendwie näher. Ich bewirke hier wirklich etwas Gutes. Nicht nur durch die Spenden, auch durch den Kontakt mit den Menschen dort. Wir waren gerade demonstrieren und wollen noch einen größeren Protest organisieren. Es muss sich etwas ändern und …« Ich sehe mich suchend in der Straße um, lasse den Blick über Cafés und Geschäfte gleiten, als könne ich so die Worte finden, die mir helfen, Vincent von meiner Arbeit zu überzeugen. Witzigerweise stoße ich dabei auf ein Wahlplakat des Bürgermeisters, dem jemand einen Schnurrbart verpasst hat. »Ich trage meinen Teil dazu bei, verstehst du? Ich liebe meine Kunst, aber bisher hat sie keinen praktischen Nutzen gehabt.«

»Sie hat dafür gesorgt, dass es dir besser geht. Das ist mehr als nur ein praktischer Nutzen.«

»Okay, ja. Aber gerade arbeite ich an etwas, was anderen hilft. Und dadurch auch irgendwie mir, verstehst du? Nicht nur in der Organisation, ich habe mein Projekt auch darauf ausgerichtet. Es fühlt sich richtig an.«

Kurz herrscht Stille am Ende der Leitung, dann höre ich Vincent seufzen. Ich kann förmlich sehen, wie er sich über die Stirn reibt, sich durch die dunklen Haare fährt.

»Ich wollte nicht, dass du dich rechtfertigen musst, tut mir leid. Es freut mich, dass du so dafür brennst. Es ist nur …« Erneut ein Seufzen. »Du fehlst hier. Ich kriege zum ersten Mal nicht mehr mit, was in deinem Leben läuft. Und wenn ich etwas mitkriege, dann hat es mit der Obdachlosenhilfe zu tun, nicht mit dir. Das erinnert mich einfach alles sehr an früher.«

Sofort meldet sich mein schlechtes Gewissen. Vincent ist nicht darauf eingegangen, dass ich mich unseren Eltern näher fühle. Stattdessen führt er mir vor Augen, *wie* nah ich ihnen seiner Meinung nach komme: Ich werde wie sie. Verliere mich in der Arbeit mit anderen Menschen, opfere nach und nach immer mehr Teile meiner selbst, bis schließlich nichts mehr von mir übrig ist und ich alles und jeden um mich herum vergesse. Dabei stimmt das nicht. Vincent ist nach wie vor die wichtigste Person in meinem Leben, ich würde weder meine Kunst noch das ehrenamtliche Arbeiten noch sonst was zwischen uns kommen lassen. Trotzdem sorgt er mit seinen Worten dafür, dass ich mich wie eine Verräterin fühle.

»Ich date jemanden.« Ich hatte nicht vor, Vincent von Aedan zu erzählen. Nicht heute, nicht so. Es ärgert mich, dass ich es genau jetzt erwähne, doch ich habe keine Lust mehr, über die Obdachlosenhilfe zu sprechen. Ich werde nicht wie unsere Eltern. Ich tue nur, was richtig ist.

»Was? Wen? Wie lange schon?«

Die aufrichtige Begeisterung in Vincents Stimme bringt mich zum Lachen. Ich hebe die Taschen mit den Einkäufen vom Boden auf und hieve sie mir wieder über die Schultern.

Der Regen hat ein wenig nachgelassen, doch die Wolken über der Stadt hängen weiter tief und grau in der Luft und sorgen für eine düstere Atmosphäre, die nur von den beleuchteten Shops erhellt wird.

»Serena!«, ermahnt mein Bruder mich, da meine Antwort anscheinend zu lange auf sich warten lässt.

»Was: daten, Verb. Bezeichnet meines Wissens das Treffen mit jemand anderem, in der Regel wegen romantischer Absichten.«

»Oh, haha. Das kannst du so nachher gern Oma und Opa erklären, nicht mir. Raus mit der Sprache!«

»Er heißt Aedan und ist mein Mitbewohner.«

»Ist das der Typ, der dir die Wohnung besorgt hat, oder einer von den anderen?«

»Ne, genau der.«

»So bezahlst du aber nicht deine Miete, oder?«

»Sehr lustig, Vince«, erwidere ich trocken, kann aber nicht verhindern, dass meine Mundwinkel zucken. Genauso wenig, wie ich verhindern kann, dass die Vorstellung Hitze in meinen Bauch schießen lässt. Bilder des gestrigen Abends erscheinen vor meinem inneren Auge. Ich will wieder so angesehen werden, wie Aedan es gestern getan hat. So voller Lust und Begierde und etwas, das tiefer geht. Will mich wieder so fühlen und ihn wieder fühlen.

»Und ist's was Ernstes?«

Mit dieser Frage reißt Vincent mich aus meinen Gedanken. »Hm«, mache ich, denn ich kenne die Antwort auf die Frage selbst nicht recht. Ich mag Aedan. Sehr sogar. Wenn ich ehrlich bin, so sehr, dass ich ihn nicht nur gern daten würde, sondern noch viel lieber mit ihm zusammen wäre. Der Gedanke erschreckt mich ein wenig, denn meine letzte Beziehung ist eine ganze Weile her, was wohl auch Vincents Aufregung erklärt.

»Ich mag ihn«, sage ich stattdessen einfach.

»Also ich bin mir sicher, du kannst ihn mit zu Opas Geburtstag bringen, wenn du ihn magst …«, beginnt Vincent mit einem Grinsen in der Stimme, und ich kann förmlich sehen, wie er frech mit den Augenbrauen wackelt. Doch dann wird das Bild von einem anderen abgelöst, als mein Blick ein bekanntes Gesicht streift, das nicht nur in meiner Vorstellung, sondern in der Realität existiert, und zwar wenige Meter vor mir.

»Sean?«

Er hebt den Kopf, und ich erkenne direkt, dass etwas ganz und gar nicht stimmt. Seine rechte Gesichtshälfte wirkt geschwollen, und er blinzelt mir mit müdem Blick entgegen.

»Shit, Vince, ich ruf dich später noch mal an, ja?«

»Ist alles okay?« Sein neckender Tonfall ist einem sorgenvollen gewichen.

»Ja. Muss nur weg! Bis nachher, hab dich lieb!«

Ich habe aufgelegt, bevor Vincent sich richtig verabschiedet hat, und eile zu Sean, der zusammengekrümmt im Regen auf dem Boden sitzt. Die Nässe hat sein sonst graues Haar in dunkle Strähnen verwandelt, und das Lächeln, mit dem er mir stets begegnet, ist unauffindbar. Stattdessen hat er den Mund verzogen, als ob er Schmerzen hätte. Bei genauer Betrachtung hat er die wohl auch, denn mit einer Hand hält er sich die Seite, dort, wo sein Brustkorb beginnt.

»Was ist passiert?« Zum zweiten Mal innerhalb kurzer Zeit machen die Jutebeutel Bekanntschaft mit dem Boden, als ich vor Sean in die Knie gehe.

»Bin in einen Streit geraten«, erwidert er und löst die Hand für einen Moment von seinen Rippen, um wegwerfend zu gestikulieren, als ob alles okay wäre. Seine Lippe ist jedoch so geschwollen, dass die Worte genuschelt aus seinem Mund kommen, und auch davon abgesehen ist offensichtlich nichts okay.

»Hat man dir wehgetan?«

»Ich bin nicht gegen eine Tür gelaufen, falls du das meinst.« Er versucht sich an einem Lachen, zieht dann jedoch zischend die Luft ein und hält sich wieder die Seite.

»Brauchst du einen Arzt?«

Sean schüttelt den Kopf, so schnell, als hätte ich nicht Arzt, sondern Bestatter gesagt.

»Sicher?«, hake ich dennoch nach und nicke in Richtung seiner Rippe, bevor mein Blick zu seinem geschwollenen Gesicht gleitet. Die Haut rund um sein rechtes Auge ist leicht verfärbt. Nicht blau, sondern viel eher stark gerötet. Jetzt, da ich ihm so nah bin, fällt mir auf, dass auch das Auge blutunterlaufen ist. Er sieht ganz und gar nicht gut aus. »Ich glaube, du solltest das wirklich checken lassen.«

»Mach ich morgen vielleicht.«

»Jetzt«, sage ich mit Nachdruck. »Ich kann dich hinbringen, oder ich rufe einen Krankenwagen.«

»Ich hab keine Medical Card, hab ich zusammen mit meinen Haustürschlüsseln verlegt.« Sean will erneut lachen, bereut es jedoch eine Sekunde später und atmet stattdessen nur heftiger. »Ich geh zum Arzt von Hope Harbour, versprochen. Aber der ist immer nur morgens da, da kann ich jetzt nicht hin.«

»Soll ich dich dann zurück zu eurer Unterkunft bringen?«

Er schüttelt den Kopf. »Ne, da ist schon alles abgesperrt, der Abriss beginnt bald.«

So schnell?, geht es mir durch den Kopf, doch ich spreche es nicht aus. Stattdessen rasen meine Gedanken, während ich fieberhaft überlege, wie ich ihm helfen kann. Denn auf keinen Fall werde ich ihn hier im Regen zurücklassen.

»Deshalb ist das ja überhaupt erst passiert«, nuschelt er. »Wir suchen grad nach ’ner neuen Bleibe, aber ist gar nicht mehr so einfach. Die Bruchbude vorher war unsere, das wusste jeder, hat man uns am Anfang mal streitig machen wollen, aber seit gut zwei Jahren nicht mehr. Wir sind mittlerweile 'ne feste Gruppe. Kommt also auch nicht in Frage, dass wir uns auflösen, einer hier unterkommt, einer da, wir gehören zusammen. Bin heute leider mit den falschen Typen aneinandergeraten, außerhalb, war beinahe bis Blackrock.«

Ich reiße die Augen auf. »Du hast dich in dem Zustand bis hierher zurückgeschleppt?« Dafür muss er eine knappe Stunde gebraucht haben.

»Na, da wollte ich nicht bleiben. Dachte, ich warte hier auf Paula und die anderen, die sind auch grad auf der Suche.«

Der Regen läuft mir in kalten Sturzbächen über Haare, Gesicht und Kleidung. Meine Jeans klebt unangenehm an meiner Haut und sorgt für heftige Gänsehaut auf meinen Beinen. Wenn es mir nach wenigen Minuten im Regen bereits so geht, will ich mir gar nicht ausmalen, wie Sean sich fühlen muss. Obwohl er sehr viel älter ist als ich, wirkt er, wie er jetzt so vor mir sitzt, plötzlich klein und viel zerbrechlicher als noch vor Kurzem in den sicheren vier Wänden der Hilfsorganisation. Doch das Schlimmste an der Situation gerade ist gar nicht sein Anblick, so übel zugerichtet er auch ist. Das Schlimmste ist die Selbstverständlichkeit, mit der er all das erzählt. Als wäre es nur eine blöde Situation von vielen, die man mit ein paar Scherzen schon entschärfen kann. Dabei sollte das hier keinem Menschen widerfahren. Weder die Gewalt, die er offensichtlich erlebt hat, noch die Kälte und Nässe, denen er ausgesetzt ist. Genauso wenig wie die Frage, ob er zu einem Arzt kann.

»Was hältst du davon, wenn du erst einmal mit zu mir kommst?«

Ich weiß nicht, ob es das Richtige ist, ihm das anzubieten, ich weiß nur, dass ich nicht nichts tun kann. Ich habe einmal weggeschaut, und das wird mich den Rest meines Lebens verfolgen. So weit werde ich es nie wieder kommen lassen.

Sean schüttelt erneut den Kopf, doch ich strecke ihm einfach meine klatschnasse Hand entgegen und sehe ihn schweigend an. So lange, bis er seine ebenso nasse Hand schließlich in meine legt und sich von mir hochhelfen lässt. Ich tue mein Bestes, ihn zu stützen, da nicht nur seine rechte Seite zu schmerzen scheint, sondern er auch Probleme hat, sein rechtes Bein zu belasten.

»Wir stecken dich erst mal unter die Dusche, und ich mach dir einen Tee. Wenn du magst, suche ich nachher Paula und die anderen und sage ihnen Bescheid. Morgen können wir dann gemeinsam zum Arzt.«

Sean erwidert nichts, was vermutlich vor allem daran liegt, dass wir eine ganze Weile brauchen, bis wir herausgefunden haben, wie wir am besten nebeneinander laufen, ohne ins Wanken zu geraten. Seine Schritte sind unsicher, und ich habe Angst, dass er zu große Schmerzen hat, zumal es noch eine ganze Weile bergauf geht. Doch nach einigen Metern haben wir den Bogen raus. Das Gewicht der Tüten gepaart mit seinem, das er bei jedem einzelnen Schritt auf mich verlagert, bringt mich ins Schwitzen, und ich kann es kaum erwarten, ebenfalls unter die Dusche zu kommen. Doch gleichzeitig bin ich heilfroh, ihn gefunden zu haben. Noch mehr, als er nach einigen Minuten des Schweigens doch endlich auf meine Worte eingeht. Mit wenigen Silben, bei denen sich mein Herz beinahe schmerzhaft zusammenzieht. Es sind aufrichtige, kleine geflüsterte Buchstaben, die durch den prasselnden Regen schweben.

»Danke, Serena.«

28. KAPITEL

Aedan

»Ich verlange Bier und den Nintendo-Controller!«, brülle ich, kaum dass ich das Haus betreten habe, dabei weiß ich nicht einmal, ob die anderen daheim sind oder bereits in irgendeinem Pub stecken. »Heute ist ein guter Tag!«

Nicht nur dass Mr White mich in den höchsten Tönen gelobt hat, er hat sogar meinen Vorschlag übernommen. Meinen. Vorschlag. Dabei habe ich nicht einmal wirklich damit gerechnet, dass er sich meine Pläne und Entwürfe überhaupt ansieht – wozu auch, das Projekt war bereits niet- und nagelfest. Ich hatte lediglich zeigen wollen, dass ich mit vollem Einsatz mit an Bord bin. Doch er hat es sich angesehen. Und nicht nur das, er hat es für so gut befunden, dass er Teile davon umsetzen wird. Das Hotel wird wahrhaftig mein Projekt sein.

Wie auch schon heute Mittag und auf dem Rückweg hierher drohe ich, vor Stolz zu platzen. Ich kann es kaum erwarten, Dad davon zu erzählen. Ich habe bereits eine Nachricht an ihn formuliert, dann jedoch wieder gelöscht, da ich es ihm lieber persönlich sagen möchte. Das Einzige, was meine Stimmung drückt, ist die Tatsache, dass ich Serena nicht davon berichten kann. Dabei will ich nichts dringender. Ich will ihr Feedback, ihre Meinung – nur eben zu dem Projekt als solches, zu der

Gestaltung, den Ideen und alldem. Nicht zu der Tatsache, dass genau dort eine Garage geplant ist, wo Serenas Bekannte aktuell leben.

Ich schiebe den Gedanken beiseite, auch wenn er sich mit jedem Mal ein Stückchen schlechter verdrängen lässt. Ich werde es bei Dad ansprechen, seine Meinung einholen. Vielleicht kennt er sogar alternative Wohnmöglichkeiten, die ich an Serena weiterreichen kann, auch wenn ich ehrlicherweise leichte Zweifel hege.

Ich stelle die Schuhe zu den anderen, wo sie direkt eine kleine Pfütze bilden, und blinzle irritiert, als ich die abgenutzten braunen Sneaker sehe, die definitiv keinem von uns gehören. Ob Besuch da ist? Haben die anderen deswegen nicht geantwortet? Es dringen keine Stimmen zu mir, doch jetzt, da ich mich darauf konzentriere, höre ich neben dem Regen, der an die Fenster klopft, dass die Dusche oben läuft. Licht aus der Küche erhellt den Flur ein kleines Stück weit, und nachdem ich meine Jacke an die Garderobe gehängt habe, laufe ich zur Küche. Die Tür ist zu, was ich ebenfalls irritiert zur Kenntnis nehme, denn sie ist nie zu. Außer Nolan kocht mit extra Knoblauch, allerdings riecht es nicht nach Essen.

»Hey, ist alles in …«, beginne ich, als ich die Tür öffne, halte dann jedoch inne, denn die Luft ist zum Schneiden dick. Nolan steht mit verschränkten Armen am Kühlschrank, und ausnahmsweise scheint einmal nicht Declan die Quelle seines Unmuts zu sein, denn dieser lehnt einen Meter weiter an der Theke, die Arme ebenfalls vor der Brust gekreuzt. Ihnen gegenüber sitzt Serena auf dem Küchentisch. Ihr Blick fliegt zu mir, und so etwas wie Erleichterung tritt in ihre Augen.

»Was ist passiert?«, frage ich und stelle mich sofort zu Serena, auch wenn ich mir beim besten Willen nicht vorstellen kann, was sie getan hat, um Declan und Nolan gegen sie aufzubringen. Die drei haben sich schließlich von Anfang an verstanden.

»Schließt du bitte die Tür?«, flüstert Serena. »Ich will nicht, dass er alles mithören kann.«

»Er?«, frage ich, und mein Blick fliegt gen Decke, als mir klar wird, dass keiner der drei gerade unter der Dusche ist. Doch wer dann? Ich komme Serenas Wunsch nach, ziehe die Tür sacht zu und sehe sie fragend an.

»Sean ist oben«, sagt sie leise. »Ihm geht es nicht gut. Ich hab ihn vorhin auf dem Rückweg vom Einkaufen getroffen, ich konnte ihn nicht allein lassen.«

»Das verstehen wir ja auch«, wirft Declan ein, bevor ich weitere Fragen stellen kann. Sein Tonfall macht deutlich, dass er das nicht zum ersten Mal beteuert. »Aber er ist ein Fremder, wir kennen ihn nicht. Du kennst ihn auch kaum!«

»Ich kenne ihn gut genug, um zu wissen, dass er hier nichts mitgehen lässt, falls du ihm das unterstellen willst!« In Serenas Augen tritt ein Funkeln, und sie wirkt, als würde sie Declan am liebsten mit ihren Blicken erdolchen.

»Das hab ich nie behauptet.«

»Es geht uns nur darum, dass du nicht einfach ohne Ankündigung fremde Menschen über Nacht mitbringen kannst«, steigt nun auch Nolan in die Diskussion ein.

»Aber wenn du Nora abschleppst, wäre es wetten okay«, gibt diese trocken zurück.

»Erstens schleppe ich Nora nicht ab, zwischen uns läuft nichts. Zweitens ist das was anderes.«

»Wieso?«

»Hey«, unterbreche ich das Wortgefecht der beiden, bevor es zu einem echten Streit eskalieren kann. »Erst einmal das Wichtigste: Ist Sean okay?«

Dankbarkeit flammt in Serenas Augen auf, als sie langsam

nickt. »Ich denke schon. Sein Gesicht ist geschwollen, und er hat Schmerzen in der rechten Seite, vor allem im Brustbereich, aber es scheint nichts gebrochen zu sein.«

»Gut.« Ich räuspere mich, als ich plötzlich alle drei Augenpaare auf mir fühle. Es ist offensichtlich, dass sie auf meine Meinung warten, und ich hasse es, dass ich zwangsläufig zwischen die Fronten gerate. Ich kann beide Seiten verstehen. Declan und Nolan hatten keinerlei Berührungspunkte mit Serenas Arbeit, ich würde mich vermutlich ähnlich unwohl fühlen, wäre ich in ihrer Situation. Zumal die beiden wesentlich länger hier wohnen, und Declan bislang selbst bei Frauenbesuch zumindest kurz eine Nachricht geschrieben hat, um uns ins Bild zu setzen. Doch auf der anderen Seite will ich Serena nicht hängenlassen. Nicht schon wieder.

»Was war denn dein Plan?«, frage ich Serena.

»Ich wollte ihn erst einmal duschen lassen und seine Kleidung trocknen. Ihm Paracetamol geben, sichergehen, dass es ihm gut geht.« Ich nicke, da ich darin wirklich kein Problem sehe, viel eher bin ich irritiert, dass die anderen es tun.

»Wie gesagt, das ist alles okay. Er kann auch mit uns zu Abend essen«, sagt Nolan in versöhnlichem Ton. »Ich fühle mich aber nicht wohl damit, dass ein völlig Fremder hier übernachtet.«

Declan nickt bestätigend. »Es tut mir wirklich leid, dass es ihm nicht gut geht. Wir können ihn zu einem Arzt oder einer Unterkunft bringen …«

»Das mache ich morgen«, unterbricht Serena ihn. »Heute geht es nicht.«

Declan seufzt und fährt sich mit der Hand durchs Gesicht. »Sorry, Serena. Ich versteh, dass du dir Sorgen machst. Wir könnten ihm auch ein Bed and Breakfast buchen oder so? Es wäre was anderes, wenn ich ihn kennen würde, aber das tue ich eben nicht.«

»Du kennst auch meinen Bruder nicht, und ich wette, er dürfte es sich auf der Couch bequem machen, wenn er mich besucht.« Declan erwidert nichts, verzieht lediglich die Lippen zu einem schmalen Strich, was Serena mit einem Schnauben quittiert. »Wusste ich's doch.«

Sie sieht abwartend zu mir, und ein mulmiges Gefühl macht sich in mir breit. Weil ich die Jungs, wenn ich ganz ehrlich bin, verstehen kann. Ich kenne Sean – aber vor ein paar Wochen hätte ich sicher genauso reagiert wie Declan und Nolan: mit Skepsis. Gleichzeitig weiß ich, dass Serena recht hat: Es sind meine Vorurteile. Unsere Vorurteile. Und ich hasse, dass sie da sind. Dass die Jungs ihnen mehr zu trauen scheinen als Serenas Urteil. Dass sie das schlechte Gewissen vergrößern, das da tief in meiner Brust sitzt, seit ich erfahren habe, was das Hotel für Schattenseiten mit sich bringt.

»Ich kenne Sean, er ist echt okay. Vorschlag: Was haltet ihr davon, wenn er heute in meinem Zimmer schläft, statt im Wohnzimmer?«, biete ich an. Ich schaue Declan und Nolan an, bemerke jedoch, wie Serenas Kopf zu mir herumschnellt, und erkenne ihren überraschten Blick aus dem Augenwinkel. »Morgen bringen wir ihn als Erstes zu einem Arzt. Dann ist es nur eine Nacht. Vorher kochen wir gemeinsam und lernen ihn beim Essen besser kennen. Wenn sich einer von euch danach immer noch komplett unwohl mit der Situation fühlt, dann buche ich ein Bed and Breakfast in der Nähe. Ansonsten schläft er in meinem Bett, und ich …« Ich verkneife mir in letzter Sekunde das *bei Serena*, das mir auf der Zunge liegt. »Und ich schlafe auf der Couch«, beende ich meinen Satz stattdessen.

Declans Mundwinkel zucken, als wüsste er ganz genau, was ich eigentlich habe sagen wollen. Zu meiner Erleichterung nickt er. »Abgemacht.«

»Nolan?«, frage ich und höre Serena neben mir erleichtert aufatmen, als auch dieser nickt.

»Passt.« Er sieht zu Serena. »Ich find es toll, dass du ihm hilfst, wirklich. Aber bitte versteh auch ein bisschen unsere Seite.«

Weiter kommt er mit seinen Ausführungen nicht, denn Serena ist bereits aufgesprungen und fällt erst ihm und dann Declan in die Arme. »Danke euch!«, ruft sie. Die Auseinandersetzung scheint vergessen, denn Nolan schaltet bereits Musik über den Bluetooth-Lautsprecher ein und holt einen sauberen Topf aus der Spülmaschine.

»Ich mach mich dann mal ans Kochen«, meint er. »Sean hat sicher Hunger.«

Declan eilt ihm zu Hilfe, während Serena aufsteht und sich mit sanftem Lächeln vor mich stellt. Dann umarmt sie mich. So heftig, dass mir einen Moment die Luft wegbleibt, bevor sie an meinem Körper weich wird. »Danke.« Dieses Mal ruft sie das Wort nicht, vielmehr haucht sie es an meinem Ohr, sodass Gänsehaut über meinen Rücken jagt. Ich nicke bloß und erwidere die Umarmung. Drücke sie fest an mich, während ich die Neuigkeiten über mein Projekt fest in mir behalte. Ich kann es ihr nicht erzählen. Genauso wenig wie ich ihr erzählen kann, dass ich Sean zwar helfen will, dass ich *ihr* helfen will – aber dass meine Entscheidung, Sean in meinem Zimmer schlafen zu lassen, genauso sehr davon getrieben war, Abbitte leisten zu wollen. Immerhin ist das Hotel schuld daran, dass er keinen Unterschlupf mehr hat.

Ich muss mich für das Projekt entscheiden oder für sie. Was gleichzeitig bedeutet, dass ich mich gegen das Projekt entscheiden muss – oder gegen sie. Und der bloße Gedanke daran zerreißt mich.

Etwa eine Stunde später ist es, als hätte es die Diskussionen nie gegeben. Nolan hat Pasta mit selbstgemachtem Pesto und Salat mit jeder Menge Gemüse und Früchten für alle aufgetischt – so viel, dass ich keine Ahnung habe, wer die Unmengen an Nudeln bitte essen soll. Serena hat ihren leeren Teller bereits satt von sich weggeschoben, und auch ich kämpfe mit den letzten Bissen. Nolan schiebt sich ein Stück Kiwi in den Mund und lauscht gebannt Seans Geschichte, wie sich Paulas Hund mit einem der Otter im Fluss angelegt hat. Serena beobachtet die beiden schmunzelnd, als wäre ihr dieser Ausgang von vornherein klar gewesen. Sean hat Declan bereits damit auf seine Seite gezogen, dass er sich auf Irisch fürs Essen bedankt hat – ein weiterer Grund für Declan, Nolan und mich für unsere mangelhaften Sprachkenntnisse aufzuziehen. Nach wie vor trommelt Regen gegen die Fenster, die vom Kochen beschlagen sind, und leise Musik erklingt aus der Box, die auf dem Kühlschrank steht.

»Danke noch einmal für die Kleidung«, sagt Sean und lächelt mir zu. Er trägt eine meiner Jogginghosen, die ihm etwas zu kurz ist, und mein altes *Star-Wars*-Shirt. Da wir keinen Trockner haben, hängt seine frisch gewaschene Kleidung oben über der Heizung. Bis morgen früh sollte er sie wieder anziehen können.

»Kein Thema«, erwidere ich und bemühe mich, ebenso warm zu lächeln wie er. Ich bin mir nicht sicher, ob es mir gelingt. Es fühlt sich seltsam an, Dank entgegenzunehmen, wenn doch ich einer der Gründe dafür bin, dass er überhaupt in die Situation geraten ist.

»Das ist tatsächlich mein liebster Film aus der Reihe.«

»Du magst *Star Wars?*«, frage ich überrascht.

»Im Gegensatz zu dir Jungspund konnte ich die Filme damals bei Erscheinen im Kino gucken«, kontert er mit einem

Lachen, nach dem er sich die Seite hält. Das Paracetamol hat zwar geholfen, seine Schmerzen sind jedoch noch nicht völlig weg. Mein schlechtes Gewissen wird noch größer. Hätte ich bei Mr White etwas anders machen müssen? Hätte ich vehementer gegen die Pläne vorgehen sollen? Doch was hätte das gebracht? Das Projekt wird durchgezogen – und das im Zweifel auch ohne mich. Sosehr Mr White mich gelobt haben mag, ich habe keine Zweifel daran, dass ich genauso schnell fliegen kann, wie ich eingestellt wurde. Es würde vermutlich keine zwei Stunden dauern, meine Stelle mit einem Studenten nachzubesetzen, der sie mehr zu würdigen wüsste.

»Jedenfalls ist Episode Fünf mein liebster von allen.«

»Meiner auch«, erwidere ich. »Es muss aber noch cooler sein, wenn man es gesehen hat, bevor *Ich bin dein Vater* ein Meme wurde.«

»Ja, da haben alle im Kino aufgeschrien«, erinnert sich Sean mit einem Grinsen. »Und Lando, Lando war mein Liebling!«

Jetzt schaffe ich das mit dem aufrichtigen Lächeln doch, denn Lando Calrissian, der General der Rebellenallianz, ist auch einer meiner absoluten Lieblingscharaktere. »Er ist großartig! Ich liebe es auch, wie düster der Film im Vergleich zum Vorgänger ist.«

»Absolut«, stimmt er zu. »Wobei: Kannst du ein echter *Star-Wars*-Fan sein, wenn du ein Tattoo von *Star Trek* trägst?«

»Das eine schließt das andere doch nicht aus.«

»Zu meiner Zeit waren das getrennte Lager«, nuschelt Sean. Er sagt noch etwas, was ich jedoch nur am Rande wahrnehme, da Serena ihre Hand plötzlich auf meine legt und sie leicht drückt. Als ich den Kopf möglichst unauffällig zu ihr drehe, begegnen sich unsere Blicke, und bei der Dankbarkeit und Zuneigung in ihrem schießen die unterschiedlichsten Gefühle durch mich hindurch: Wärme, weil ich am liebsten allein mit ihr sein würde, ebenfalls Dankbarkeit, weil sie mir Dinge gezeigt hat, die ich vorher nicht wahrgenommen habe, aber auch Schuld. Weil ich ihre Dankbarkeit nicht verdient habe und ihre Zuneigung verspielen werde, wenn sie herausfindet, dass ich in all das verstrickt bin.

»Ich muss gestehen, ich hab noch keinen einzigen der Filme gesehen«, sagt Declan vorsichtig. Serena zieht ihre Hand langsam zurück, und sofort vermisse ich ihre Wärme, weil sie mir trotz allem Ruhe spendet.

»Das solltest du ändern«, sagt Sean.

»Ja, das meint Aedan auch schon die ganze Zeit. Mach ich.«

»Und das wiederum meinst *du* schon die ganze Zeit«, wirft Nolan mit einem Grinsen ein. »Wetten, das wird auch die nächsten Monate nichts?«

Die Unterhaltung plätschert von Thema zu Thema, bis nichts mehr von der Anspannung zu erahnen ist, die vor Kurzem noch diese Küche gefüllt hat. Mit den Regengeräuschen ist es sogar irgendwie gemütlich. So lange zumindest, bis Nolan plötzlich ein Thema anschlägt, das den angenehmen Kokon zerbricht, der sich gerade um uns gebildet hat.

»Ich hab von eurer Demo im Unimagazin gelesen«, sagt er an Serena gewandt. Mein Herz setzt einen Moment aus, und ich taxiere ihn mit Blicken und versuche, irgendwie rüberzubringen, dass er auf keinen Fall auf meinen Vater zu sprechen kommen soll. Allerdings scheint das gar nicht sein Ziel gewesen zu sein. Doch ob das, was er stattdessen sagt, besser ist, ist fragwürdig. »Es war ja recht wenig los, und ich glaube, ich weiß, was ihr bei einer nächsten Demo anders machen könntet.«

»Sie früher ankündigen?«, fragt Serena. »Es war superkurzfristig.«

»Also werdet ihr wirklich noch eine Demo organisieren?« Mein Magen sinkt mir bis in die Kniekehlen.

Serena nickt. »Ja, auf jeden Fall. Die Details stehen nur noch nicht.« Dann wendet sie sich wieder Nolan zu, der bei ihren Worten den Kopf geschüttelt hat.

»Klar, früher ankündigen hilft, aber ich meinte eher den Inhalt der Demo. Wir haben im Bachelor mal eine ausgerichtet, weil eine Grünfläche zerstört werden sollte, die für Biodiversität wichtig war. Biodiversität interessiert aber niemanden, darunter kann man sich nichts vorstellen. Also haben wir heimische Tierarten rausgesucht, eine emotionale Story über Bienen gemacht – es gab sogar 'nen Comic, der ein Kind zum Weinen gebracht hat«, sagt Nolan mit etwas zu viel Stolz in der Stimme. »Na ja, langer Rede kurzer Sinn: Es kamen etliche Leute, und das, weil sie zum einen emotional berührt waren und zum anderen das Gefühl hatten, dass die Grünfläche sie persönlich etwas angeht. Dass das Zerstören ihnen schadet.«

Serena nickt und hört aufmerksam zu. Declan sieht mit einem warmen Lächeln zu Nolan, in dessen Augen absolute Leidenschaft brennt, wie immer, wenn er etwas erzählt, das in irgendeiner Weise mit seinem Studium zu tun hat.

»Also sollten wir etwas finden, was mehr Menschen betrifft«, meint Serena, woraufhin Nolan wie wild nickt.

»Ja. Die Mietpreise zum Beispiel und wie hoffnungslos die Wohnungssuche dadurch ist. Davon kannst du ja ein Lied singen. Das hat nichts direkt mit dem Abriss des Gebäudes oder dem Hotelbau zu tun, aber indirekt schon. Immer weniger Menschen können sich Wohnraum leisten. Würden mehr Wohnungen gebaut werden, vielleicht sogar Sozialwohnungen, sähe das schon anders aus.«

»Das ist gut«, sagt Serena, und ich kann förmlich dabei zusehen, wie es in ihr arbeitet.

»Tja, so bin ich.« Nolan lehnt sich sichtlich zufrieden in seinem Stuhl zurück. »Falls du noch jemanden für einen traurigen

Comicstreifen für die Zeitungsankündigung suchst, ich kenn da wen.«

Serena, Sean und Declan fallen in Nolans Lachen ein, während meines mir im Hals stecken bleibt.

29. KAPITEL

Serena

Ich komme mir vor wie in einer amerikanischen Highschool-Serie, was vor allem an den roten Plastikbechern liegt, die sich in der Küche stapeln. Declan spielt mit einigen Kommilitonen Beer Pong. Ich habe gerade den Kühlschrank geöffnet, um mir eine Flasche Weißwein zu holen, als er mich plötzlich von hinten umarmt und in die Luft hebt. Das Los kleiner Menschen, yay.

»Gewonnen!«, ruft er und drückt mich fest. Seufzend warte ich, bis er mich wieder abgesetzt hat. Diese Hochheberei ist ein sicheres Anzeichen dafür, dass er betrunken ist, dabei ist die Party vor gerade einmal einer Stunde gestartet, und die meisten – Evelynn inbegriffen – sind noch gar nicht eingetroffen.

»Machst du jetzt eine Runde mit? Du kannst auch in meinem Team sein, damit du eine Chance hast.«

Die drei Jungs aus Declans gegnerischem Team buhen ihn lautstark aus, während ich lachend den Kopf schüttle. »Immer noch: nein danke. Außerdem hab ich drüben ein *Mario-Kart*-Match zu gewinnen.«

»Das gewinnst du gegen Nolan auch, wenn du nicht mitspielst. Er fährt doch eh nur gegen die Wand.«

»Das ist ein Argument, aber ich hab leider den hier«, sage ich und schüttle die Weinflasche in meiner Hand leicht. »Und der verträgt sich nicht mit Bier. Ich hab aus eurer verkaterten Woche gelernt.«

Tatsächlich waren Nolan und Declan jeden einzelnen Abend der RAG Week aus. Ich habe die Ruhe genutzt und mein Modell für Mrs MacDermott vollendet. Wenn ich es wirklich so umsetzen darf wie geplant, wird meine Ausstellung begehbar und die verschiedensten Sinne ansprechen. Sie soll die Erfahrungen von Obdachlosen in Cork greifbar machen und gleichzeitig den Schmerz, das Leid, aber auch die Hoffnungen der Menschen künstlerisch zum Ausdruck bringen. Ich kann es nun kaum erwarten, es am Montag einzureichen. Aedan war ebenfalls selten daheim, allerdings war er nicht feiern, sondern mit seinem Praktikum beschäftigt. Ein wenig habe ich nach wie vor das Gefühl, dass er mir aus dem Weg geht, doch ich kann nicht recht festmachen, woher diese Angst kommt. Wann immer ich ihn brauche – wie Anfang der Woche bei Sean –, ist er da. Und hat er mir am Montag auf der Couch nicht deutlich genug gezeigt, dass er mir nicht aus dem Weg geht? Vermutlich ist es wirklich, wie er sagt, und er hat bloß zu viel um die Ohren. Ich mache mir eine mentale Notiz, einen Trip für uns zu planen, ähnlich dem nach Kinsale.

»Na gut«, meint Declan seufzend und stupst mir gegen die Nase. »Du bist entschuldigt.«

»Später vielleicht«, rufe ich ihm nach, als er zurück zu dem improvisierten Beer-Pong-Tisch geht. Zwar sind Partyspiele nicht wirklich meins, aber ich bin froh, dass bei uns alles okay ist. Ich weiß, dass ich am Dienstag zu hart mit den beiden ins Gericht gegangen bin. Ich rechne ihnen hoch an, dass Sean bei uns bleiben konnte. Letzten Endes haben sie sich so gut verstanden, dass Nolan uns sogar zu der Ärztin der Organisation begleitet hat. Es war tatsächlich nichts gebrochen, aber Sean hat sich auf ihr Anraten hin für einige Nächte in der Notunterkunft eingebucht – nur, bis er wieder auf den Beinen ist, wie er alle paar Minuten beteuert hat, dann geht er zurück zu den anderen, die allem Anschein nach eine Bleibe gefunden haben.

»Ich hasse dieses Spiel!«, schreit Nolan gerade, als ich zurück ins Wohnzimmer komme. Klaus liegt seelenruhig neben ihm auf der Sofalehne und schläft, so als gehe ihn die Party rein gar nichts an.

»Das sagst du jedes Mal«, erwidert Aedan lachend und rückt ein Stück zur Seite, damit ich wieder Platz auf der Couch nehmen kann.

»Ihr habt ohne mich angefangen?«, frage ich, und mein Blick gleitet zum Fernseher. Alle Autos sind in Bewegung. Bis auf meins. Yoshi sitzt seelenruhig auf seinem Wagen und starrt in der Gegend herum.

»Nolan ist schuld!«, ruft Brianna, eine Kommilitonin von Nolan, entschuldigend.

»Ja, er wollte einen Vorsprung haben.« Aedan drückt mir meinen Controller in die Hand. »Das holst du auf, wollen wir wetten?«

»Wehe nicht«, murmle ich mit einem Schmunzeln und schenke Aedan und mir Wein nach.

»Danke«, sagt er, und unsere Blicke treffen sich. Als ich die Zuneigung in seinen warmen Augen sehe, verfliegen meine Zweifel sofort. So würde er mich kaum ansehen, wenn er das zwischen uns bereuen würde. Genauso wenig, wie er sein Bein fester an meines drücken würde. Ich versuche, mich nicht von seiner Nähe ablenken zu lassen, und bringe meinen Yoshi dazu, endlich von der Startlinie loszukommen. Tatsächlich behalten die anderen recht, und ich schaffe es nach einer Runde, Nolan einzuholen. Alle im Wohnzimmer brechen in Jubel aus und feuern mich lautstark an, als Yoshi sich Briannas Wagen nähert.

»Se-re-na, Se-re-na«, rufen sie mit solch einer Inbrunst, dass irgendwann sogar Declan ins Wohnzimmer kommt und sich auf den Boden vor dem Fernseher setzt.

»Wehe, du lässt dich von unserer neuen Mitbewohnerin abziehen, O'Brien«, ruft er Aedan zu, der jedoch bloß mit der Zunge schnalzt. Das Lachen vergeht ihm, als ich Brianna wirklich einhole und plötzlich auf dem zweiten Platz bin – direkt hinter ihm.

»Wie kann das bitte sein?«, schimpft Nolan, der mittlerweile auf dem letzten Platz gelandet ist. Einer seiner Freunde klopft ihm tröstend auf die Schulter, doch Nolan schüttelt nur frustriert den Kopf.

»Ich hab früher schon mit meinem Bruder gespielt«, sage ich. »Ich hab Übung.«

»Ich spiele ständig mit den beiden, ich hab auch Übung!«

Eine blaue Schildkröte attackiert Aedan. Sein Auto fliegt in die Höhe, und er kann eine Weile nicht weiterfahren, sodass er endlich in Sichtweite kommt. Ein Grinsen breitet sich auf meinem Gesicht aus. Im Hintergrund klingelt es, was durch die vielen Jubelrufe kaum zu hören ist.

»Machst du auf, Serena?«, fragt Aedan.

»Pah, niemals! Aber netter Versuch.«

»Wisst ihr, was?«, meint Nolan und wirft den Controller auf die Couch. »Ich mache auf. Das hier hat ja eh keinen Sinn!«

»Ich geh dem schlechten Verlierer was zu trinken holen«, meint einer von Nolans Kommilitonen mit einem Lachen und schiebt sich aus dem vollen Wohnzimmer. Ich will ihm gerade erklären, dass weiteres Bier in dem kleinen Garten hinter der Küche ist, da der Kühlschrank zu voll war, als sich urplötzlich ein warmes Kribbeln in meinem gesamten Körper ausbreitet. Aedan hat seine Beine in den Schneidersitz gezogen und sitzt nun dicht neben mir. Sehr dicht. So dicht, dass er seine Seite an meine presst und kein Blatt Papier mehr zwischen unsere Oberarme passen würde. Dabei ist auf der Couch, jetzt, da Nolan weg ist, mehr als genug Platz. Sein Fuß streift meinen Oberschenkel. Nein, er streift ihn nicht einfach, er streichelt ihn sacht mit den Zehenspitzen, zieht kleine pulsierende Kreise über meine dünne Strumpfhose, die eine heiße Spur auf der Haut darunter hinterlassen.

Ich schlucke, weil diese Berührungen das Letzte sind, womit ich in dem vollen Raum gerechnet habe. Doch alle anderen sind weiter auf den Bildschirm konzentriert. Niemand scheint zu bemerken, was Aedan gerade tut. Mein Herz trommelt heftig in meinem Brustkorb, und ich werfe ihm einen Blick zu. Nur um zu sehen, dass er ihn nicht erwidert, sondern mit einem schiefen Grinsen im Gesicht zum TV blickt. *Was zur …*

»Yeah, Aedan!«

Ich reiße den Kopf herum und sehe, wie Aedans Charakter über die Ziellinie fährt. Yoshi hingegen steckt im Sand fest und fährt gegen eine Wand. Die Zwei in der Ecke wird zu einer Drei, als Brianna mich mit einem lauten »Ha!« überholt.

»Scheiße«, fluche ich lautstark auf Deutsch, schubse Aedan zur Seite und gebe Gas. Mit hochrotem Kopf fahre ich wenige Sekunden später ins Ziel. Auf dem vierten Platz, weil ich auf den letzten Metern von Toad überholt werde.

»Was war denn da los? Hast du dir Nolans Fahrstil abgeguckt?«, feixt Brianna.

»Ja, Serena, was war denn los?« Aedan verschränkt die Hände hinter dem Kopf und sieht mich mit schiefem Grinsen an.

Meine Antwort ist ein wütendes Funkeln. »Du!«, zische ich, woraufhin sich seine Mundwinkel noch weiter heben. Er genießt das hier sichtlich. »Das zahl ich dir heim.«

»Ich freu mich drauf.« In seine Augen tritt ein dunkler Ausdruck, und sein Blick gleitet zu meinen Lippen, was meine

Wut sofort verpuffen lässt. Für einen Augenblick vergesse ich die anderen im Raum, die Lautstärke, das rege Treiben im Flur, das dank der vorbeilaufenden Gäste regelmäßig Schatten an die Wohnzimmerwände zeichnet. Für diesen einen Augenblick sind da nur Aedan und ich – und Nolans Hand, die er auf meine Schulter legt. Ich zucke zusammen und rücke instinktiv ein Stück von Aedan weg. Wie lang wir diese Fassade wohl noch aufrechterhalten können?

»Hab dir wen mitgebracht«, sagt Nolan, und als ich mich umdrehe, steht Nora neben der Couch.

»Hi!«, rufe ich und umarme sie zur Begrüßung. Aedan drückt sie ebenfalls kurz an sich, und Nora hält uns eine Flasche Sekt und einen Jutebeutel entgegen.

»Hab ein paar Snacks und Getränke mitgebracht, soll ich das in die Küche stellen?«

»Ich mach schon«, bietet Aedan an und verschwindet in den Flur. Ich versuche, ihm nicht hinterherzustarren, doch Nolan ist sowieso schon weitergezogen und in ein Gespräch vertieft.

»Ganz schön was los«, meint Nora.

»Ja, ich hab das Gefühl, Nolan hat jeden eingeladen, dem er diese Woche über den Weg gelaufen ist.«

»Das hab ich auch«, meint Nora mit einem verschwörerischen Lächeln. »Allerdings nicht zu eurer Party, sondern zur Demo.« Sie holt ihr Handy hervor, entsperrt es und hält es mir nach ein paar Klicks entgegen.

Meine Augen weiten sich. »Ist das ein extra Artikel?«

»Jap, und schau mal unten.«

Ich scrolle, überfliege die Zeilen, die von Hope Harbour, unserer Arbeit, dem Notstand, aber auch von den horrenden Mietpreisen sprechen. Und dann fällt mein Blick auf einen Screenshot, der im Artikel verlinkt ist. Es ist ein Screenshot eines TikToks, das darunter verlinkt ist.

»Bringt jetzt nichts ohne Ton«, sagt Nora und nimmt das Handy wieder an sich. »Ich schick dir den Artikel, dann kannst du es in Ruhe anschauen. Clarisse ist total aus dem Häuschen. Cindy, die Frau aus dem TikTok, ist wohl eine Influencerin hier aus Cork. Sie macht Comedy mit Corker Dialekt. Auf jeden Fall hat sie einen Sketch zu den Mietpreisen gemacht und darin verarbeitet, was für Angebote sie schon von Vermietern erhalten hat – es ist widerlich, wirklich. Am Ende hat sie auf die Demo aufmerksam gemacht.« Noras Worte purzeln immer schneller aus ihrem Mund, und als sie fertig ist, stößt sie ein Quietschen aus. »Das Video haben schon dreihunderttausend Menschen gesehen!«

»So viele Einwohner hat Cork nicht mal«, sage ich perplex. Die Demo ist in nur einer Woche. Ich nutze TikTok kaum, aber selbst ich weiß, wie viel sich in der Zeit auf Social Media tun kann. Insbesondere, wenn weitere Menschen auf den Protest aufmerksam machen.

»Eben! Die Demo wird riesig! Also, es werden nicht alle kommen, klar. Aber die mediale Aufmerksamkeit ist der Hammer! Danke, Serena!«

»Danke?«, wiederhole ich verwirrt.

»Na ja, für die Idee, das Ganze auszuweiten. Ich glaube, wir waren die gesamte Zeit ein bisschen zu sehr in unserem Tunnel. Wir wollen natürlich im Kleinen helfen und direkt mit den Menschen arbeiten, aber es war eine super Idee, das große Problem zu tackeln. Das, das alle betrifft.«

»Oh, da musst du dich bei Nolan bedanken! Das war sein Vorschlag.« Ich trete etwas näher an Nora, damit Nolan, der sich zwei Meter weiter wild gestikulierend unterhält, mich nicht hören kann, auch wenn das bei der Lautstärke im Haus wohl unnötig ist. »Apropos Nolan …« Ich wackle mit den Brauen. »Läuft da was?«

Zu meiner Überraschung schüttelt Nora den Kopf. »Nein. Nolan hat mir ziemlich deutlich gemacht, dass er kein Interesse hat.«

»Was?«, frage ich perplex. »Oh, das tut mir leid. Ich dachte … weil ihr euch im Pub so gut verstanden habt.«

Nora lächelt. »Ja, dachte ich auch erst, aber … sagen wir einfach, das hat sich geklärt. Und das muss dir gar nicht leidtun! Gerade hab ich sowieso keine Zeit fürs Daten, ich hab 'ne Demo zu organisieren!«

»Jetzt hast du erst mal zu feiern, ich glaube, wir haben die Woche genug gemacht. Aber kannst du mir den Link noch schicken? Ich würde es gern meiner Familie zeigen.«

»Klar!« Nora tippt ein paarmal auf ihrem Handy herum, und kurz darauf vibriert meines auf dem Kaminsims. »Und jetzt hol ich mir erst mal was zu trinken. Ich scheine ja was aufzuholen zu haben. Bis gleich!«

Sie zwinkert mir zu, und ich schnappe mir mein Smartphone vom Kamin und kopiere den Link von Nora. Ich sende ihn mit einer ganzen Reihe Ausrufezeichen in den Gruppenchat und erkläre, damit Oma und Opa folgen können, was es mit dem Artikel auf sich hat. Dann klicke ich auf die Kamera und mache ein Selfie in den Raum hinein. In erster Linie, um Vincent zu besänftigen, der das Ganze sonst vermutlich als Bestätigung seiner Angst sieht, dass ich keine Freizeit mehr habe. Vielleicht überzeugt ihn die Partystimmung im Hintergrund ja endlich vom Gegenteil. Ich sehe abwartend aufs Handy, da ich genau weiß, dass meine Großeltern nie lange brauchen, um meine Nachrichten zu entdecken. Ein Lächeln legt sich auf mein Gesicht, als eine weitere Runde *Mario Kart* gestartet wird. Die Videospielmusik vermischt sich mit der aus der Küche, und von oben dringt ein Poltern nach unten, auf das lautes Gelächter folgt. Das Haus platzt aus allen Nähten, und ich hoffe, es überlebt diese Party. Mein Zimmer habe ich sicherheitshalber abgeschlossen – weniger aus Angst vor Vandalismus als vielmehr, weil in all den Hollywood-Serien jedes unbelagerte Bett bei Hauspartys für Sex genutzt wird. Mein Telefon vibriert in meiner Hand.

Oma, 8.15 pm:
Oh, wer ist denn der schmucke Bursche dahinten? Der blonde? 👱‍♂️🔍

Serena, 8.15 pm:
Keine Ahnung, einer von Nolans Freunden, glaub ich. Ich kenn ihn nicht.

Oma, 8.15 pm:
Geh doch mal hin! Eine Feier 🥳 *ist immer eine gute Gelegenheit für neue Bekanntschaften.* 🤝

Serena, 8.15 pm:
Es ging mir eigentlich um den Artikel!

Oma, 8.15 pm:
Ja doch. Ich habe Opa schon gesagt, dass er das Wörterbuch aus der Stube holen soll. 🏃💨
Man wird ja wohl noch fragen und hoffen dürfen.

Opa, 8.16 pm:
Wir sind sehr stolz auf dich, Kleines.

Vincent, 8.16 pm:
Sehr, aber du siehst bisschen nüchtern im Gegensatz zum Rest aus. Trink mal was.

Oma, 8.16 pm:
Trink dir ein bisschen Mut für den jungen Mann an. Und grüß ihn von mir. 🌼👋
Du kannst ihn auch mitbringen zu Opas Geburtstag nächste Woche ✈️🎁

»Das werde ich nicht tun«, murmle ich mit einem Kopfschütteln. Was ich jedoch dringend tun muss, ist, endlich Flüge zu buchen, bevor ich mich in Unkosten stürze. Mist.

»Führst du Selbstgespräche?« Aedan tritt zu mir und reicht mir mein Glas Wein, das ich auf dem Tisch habe stehen lassen.

»Meine Grandma«, erwidere ich, lege das Handy zurück auf den Sims und nehme ihm dann das Glas ab.

»Alles gut bei ihr?«

»Ja, sie will, dass ich mir Mut antrinke. Insofern kommst du genau richtig.« Ich trinke einen Schluck des Weißweins, der mittlerweile beinahe Raumtemperatur hat. Kein Wunder, so vertieft, wie ich in das *Mario-Kart*-Match war.

»Mut? Wofür?«

Ich nicke an Aedan vorbei zu dem blonden Kerl. »Um ihn dahinten anzubaggern.«

»Ach so?« Er hebt die Brauen und sieht mich mit schiefgelegtem Kopf an. In seinen Augen flackert es, und auch wenn die Empörung gespielt ist, wird mir unter seinem Blick warm. »Du sollst also Ludvig angraben?«

»Na ja, er wirkt schon wie jemand, der eine alte Dame beeindrucken könnte, nicht wahr?«

»Hmhm.«

Wieder kommt er mir so nahe, dass die Luft zwischen uns zu vibrieren scheint und ich sein Aftershave riechen kann. Die Musik und die Gespräche treten in den Hintergrund, und mir ist beinahe egal, wer uns gerade sieht.

»Aber vielleicht finde ich ja noch einen guten Grund, es nicht zu tun«, werfe ich leise ein. Aedan trinkt langsam einen Schluck Wein und tritt noch ein Stückchen näher an mich.

»Was für einen Grund denn zum Beispiel?«

Sein Atem streift meinen Hals, der sofort mit Gänsehaut reagiert. Umso mehr, als Aedans Zeigefinger meinen Arm hinaufwandert. Ich schlucke. Meine Kehle ist plötzlich trocken. Die Wirkung, die Aedan auf mich hat, wird immer stärker, je besser ich ihn kennenlerne. Heiß fand ich ihn bereits bei der Wohnungsbesichtigung, doch jetzt weiß ich, dass viel mehr dahintersteckt. Dass er sich für andere einsetzt. Ich weiß, wie er denkt. Wie er zuhört. Wie gut ich mit ihm reden kann, wie fürsorglich er ist und wie leidenschaftlich – nicht nur für sein Studium, sondern allem Anschein nach auch mir gegenüber, wenn ich den Ausdruck in seinen Augen richtig deute. Denn seine Pupillen werden weiter, und er öffnet leicht den Mund. Ich sehe, wie sein Adamsapfel hüpft, und ein aufgeregtes Flattern befällt meinen Magen, weil ich diese Wirkung auf ihn habe.

Ich stelle mich auf die Zehenspitzen. »Was hältst du davon, wenn wir kurz irgendwohin verschwinden, wo es etwas ruhiger ist? Dann könntest du mir von diesem Grund erzählen.«

»Das ist eine hervorragende Idee. Vielleicht kann ich dir ein, zwei Gründe sogar zeigen«, erwidert er in geschäftlichem Tonfall, doch seine Grübchen verraten ihn. Ich spiele dennoch mit und nicke ernst. Dann greife ich seine freie Hand und ziehe ihn mit mir aus dem Wohnzimmer in Richtung Treppe. Declan schreit gerade den Fernseher an, und Nolans Stimme erklingt irgendwo in der Küche. Nicht dass es mich in diesem Moment groß interessiert, ob einer der beiden uns erwischt. Dafür will ich das hier zu sehr. Will Aedan zu sehr. Seine Hand drückt meine, und ich kann es kaum erwarten, sie endlich wieder auf meinem Körper zu spüren. Der Gedanke ist berauschender als die zwei Gläser Wein, die ich heute Abend hatte.

Ein kurzer Blick in Richtung Küche offenbart, dass Evelynn mittlerweile angekommen ist und anscheinend direkt in eine Beer-Pong-Runde eingebunden wurde. Ich beschließe, dass die Begrüßung warten kann, und nehme die Stufen nach oben. Das vertraute Knarzen der Treppe geht in wildem Gejohle unter, da einige Gäste beschlossen haben, in dem schmalen Flur oben eine Partie Flaschendrehen mit dem leeren Whiskey zu starten.

»Pflicht!«, ruft jemand, und ich schiebe mich lachend vorbei, als wild diskutiert wird, welche Pflicht nun ausgeführt werden soll. Als wir es endlich zu meiner Tür geschafft haben, atme ich erleichtert auf, hole den Schlüssel aus der Topfpflanze neben meiner Tür und schließe auf.

»Du hast abgeschlossen?«, fragt Aedan lachend, als er mein Zimmer betritt.

»Ja, ich wollte nicht, dass es sich jemand in meinem Bett bequem macht.« Ich mache die Tür zu und riegle zur Sicherheit auch von innen ab.

»Soso. Weil du schon Pläne mit dem Bett hattest?« Er hebt die Brauen und lässt sich auf meinem Schreibtischstuhl nieder.

»Vielleicht«, erwidere ich schulterzuckend.

»Interessant …« Aedan stellt unsere Gläser auf dem Schreibtisch ab und zieht mich dann zu sich, bis ich auf seinem Schoß sitze. Im nächsten Moment landen seine Lippen auf meinen. Schnell. Hungrig. Als hätten wir uns seit Jahren nicht mehr gesehen oder berührt, doch wenn ich ehrlich bin, fühlt es sich auch genauso an. Ich bin ebenfalls völlig ausgehungert nach seinen Berührungen, klammere mich an seinen Rücken wie eine Ertrinkende und stöhne in seinen Mund, als Aedan die Finger in meinen Po gräbt.

30. KAPITEL

Serena

Die Leute reden immer von Schmetterlingen im Bauch, doch ich spüre Aedans Berührungen überall. Ich spüre die Lust bis tief in mein Innerstes, das Ziepen, das bis in meine Zehen wandert, spüre, wie mein Körper sich an seinem verselbstständigt. Ich recke mich ihm entgegen, weil ich mehr von ihm will. Egal, wie sehr er mich berührt, es ist nicht genug. Sanft beiße ich in Aedans Unterlippe und unterdrücke ein Grinsen, als er an meinem Mund stöhnt. Seine Lippen treffen auf meine, gieriger nun. Meine Bewegungen sind nicht weniger gierig, als ich ihm das Shirt vom Körper streife und es irgendwo hinter mich werfe. Kaum dass es den Boden berührt, finden sich unsere Lippen erneut. Mit bebenden Fingern male ich Muster auf seine Brust, seine Wärme überträgt sich auf mich, wird zu Hitze, die mein gesamtes Blut zum Kochen bringt.

Ich ziehe Aedan zum Bett, werfe jegliche Zurückhaltung über Bord und drücke ihn nach unten, sodass ich auf ihm liege. Er schlägt die Augen auf, und der Ausdruck darin sorgt für Gänsehaut auf meinem gesamten Körper. Da ist so viel Leidenschaft, so viel Verlangen in seinem Blick, dass sich die feinen Härchen auf meinen Armen aufrichten. Ich will etwas sagen, ohne zu wissen, was, doch im nächsten Moment hat Aedan das Bein um mich gelegt und dreht uns beide herum. Sein

Gewicht drückt mich auf wundervolle Weise in die Matratze, und meine Finger verselbstständigen sich und wandern seinen nackten Oberkörper entlang. Er ist so schön. Nicht wegen seiner Tattoos, seiner verwuschelten Haare oder der grünbraunen Augen, die mich so intensiv ansehen. Zumindest nicht nur. Sondern wegen all der Dinge, für die er steht. Er ist schön, weil er mich versteht, weil er mir zuhört, mir Seiten an mir offenbart, die ich selbst ignoriert habe. Weil er mit mir diskutiert, mir ein neues Verständnis für Kunst gibt, weil er Kunst ist.

Ich nestle an seinem Gürtel, scheitere jedoch. »Zieh die auch aus.« Meine Stimme klingt atemlos, und erst dadurch merke ich, wie schnell sich meine Brust hebt und senkt.

»Ganz schön ungeduldig«, tadelt Aedan, leistet meinen Worten jedoch Folge. Mit einem dumpfen Laut fällt seine Jeans ebenfalls zu Boden. Anstatt sich wieder auf mich zu legen, sieht er mich abwartend und mit erhobenen Brauen an. In seinen Augen liegt ein Funkeln, und ich will ihn in diesem Moment so sehr, dass mir ganz anders wird.

»Was denn?«, frage ich betont unschuldig, obwohl mir völlig klar ist, worauf er wartet. Mit einem Kopfschütteln tritt er an mich heran, zieht mich ein wenig in die Höhe und streift mir mein Oberteil über den Kopf. Seine Pupillen weiten sich, dann ist er wieder auf mir. Endlich. Ich stöhne leise auf, als seine Lippen mein Schlüsselbein berühren, seine Zunge daran entlangfährt. Ich kralle die Finger in seinen Rücken, während er eine seiner Hände zu meinen Brüsten gleiten lässt. Er schiebt erst einen, dann den anderen BH-Träger zur Seite und sorgt dafür, dass mir noch heißer wird. Quälend langsam fährt seine Hand unter den BH und streift meinen Nippel nur einen kurzen Augenblick. Zu kurz. Ich strecke den Rücken durch, schiebe mich ihm entgegen und knurre beinahe, als ich sein Schmunzeln an meinem Schlüsselbein spüre.

»Wirklich, wirklich ungeduldig.«

Seine Lippen wandern ein Stück höher, meinen Nacken hinauf bis zu der empfindlichen Stelle hinter meinem Ohr. Er schiebt meine Haare zur Seite, küsst mich dort, und ich beiße mir auf die Unterlippe, um nicht schon wieder aufzustöhnen.

Seine Hände streichen ohne Unterlass über meinen Körper, er verweilt an meiner Taille, jedoch nur kurz, bevor er sich wieder einer anderen Stelle Haut widmet. Ich hasse und liebe es gleichzeitig. Mein ganzer Körper wird weich, nur um sich unter seiner Berührung im nächsten Moment wieder anzuspannen. Es ist die reinste Folter, und dennoch kann ich nicht genug bekommen. Irgendwann finden seine Finger den Reißverschluss meines Rocks. Er streift ihn und die Strumpfhose in einer fließenden Bewegung von meinem Körper.

Ich richte mich auf, schlinge die Arme um seinen Hals und ziehe ihn wieder zu mir. Jede Sekunde ohne Kontakt zu ihm ist eine zu viel. Ausnahmsweise erspart er sich einen weiteren Kommentar zu meiner Ungeduld. Stattdessen legt er sich nun ganz auf mich, und wir stöhnen zeitgleich auf, als ich seine Erektion zwischen meinen Beinen fühle. Ich spüre, wie es genau an der Stelle zieht und ich unter ihm feucht werde. Für ihn feucht werde.

»Ich will dich«, spreche ich das Offensichtliche aus.

»Ich dich auch«, sagt Aedan mit tiefer Stimme, und plötzlich ist da keine Vorsicht mehr, keine Bedächtigkeit. Mein BH landet auf dem Boden, und kurz darauf sind Aedans Hände wieder auf mir. Auf meinen Brüsten, in meinem Slip. Ich kralle meine Finger in seine Haare und küsse ihn innig, während ich ihm mein Becken entgegenschiebe. Er zieht mir meinen String von den Beinen, und ich kicke ihn ebenfalls zu Boden. Nun ist es nur noch der Stoff seiner dunklen Boxershorts, der uns voneinander trennt. Ich habe noch nie in meinem Leben einen Menschen so sehr begehrt wie Aedan. Ich hoffe, er spürt es in meinen Berührungen, in meinen Fingern, die rastlos über seinen Körper wandern und dann am Saum seiner Boxershorts zupfen. Vielleicht sieht er es auch an meinem Lächeln, das meinen Mund wie von selbst befällt, als unsere Blicke sich treffen. Ganz sicher aber fühlt er es in dem Moment, in dem er zwei Finger in mich gleiten lässt.

»Fuck, Serena«, raunt er, nah an meinem Ohr.

»Ich sagte doch, ich will dich.«

Seine Finger füllen mich aus, während sein Daumen meine Klitoris findet und darüberstreicht. Langsam erst, sacht, dann mit mehr Druck. Mein Atem geht schneller, und ich stöhne bei jedem Stoß. Wenn sich das bereits so gut anfühlt, kann ich es kaum erwarten, ihn zu spüren.

»Ich hab Kondome im Nachttisch«, flüstere ich heiser. »Und wenn du mir jetzt wieder was von wegen ungeduldig sagst …«

Aedans Antwort ist ein Grinsen, das meinen Bauch zum Flattern bringt. Er macht keinerlei Anstalten, die Schublade zu öffnen, ganz im Gegenteil. Seine Finger bewegen sich weiter in mir, während sich seine Zunge meinen Brüsten zuwendet. Er zieht immer enger werdende Kreise darauf, bis er schließlich mit meiner Brustwarze spielt, die sich unter der Berührung aufrichtet. Alles in mir wird zu Feuer. Ich fühle jede Bewegung so intensiv, dass es kaum auszuhalten ist, gleichzeitig will ich, dass es niemals aufhört.

Mit seinem Knie spreizt er meine Beine, um sich besseren Zugang zu verschaffen. Ich schiebe mich den Stößen seiner Finger entgegen und wage einen weiteren Versuch, ihm die Boxershorts herunterzuziehen. Er bewegt seine Hüfte, sodass es mir nicht gelingt, also schiebe ich meine Hand darunter und umfasse ihn. Endlich. Aedan stöhnt auf, und ich lasse die Finger an seiner Erektion auf und ab gleiten, erobere mir ein Stück der Kontrolle zurück, so schön es auch war, sie abzugeben. In meiner Hand wird er noch härter, als er meinen Bewegungen entgegenkommt.

Dann, endlich, beugt er sich über mich zu meinem Nachttisch, zieht die Schublade auf und findet kurz darauf das Kondom, von dem ich gesprochen habe. Als könne er plötzlich keine Zeit mehr verlieren, reißt er die Folie auf und streift sich das Kondom über.

»Ich will dich«, sage ich ein drittes Mal, und anstelle einer Erwiderung erlöst er mich endlich. Mir entfährt ein lautes Stöhnen, als er mühelos in mich gleitet. Ich bin so feucht, dass es nicht wie sonst spannt, sondern sich einfach nur himmlisch anfühlt. Ich drücke mich ihm entgegen, nehme ihn weiter in mich auf und genieße die kribbelnde Anspannung, die sich dabei in mir aufbaut. Seine Stöße werden schneller, und die nächsten Momente verschwimmen in einem berauschenden Gefühl aus Nähe, in gemurmelten Namen und Lauten, in Haut an Haut und allem, wonach ich mich gesehnt habe.

Die Anspannung in mir wird mit jedem Stoß größer, zieht von meinen Haarspitzen bis in meine Zehen und nimmt Besitz von meinem Körper. Meine Bewegungen werden fahriger, drängender, bittender. Ich kralle die Finger in Aedans Rücken, will noch mehr, will alles, was er geben kann, während der Druck in mir sich immer weiter ausdehnt.

»Lass los«, befiehlt Aedan mit rauem Ton direkt an meinem Ohr. Und ich lasse mich fallen. Dieser Mann ist mein Untergang.

31. KAPITEL

Aedan

Meine Muskeln fühlen sich auf die wundervollste Weise erschöpft an, als ich am nächsten Morgen die Augen aufschlage. Serenas Haare kitzeln meine Nase, doch ich wage es nicht, den Kopf zu drehen, weil ich sie nicht wecken will. Irgendetwas tut es dennoch, denn ihre Atmung verändert sich, und sie streckt sich einmal, bevor sie sich mir zuwendet.

»Hey«, murmelt Serena verschlafen.

»Wie geht es dir?«, frage ich und streiche ihr eine dunkle Strähne aus dem Gesicht. Sie gähnt ausgiebig und schenkt mir dann das schönste Lächeln, das ich je gesehen habe.

»Mir könnte es gar nicht besser gehen, glaube ich.«

Mit dem Zeigefinger fährt sie die Konturen meines Gesichts nach, gleitet über meine Nase, meine Lippen und dann die kurzen Stoppeln auf meinem Gesicht entlang, die sich immer viel zu schnell bilden. Ich will häufiger so aufwachen, häufiger der Grund – oder zumindest einer der Gründe – sein, dass es Serena gut geht. Mir ist klar, dass das Geheimnis, das ich vor ihr habe, dem langfristig im Weg steht. Ich muss es ihr sagen. Ich glaube nicht, dass ich das Schweigen sehr viel länger aufrechterhalten kann. Ich will es auch gar nicht. Genauso wenig glaube ich, dass es eine bequeme Möglichkeit gibt, alles, was ich will, zu vereinen: Serena und meine Arbeit. Doch nur weil es keinen einfachen Weg ohne Konflikte und Kompromisse gibt, heißt es nicht, dass dort gar kein Weg ist. Und vielleicht können wir den gemeinsam finden.

Ich richte mich auf, sodass Serena den Kopf von meiner Brust auf meinen Schoß verlagert. Sie schlingt den Arm um meine Beine und stößt ein schläfriges Seufzen aus, das mich zum Lachen bringt und dazu führt, dass sich meine Brust zusammenzieht. Wer hätte gedacht, dass es nur eine neue Mitbewohnerin braucht, um meine Arbeit plötzlich nicht mehr über alles zu stellen? Um mich Dinge hinterfragen zu lassen, die ich zuvor einfach übersehen habe? Um mich so fühlen zu lassen?

Ich streiche ihr über die Haare und sehe dabei zu, wie sich ihre Mundwinkel heben.

»Was hältst du davon, wenn ich uns Pancakes mache?«

Serena dreht sich auf den Rücken und sieht zu mir auf. »Oh mein Gott, so viel! Ich bin am Verhungern.«

Ich hoffe, dass ihr der Appetit nicht vergeht, wenn ich ihr alles gestehe. Doch ich ringe die Aufregung nieder und konzentriere mich stattdessen auf den Ausdruck in ihrem Gesicht, denn der ist voller Zuneigung.

»Na, dann leg ich mal besser los. Willst du hier essen oder unten?«

Sie richtet sich ebenfalls auf und streckt sich einmal ausgiebig, wobei die Decke von ihrem Körper rutscht. Sie trägt mein schwarzes Shirt von gestern, und sosehr ich ihre Outfits immer liebe: Das hier gefällt mir bisher am besten.

»Du bist wunderschön.«

Sie sieht an sich hinab. »Eigentlich trag ich nie Schwarz. Immer nur zu traurigen Anlässen.«

»Vielleicht ist der Fluch ja jetzt gebrochen.«

»Ganz bestimmt«, erwidert sie lächelnd. »Ich komm mit und helf dir bei den Pancakes.«

Serena springt aus dem Bett und streckt sich noch einmal, wodurch ihr Shirt so weit nach oben rutscht, dass ich einen guten Blick auf ihren Hintern erhalte. Obwohl man meinen sollte, dass ich nach dieser Nacht eine Pause brauche, meldet sich in meinen Boxershorts ein verräterisches Zucken. Ich bekomme Serena an der Taille zu fassen und ziehe sie auf meinen Schoß. Meine Lippen umschließen ihre, und ihre Finger streichen über meine nackte Brust. Ihr Geruch, das Gefühl ihrer Haut, ihre Nähe ist alles. Unsere Zungen berühren sich, und meine Hände wandern, als wollten sie sich vergewissern, dass die letzte Nacht real war. Bevor ich Serena mein Shirt wieder vom Körper streifen kann, werden wir von lautem Magenknurren unterbrochen.

»Sorry.« Serena beißt sich auf die Lippe und presst sich eine Hand auf den grummelnden Bauch.

»Gibt nichts zu entschuldigen!«, sage ich und hebe sie in den Stand, bevor ich selbst auch aufstehe. »Höchste Zeit fürs Frühstück.«

Sie nickt, wobei ihr Blick noch einmal über meinen Körper gleitet. »Weißt du, was? Ich glaube, ich behalte das Shirt. Ich hab gar nicht bedacht, welche Vorteile das mit sich bringt.«

»Du weißt, dass ich noch mehr Shirts besitze?«

»Hm«, macht sie und verzieht den Mund. »Aber du musst ja keins anziehen, in der Küche ist es eh immer warm.«

»Darf ich mir wenigstens eine Hose holen?«

»Ausnahmsweise«, erwidert Serena lachend und greift sich ebenfalls eine kurze Sporthose aus der Kommode, die jedoch unter dem übergroßen Shirt verschwindet. Es folgt ein Paar hellblauer Kuschelsocken, dann nickt sie zufrieden. »Fertig.«

Ich lege einen Stopp in meinem Zimmer ein und nehme mir die graue Jogginghose vom Schreibtischstuhl, der mittlerweile zu einer Art zweitem Kleiderschrank verkommen ist.

Ich kam während der RAG Week kein Stück zum Aufräumen, und leider sieht man das auch. Mit einem Blick über die Schulter vergewissere ich mich, dass Serena noch im Flur ist, dann greife ich mir Laptop und Baupläne, die in dem Chaos auf meinem Schreibtisch liegen. Mein Herz klopft etwas schneller, und mein Magen flattert. Aber sie wird es verstehen. Während ich anfangs geschwiegen habe, weil sie noch viel zu sehr in ihrem Zorn und ihrem Schmerz steckte, bin ich mir mittlerweile sicher, dass sie sowohl mich als auch die Argumente meines Dads nachvollziehen kann. Nicht direkt vielleicht, aber wir werden eine Lösung finden.

Gemeinsam gehen wir nach unten, wo Nolans Zimmertür geschlossen ist, genau wie Declans oben. Mit Sicherheit schlafen die beiden noch. Es ist sauberer als erwartet, wenn man bedenkt, wie viele Becher gestern auf den Treppenstufen standen. Ich würde wetten, dass Nolan aufgeräumt hat, bevor er ins Bett ist. Wir haben gerade einmal den Fuß der Treppe erreicht, als ich ein leises Stöhnen höre. Irritiert bleibe ich stehen, und Serena rennt beinahe in mich hinein. Hat es gestern jemand nicht mehr nach Hause geschafft?

Vorsichtig luge ich um die Ecke ins Wohnzimmer und reiße die Augen auf bei dem Anblick, der sich mir bietet.

»Was zur …?«, rufe ich so laut, dass die beiden zusammenzucken.

»Morgen.« Declan gibt sich völlig unbeeindruckt, hebt die Hand und winkt bloß.

»Es ist nicht so, wie es aussieht!« Nolan springt auf, und seine Worte wären wesentlich glaubwürdiger, wäre sein Outfit nicht identisch mit dem, das ich vor wenigen Minuten noch getragen habe: schwarze Boxershorts. Sonst nichts. Von Declan sehe ich nur den Kopf, der Rest wird von der Couch versteckt, aber ich vermute, dass es bei ihm ähnlich aussieht.

»Ach ja?« Meine Mundwinkel zucken. »Wie ist es denn dann?«

»Deshalb hast du Nora eine Abfuhr erteilt!« Serena tritt neben mich und lacht auf. »Dass ich darauf nicht gekommen bin. Es ist so offensichtlich.«

»Was ist offensichtlich?«, fragt Nolan und räuspert sich. »Wir sind einfach eingeschlafen. Gestern war ein langer Abend, ich hab noch etwas aufgeräumt und es nicht mehr ins Bett geschafft.«

»Völlig verständlich«, sage ich und nicke ernst. »Es ist sehr freundlich von Declan, dass er dir aus der Hose geholfen hat, da du ja so erschöpft warst.«

»Ich bin eben eine gute Seele.« Declan richtet sich nun doch auf und stützt die Arme auf die Lehne der Couch. Ich habe das Gefühl, dass er die Situation und den betretenen Nolan viel zu sehr genießt.

»Und bei den Heizkosten ist es auch nur verständlich, dass ihr euch ein wenig wärmen musstet. Sehr nachhaltig«, fällt Serena mit ein, während Nolans Gesicht mittlerweile die Farbe einer Tomate angenommen hat.

»Okay, ist ja schon gut!«, ruft er. »Es ist passiert! Ich wollte die Mitbewohnerregel nicht brechen! Ich reiße mich seit Wochen zusammen, aber gestern … es tut mir leid!«

Declan sieht ihn irritiert an. »Nolan, chill. Guck dir die beiden doch mal an.«

»Damit ich die Enttäuschung in ihren Blicken sehe?«, fragt Nolan, mustert uns dann aber tatsächlich. Seine Brauen wandern nach oben, als er erst meinen nackten Oberkörper und dann Serenas zerzauste Haare und das Shirt begutachtet. Sein Mund formt ein perfektes, rundes O. »Nein!«

»Ich sag dir das schon seit Tagen, aber mir glaubst du ja nicht«, meint Declan.

»Ihr beide?« Nolan deutet von Serena zu mir und schüttelt den Kopf. »Ihr habt die Regel gebrochen.«

»Ihr auch«, sage ich.

»Ihr zuerst!«, erwidert Nolan laut.

»Es ist zu früh für Streit.« Declan massiert sich die Stirn mit leidender Miene. »Ich brauche Wasser.«

»Hol ich euch«, meint Serena und verlässt das Wohnzimmer mit einem leisen Lachen.

»Lust auf Pancakes?«, frage ich. »Wir wollten gerade welche machen.«

»Das wäre ein Traum.« Declan seufzt und lässt sich wieder auf die Couch fallen. »Und bis dahin schlafe ich meinen Rausch aus.«

»Ich hab dir gestern schon gesagt, dass du nicht so viel trinken sollst.«

»Ich muss einfach besser im Beer Pong werden«, nuschelt Declan. »Und dafür muss ich halt mehr üben.«

Serena kommt zurück ins Zimmer und stellt zwei große Gläser voll Wasser auf dem Couchtisch ab. »Trink«, sagt sie im Befehlston zu Declan, der tatsächlich Folge leistet, das Glas ext und sich dann mit leidender Miene wieder unter die Decke kuschelt.

»Aspirin?« Als ich Nolans liebevollen Tonfall höre, frage ich mich, wie mir entgehen konnte, dass die beiden ein Auge aufeinander geworfen haben. Serena berührt mich sacht am Rücken und zieht mich rückwärts aus dem Zimmer.

»Unsere Mitbewohner haben bestimmt ein bisschen was zu klären«, flüstert sie, als wir in die Küche gehen. Ich schließe die Tür hinter uns und sehe sie kopfschüttelnd an.

»Wie kann mir das entgangen sein? Also klar, Nolan hatte ab und an Typen hier, das wusste ich. Aber Declan? Die beiden?« Ich lege den Laptop und die Papiere auf den Tisch, schlage die

Mengenangaben am Computer nach und hole Milch, Eier und Mehl aus Kühlschrank und Regalen. »Ich bin ein miserabler bester Freund.«

»So ein Quatsch«, meint Serena lachend und setzt sich auf die erstaunlich saubere Theke. Nolan muss letzte Nacht wirklich ganze Arbeit geleistet haben, denn selbst die Spülmaschine ist gelaufen. Ich hole die Rührschüssel und den Schneebesen daraus hervor und mache mich auf die Suche nach der Küchenwaage. Ich finde sie, warum auch immer, sauber eingereiht inmitten der Kochbücher. »Ich hab's ja auch nicht geahnt, nicht mal, als Nora gestern so wissend gegrinst hat. Aber deshalb war Declan auch sauer!«

»Na ja, die beiden haben sich sowieso ständig gezofft. Das allein ist wohl kaum ein Hinweis.«

»Vielleicht war all das Gezanke ihr Vorspiel«, wirft Serena lachend ein. »Kann ich eigentlich irgendwas helfen?«

»Du kannst kurz weiterrühren, dann schneid ich schon mal Obst.«

»Wird gemacht!« Serena nimmt mir den Schneebesen ab, und eine Weile arbeiten wir in gemütlichem Schweigen nebeneinanderher. Es fällt mir schwer, meine Blicke bei dem Schneidebrett vor mir zu behalten und sie nicht ständig zu ihren nackten Beinen wandern zu lassen.

»Vielleicht sollte ich das mit dem Rudern auch mal testen. Oder mit euch ins Gym.«

»Wieso?«

Sie nickt mit vielsagendem Blick auf den Schneebesen. »Das ist anstrengend!«

Ich lege Messer und Erdbeeren zurück aufs Schneidebrett und wische mir die Hände am Küchentuch sauber. Dann trete ich hinter sie. Mein Mund streift ihren Nacken, und ich lege die Hand um ihre, die weiterhin den Schneebesen hält. »Mir fallen auch noch ein paar andere Workouts ein, die wir machen können.«

Ich kann Serenas Gesicht nicht sehen, doch ich höre ihr leises Lachen. Und ich fühle definitiv, wie sie ihren Hintern in meinen Schritt presst, so sehr, dass ich zischend die Luft einziehe.

»Ob du es glaubst oder nicht, ich hab Muskelkater in den Oberschenkeln von gestern.«

»Ernsthaft? Dann müssen wir echt mehr Sport machen. Was hältst du von heute Abend?«

Der Schneebesen gleitet in den Teig, und Serena schiebt die Schüssel ans Ende der Anrichte, bevor sie sich zu mir umdreht und mit einem Augenaufschlag, der mir den Atem raubt, zu mir aufblickt. »Warum so lang warten?«

Ihre Lippen berühren meine beinahe, als es plötzlich klingelt.

»Timing«, meine ich mit einem Stöhnen. »Ich geh schnell. Du kannst ruhig schon mal den Teig in die Pfanne geben. Je schneller die Pancakes fertig sind …«, beginne ich und lasse den Blick noch einmal über Serena gleiten, bevor ich zur Tür gehe.

Nolan stolpert ebenfalls in den Flur und zupft sich gerade sein Shirt zurecht, das er linksherum trägt. »Mist«, flucht er, als ich kopfschüttelnd die Tür öffne.

»Dad?«

Mein Magen rutscht mir bis in die Knie, und mein Herz schlägt, als wäre ich zur Tür gesprintet. Eilig werfe ich einen Blick über die Schulter, doch in der Küche regt sich nichts. Zum Glück.

»Was machst du denn hier?«

»Ich hab dich ewig nicht gesehen! Michael hat mir die guten Neuigkeiten erzählt und betont, was für eine großartige Arbeit du leistest. Hallo, Nolan!«

»Hey, Torin.«

»Hallo, Mr O'Brien!«, erklingt es lautstark aus dem Wohnzimmer, und mein Herz trommelt noch heftiger. Danke, Declan.

»Ähm, grad ist's ungünstig«, sage ich eilig, bevor mein Dad in den Flur treten kann. »Wir hatten gestern eine Hausparty, und es herrscht noch Chaos.«

»Hey, ich hab extra aufgeräumt!«, protestiert Nolan, und ich würde ihm am liebsten gegen das Schienbein treten.

Mein Vater macht eine wegwerfende Geste. »Als ob ich euch dafür verurteile, ich war auch mal jung.« Er hebt die Papiertüte in seiner Hand, die ich jetzt erst bemerke. »Außerdem hab ich euch Frühstück mitgebracht, ich dachte, das könnt ihr in der RAG Week sicher gebrauchen.«

»Du willst mich wirklich nicht adoptieren?«, fragt Nolan und schiebt mich zur Seite, damit er in die Tüte schauen kann. »Du hast frische Smoothies geholt?«

»Das war Caras Idee. Deine Mutter meinte, ein paar Vitamine schaden nicht.«

»Ernsthaft, ich hole die Adoptionspapiere sofort«, scherzt Nolan, während ich panisch überlege, wie ich meinen Dad abwimmle, ohne ihn vor den Kopf zu stoßen. Doch zu spät. Nolan nimmt ihm bereits die Tüte ab.

»Dein Timing ist perfekt, Aedan und Serena machen gerade Pancakes. Möchtest du Kaffee? Tee?«

Nolan schiebt sich an mir vorbei ins Innere, spielt den perfekten Gastgeber, der ich eigentlich sein sollte, während ich stocksteif dastehe, zusehe, wie die Tür hinter meinem Dad ins Schloss fällt und er in Richtung Küche spaziert.

32. KAPITEL

Serena

Der Pancake brutzelt in der Pfanne, und sofort füllt himmlischer Duft die Küche, was mein Magen mit einem lauten Knurren quittiert und mir das Wasser im Mund zusammenlaufen lässt. Ich kann es kaum erwarten, endlich etwas zu essen, genauso, wie ich das Danach kaum erwarten kann. Meine Finger fahren wie von selbst über meine Lippen bei dem Gedanken an die letzte Nacht, und ich spüre, wie die sich zu einem Lächeln verziehen. Kein Wunder, denn gestern war perfekt. Aedan ist perfekt. Wir sind es.

Mein Herz macht einen Hüpfer, und ich kann mich nicht daran erinnern, ob ich jemals so glücklich gewesen bin. Ich mache etwas Sinnvolles mit meinem Leben, meine Kunst läuft besser denn je, ich studiere im Ausland und darf an einer Ausstellung teilnehmen, ich habe wundervolle Freunde, die beste WG, die ich mir wünschen könnte – und Aedan. Mein Magen flattert, doch diesmal nicht vor Hunger, als ich daran denke, wie er mich gestern und heute Morgen angesehen hat. Da war mehr als nur Lust, da war etwas in seinem Blick, das tiefer geht und mich wünschen lässt, dass er mich jeden Morgen so ansieht.

Das laute Brutzeln der Margarine und des Teigs reißt mich aus meinen Gedanken. Eilig drehe ich ihn um, gerade rechtzeitig, denn der Pfannkuchen ist bereits gut gebräunt. Skeptisch begutachte ich den restlichen Teig in der Schüssel. Niemals wird er für uns vier reichen. Nicht bei meinem Hunger und nicht bei den Portionen, die ich die anderen drei schon habe verdrücken sehen. Ich hole eine weitere Schüssel aus dem Regal und verfluche nicht zum ersten Mal seit meinem Einzug, dass diese Küche definitiv nicht für kleine Menschen gemacht ist. Aus dem Flur dringen Geräusche zu mir, offensichtlich handelt es sich nicht bloß um einen Postboten. Vielleicht hat jemand gestern etwas liegen lassen, bei dem Trubel, der hier herrschte, kein Wunder.

Ich begutachte das Rezept auf dem Laptop, der zum Glück noch nicht in den Standby gewechselt ist. Kein Wunder, dass der Teig nicht reicht, Aedan hat die Mengenangaben bei zwei Portionen belassen. Ich stelle es sicherheitshalber auf fünf hoch – lieber zu viel als zu wenig – und will gerade zurück zur Theke, als ich innehalte, weil mein Kopf wie nebenbei etwas registriert. Ich suche den Tisch ab, unsicher, was mich hat stutzig werden lassen, als ich es sehe.

Nein.

Mein Herz hört auf zu schlagen, oder zumindest fühlt es sich so an, denn plötzlich nehme ich alles in Zeitlupe wahr. Als wäre nicht ich diejenige, die nach den Papieren greift, die unter dem Laptop begraben liegen, sondern eine Fremde, der ich dabei zuschaue. Mit einem Mal wird mir kalt, innen wie außen. Ich kenne den Straßennamen. Meade Street.

»Bauplan«, lese ich flüsternd vor und entfalte das Papier. Es kann nicht sein. Was ich in den Händen halte, kann nicht sein. Ich muss träumen oder es mir einbilden oder sonst etwas. Denn wenn das hier real ist, dann war alles eine Lüge. Aedans Hilfe bei der Essensausgabe. Sein Mitgefühl, als ich ihm von Charlie erzählt habe. Sein offenes Ohr, wann immer ich über

Hope Harbour gesprochen habe. Das Papier raschelt, und es dauert einen Moment, bis ich verstehe, dass das daran liegt, dass meine Hände zittern. Mein ganzer Körper bebt vor Anspannung, vor unterdrückter Wut. Währenddessen rasen meine Gedanken, suchen fieberhaft nach einer Erklärung, nach einem Ausweg. Vielleicht wusste Aedan nichts von der ganzen Sache? Doch das ist unmöglich, immerhin halte ich den Beweis dafür in der Hand. Egal, welche Optionen ich durchspiele: vergebens. Es gibt kein einziges Szenario, in dem Aedan nicht wusste, dass das Hotel, an dem er mitwirkt, Grund für Seans Verlust ist.

Ich knülle das Papier in meiner Hand zusammen. Meine Brust hebt und senkt sich viel zu schnell. Der Pfannkuchen brutzelt in der Pfanne und riecht bereits angebrannt, doch das ist mir egal. Aedan saß mit Sean an diesem Tisch. Die beiden haben über *Star Wars* geplänkelt, während er die ganze Zeit wusste, dass er der Grund ist, dass Sean überhaupt unsere Hilfe brauchte. Dass er schuld an seinen Verletzungen und seinem Leid ist.

Ich werfe das Papier, das mittlerweile zu einer festen Kugel verformt ist, auf den Boden, dann stürme ich aus der Küche in den Flur – und halte zum zweiten Mal in kurzer Zeit inne. Der Mann, der gerade seine Jacke auszieht, ist definitiv nicht der Postbote, doch er ist auch niemand von der Party gestern. Ich erkenne sein Gesicht sofort von den zahlreichen Wahlplakaten in der Stadt. Es steht für alles, gegen das wir kämpfen. Für die menschenfeindliche Politik, gegen die wir tagtäglich vorgehen. Und er ist hier. Der Bürgermeister, der für sein Amt allem Anschein nach über Leichen geht – sprich- wie wortwörtlich –, ist in unserer WG.

»Was machen Sie hier?«, frage ich und habe für einen kurzen Moment sogar vergessen, dass ich eigentlich Aedan zur Rede stellen wollte. Mein Blick fliegt zu ihm, und er wirkt seltsam ertappt, dabei kann er unmöglich wissen, was ich gerade gefunden habe. Oder ist es mir anzusehen? So heftig, wie mein Herz schlägt, womöglich, denn es scheint sich einen Weg aus meinem Brustkorb herauskämpfen zu wollen.

»Ich besuche meinen Sohn.« Es dauert ein, zwei, drei Atemzüge, bis die Worte Sinn ergeben, bis ich verstehe, dass er bei seinem Satz Aedan ansieht.

Aedan O'Brien.

Es fällt mir wie Schuppen von den Augen, und alles in mir wird taub. O'Brien ist ein Allerweltsname, deshalb hat Clarisse nie weiter nachgehakt. Doch jetzt, da ich die beiden nebeneinanderstehen sehe, fallen mir Ähnlichkeiten auf. Das verlegene Lächeln des Bürgermeisters bringt seine Grübchen zum Vorschein, so, wie es auch bei Aedan der Fall ist. Seine Augen sind ebenfalls eine Mischung aus Grün und Braun, und obwohl Aedan größer ist als sein Vater, haben sie eine ähnliche Körperhaltung. Auch Mr O'Brien wirkt mit seinen breiten Schultern, als würde er jeden Raum beherrschen, den er betritt. Ein kalter Schauer läuft mir über den Rücken, als ich langsam, dann immer schneller den Kopf schüttle. Aedan hat gelogen. Er hat Clarisse belogen und mich genauso.

»Serena.« Aedans Stimme ist flehend, doch er hat nicht das Recht, mich um irgendetwas anzuflehen. Nicht nur dass er all die Zeit über an dem Hotel mitgearbeitet hat, über das ich mich ausgelassen habe, sein Vater ist Torin O'Brien, der Bürgermeister. Der fucking Bürgermeister!

»Ich …« Ich schlucke, als mir auffällt, dass da keine Worte sind. Aedan geht auf mich zu, und ich weiche instinktiv zurück. Aus dem Augenwinkel bemerke ich Nolans skeptischen Blick, und auch Declan lugt aus dem Wohnzimmer in den Flur. Aedan hat mich nach Strich und Faden verarscht. Ob er über mich gelacht hat? Hat er seinem Dad womöglich sogar von unseren Ambitionen erzählt?

In meinem Magen bildet sich ein kalter, fester Knoten, und mir wird schlecht. Er wusste es die ganze Zeit. Als er mich geküsst hat, bei unseren Ausflügen, während unserer Gespräche, als er mich angefasst hat ... Wir haben gestern miteinander geschlafen, verdammt. Ich habe ihm alles von mir gegeben. Nicht nur meinen Körper, sondern meine Träume, Ängste, meine Vergangenheit und meine Gefühle. Und er hat all das mit Füßen getreten. Mit einem Mal scheint sein T-Shirt meine Haut zu verbrennen. Ich will raus – aus dem Shirt, diesem Haus, aus meinen Gefühlen.

»Wie konntest du das tun?«, frage ich schließlich, und ich hasse, wie erstickt meine Stimme klingt. Tränen brennen in meinen Augen, und ich weiß nicht, ob vor Wut oder weil ich verletzt bin. Meine Gefühle sind ein einziges Chaos.

»Serena, es ist nicht so ...«

»Es ist nicht so, wie es aussieht? Ist das dein Scheißernst? Sind die Baupläne in der Küche auch nicht das, wonach sie aussehen?« Ich lache auf, und Aedan macht noch einen Schritt auf mich zu, streckt die Hand nach mir aus, doch ich weiche weiter zurück, stoße gegen die Kommode im Flur, woraufhin einer der Bilderrahmen darauf gefährlich wackelt. »Fass mich nicht an!«

»Ich wollte es dir sagen.«

»Hast du aber nicht«, zische ich. »Muss ja lustig gewesen sein. Wusstet ihr alle Bescheid?« Mein Blick fliegt zu Nolan und Declan, und die Vorstellung, dass die drei die ganze Zeit hinter meinem Rücken über mich und meine Naivität gelacht haben, raubt mir den Atem. Doch Nolan blickt mir aufrichtig verwirrt entgegen. Es sollte mich erleichtern, aber es tut nicht weniger weh, denn auch wenn ich alle drei ins Herz geschlossen habe: Aedan hat Stellen in meinem Herz erreicht, zu denen noch niemand sonst vorgedrungen ist. Nur um es mir herauszureißen.

»Ich wusste nicht, wie ich dir sagen sollte, dass mein Dad der Bürgermeister ist, und noch viel weniger wusste ich, wie ich dir das mit dem Hotel erklären soll.«

»Bullshit.« Meine Stimme ist genauso kalt wie mein Inneres. »Du warst nur zu feige.« Mr O'Briens Blick huscht zwischen mir und Aedan, seinem Sohn, hin und her. Ich habe Miete an ihn gezahlt. An den Mann, gegen den wir die gesamte Zeit über ankämpfen. An den Kerl, der mitverantwortlich für Charlies Tod ist. Und ich habe mit seinem Sohn geschlafen. Dem Mann, für den ich dummerweise Gefühle entwickelt habe. Hatte. Denn da dürfen keine mehr sein. Nicht, wenn ich nichts weiter als ein Spielball war.

»Ich ziehe aus«, verkünde ich, und bei den Worten bildet sich auch in meiner Brust ein Knoten, denn ich habe keine Ahnung, wo zur Hölle ich hinsoll. Ich brauche einen Wohnsitz für mein Stipendium, doch hier kann ich unmöglich bleiben. Ich will keine Sekunde länger mit Aedan in einem Raum sein. Vielleicht kann ich bei Evelynn unterkommen oder bei Nora. Mein Herz zieht sich schmerzhaft zusammen bei der Vorstellung, all das zurückzulassen: die WG-Abende, Nolans Sauberkeitstick, Declans Witze, Aedan. Doch nichts davon war echt.

»Quatsch, du ziehst nicht aus, wir können das klären.« Aedan hebt die Hände, als handle es sich bei mir um ein verängstigtes Tier, das man mit gutem Zureden beruhigen könnte. »Lass uns reden.«

»Leck mich, Aedan.«

Ein verletzter und beinahe panischer Ausdruck tritt in seine Augen. Als würde ihm genau in diesem Moment bewusst werden, dass er alles kaputtgemacht hat. Aber wer weiß schon, ob diese Zurschaustellung seiner Gefühle echt ist. Allem Anschein nach ist er ein hervorragender Schauspieler.

Er öffnet den Mund, doch was auch immer er erwidert, geht in einem ohrenbetäubenden Piepsen unter.

»Was zur Hölle?« Declan hält sich die Ohren zu, und von oben ertönt klagendes Miauen, als der Feuermelder sich lautstark meldet. Qualm dringt in den Flur.

»Fuck, die Pancakes!« Nolan eilt in die Küche, Declan folgt ihm, und ich nutze den allgemeinen Trubel, um an Aedan vorbei nach oben zu rennen. Tränen verschleiern meine Sicht, mein Atem geht so flach, dass meine Lunge sich zu leer anfühlt, doch irgendwie schaffe ich es hinauf. Ich höre Aedan meinen Namen sagen, höre seine Schritte auf der Treppe, doch noch bevor er es zu meinem Zimmer geschafft hat, knalle ich die Tür hinter mir zu und schließe ab.

Alles, was mir von Aedan bleibt, ist der Geruch, der noch an seinem Shirt haftet. Ich habe recht behalten: Ich trage Schwarz doch nur an katastrophalen Tagen.

33. KAPITEL

Aedan

Das ist das Problem mit dem Schweigen: Man redet sich ein, dass es besser ist, als zu lügen, und während man das tut, wird es schwerer und schwerer, bis es schließlich ins Rollen gerät und einen unaufhaltsam einholt und unter sich begräbt. Ich habe einmal gelesen, dass man bei einer Lawine die Hände vor die Nase halten soll, um noch atmen zu können, wenn sie einen überrollt. Zu spät. Sie hat mich erwischt, und ich kriege keine Luft mehr.

Serena ist weg. Zwar hat sie nur einen Rucksack mitgenommen, nicht ihren Koffer, doch ich mache mir keine Illusionen, dass sie so schnell zurückkommen wird. Ich habe es versaut.

»Aedan?«

Mein Dad wirft mir einen unsicheren Blick zu. Die Art, wie er meinen Namen sagt, lässt darauf schließen, dass er es schon ein paarmal getan hat, aber ich bin wie taub. Eigentlich bin ich der Ansicht, dass sich alles klären lässt. Immerhin hatte ich noch vor wenigen Minuten genau das vor: Serena beim Frühstück in Ruhe alles zu erzählen. Doch vielleicht wäre es genauso ausgegangen wie jetzt, denn die Sache, die mich am meisten erschreckt hat, war der Ausdruck in ihren Augen. Dort war eine unbändige Wut, die ich nachvollziehen kann, aber inmitten dieser Wut schlummerte etwas Stärkeres, Tieferes. Hass.

Mein Dad legt eine warme Hand auf meinen Arm. Mittlerweile trage ich einen dicken Pulli, allerdings kann selbst der die Kälte in mir nicht vertreiben. »Was ist da gerade passiert?« Nolan und Declan haben sich nach oben verzogen, um uns Raum zu geben, doch jetzt wünschte ich, sie wären hier. Ich fühle mich unfassbar allein inmitten all der Probleme, die so viel größer scheinen als ich. »Ist Serena das Mädchen, das hier eingezogen ist? Die neue Mitbewohnerin?«

Ich nicke. Mein Dad nickt auch, langsam. »Okay. Und ihr habt gestritten?«

Ich weiß, er meint es nur gut, aber die sanfte Stimme gepaart mit der Art, wie er bedächtig seine Fragen stellt, führt dazu, dass ich mich noch kleiner fühle als ohnehin schon. Aber vielleicht ist das in Gesprächen mit Vätern auch immer so. Ich weiß es nicht, ich weiß gar nichts mehr.

»Ich hab Scheiße gebaut.« Ich stütze meine Ellbogen auf den Tisch und fahre mir übers Gesicht. Hinter meiner Stirn hat es zu pochen begonnen, und ich glaube nicht, dass es am Restalkohol von gestern liegt.

»Seid ihr … Ihr mögt euch, oder?«

»Na ja, offensichtlich hassen wir uns jetzt«, sage ich mit bitterem Tonfall. »Sie war bei der Demo dabei.«

Mein Vater nickt schon wieder, doch jetzt schaltet er in den Politiker-Modus, ich sehe es an seinem Gesicht. Daran, wie er sich langsam im Stuhl zurücklehnt und die Brauen leicht zusammenzieht, was ihm einen ernsteren Ausdruck verleiht. Ich kenne dieses Gesicht von etlichen Ansprachen, Konferenzen und von Wahlplakaten. Ich wünschte, er würde es nicht auch für Gespräche mit seinem Sohn aufsetzen.

»Sie ist also unzufrieden mit der politischen Lage der Stadt und somit mit mir«, schlussfolgert er. »Und du hast ihr nicht gesagt, dass ich dein Vater bin.«

Ich schnaube, denn damit kratzt er nur an der Spitze des Eisbergs. »Sie ist nicht unzufrieden mit der politischen Lage der Stadt, sie ist unzufrieden damit, dass wir einen Fick auf Leute geben, denen es schlechter geht als uns.«

»Aedan!«, mahnt mein Vater, und es spielt wohl keine Rolle, wie alt ich bin, das F-Wort scheint nach wie vor tabu im Hause O'Brien zu sein. Doch das ist mir egal.

»Sie hat Charlie gefunden.«

Die Falten auf der Stirn meines Dads werden tiefer. »Das ist unglücklich.«

»Unglücklich?« Mein Stuhl verursacht ein schabendes Geräusch am Boden, wodurch ich erst realisiere, dass ich aufgesprungen bin. »Das ist nicht unglücklich, Dad, das ist eine fucking Tragödie. Wir haben einen Menschen erfrieren lassen.«

»Wir haben ihn nicht erfrieren lassen, er ist erfroren.«

»Ja, und weshalb? Freiwillig ganz sicher nicht.«

»Das ist mir klar. Wir haben darüber bereits gesprochen. Es ist nicht ideal, aber es gibt Hilfsangebote in der Stadt, die …«

»Dad, bitte! Hast du dir die einmal angesehen? Du hast selbst erzählt, wie viele Menschen gerade Hilfe benötigen. Es platzt aus allen Nähten, und es werden immer mehr. Der Wohnungsmarkt ist eine Katastrophe, es werden auch keine neuen Wohnungen gebaut, und die, die da sind, werden von den großen Firmen für ihre Mitarbeitenden angemietet, was die Preise nur noch weiter nach oben treibt.«

»Es werden neue Wohnungen errichtet. In Ballincollig und Blarney zum Beispiel, was du wüsstest, würdest du in den Bebauungsplan schauen.«

»Das ist doch nicht einmal richtig Cork! Und trotzdem segnest du in Cork selbst Hotels ab, anstatt mal dafür zu sorgen, dass größere Wohneinheiten oder Sozialwohnungen entstehen?« Mein Herz pocht so schnell in meiner Brust, dass ich das Blut in meinen Ohren rauschen höre. Es ist das zweite Mal innerhalb kurzer Zeit, dass ich meinem Dad gegenüber laut werde. Zuletzt war ich das als Teenie. Aber da ging es um Banalitäten, darum, wie lang ich abends weggehen darf und all so was. Nicht um etwas Grundlegendes. Nicht um etwas, das mein Bild von meinem Dad für immer ändern könnte.

»Vor wenigen Tagen warst du noch ganz aus dem Häuschen wegen des Hotels.«

Ich hasse es, dass mein Dad so ruhig bleibt, und noch mehr hasse ich, dass er recht hat. Dass ich genauso wenig zu einer Besserung beigetragen habe wie er. »Das Gebäude neben dem Hotel, das abgerissen wird, hat als Unterkunft für eine Gruppe Wohnungsloser gedient.«

»Auch das weiß ich«, sagt mein Dad ruhig, und ich wünschte, er würde ebenfalls laut werden. Würde aufstehen und ein einziges Mal aus seiner Haut fahren, für etwas so brennen, dass der stoische Politikerausdruck von seinem Gesicht weicht. Ein Mal nur.

»Du wusstest es?«

»Der Tourismus in Irland boomt, und immer mehr Leute sind auch geschäftlich hier. Wir benötigen das Hotel.«

»Wir benötigen auch Häuser.«

Zum ersten Mal verrutscht die Miene meines Dads. Nicht jedoch wie erhofft, er zieht den Mund leicht schief. Ich weiß nicht, ob es ein unzufriedenes oder ein spöttisches Lächeln ist, vielleicht auch beides. »Natürlich benötigen wir Häuser. Aber wie denkst du denn, läuft die Arbeit als Bürgermeister ab? Ich bestimme etwas, alle schreien Juchu, und wir setzen meine Pläne in die Tat um? Denkst du, der Bebauungsplan war allein meine Entscheidung? Ich brauche Stimmen, aber was ich genauso sehr brauche, ist Unterstützung von oben. Von den Menschen mit Einfluss. Ich habe es dir schon einmal gesagt:

Manchmal muss man die kleinen Probleme ignorieren, um die großen lösen zu können. Die Ursachen bekämpfen anstatt die Symptome.«

Er sieht mich mit Nachdruck an, und er mag recht haben. Was weiß ich schon von Politik? Aber es klingt dennoch absolut falsch. »Auch, wenn man dafür über Leichen geht?«

Nun legt mein Dad seine Maske doch ab, endlich. Er seufzt. »Aedan, bitte, keiner von uns geht über Leichen. Wir legen nicht unsere jeweiligen Konkurrenten um oder kidnappen die Kinder irgendwelcher Politiker. Ich bedaure zutiefst, was mit Charlie passiert ist, und wir arbeiten daran, die Situation zu ändern. Wandel braucht Zeit.«

»Gesprochen wie ein echter Politiker.«

Mein Dad schüttelt traurig den Kopf, dann steht er auf und legt mir eine Hand auf die Schulter. »Komm uns die Tage mal besuchen, lass uns in Ruhe über alles reden, wenn die Lage sich etwas beruhigt hat, ja? Eigentlich wollte ich dir nur gratulieren, weil Mr White deine Arbeit in den höchsten Tönen gelobt hat.«

»Ich werde nicht weiter für ihn arbeiten können.«

Die Hand auf meiner Schulter versteift sich. »Was?«

»Ich kann das nicht mit meinem Gewissen vereinbaren, Dad.«

»Wegen Serena? Aedan, du kannst dir deine Zukunft nicht wegen eines Mädchens verbauen.«

»Nein, weil es nicht richtig ist.«

»Das Hotel wird ohnehin gebaut werden. Ob du daran teilnimmst oder nicht, ändert nichts daran. Aber wenn du mitwirkst, erhältst du ein großartiges Arbeitszeugnis, hast eine Referenz in Ausmaßen, die deine Kommilitonen nicht vorzeigen können, und kannst dir deine Projekte dadurch auswählen. Kleine Probleme aushalten, um die großen zu lösen«, wiederholt er noch einmal. Ein Teil von mir möchte ihm recht geben, möchte, dass seine Worte wahr sind. Dieser Teil möchte das Hotel bauen, das Studium mit Bravour meistern und das Stadtbild Corks mitprägen. Doch da ist noch ein anderer Teil, und dieser empfindet bei der Vorstellung nichts als Ekel. Diesem zweiten, neuen Teil wird schlecht dabei, den Tod eines Menschen als kleines Problem abzutun. Dieser Teil denkt an Seans verquollenes Gesicht, an die Essensausgabe, an Serenas Schilderungen von ihrem Fund am Fluss. Dieser Teil siegt, als ich den Kopf schüttle.

»Ich werde am Montag mit Mr White reden und mich aus dem Projekt zurückziehen. Ich werde etwas anderes finden.«

»Du machst einen Fehler.« Der Mann, der nun vor mir steht, ist nicht länger Politiker, sondern wirklich mein Dad. Ich erkenne es an der aufrichtigen Sorge in seinem Blick. »Aedan, ich will nur, dass du eine gute und sichere Zukunft hast, dass du deinen Weg gehst. Bitte, überstürze das nicht. Du bist jetzt emotional, aber ich bin mir sicher, Serena und du, ihr könnt das klären.«

Serena und du. Es gibt kein Serena und ich mehr, dafür habe ich gesorgt.

»Lass uns die Tage reden, ja?« Ich schlucke, und in mir toben die unterschiedlichsten Gefühle: Angst, Serena verloren zu haben, die Sorge, meinen Dad zu enttäuschen, Panik, mir meine Zukunft zu verbauen, aber auch Stolz, weil es sich trotz allem nach einem Schritt in die richtige Richtung anfühlt.

Mein Dad nickt und zieht mich in seine Arme. »Ich bin stolz auf dich, Aedan, egal, was passiert. Aber bitte triff keine überstürzten Entscheidungen. Dass sich langfristig etwas ändert, liegt nicht in deinen Händen, sondern in denen von Menschen wie mir. Dafür wählt ihr uns.«

Normalerweise hätte ich jetzt ebenfalls genickt, das Vertrauen in die Politik gelegt, in meinen Dad, so wie sonst auch. Doch wenn seine Worte wahr sind, wieso ist dann so viel Hilfe von Menschen wie Serena, Nora und Clarisse nötig?

34. KAPITEL

Serena

Mein ganzer Körper schmerzt. In meiner Lunge sticht es, Atmen tut weh, mein Bauch fühlt sich komisch an, und die Haut rund um meine Augen ist gereizt und brennt, weil die Tränen einfach nicht aufhören wollen zu fließen.

»Alles wird gut.« Evelynn streicht mir beruhigend über den Rücken, ihre Worte umhüllen mich wie eine Decke, schaffen es aber dennoch nicht, die Schmerzen zu stillen. »Liebeskummer ist scheiße. Aber es wird wieder besser, glaub mir. Hier.« Evelynn reicht mir eine weitere Tasse Tee. »Trink.«

»Für eine A-Amerikanerin«, beginne ich schluchzend, »bist du mittlerweile sch-schon ganz schön irisch.«

Sie lacht leise. »Guck, immerhin hast du deinen Humor noch nicht verloren.«

Ich trinke einige Schlucke. Nun schmerzt auch meine Zunge, da der Tee noch viel zu heiß ist, doch es tut gut, für einen Augenblick etwas anderes zu spüren als den Druck auf meiner Brust. »Es ist ja nicht nur Aedan«, beginne ich. »Also, klar, das tut gerade am meisten weh. Ich … ich mochte ihn wirklich.«

Mochte. Vergangenheitsform. Dabei ist das eine Lüge, denn ich mag ihn. Mag ihn trotz allem. Und ich vermisse ihn, dabei bin ich gerade einmal eine knappe Stunde hier. Doch ich vermisse viel mehr all die Chancen, die uns nun entgehen. All die Dinge, die wir hätten sein können und nun niemals sein werden. Dabei vermisse ich ein Trugbild. Denn der Aedan, den ich zu kennen geglaubt habe, den gibt es gar nicht. Das ist mir mit allem, was ich Evelynn eben erzählt habe, bewusst geworden.

»Er ist ein Arsch«, schiebe ich hinterher. »Wie kann er all die Zeit gelogen haben? Er wusste von dem Hotel, hat daran mitgearbeitet und sitzt dann seelenruhig mit uns am Tisch? Die gesamte verdammte Zeit über war sein Dad der Bürgermeister? Und ich stand in der Gruppe vor dem Council und habe demonstriert. Gegen seinen Dad. Und dann bin ich heim, und was? Er hat nichts gesagt?«

Meine Tränen scheinen auf meinem Gesicht zu verdampfen, als Wut die Trauer ersetzt. So geht es schon die ganze Zeit: Erst weine ich, dann werde ich wütend, dann weine ich wieder. Ich bin froh über die Wut. Sie ist produktiver. Mit ihr kann ich arbeiten. »Wie kann er so abgebrüht sein? Ich hab ihm wirklich all den Mist geglaubt, den er verzapft hat.« Ich leere meinen Tee und stelle die Tasse etwas zu fest zurück auf den gläsernen Couchtisch. Eves WG ist um einiges schicker als unsere, was vielleicht daran liegt, dass Leticia, ihre Mitbewohnerin, im Interior Design arbeitet. Von der Decke hängt ein Kronleuchter, und die Wand hinter der champagnerfarbenen Couch ist in einem satten Dunkelgrün gestrichen. Der Geruch von Zedern liegt in der Luft, da Leticia darauf schwört, dass ihr die Duftkerze bei Angst und Unruhe hilft. Bislang merke ich leider nichts von dem entspannenden Effekt.

»Und es besteht gar keine Chance, dass es sich um ein Missverständnis handelt? Er war so …« Evelynn zuckt mit den Schultern. »Keine Ahnung, er wirkte so nett.«

Ich schnaube. Ich habe ihr nicht erzählt, dass ich mit Aedan geschlafen habe, auch wenn sie sich ihren Teil sicher denken kann. Doch die Erinnerung daran tut zu weh. Sie ruft nicht nur Bilder hervor, sondern auch, wie ich mich dabei gefühlt habe. Ich habe mich noch nie so gesehen, begehrt und gewollt gefühlt – und das nicht nur sexuell. Dass das alles Einbildung war, unecht, obwohl es sich doch so echt angefühlt hat, das schmerzt womöglich am meisten.

»Auf keinen Fall ist es ein Missverständnis. Sein Dad war da. Ich hätte es wissen müssen. Als ich eingezogen bin, dachte ich doch noch, dass das alles zu gut ist, um wahr zu sein. Ich hatte recht.«

»Ach, Süße.« Evelynn verzieht den Mund zu einem schiefen Lächeln und sieht mich mitleidig an. »Magst du noch einen?«, fragt sie und deutet auf die leere Tasse, doch ich schüttle den Kopf und setze mich aufrecht hin.

»Ich will ihn nie wieder sehen.«

»Wird schwer am Campus«, gibt Eve zu bedenken.

»Leider. Wir haben sogar noch dieses verdammte Referat zusammen.«

»Wann denn?«

»In einer Woche.«

»Vielleicht …« Evelynn zögert und beißt sich auf die Lippe. »Ich bin auf deiner Seite, okay? Aber vielleicht solltet ihr vorher noch einmal miteinander reden? Nur um den größten Streit aus dem Weg zu schaffen, bevor es euch die Note versaut.«

»Nur über meine Leiche. Oh, warte, er und sein Dad gehen ja über Leichen, dann ist es vielleicht doch kein Problem.«

»Ich verstehe, dass du wütend bist, aber willst du wirklich dein Stipendium gefährden wegen eines Kerls?« Eve sieht mich mit erhobenen Brauen an. »Dir ist klar, dass du mich allein in Cork zurücklassen würdest? Wir beide hatten Pläne für den Master!«

»Natürlich will ich das nicht, aber …« Ich zucke mit den Schultern, unsicher, wie ich den Satz beenden soll. *Aber ich will Aedan nie wieder sehen? Aber es würde mich zerreißen, neben ihm am Whiteboard zu stehen? Aber sein Verrat schmerzt gerade mehr als der Verlust von allem anderen?* Ich schließe die Augen und schnaube. Als ich sie wieder öffne, liegt ein Lächeln auf Evelynns Gesicht, weil sie vermutlich schon weiß, wie meine Antwort lauten wird. »Du hast recht.«

»Natürlich hab ich das«, erwidert sie grinsend, bevor sie mich in eine Umarmung zieht. »Du schaffst das, Serena. Schreib ihm eine sachliche Mail, teilt euch das Referat auf, schnappt euch eine gute Note, und dann musst du ja nie wieder mit ihm reden.«

»Klingt nach einem Plan«, sage ich, obwohl es mir bei der Vorstellung, nie wieder mit Aedan reden zu können, trotz allem die Kehle zuschnürt. Ich hasse, was Aedan getan hat. Seine Lügen, seine Täuschungen. Aber trotz allem bringe ich es tief in meinem Inneren nicht über mich, ihn zu hassen. »Aber bevor ich mich ans Referat setze, muss ich noch was anderes tun.«

»Und was?«

»Ich brauche Farbe.«

Evelynns besorgter Gesichtsausdruck weicht Erleichterung. »Alles klar. Ich hab keine hier, Leinwände auch nicht, aber wir könnten gleich in die Stadt? Du kannst hier malen, die Mädels haben sicher kein Problem damit. Ich hab Leticia schon geschrieben, die Couch gehört diese Woche dir, wenn du willst.«

»Danke, du bist die Beste. Ich suche mir so schnell wie möglich etwas Neues, aber wenn ich ein paar Tage hierbleiben könnte, wäre das toll.«

»Na klar, dafür sind Freundinnen doch da.«

Ich lächle sie dankbar an, obwohl der Druck auf meiner Brust noch genauso schwer wiegt wie zuvor. Vielleicht ändert sich das, sobald ich Farbe und Pinsel in der Hand halte. Denn Stipendium hin oder her: Ich muss etwas tun. Das mit der Farbe war zwar keine Lüge, doch ich behalte für mich, dass ich entgegen Evelynns Worten keine Leinwände benötigen werde. Ich habe bereits eine viel wirkungsvollere Leinwand im Kopf.

35. KAPITEL

Serena

Mein Herz schlägt mir bis zum Hals, und meine Finger schmerzen vom Gewicht der Eimer. Ich kann jetzt keinen Rückzieher machen. Nicht, nachdem ich es in den letzten Tagen immer und immer wieder getan habe. Am Sonntag habe ich es damit gerechtfertigt, noch keine Energie zu haben, außerdem hat Evelynn mit Argusaugen über mich gewacht. Am Montag und Dienstag war meine Ausrede, dass ich eine neue Wohnung suchen muss – ohne Erfolg –, am Mittwoch habe ich den ganzen Tag an dem Referat gesessen, Donnerstag und Freitag stand ich dann immerhin hier, nur um die Aktion in letzter Sekunde abzubrechen. Weil ich feiger bin, als ich dachte. Der rasende Zorn vom Anfang ist einer schwelenden, konstanten Wut gewichen.

Es ist, wie ich letztes Wochenende bereits erwartet habe: All die Leinwände, die Bilder, die ich gemalt habe, sie haben rein gar nichts gebracht. Vielleicht, weil die Leinwand immer mein Hilfsmittel war, um meine eigenen Gefühle zum Ausdruck zu bringen. Doch das jetzt, das ist größer als ich. Es geht nicht mehr nur um mich, es geht um andere, und mit ein bisschen Farbe, Pinsel und einer Leinwand kann ich schwer etwas ausrichten, was genug Eindruck hinterlässt.

Zum wiederholten Mal blicke ich nach links und rechts. Es ist Wochenende, stockdunkel, und die meisten Leute sind um diese Zeit in der Innenstadt und haben sich in den Pubs und Clubs verteilt. Doch ein paar wenige Menschen spazieren noch am Fluss entlang. Ich stehe an der Bushaltestelle, um nicht allzu sehr aufzufallen, und das Paar, das gerade vorbeigeht, lächelt mir leicht zu. Ich erwidere das Lächeln und merke, dass meine Mundwinkel zittern. Doch ich kann keinen Rückzieher machen. Nicht schon wieder. Nicht, wenn es das Richtige ist. Nicht, wenn morgen die Demo ist. Heute ist meine letzte Chance. Und doch stehe ich hier und zittere, würde am liebsten umkehren, bin so viel schwächer, als ich gern wäre.

Ob meine Eltern manchmal auch Angst hatten? Oder Zweifel? Waren sie immer so überzeugt von ihrer Arbeit und davon, das Richtige zu tun, dass sie furchtlos vorangeschritten sind? Oder hatten sie auch Tage wie ich heute? An denen alles chaotisch war und sie gar nichts mehr wussten? Ich wünschte, ich könnte sie fragen. Ich vermisse sie. Vielleicht muss ich erst am Boden sein, um es zugeben zu können, aber jetzt, genau in diesem Moment, würde ich alles für die Umarmung meiner Mutter tun. Oder für die aufbauenden Worte meines Dads. Ich habe vielleicht nicht viele glückliche Erinnerungen an sie, aber tief in mir drin sind sie dennoch verborgen: wie mein Vater mir das Radfahren beibrachte, wie meine Mutter meine Kindergeburtstage plante – auch wenn sie oft genug nicht dabei sein konnte. Gerade würde ich alles für ihren Rat tun.

Kurz überlege ich, Vincent anzurufen, doch dann würde ich all seine Nachrichten lesen müssen, die ich diese Woche ignoriert habe. Ich war kaum am Handy, hatte keine Kraft für den Familienchat, ebenso wenig für die Nachrichten aus der WG oder von Aedan. Er hat mir etliche geschrieben und selbst auf meine E-Mails mit der Referatsvorbereitung mit Entschuldigungen reagiert. Doch davon will ich nichts wissen. Mit jeder seiner Zeilen ist meine Wut nur weiter gewachsen, denn ich weiß, dass es nur leere Worte sind. Auch Evelynn hat mir vorhin geschrieben, um zu fragen, wann ich zurückkomme. Sie hat mir einen Schlüssel gegeben, damit ich mich wie zu Hause fühle, doch mittlerweile müsste sie von ihrer Schicht im Sin É zurück sein und fragt sich sicher, wo ich bleibe. Mein Kopf ist zu voll und gleichzeitig zu leer. Also lasse ich das Smartphone in meiner Jackentasche und konzentriere mich auf das, was vor mir liegt. Auf die eine Aufgabe, die ich heute endlich durchziehen muss. Und doch zögere ich wieder einmal, stehe seit einer gefühlten Ewigkeit an der Haltestelle und lasse Bus für Bus vorbeiziehen.

Jetzt oder nie. Reiß dich zusammen. Deine Eltern hätten es auch gekonnt.

Ich atme ein letztes Mal tief ein und wieder aus. Es ist niemand da. Die Kreuzung ist leer, kein Auto weit und breit. Wenn ich meinen Schal hoch genug wickle, die Kapuze meines Mantels tief genug ins Gesicht ziehe und mich beeile, wäre ich unerkannt in Windeseile wieder weg. Die Kameras, die überall am Gebäude befestigt sind, würden nur einen Schemen erkennen, nicht mich.

Deine Eltern hätten es auch gekonnt.

Es sind diese stummen Worte, die dafür sorgen, dass meine Füße sich schließlich wie von selbst in Bewegung setzen. Links, rechts, ein Schritt nach dem anderen, bis ich die leere Straße überquert habe. Die warme Atemluft kitzelt an meinem Hals, da ich meinen senfgelben Schal bis über die Nase gezogen habe. Die Kapuze meines Mantels verbirgt meine Haare und reicht mir bis tief in die Stirn. Ich kann das. Für Charlie. Für Sean. Für Bobby, Paula und all die anderen, die zu oft übersehen werden.

Mit schnellen Schritten betrete ich das Gelände, entferne die Kappe des Farbeimers und schütte sicher die Hälfte des

Inhalts über die grauen Stufen des Councils. Die rote Farbe ergießt sich wie Blut über die Steine und glitzert im milchigen Licht des Mondes. Es hat etwas makaber Schönes, zumindest bei Nacht. Morgen früh wird es hoffentlich so barbarisch aussehen wie das, was Aedans Vater den Menschen hier antut.

Ich ziehe den breiten Pinsel aus der Manteltasche, tunke ihn in die restliche Farbe und eile zum Eingang des alten Gebäudes. *Häuser, nicht Hotels*, das ist der Leitspruch der Demonstration. Ich habe über etwas Drastischeres nachgedacht, das auf die Probleme der Obdachlosen der Stadt aufmerksam macht, doch ich will auf keinen Fall, dass man ihnen die Schuld hieran gibt.

Adrenalin flutet meine Adern. Adrenalin und Stolz. Ich male ein großes, fettes H auf das graue Gemäuer, tunke den Pinsel zurück in die Farbe und mache mich an den nächsten Buchstaben. Ich schaffe es bis zum S, als plötzlich ein lautes, tiefes »Hey« erklingt und alles in mir gefriert.

»Was tun Sie da?«

Scheiße. Es braucht eine Millisekunde, bis ich mich aus der Starre löse, dann setze ich mich in Bewegung, laufe los, so schnell ich kann. Der Farbeimer schwankt gefährlich, und ein Teil der restlichen Farbe klatscht neben mir auf den Boden. Ich lasse ihn fallen, und er hinterlässt ein lautes Klirren auf dem Boden.

»Stehen bleiben!«

Hinter mir erklingen Schritte, weit genug entfernt, dennoch halte ich nicht inne, um mich umzudrehen. Ich renne, was das Zeug hält. Einzelne Farbspritzer fliegen von meinem Pinsel auf meinen Mantel und meine Hände. Achtlos werfe ich auch ihn zur Seite und eile die Treppen hinunter. Ich komme auf der noch nassen Farbe ins Rutschen, kann mich jedoch in letzter Sekunde aufrecht halten und stolpere die Stufen mehr hinab, als dass ich sie laufe.

Ich höre keine Schritte mehr, bloß meinen eigenen abgehackten Atem. Kalter Schweiß benetzt meine Haut. Ob er von mir abgelassen hat? Das Tor ist beinahe erreicht. Wenn ich über die Straße gelange, kann ich in eine der engen Gassen huschen und mich von dem Trubel in der Stadt verschlucken lassen, und all das hier ist vergessen. Mein Herz rast, als wäre das Tor nicht wenige Schritte, sondern Kilometer entfernt. Meine Lunge sticht, in meinen Wangen kribbelt es seltsam, doch ich erreiche das Tor und biege auf den Fußgängerweg ab. Geschafft! Erleichtert lache ich auf – dann zieht mich etwas unsanft zurück.

36. KAPITEL

Aedan

Noch vor einer Woche dachte ich, ich hätte alles. Den perfekten Job, eine herausragende Zukunft, die besten Eltern und die Frau an meiner Seite, die mich mehr hat fühlen lassen, als ich je für möglich gehalten hätte. Doch wer viel hat, kann auch viel verlieren. Und ich hab verloren. Den perfekten Job und die herausragende Zukunft, meine Eltern nicht, doch zumindest den Glauben daran, dass sie unfehlbare Helden sind. Und Serena. Und daran bin ich selbst schuld.

»Ein Murphy's, bitte.«

Der Barkeeper nickt und hält das leere Glas unter den Zapfhahn, während ich die Krawatte um meinen Hals lockere. Heute war das dritte Vorstellungsgespräch. An einem Samstag, was leider für die Arbeitsbedingungen der Stelle spricht. Wie auch die beiden Gespräche zuvor lief es dennoch gut. Meine Noten überzeugen. Dass ich von Mr White zu ihnen wechsle, hat ihnen allen geschmeichelt, und sie sehen mich als tolle Ergänzung im Team. Nur ich, ich hab keinen Bock. Denn ich will keinen Hausflur neu designen, ich will etwas mit Wirkung, etwas, das bleibt. Doch leider sind die guten Praktika und Werkstudentenstellen mittlerweile vergeben – an meine Kommilitonen. Ich bin zu spät. Und alles, was bleibt, sind langweilige Aufträge, die meinem Lebenslauf eher schaden als nutzen.

»Fuck«, murmle ich, was mir einen mitleidigen Blick des Barkeepers einbringt. Er schiebt mir mein Bier über die Theke hinweg zu, und ich halte ihm mein Handy zum Zahlen entgegen, doch er winkt ab.

»Geht aufs Haus.«

Er hat sich abgewandt, bevor ich protestieren kann, und irgendwie fühle ich mich mit meinem Mitleidsbier kein Stück besser, sondern eher noch bedauernswerter. So geht es mir, seit Serena aus der WG gestürmt ist. Ich habe das Haus kaum verlassen, war kaum an der Uni, in der festen Überzeugung, dass sie zumindest zurückkommt, um ihre Sachen zu packen, doch bisher ist nichts davon geschehen. Auch in unserem gemeinsamen Seminar war sie nicht, genauso wenig geht sie auf meine Nachrichten und Anrufe ein. Lägen nicht ihre Pinsel nach wie vor im Wohnzimmer verteilt, es wäre, als hätte es sie nie gegeben, als wäre sie ein Produkt meiner Fantasie. Ich wünschte, es wäre so. Doch leider erinnere ich mich zu gut an ihr Lachen, an ihre Stimme und an das Gefühl ihrer Haut an meiner.

Ich trinke einen großen Schluck und wische mir den Schaum vom Mund, als sich plötzlich jemand neben mich auf den Barhocker setzt.

»Ganz schön schick fürs Pub, meinst du nicht?«

Evelynn. Mein Herz macht einen freudigen Hüpfer, denn ich versuche bereits seit drei Tagen, sie hier abzufangen.

»Hatte grad einen Termin. Wie geht es ihr? Serena«, füge ich unnötigerweise hinzu, als wüsste Evelynn nicht genau, wen ich meine.

»Oh, hervorragend.« Ihre Stimme trieft vor Sarkasmus. »Ich glaube, die Couch gefällt ihr wesentlich besser als ihre eigenen vier Wände. Noch was? Oh ja, da war dieser Kerl, den sie echt gern mochte. Sie hat mit ihm über alles reden können, sogar über ihre Familie und über die Dinge, die ihr wichtig sind, sowie ihre Kunst und ihr Ehrenamt. Und er hat sie hintergangen, ich glaube, das fand sie besonders großartig.«

Eves dunkelbraune Augen funkeln, während ich regungslos dasitze und keine Miene verziehe. Ich hab es verdient, immerhin laufen diese Szenarien vor meinem inneren Auge seit Tagen in Dauerschleife ab, Evelynn erzählt mir nichts Neues, und nichts, was sie sagen könnte, kann mich mehr treffen als mein eigenes schlechtes Gewissen.

»Ist sie okay?«

Evelynns Kiefer mahlt, und sie sieht zu ihrem Kollegen, bevor sie mit den Schultern zuckt. »Sie malt viel. Schätze, das ist gut.« Ihr Blick findet wieder meinen. »Warum, Aedan?«

»Ich will seit Ewigkeiten Architekt sein, und als sich die Gelegenheit geboten hat, mit Mr White zu arbeiten, habe ich keine Sekunde gezögert. Er hat mich ernst genommen. Nicht wegen meines Namens, sondern wegen meiner Arbeit. Ich wusste nichts von dem Gebäude nebenan, und ich wusste auch nicht, was es für andere Menschen bedeutet.«

»Ja, aber dann hat sie dir davon erzählt. Du hast Sean sogar kennengelernt.«

»Und ich hätte etwas sagen sollen, ich weiß. Und das wollte ich. Mir ist klar, dass das wie eine Ausrede klingt, aber ich wollte es ihr an dem Tag sagen, an dem sie davon erfahren hat.«

Evelynn schnaubt, und ich kann es ihr nicht einmal verübeln, vermutlich würde ich mir selbst keinen Glauben schenken, wäre ich an ihrer Stelle.

»Es stimmt. Ich wollte ihr die Baupläne zeigen. Deshalb hat sie sie ja überhaupt erst in der Küche gefunden. Ich hätte früher etwas sagen sollen, klar. Aber sie hat meinen Dad bereits so sehr gehasst, war so gefestigt in ihrer Meinung. Serena ist mir unfassbar wichtig, aber mein Dad ist es auch. Er ist kein schlechter Mensch. Er ist auch kein perfekter, das weiß ich. Aber …« Ich hebe die Schultern. »Ich habe einfach versucht, alles unter einen Hut zu kriegen: sie, meine Familie, meine Karriere.«

»Hat prima geklappt.« Evelynn lacht, doch es klingt nicht gehässig. Ich lächle schief und trinke einen weiteren Schluck, um mich zu sammeln.

»Vielleicht kannst du ihr sagen, dass es mir leidtut. Ich hab es bereits versucht, aber sie antwortet mir nur das Nötigste, dabei könnte mir das Referat gerade nicht mehr am Arsch vorbeigehen. Aber wenn du es versuchst … denkst du, sie würde mit mir reden?«

Eve hebt die Schultern. »Wenn ich ehrlich bin … nein. Ich glaube, sie ist noch nicht so weit. Ich weiß auch nicht, ob sich das so schnell ändern wird, die Probleme bleiben ja dieselben. Ihr werdet immer und immer wieder aneinandergeraten.«

»Ich habe bei Mr White gekündigt.«

Evelynn reißt die Augen auf. »Was? Und wo bist du jetzt?«

Ich deute auf meinen Anzug und dann in die spärlich beleuchteten Räumlichkeiten des Sin É. »Aktuell in einem viel zu schicken Anzug im Pub und auf der Suche nach einer Firma, in der ich mein Praxissemester machen kann.«

»Du hast noch nichts Neues?«

»Nope.«

In Evelynns Gesicht verändert sich etwas, und der Hauch eines Lächelns legt sich auf ihre Züge. Es ist kein mitleidiges, viel eher ein warmes.

»Ich schreib Serena mal. Vielleicht kann ich sie ja herlocken.«

»Danke.« Bei der bloßen Erwähnung ihres Namens zieht es in meiner Brust. Womöglich kann ich wenigstens auf dieser einen Baustelle vorankommen. Evelynn holt ihr Handy hervor und stöhnt auf. »Mist, Akku leer. Ich hätte weniger TikToks schauen sollen. Ich schreib ihr nachher oder rede heute Abend mit ihr. Aber ich kann nichts versprechen.«

Ich nicke. »Danke.«

»Keine Ursache.« Sie springt von ihrem Barhocker auf. »So, ich sollte langsam mal hinter die Theke, eigentlich arbeite ich schon seit ein paar Minuten.«

Sie lächelt mir noch einmal kurz zu, dann lässt sie mich und mein halbvolles Bier zurück. Es ist still im Pub, zu früh für die Musiker und Musikerinnen, und nur von oben dringt ein leises Gespräch nach unten. Womöglich ändert Evelynns Versprechen, mit Serena zu reden, rein gar nichts. Dennoch klammere ich mich mit allem, was ich habe, daran, denn es schenkt mir Hoffnung, dass vielleicht doch alles okay wird. Hoffnung, die ich dringend gebrauchen kann.

Nolan betritt, den Imperial March summend, das Wohnzimmer und schmeißt sich rechts neben mich auf die Couch. Der Geruch von Popcorn wandert mit ihm, und als ich den Kopf drehe, weiß ich auch, warum.

»Hier.« Er drückt mir die große Schüssel Popcorn in die Hand, die mich leider nur daran erinnert, dass sich vor einer Woche noch Pancake-Teig in ihr befunden hat. Alles hier erinnert mich an mein Versagen, es ist zum Kotzen. Nolan hat die Pinsel zwar vom Wohnzimmertisch weggeräumt, doch ich weiß genau, dass sie unter der Zeitschrift auf der Fensterbank liegen. Im Bad steht Serenas Zahnpasta. Im Flur hängt ihre Lederjacke. Auf der Couch habe ich vorhin eine dieser seltsamen dünnen Haarspangen gefunden, mit denen sie ihren Pony manchmal zur Seite klippt. Selbst das Szenario gerade erinnert mich an Serena und daran, wie wir nicht *Star Wars*, sondern *Rapunzel*, ihren Wohlfühlfilm, geschaut haben. Sie ist überall.

Zum hundertsten Mal, seit ich zurück bin, schaue ich auf mein Handy. Keine neue Nachricht. Weder von Serena noch von Evelynn. Wenn ich meine ungelesenen Nachrichten an Eve richtig deute, hat diese ihr Handy noch nicht geladen. Völlig verständlich, so voll, wie das Pub am Abend wird, aber es macht mich trotzdem nervös. Was, wenn Serena nicht reden will? Wenn ich es wirklich vermasselt habe. Für immer. Der Gedanke trifft mich wie ein Faustschlag in den Magen. Sie hat sich in mein Leben geschlichen, ohne dass ich es bemerkt habe – und ich will nicht, dass sie kein Teil mehr davon ist. Die Vorstellung ist atemraubend auf die negativste Weise.

Mit einem Mal reißt Declan mir das Smartphone aus der Hand.

»Hey«, protestiere ich und strecke die Finger danach aus, doch er legt es auf den Kaminsims.

»Schluss jetzt. Du hast, seit sie weg ist, doch eh die nervigen Töne an und hörst, wenn was reinkommt.« Er stellt drei Gläser und eine Flasche Cola auf den Tisch, dann lässt er sich links neben mich fallen und versenkt seine Hand in dem Popcorn. »Wir gucken jetzt *Star Wars*, und du hast Spaß.«

»Wow, jetzt hat er bestimmt riesigen Spaß, wenn du es ihm befiehlst«, kommentiert Nolan trocken und scrollt mithilfe der Fernbedienung zu den Filmen. »Nach welchem ist dir?«

»Mir egal«, erwidere ich lustlos und schiele zu dem Handy, doch es liegt stumm da, und das Display leuchtet nicht.

»Dann gucken wir Episode Neun.« Als ich nicht antworte, dreht Declan irritiert den Kopf zu mir. »Oh Mann, dir muss es echt miserabel gehen. Episode Neun? Ich hab die Filme nicht einmal gesehen und weiß trotzdem, dass man den meidet.«

Ich hebe die Schultern. »Meinetwegen.«

»Wir haben ihn verloren«, meint Nolan kopfschüttelnd und wählt Episode Vier aus. Declan schnappt sich die Decke und legt die Füße auf dem Sofatisch ab, was ihm ein kleines Schnalzen von Nolan einbringt. Declans Antwort ist ein stummer Kussmund, und seltsamerweise ist es das, was mich aus meiner Trance reißt. Ich war so in meine eigenen Gedanken und Probleme vertieft, dass ich es völlig verdrängt habe. Jetzt, inmitten dieses Declan-Nolan-Sandwiches, fällt es mir wie Schuppen von den Augen.

»Ihr beiden!«

»Hm?«, macht Declan und hält den Blick auf den Vorspanntext gerichtet. Seine Pupillen bewegen sich jedoch nicht, was es mehr als deutlich macht, dass er nicht mitliest, sondern mir ausweicht.

Ich sehe abwechselnd nach links und rechts. »Darüber haben wir noch gar nicht geredet.«

Nolan zieht eine Grimasse. »Wegen der Mitbewohnerregel? Es tut mir leid!«

»Mir kein Stück«, meint Declan. »Hättet ihr euch an die Regel gehalten, säßen wir jetzt nicht an einem Samstagabend auf der Couch wie drei deprimierte Rentner, sondern wären feiern!«

»Also ganz ehrlich? Nach letzter Woche ist Couch genau das, was ich brauche.« Nolan wirft Declan einen skeptischen Blick zu. »Manche von uns denken an ihre Leber.«

»Manche von uns sind einfach härter im Nehmen als andere«, kontert Declan. »Ihr Stadtkinder seid nichts gewöhnt.«

»Ihr lenkt ab«, werfe ich ein, und sofort sieht Nolan wieder ertappt aus.

»Es ist einfach passiert. Bist du sauer?«

»Wenn mich Declans Stöhnen nicht wieder jede Nacht aus dem Schlaf reißt, dann nicht.«

»Aus dir spricht ja nur der Neid«, kontert Declan und beißt sich im nächsten Moment auf die Lippe, als ihm bewusst wird, was er gesagt hat. »Sorry, Mann.«

Ich hebe die Schultern. »Alles gut, ich bin selbst schuld.« Ich habe, was passiert ist, bereits hundertmal mit ihnen durchgekaut. Sie waren da, als Serena gegangen ist, als ich von dem Gespräch mit Mr White zurückgekommen bin, haben mich zur Uni geschleppt und Declan mich sogar ein weiteres Mal zum Rudern. Und auch jetzt sind sie da. So allein ich mich seit Serenas Auszug fühle, die Gewissheit, dass ich es eigentlich nicht bin, schnürt mir für einen Moment die Kehle zu.

Ich schnappe mir etwas von Declans Decke, die Popcornschüssel und lege die Füße ebenfalls auf dem Tisch ab. »Los jetzt, wir haben heute mindestens drei Filme vor uns.«

Nolan murmelt leise etwas, was sich nach Reue anhört. Denn obwohl ich ihn seit Kindertagen regelmäßig zu den Filmen zwinge, haben sie ihn nie recht abgeholt. Dann lehnt er sich jedoch nach hinten, schiebt sich ein Kissen unter den Kopf und konzentriert sich auf den Fernseher. Ich versuche, dem Geschehen ebenfalls zu folgen, wobei mein Blick immer und immer wieder zu dem Handy huscht, das jedoch still und dunkel auf dem Sims liegt.

Wir sind mitten in Episode Fünf, das Popcorn ist aufgegessen, und Nolan schnarcht leise neben mir, als ein lautes Klingeln die Geräusche von Lichtschwertern zerreißt. Ich springe so schnell auf, dass die Schüssel mit dem restlichen Popcorn umkippt.

»Das machst du aber weg!«, ruft Nolan und gähnt, während ich zu dem läutenden Handy renne.

Bitte, lass es Serena sein. Bitte, bitte, bitte.

Jegliche Hoffnung weicht aus meinem Körper, als ich die unbekannte Nummer auf dem Display lese. Mein erster Gedanke ist, dass eine der Firmen zurückruft, bei denen ich ein Vorstellungsgespräch hatte, allerdings ist es mitten in der Nacht.

»Und?«, fragt Declan, der mir neugierig gegenübersteht, doch ich schüttle bloß den Kopf.

»Nope.« Ich unterdrücke ein Seufzen, als ich den Anruf entgegennehme und in Richtung Flur schlurfe, um in Ruhe zu telefonieren. Womöglich ist es ein Scam-Anruf, aber ich will auf Nummer sicher gehen.

»Aedan O'Brien.«

»Aedan?« Ihre Stimme ist ungewöhnlich unsicher, doch ich würde sie unter tausend anderen erkennen. Mein Herz setzt einen Moment aus, und mein Atem stockt.

»Serena?«

Ich umklammere das Handy so fest, dass es wehtut. Als könnte ich sie verlieren, wenn mir das Telefon aus den Fingern gleitet. Declan und Nolan treten zu mir in den Flur, die Brauen zusammengezogen, als versuchten sie, zu verstehen, was am anderen Ende der Leitung vor sich geht.

»Ich … ich brauche deine Hilfe, glaub ich.«

»Was ist passiert?«, frage ich, während ich bereits meine Jacke von der Garderobe nehme.

»Ich wurde verhaftet.«

37. KAPITEL

Serena

»Du wurdest was?«

»Verhaftet«, wiederhole ich leiser, dabei ist die einzige Person, die mich hören kann, die Polizistin, deren Kollege mich am Council eingesammelt hat und die ohnehin über alles Bescheid weiß. Sie steht mit einigem Abstand bei mir. Ich darf eine Person anrufen, wie in den Filmen. Allerdings meinte sie, anders als in den Filmen, dass ich mir ruhig Zeit lassen soll. Doch wofür? Was gibt es groß zu sagen? Meine Stimme zittert, während Aedans von Fassungslosigkeit in Sorge umschlägt.

»Bei welcher Polizei bist du? Im Norden? Oder Innenstadt?

»Innenstadt, direkt beim City Council.«

Ich hasse es, wie weinerlich und schwach ich klinge. Wie kann es sein, dass ich Aedan nie wieder sehen will und trotzdem so erleichtert bin, dass er gleich hier ist? Zwar kann er mir nicht wirklich helfen, doch ich will nicht allein sein. Sobald ich auflege, muss ich zurück in diese verdammte Zelle. Niemals in meinem ganzen Leben habe ich damit gerechnet, mal in einer Zelle oder auf einer Polizeistation zu sitzen. Zum Glück ist niemand mit mir dadrin. Eine Zelle weiter liegt ein Betrunkener und schnarcht, der Alkoholgeruch weht bis zu mir herüber. Ansonsten ist nur ein weiterer Kerl hier, den ich lediglich hören, nicht sehen kann. Er ruft immer wieder diverse Schimpfwörter, und auch wenn ich weiß, dass sie nicht gegen mich gerichtet sind, macht er mir Angst. Bis morgen früh muss ich dadrin bleiben, bevor ich offiziell abgeholt werden kann. Doch dann ist es immer noch nicht vorbei, denn theoretisch kann die Stadt mich anzeigen, wie die Polizistin mich informiert hat.

Ich bin am Arsch.

Werde ich mein Stipendium behalten können, wenn die Stadt mich anklagt? Werde ich überhaupt im Land bleiben dürfen?

Ein Schluchzen dringt aus meinem Mund, und ich höre, wie Aedan am anderen Ende eilige Worte murmelt. Declans tiefe Stimme antwortet irgendetwas, dann fliegt eine Tür zu. »Ich bin gleich bei dir.«

Seine Stimme ist so sanft, dass mein Herz sich schmerzhaft zusammenzieht. Vor Sehnsucht und vor Wut auf mich selbst, dass ich ihn angerufen habe. Ich wünschte, ich wäre stärker. Evelynn war nicht zu erreichen, und alle anderen Leute, die ich hätte kontaktieren können, wohnen nicht in Irland. Ich konnte nur ihn anrufen. Aber wenn ich ganz ehrlich zu mir bin, wenn ich die Erleichterung, die mich endlich wieder atmen lässt, nicht ignoriere, dann wollte ich auch nur ihn anrufen.

Er verabschiedet sich mit einigen beruhigenden Worten, dann legt er auf, und ich gebe das Telefon zurück an die Polizistin. Sie hat mir ihren Namen gesagt, doch ich war so neben der Spur, dass ich sowohl den Namen als auch die kurze Fahrt hierher wie in Trance miterlebt habe. Ihr Namensschild weist sie als Aisling McCarthy aus, und sie lächelt mir zu, als sie an mir vorbei in Richtung Zelle nickt. Sie ist etwa so alt, wie meine Mutter jetzt wäre. Die langen blonden Haare hat sie zu einem Pferdeschwanz zusammengebunden, und ihre künstlichen Wimpern reichen beinahe bis zu ihren Brauen. Das Lächeln lässt kleine Fältchen um ihre Augen herum erscheinen.

Womöglich sollte ich dankbar sein, denn Aisling war nichts als freundlich zu mir. Während ihr Kollege, der mich erwischt hat, mich beinahe ruppig aus dem Polizeiwagen gezerrt hat, hat sie mir sogar Schokolade angeboten, als sie meine Personalien aufgenommen hat. Doch alles in mir ist wie erfroren. Wenn ich mein Stipendium verliere, ist es aus. Wenn ich abreisen muss, erst recht. Wenn Vincent hiervon erfährt … Oh Gott, meine Familie darf niemals hiervon erfahren. Wird so eine Verhaftung irgendwo öffentlich hinterlegt? Komme ich auf Bewährung? Was ist, wenn die Farbe nicht entfernt werden kann, das Gebäude unter Denkmalschutz steht und ich bis in alle Ewigkeit verschuldet bin? Ich bin Künstlerin, ich habe mich darauf eingestellt, dass ich niemals reich werde, aber verschuldet?

»Kommt jemand?«, fragt Aisling mit sanfter Stimme.

»Ja«, sage ich. Meine Stimme ist kratzig.

»Sehr gut. Übrigens wurdest du nicht verhaftet, das wirst du nur bei einer Strafverfolgung. Du bist in Polizeigewahrsam.«

Ich blicke sie regungslos an und verkneife mir den Kommentar, dass das meine Lage nur bedingt verbessert. Fakt ist: Ich werde diese Nacht hinter Gittern verbringen und habe mit meiner Aktion alles aufs Spiel gesetzt.

»Wasser hast du noch?«

Ich nicke und trete an ihr vorbei in die Zelle. Sofort überzieht Gänsehaut meinen Körper, dabei ist es in dem Mantel alles andere als kalt.

»Ruf einfach, wenn du etwas brauchst. Ich bringe deinen Besuch nach hinten, sobald er hier ist.«

Wäre nicht ich diejenige, um die es geht, hätte ich mit Sicherheit gelacht. Bei Aislings Worten könnte man meinen, ich befände mich in einem Bed and Breakfast, nicht in Polizeigewahrsam. Stattdessen nicke ich nur und lasse mich auf die Bank am Rand der Zelle sinken. Wieder dringen Schimpfworte des anderen Kerls bis zu mir.

»Keine Sorge, du kommst auf jeden Fall vor ihm raus.« Sie zwinkert mir zu. »Da dein Alkoholtest negativ war, kannst du in ein paar Stunden wieder gehen.«

»Und … meinen Sie, es kommt zu einer Strafanzeige?«

Aislings Lächeln verrutscht, was mir bereits Antwort genug ist. »Das kann ich nicht sicher sagen, wir handeln gerade rein präventiv. Es kann sein, dass dich in den nächsten Tagen ein Schreiben erreicht. Je nachdem kannst du dich über die Vertretung durch einen Anwalt informieren.«

»Kann man dafür ins Gefängnis?«

»In der Theorie ja, aber ich denke, bei dem bisschen Farbe läuft es eher auf eine Geldstrafe hinaus.« Aisling verriegelt die Zelle und hebt die Hände. »Allerdings bin ich Polizistin, keine Juristin. Wenn du mich fragst, säßest du gar nicht hier drin. Ich schlaf aktuell auf der Couch einer Freundin, weil ich wegen Eigenbedarf aus meiner Wohnung musste. Find da mal auf die Schnelle was Neues, das ist aktuell unmöglich, wenn du kein Managergehalt hast.« Sie schnaubt und lässt den Schlüsselbund zurück an ihren Gürtel fallen. »Na ja, ich bin wieder vorn, Liebes.«

Ich winke ihr halbherzig, ziehe die Beine auf die Bank und lege meine Arme darum. Bin ich zu weit gegangen? Offensichtlich, sonst säße ich jetzt nicht hier. Nicht zum ersten Mal an diesem Tag wünschte ich, meine Eltern wären bei mir, dabei sieht mir das eigentlich gar nicht ähnlich. Die meiste Zeit komme ich klar. Es ist so viele Jahre her, dass sie gestorben sind, und selbst davor haben Vincent und ich uns die meiste Zeit um uns selbst gekümmert. Ich brauche sie nicht. Und doch würde ich zu gern wissen, was sie gerade von mir halten würden. Wären sie stolz, dass ich mich endlich für etwas einsetze? Oder doch enttäuscht, dass es so geendet ist und ich meine Zukunft dafür aufs Spiel setze? Würden sie herkommen, um mir zu helfen? Oder in einer Nachricht von meinen Großeltern von dem Gewahrsam erfahren und einfach weiterarbeiten?

Ich lasse die Stirn auf meine Beine sinken und schließe die Augen. Versuche, den schreienden Mann und das Schnarchen in der Nachbarzelle auszublenden. Jetzt, da alles in mir zur Ruhe kommt, brennen die Tränen in meinen Augen, die ich bislang zurückgehalten habe. Eine nach der anderen löst sich und sickert in den Stoff meiner Jeans. Ich beiße mir auf die Lippe, um nicht zu schluchzen, doch mein Körper wird dennoch geschüttelt, sodass meine Schulter immer wieder gegen die harte Zellenwand prallt. Ich wollte nur helfen, und jetzt habe ich alles kaputtgemacht. Was bringt meine Aktion der Demo morgen? Was bringt es Clarisse und Nora? Charlie und Sean? Vielleicht landet die Farbe in den News, vielleicht ist sie bis morgen bereits entfernt. Und selbst wenn sie es in die Nachrichten schafft: Wer sagt, dass es nicht einfach als Aktion einer durchgeknallten Studentin abgetan wird?

Der Gedanke an Charlie lässt mich aufschluchzen. Als ich das letzte Mal hier auf der Station war, haben alle mit sanften Stimmen zu mir geredet. Ich habe ihnen von dem Fund erzählt, heißen Tee bekommen und saß in einem netten Büro mit gerahmtem Hundefoto auf dem Schreibtisch. Nun sitze ich hier, auf der anderen Seite. Als Verbrecherin. Was Charlie wohl dazu sagen würde?

Ich weiß nicht, wie lange ich so auf der Bank kauere, aber als irgendwann leise Schritte erklingen und mich aus meiner Gedankenspirale reißen, fühlen sich meine Lider verklebt und schwer an.

»Hey.« Aedan tritt an die Zelle heran. Er trägt eine graue Jogginghose und einen schwarzen Hoodie. Seine braunen Haare sind verwuschelt, aber nicht so, als ob er bereits geschlafen hat. Das kalte Licht hier drin malt ihm tiefe Schatten ins Gesicht, doch die Sorge in seinen Augen ist trotzdem nicht zu übersehen. Seine Wangen wirken leicht gerötet, so als wäre er hergerannt. So schnell, wie er da war, ist er das wohl auch.

Ein Teil von mir will aufspringen, mich in seine Arme werfen und mich halten lassen. Dieser Teil ist heilfroh, ihn zu sehen. Der andere bereut, ihn angerufen zu haben. Zum einen, weil er mich nun so sieht. Zum anderen, weil all das niemals geschehen wäre, wäre er von Anfang an ehrlich gewesen. Und da ich es hasse, mich klein, schwach und verletzlich zu fühlen, lasse ich diesen Teil das Wort ergreifen.

Ich springe von der Bank und trete an die Gitter heran. Ein wenig fühle ich mich wie ein wildes Tier, und mit dem Zorn in meinem Inneren ist das Bild vielleicht gar nicht so weit hergeholt. »Bist du jetzt zufrieden?«

»Was?« Verwirrung huscht über Aedans Gesicht. »Was ist passiert? Geht es dir gut?«

»Ob es mir gut geht?« Ich deute in die Zelle. »Wie soll es mir hier drin wohl gehen?«

»Okay, falsche Frage. Aber bist du verletzt?«

»Nein.« *Wenn man mal davon absieht, dass du mein Herz in Stücke gerissen hast.* Doch das spreche ich nicht aus. Wozu auch? Das zwischen uns beiden, was immer es war, ist vorbei. Aedan nickt sichtlich erleichtert, stellt jedoch keine weiteren Fragen. Eine Weile stehen wir einander einfach gegenüber. Ich mit vor Wut zitterndem Atem, er mit zusammengezogenen Brauen, als versuche er, mich zu verstehen. Am liebsten würde ich ihm viel Glück wünschen, denn ich tue es ja selbst nicht.

Es verstreichen sicher zwei Minuten, bis er sich umdreht. Mein verräterisches Herz setzt einen Schlag aus. Ich will nicht, dass er geht. Ich will auch nicht, dass er da ist und ich ihn brauche, doch dass er einfach geht, schmerzt schlimmer. Ein schabendes Geräusch erklingt, als er mit einem der Stühle aus dem Foyer zurück zu mir kommt. Er setzt sich auf das mintfarbene Plastik, einer der wenigen Farbtupfer auf dem Revier.

»Erzähl.«

Ein Wort nur, eine sanfte Aufforderung, und dann rede ich tatsächlich. Ich berichte von meinem Plan, von dem Wunsch, dass er der Demo morgen mehr Wirkung verleiht, von der Verzweiflung, von dem Drang, etwas tun zu müssen. Von der Wut. Auf ihn, auf seinen Dad, auf die Stadt, auf all die Menschen, die einfach weitermachen, als ob nichts schiefläuft auf dieser Welt. Aedan sitzt bloß da und hört zu. Er nickt nicht einmal, und würde er mich nicht so konzentriert ansehen, man könnte denken, er wäre völlig in Gedanken verloren. Selbst als ich meinen Monolog beende und atemlos zum Schweigen komme, dauert es einen Moment, bis er den Kopf bewegt.

»Ich verstehe, dass du wütend bist. Auf mich sowieso, auch auf die Umstände. Aber …« Er zögert. »Vandalismus? Wirklich?«

»Passt es dir nicht, dass ich das Büro deines Dads verunstaltet habe?« Ich klinge patzig wie ein Kleinkind, doch seine Worte treffen etwas in mir. Ich weiß nicht, was ich erwartet habe. Dass er Verständnis zeigt, dass ich das Gesetz breche?

»Was hast du dir denn erhofft?«, stellt er nun genau diese Frage. Es ist kein Vorwurf, vielmehr wirkt er interessiert. »Morgen willst du zur Demo, und dann was? Ziehst du alle damit auf deine Seite, dass du ein fast hundert Jahre altes Gebäude demoliert hast?«

»Ich musste etwas tun.«

»Ich weiß. Aber das tust du schon mit deiner Kunst, mit der Ausstellung und mit der Demo morgen. Bewegt das nicht mehr?«

»Die juckt doch wieder niemanden«, schieße ich zurück. »Du bist nur sauer, weil es gegen dein Hotel geht. Oder regst du dich über die ganzen Graffitis in der Stadt genauso auf?«

»Das ist etwas anderes. Wem ist wirklich damit geholfen, wenn du Farbe über die Stufen der Stadthalle kippst? Es setzt ein Zeichen, ja, meinetwegen ist es auch medienwirksam. Ein paar Leute werden drüber lachen und sagen, dass die Politiker dadrin es nicht anders verdient haben, ein paar andere werden den Kopf schütteln und sich darüber beschweren, dass so ein schönes Gebäude beschmutzt wurde und jetzt mithilfe von Steuergeldern gereinigt werden muss. Und dann? Gehen alle wieder ihrer Wege, und Sean hat nach wie vor kein Dach über dem Kopf. Doch zusätzlich hast du die Menschen verärgert, die daran etwas ändern könnten. Nämlich die, die diese Stufen jeden Tag nehmen müssen.«

»Oder aber sie kommen endlich mal zum Nachdenken.«

»Serena, einige von ihnen denken bereits.«

»Dein Dad?«

»Ob du es glaubst oder nicht: Ja.« Aedans Augen funkeln. Endlich. Ich will nicht, dass er mich mit Samthandschuhen anfasst, verständnisvoll, als müsse er achtgeben, dass ich nicht zerbreche. Ich will seine Wut, weil ich wütend sein will. »Mein Dad sieht die Probleme. Nicht nur dieses eine, sondern alle. Aber nicht alles lässt sich mit einem Fingerschnipsen lösen.«

»Hat er dir das erzählt, als er da war? Hat er dich damit beruhigen können?« Ich hebe die Brauen und sehe ihn von oben herab an.

»Ich glaube ihm.«

»Natürlich tust du das.«

»Serena, was willst du denn von mir hören?« Aedan hat die Hände auf die Knie gestützt, als ob er aufspringen will, tut es jedoch nicht. Stattdessen sieht er mich mit Nachdruck in den Augen an. »Dass ich meinen Vater dafür verurteile, dass er nicht perfekt ist? Er ist auch nur ein Mensch. Und ja, ich glaube ihm, dass er sein Bestes versucht. Nur ist das eben manchmal nicht genug. Und das ist scheiße – aber nicht allein seine Schuld. Im Gegensatz zu dir habe ich mal mit ihm geredet und zugehört.«

Ich schlucke, weil seine Worte mich unweigerlich an meine Eltern erinnern. Sie waren perfekt. Zumindest waren sie das für alle anderen, während sie für Vincent und mich einfach nur abwesend waren. Sie haben ihr Bestes nicht nur versucht, sie haben es getan, nur leider haben sie darüber hinaus vollkommen vergessen, dass sie zwei Kinder in die Welt gesetzt haben, die sie gebraucht hätten. Neid gesellt sich zu der Wut in meinem Bauch. Neid auf Aedan, der trotz all der Fehler seines Vaters noch guten Gewissens hinter ihm stehen kann.

»Also willst du einfach weiter nichts tun? Du bist kein Stück besser als dein Vater, weißt du das? Vielleicht bist du sogar schlimmer.« Ich trete näher an das Zellengitter, bis meine Wange es beinahe berührt. Mein Blick hält seinen gefangen. »Du hast mich von vorn bis hinten verarscht. Mich, Sean, Nora, all die anderen.«

»Und es tut mir leid, okay?« Nun springt Aedan doch auf, tritt an das Gitter heran, so nah, dass ich seine Atemluft warm an meiner Wange spüren, so nah, dass ich ihn riechen kann. In meinem Bauch zieht es gewaltig, während die unterschiedlichsten Gefühle darin herumwirbeln. Zorn, Trauer, Sehnsucht – und Lust, als er seinen Blick zu meinen Lippen senkt und hörbar schluckt. Ich sollte nicht so fühlen, nicht nach allem, was vorgefallen ist. Und doch kann ich es nicht verhindern. »Es tut mir wirklich leid. Wenn ich das alles ungeschehen machen und dir direkt davon erzählen könnte, dann würde ich es tun. Aber ich hatte Angst vor deiner Reaktion. Ich wollte nicht, dass du mir von vornherein mit Ablehnung begegnest. Und als du dann von Charlie erzählt hast …« Er atmet schwer aus, bevor sein Blick wieder meinen sucht. Er ist mir so nah, dass ich jede einzelne der dichten Wimpern sehen kann, die seine Augen umrahmen. »Es tut mir so leid. Ich wollte es dir sagen, kurz bevor mein Dad kam. Ich hätte nicht so lange schweigen sollen, das weiß ich, aber du hast ihn so sehr gehasst … der Gedanke, dass du mich auch hassen könntest, war unerträglich.«

Mein Blick scannt sein Gesicht, sucht nach der Lüge hinter seinen Worten. Lagen die Baupläne deshalb unter seinem Laptop? Hatte er wirklich vor, mit mir darüber zu sprechen? Wieso sonst sollte er sie mit hinunter in die Küche genommen haben? Kurz entgleiten mir meine Gesichtszüge, dann bemühe ich mich wieder um eine gleichgültige Miene. Es ändert nichts. Er hat gelogen. All sein Zuhören, seine tröstenden Worte, seine Hilfe – all das war eine Farce.

»Nun, zu spät, oder etwa nicht?«, sage ich, doch ich merke, wie die Steine in der Mauer, die ich um mich herum aufgerichtet habe, zu bröseln beginnen. Ich bin mir der Nähe unserer Fingerspitzen durch das Gitter nur zu bewusst. Die Luft zwischen uns ist zum Schneiden dick, und in ihr liegt ein beinahe statisches Knistern. Ein, zwei Zentimeter, und ich würde ihn berühren. Schnell verschränke ich die Arme vor der Brust, traue meinem eigenen Körper nicht mehr.

»Ist es das?« Aedans Stimme ist tief, sein Kiefer mahlt, und er mustert mich so intensiv, dass klar ist, dass er mit seiner Frage auf mehr anspielt – auf uns. Ich schlucke. Will nachgeben, doch ich darf nicht. Ich bin die Tochter meiner Eltern. Ich habe erst vor so kurzer Zeit gelernt, für meine Prinzipien und Werte zu kämpfen, ich darf all das nicht über Bord werfen. Nicht für einen Mann.

»Ja, weil du es aus den falschen Gründen getan hättest. Für mich, und nicht, weil es das Richtige war. Es ändert nichts.« Ich trete einen Schritt zurück und lasse mich wieder auf die harte Bank fallen. Mein Herz pocht heftig in meiner Brust, weniger wegen des Streits, sondern wegen seiner Nähe, seines verdammten Geruchs – all das bringt mich mehr aus der Fassung, als mir lieb ist. Ich halte den Blick starr geradeaus auf die graue Wand gerichtet. Aus dem Augenwinkel nehme ich wahr, wie der Schatten, den Aedan in die Zelle wirft, sich regt.

»Schön.« Er klingt resigniert, und als ich den Kopf drehe, lässt er sich zurück auf den Stuhl sinken, die Arme ebenfalls vor der Brust verschränkt. Es ist das letzte Wort, das er an mich richtet. Die dicke Luft zwischen uns bleibt, die zornerfüllten Funken ebenfalls. Aber er geht nicht. Er bleibt die gesamte Nacht über da, bis Aisling Stunden später mit den Schlüsseln klimpernd an meine Zelle tritt und sie entriegelt.

»So, Liebes, ab nach Hause. Und pass auf dich auf, ich will dich hier so schnell nicht wiedersehen. Dich auch nicht«, fügt sie an Aedan gewandt hinzu. »Gehörst du nicht eher in das schicke Office eine Straße weiter?«

Ich schnaube, da sie den Unterschied zwischen Aedan und mir nicht deutlicher hätte machen können. Aedan seufzt, offensichtlich genervt davon, erkannt worden zu sein, erwidert jedoch nichts. Aisling zuckt mit den Schultern, dann reicht sie mir eine kleine Plastiktüte mit meinen Wertsachen. Viele sind es nicht: mein Handy und Evelynns Haustürschlüssel, mehr hatte ich nicht dabei.

Ich lasse mich von Aisling zum Ausgang begleiten, bin mir Aedans Anwesenheit in meinem Rücken nur zu bewusst. Er ist die gesamte Nacht über mit mir hiergeblieben. Obwohl ich es nicht will, macht diese Tatsache etwas mit mir. Was genau, darüber kann ich nicht nachdenken, denn im nächsten Moment fällt mein Blick auf mein Handy, das etliche verpasste Anrufe und Nachrichten von Vincent anzeigt. Meine Sorge, dass er herausgefunden hat, was letzte Nacht passiert ist, schlägt in Panik um, als ich die Worte lese, die er mir geschrieben hat.

Vincent, 2.12 pm:
Hey! Du kommst heute Abend an, oder? Wann soll ich dich am Flughafen einsammeln?

Vincent, 3.35 pm:
Ich habe gerade nachgeschaut, der einzige Flieger, der heute noch von Dublin nach Hamburg fliegt, geht gleich um vier. Nimmst du den?

Vincent, 5.12 pm:
Sitzt du im Flieger? Kannst du mir, wenn du gelandet bist, kurz ein Lebenszeichen geben?

Vincent, 7.01 pm:
Ich fahre jetzt los. Warte draußen an den Parkplätzen auf dich.

Vincent, 8.20 pm:
Dauert das Gepäck so lang, oder ist was vorgefallen?

Vincent, 9.45 pm:
Ruf mich sofort an, wenn du das hier liest.

Vincent, 10.13 pm:
Oma und Opa haben gerade gefragt, ob du gut gelandet bist. Morgen geht nur ein Flieger mit Stopp über Stockholm, mit dem du erst am Abend da wärst. Bitte sag mir, dass du anders fliegst und morgen früh hier landest. Und bitte ruf an!

»Scheiße.« Meine Stimme ist ein Flüstern, das beinahe in dem Geräusch der Tür untergeht, die hinter uns ins Schloss fällt. Atemweiß steigt vor mir in die Luft, das einzige Indiz, das ich wirklich gesprochen habe. Ich bin nicht nur nicht im Flugzeug, ich habe gar keinen Flug gebucht. Ein Blick zum rechten Rand des Displays verrät, dass es fast sechs Uhr morgens ist. Nach Dublin brauche ich dreieinhalb Stunden, der Flug nach Hamburg dauert weitere zwei. Selbst wenn ich für heute noch einen erwische – ich werde es nicht rechtzeitig schaffen. Ich habe den Geburtstag meines Opas vergessen. Des einen Menschen, der immer bedingungslos für mich da war. Ich habe unseren Eltern jahrelang vorgeworfen, an unseren Geburtstagen nicht nach Hause gekommen zu sein – nun bin ich kein Stück besser.

»Alles okay?« Aedan kommt neben mir zum Stehen, doch ich blicke nicht auf, starre weiter auf die vielen Nachrichten, die vor meinen Augen verschwimmen. Langsam schüttle ich den Kopf. Rein gar nichts ist okay.

38. KAPITEL

Aedan

Ich möchte die Hand ausstrecken, Serena in meine Arme ziehen und dafür sorgen, dass ihr blasses Gesicht wieder Farbe bekommt. Doch ihre ablehnende Haltung vorhin ist ein deutliches Zeichen dafür, dass das das Letzte ist, was sie gerade will. Ihr Blick huscht immer wieder über das Display ihres Handys, die Falten auf ihrer Stirn werden tiefer.

»Scheiße.« So schlecht meine Deutschkenntnisse auch sind, dieses Wort kenne ich. Und selbst wenn nicht: Die Verzweiflung in ihrer Stimme ist unüberhörbar, als sie es wieder und wieder ausspricht, bis sie schließlich das Smartphone sperrt und die Augen schließt. Ihr Atem geht langsam und zitternd, als versuche sie mit aller Kraft, sich zusammenzureißen. Doch ich kann sehen, dass etwas in ihr zerbricht, kann es beinahe hören.

»Was ist passiert?«

Sie schüttelt bloß den Kopf. Als sie die Augen wieder aufschlägt, stehen Tränen in ihnen, und plötzlich ist mir egal, was alles zwischen uns steht. All das Unausgesprochene, der Streit, die Komplikationen, all das verschwindet für einen Augenblick. Wie von selbst streifen meine Finger ihre Schultern und ziehen sie an mich. Sofort ist da ihr Duft. Ich rieche ihr Shampoo, den leichten, frischen Zitrusduft, der in meinem Kopf so unweigerlich mit Serena verbunden ist. Ihre Wange liegt an meiner Brust, und ich kann ihr Schluchzen spüren und halte sie noch fester.

»Alles wird gut«, sage ich und hoffe, dass die Worte stimmen. Ich streiche mit den Fingern über ihren Rücken, und trotz all der Sorge wünsche ich mir, ich könnte die Zeit für einen Moment anhalten. So tun, als ob alles wieder in Ordnung wäre. Als ob ich sie nicht verloren hätte. Doch im nächsten Moment zerstört Serena die Illusion, denn sie stemmt die Handflächen gegen meine Brust und stößt mich weg. Mit mehr Kraft, als ich ihr zugetraut hätte, und ich gerate ins Stolpern.

»Das ist alles deine Schuld!«

Die Tränen rinnen immer noch über ihr Gesicht, doch in ihren blauen Augen glitzert nur Wut.

»Was ist meine Schuld?«, frage ich ruhig.

»Das hier.« Sie hebt das Handy in die Luft, als würde das irgendwas erklären. »Und das da.« Ihre Hand fliegt hinter uns in Richtung Polizeigebäude.

»Es tut mir leid, dass ich nicht ehrlich war. Tut es wirklich, und ich werde es noch hundert weitere Male sagen, wenn es nötig ist. Aber ich bin nicht diejenige, die mit einem Farbeimer durch die Stadt gezogen ist.« Ich schlucke. Vermutlich hätte ich die letzten Worte für mich behalten sollen, doch ich will das Ganze nicht einfach auf mir sitzen lassen. Ich habe Fehler gemacht, ja. Doch das hat Serena auch.

Ihre Brust hebt und senkt sich schneller, und sie funkelt mich mit solch einer Wut an, dass ich mir sicher bin, dass sie noch etwas sagt – doch stattdessen entsperrt sie ihr Handy, tippt ein paarmal darauf herum, hält es sich ans Ohr und wendet sich ab.

»Vincent!«, erklingt es kurz darauf, und nun schlägt mein Herz ebenfalls schneller. Ist etwas mit ihrem Bruder passiert?

Ist sie deshalb so blass geworden? Ich mache vorsichtig einen Schritt nach vorn, denn egal, was zwischen uns steht: Ich bin für sie da, und ich will, dass sie das weiß.

»Es tut mir leid, ich … Ja, ich weiß. Ich kann gleich in Richtung Dublin fahren, dann wäre ich bestimmt heute Abend da und … Nein.«

Ich verstehe kein Wort, doch ihre kommen schneller und schneller aus ihrem Mund, und sie wischt sich die Tränen von den Wangen, die nun ungehindert darüberlaufen.

»Ich weiß, ich hätte direkt buchen sollen, als wir gesprochen haben, aber ich … Schläft er noch? Sag ihm, es tut mir leid, wir holen das nach und … Es war einfach zu viel zu tun, ich habe es vergessen.« Ihre Worte überschlagen sich, und sie presst sich die Hand auf den Mund, als könnte sie das Schluchzen so unterdrücken. Es gelingt ihr nicht. »Vincent, es tut mir leid.«

Ich hasse es, mich so hilflos zu fühlen. Sie so zu sehen. Nicht einmal zu verstehen, was los ist. Ihr nicht helfen zu können. Ich hasse, dass sie es ohnehin nicht zulassen würde. Ich hasse, dass ich neben all meiner Sorge um sie auch wütend auf sie bin. Wütend, dass sie gegangen ist, dass sie gar kein Interesse daran hat, etwas zu klären. Doch auf mich bin ich wütender. Denn vielleicht hat sie recht: Hätte ich von Anfang an mit offenen Karten gespielt, dann wäre all das vermutlich nie passiert. Doch das habe ich mit meinem Schweigen verhindert. Und warum? Weil ich sie nicht verlieren wollte. Und jetzt habe ich genau das getan.

Serena ist stiller geworden. Nur ab und an setzt sie noch an, etwas zu sagen. Ihre Stimme ist erstickt, heiser von den Tränen, bis sie sich schließlich von ihrem Bruder verabschiedet und auflegt. Ihr Atem geht laut und zitternd, und sie starrt das Handy an, als könnte es ihr eine Lösung für ihre Probleme anbieten, oder vielleicht auch in der Hoffnung, dass ihr Bruder noch einmal anruft. Als beides nicht geschieht, packt sie es zurück in ihre Manteltasche.

»Ist mit deinem Bruder alles in Ordnung?«, frage ich vorsichtig. Sie nickt, und ich atme erleichtert aus, was sie zum Schnauben bringt.

»Aber sonst ist rein gar nichts in Ordnung.« Sie fährt sich mit den Fingern unter den Augen entlang, um die Tränen wegzuwischen. Ihre Wimpern sind nass und ihre Wangen leicht gerötet, als sie tief Luft holt und sich wieder zu mir dreht. »Danke für deine Hilfe, ich hätte nicht anrufen sollen, aber …«

»Ich bin froh, dass du es getan hast.« Und das bin ich. Trotz oder gerade wegen allem, was vorgefallen ist.

»Ich sollte heim.«

Mein Herz macht einen freudigen Hüpfer, bis Serena mir den Rücken kehrt und in die entgegengesetzte Richtung läuft. Sie meint nicht unsere WG, wir sind nicht länger ihr Zuhause.

In der WG ist es noch still. Ich gehe ins Wohnzimmer, um die Überbleibsel des DVD-Abends aufzuräumen und irgendwas zu tun zu haben, doch natürlich hat Nolan das längst erledigt. Selbst die Decke ist sauber gefaltet in dem Korb vor dem Sofa verstaut, und jegliche Popcornkrümel wurden weggefegt. Klaus liegt auf seinem Kratzbaum und gibt leise, schnarchende Geräusche von sich. Kurz überlege ich, ebenfalls auf mein Zimmer zu gehen und den fehlenden Schlaf nachzuholen, doch obwohl ich die gesamte Nacht auf der Polizeistation ausgeharrt habe, bin ich überhaupt nicht müde. Viel eher fühle ich mich rastlos.

Ich mache mir einen schwarzen Tee in der Küche, versinke in irgendwelchen TikToks und verziehe das Gesicht, weil der Tee viel zu bitter und stark geworden ist. Serenas Blick will mir nicht aus dem Kopf gehen. Nicht der zornerfüllte, mit dem sie mich bedacht hat, sondern der, als sie die Nachrichten ihres

Bruders entdeckt hat. Sie sah verletzt und verängstigt aus, besorgt und so am Boden zerstört, wie ich sie selbst dann nicht erlebt habe, als sie mir von Charlie oder ihren Eltern erzählt hat. Irgendetwas ist vorgefallen, und ich wünschte, ich könnte ihr helfen.

Ich schreibe Evelynn eine kurze Nachricht, um nachzufragen, ob Serena sicher angekommen ist, doch natürlich erhalte ich keine Antwort. Es ist gerade einmal sechs Uhr, und das an einem Sonntag. Ich schleppe mich ins Wohnzimmer, knipse die Stehlampe an und lasse mich auf die Couch fallen, die ein leichtes Knarzen von sich gibt. Irgendwas muss ich tun. Für Serena, aber ehrlicherweise auch für mich, denn ihr Vorwurf lastet auf mir. Wäre ich nicht gewesen, hätte sie die Nacht nicht auf der Polizeistation verbracht. Wäre ich nicht gewesen, wäre da nicht dieser leere, verzweifelte Ausdruck in ihren Augen.

Ich öffne Instagram und suche nach Vincent Herzog, finde jedoch niemanden. Auch unter den wenigen Personen, denen Serena folgt, taucht niemand auf, der ihr Bruder sein könnte. Ich trommle auf der Hülle des Smartphones herum und denke nach. Sagte sie nicht, ihr Bruder sei Zahnarzt? Ich wechsle zu Google, lasse mir das Ganze ins Deutsche übersetzen und gebe *Vincent Herzog Zahnarzt Hamburg* ein. Ich finde ihn sofort, zumindest glaube ich, ihn gefunden zu haben. Der erste Treffer führt auf die Seite einer schicken Praxis, und als ich das Foto auf der Teamseite sehe, habe ich Gewissheit, denn die Ähnlichkeit zu Serena ist unbestreitbar. Ich entdecke keine verlinkten Social-Media-Accounts, und ihm über die Praxis-E-Mail zu schreiben erscheint mir nicht richtig. Sicherlich werden die Mails eher von seinen Angestellten gelesen, und es geht niemanden etwas an, was bei Serena los ist. Als ich zurück navigiere, sehe ich jedoch den zweiten Treffer, der mich zu LinkedIn führt. Das Foto ist dasselbe wie auf der Team-

Seite, also muss es sich um ihren Bruder handeln. Ich klicke auf Nachricht und tippe und lösche und tippe wieder, unsicher, was ich überhaupt schreiben kann. Schließlich entscheide ich mich für die Wahrheit, zumindest so viel von ihr, dass Vincent den Ernst der Lage begreift, ohne dass ich Serena in die Pfanne haue. Zwar hasst sie mich eh schon, und zwischen uns kann es wohl kaum schlimmer werden, doch ich kann ihren Bruder nicht einschätzen und will nicht, dass die Lage sich für sie weiter verschlechtert.

Aedan O'Brien, 6.01 am:
Hi Vincent!
Du kennst mich nicht, aber ich bin ein Freund von Serena. Ich habe eben mitbekommen, dass ihr gestritten habt, und auch wenn ich nicht weiß, worum es geht, glaube ich, dass es gut wäre, wenn du bei ihr wärst. Ihr geht es gerade nicht so gut.

Ich stelle mich darauf ein, eine Weile warten zu müssen, und überlege gerade, ob ich mir einen neuen Tee mache, bei dem sich meine Gesichtsmuskeln nicht verkrampfen, als bereits eine Antwort eintrifft.

Vincent Herzog, 6.02 am:
Hallo Aedan.
Ich kenne dich, Serena hat von dir erzählt, und ich hab ehrlicherweise auf deinem Instagram vorbeigeschaut. Danke für die Nachricht, ich werde sie später noch einmal anrufen.

Ich lese Vincents Antwort ein zweites Mal, und in meiner Brust zieht es. Serena hat über mich geredet. Damals, bevor alles im Chaos versunken ist. Ich war ihr wichtig genug, dass sie ihrem Bruder von mir berichtet hat. Der Druck auf meiner Brust wird noch größer, und ich wünschte, ich könnte zurück zu diesem verfluchten Morgen und ihr alles offenlegen. Ich überlege, zu antworten, Vincent doch noch von Serenas Nacht in Gewahrsam zu erzählen, ihm klarzumachen, dass sie ihn braucht, dass er sich sorgen sollte, anstatt wütend zu sein, doch ich entscheide mich dagegen. Serena hat mir mehr als deutlich vor Augen geführt, was ich alles ruiniert habe. Ich will es nicht noch verschlimmern. Ich bin gerade im Begriff, aufzustehen, als mein Blick etwas streift, das mir das Blut in den Adern gefrieren lässt.

»Ryan Byrne hat eine neue Position begonnen: Architectural Graduate bei Michael White Architects«, lese ich fassungslos vor, was sich schwarz auf weiß von meinem Display abhebt. Ryan hat meine Position erhalten. Von allen Menschen ist ausgerechnet er auf meinen Posten nachgerutscht.

Muss so schön sein, wenn Daddy alles für einen regelt, gehen mir seine Worte wieder durch den Kopf. *Nicht, dass ich oder die anderen das jemals erleben würden, normale Menschen müssen arbeiten für das, was sie erreichen wollen.*

Hatte er recht? Lag er von Anfang an richtig mit seiner Behauptung, dass ich meinen Erfolg nur meinem Dad zu verdanken habe? Und jetzt, da ich die Chance vertan habe, finde ich nichts von Bedeutung, nichts, was mir zusagt, und er kann sich endlich beweisen?

Auch wenn es meine freie Entscheidung war, zu gehen, legt sich ein dumpfes, flaues Gefühl in meinen Magen. War es das? Hab ich mir meine Chancen hier in Cork verspielt? Wenn Ryan sich gut anstellt, Kontakte durch Mr White knüpft, das Hotel mit ihm baut, sich einen Namen macht – wo stehe ich dann? Werde ich dazu verdammt sein, irgendwelche Wandfarben in langweiligen Mehrfamilienhäusern festzulegen? Kinderspielplätze in Shopping Malls zu designen?

Ein Gähnen lässt mich zusammenzucken, und kurz darauf schlurft Nolan ins Wohnzimmer und lässt sich neben mir auf die Couch fallen. Sein schulterlanges Haar steht in alle Himmelsrichtungen ab, und als er sich über das Gesicht reibt, erklingt ein kratzendes Geräusch, weil er sich eine Weile nicht rasiert hat. »Hey«, nuschelt er und gähnt erneut. »Wie geht es Serena? Ist alles in Ordnung?«

»Ich weiß es nicht«, erwidere ich ehrlich, den Blick immer noch auf das Handy gerichtet. »Ich hab ihrem Bruder geschrieben, und sie ist zurück bei Evelynn. Es wird schon.«

»Und zwischen euch?«

Ich zucke mit den Schultern. »Eher nicht.«

Nolan tätschelt mir etwas unbeholfen die Schulter. Eine Geste, die mich unter normalen Umständen zum Schmunzeln bringen würde, doch gerade habe ich nur Augen für die wenigen Worte vor mir. Das Display verdunkelt sich, und ich tippe darauf, quäle mich weiter, bis sich jeder einzelne Buchstabe in meine Netzhaut brennt. Ryan hat meinen Job, hat ein Praxissemester bei Mr White. Und ich? Ich habe nichts. Die kleinen schwarzen Pixel, die den Satz bilden, der womöglich meine gesamte Zukunft zerstört, scheinen mich zu verhöhnen.

»Aedan?«

»Hm?«

»Alles okay?«

»Ryan hat meinen Job bei Mr White bekommen.«

»Der Typ mit den Daddy-Issues?«

Wieder etwas, was mich normalerweise zum Schmunzeln bewegt hätte, doch gerade ist alles in mir einfach verkrampft. Ich habe Serena verloren. Habe meinen Job verloren. Und das Schlimmste? Im Gegensatz zu Serena habe ich keinen Schuldigen, auf den ich wütend sein kann. Denn zu kündigen war das Richtige, und Serena habe ich selbst in die Flucht geschlagen.

»Du findest etwas Neues. Was Besseres«, sagt Nolan bestimmt, doch das sind nur Floskeln.

»Ich glaube nicht.« Mit einem Seufzen stehe ich auf. »Die freien Stellen gerade sind alle scheiße. Egal. Magst du auch einen Tee?«

»Gern. Aber es ist nicht egal. Lass uns gleich ein bisschen nach Jobs oder Büros gucken, du kannst bestimmt auch initiativ was losschicken.«

Lustlos hebe ich die Schultern und nicke. Ich bin kaum aufgestanden, als das Smartphone in meiner Hand vibriert. Kurz erwacht alles in mir zum Leben, und ich habe die naive Hoffnung, dass Serena anruft. Dass sie sagt, dass alles in Ordnung ist, dass sie zurückkommen möchte – doch stattdessen prangen drei weiße Buchstaben auf dem Display.

»Mein Dad«, sage ich, nehme den Anruf entgegen und gehe in die Küche. Ich schließe die Tür hinter mir, um Declan nicht mit dem Gespräch oder dem Lärm des Wasserkochers zu wecken. »Hi, Dad.«

»Als ich sagte, dass ich stolz auf dich bin, egal was passiert, meinte ich damit nicht, dass du die Nacht auf der Wache verbringst.«

Das flaue Gefühl in meinem Bauch wird noch stärker, und ich schließe die Augen und lasse mich gegen die Tür sinken. Heute ist einfach ein beschissener Tag. Und kein Tee und kein Gespräch der Welt kann das wieder geradebiegen. »Ich war die Person vor den Gittern, nicht dahinter«, erwidere ich. Mir hätte klar sein müssen, dass er davon Wind bekommt.

»Ich weiß. Ich wurde vor einer Stunde aus dem Bett geklingelt, da gerade eine außerordentliche Reinigungsaktion auf den Stufen vor der Stadthalle zugange ist. Aber damit nicht genug, eine sehr freundliche und sehr gesprächige Polizistin meinte, dass du die Straftäterin kennst.« Die Stimme meines Dads ist ruhig, so wie immer, doch ich kenne ihn gut genug, um die leichte Schärfe herauszuhören, mit der er jedes einzelne Wort betont. »Aedan, wenn die Leute davon hören … Denk doch mal nach. Das gepaart mit der Kündigung … Verbau dir bitte nicht deine Zukunft.«

»Du hast also schon gehört, dass ich bei Mr White gekündigt habe?«

»Er hat es mir erzählt, ja.«

»Bist du wütend?«

»Darauf? Nein, das ist deine Entscheidung, auch wenn ich der Meinung bin, dass du dort gut aufgehoben wärst. Wo bist du denn jetzt?«

Ich habe nicht wenig Lust, den Kopf gegen die Tür zu schlagen, stattdessen beiße ich nur die Zähne zusammen, öffne die Augen und sehe mich in der halbdunklen Küche um. Die Sonne ist noch nicht aufgegangen, und nur der schwache Schein von Mond und Straßenlaternen erhellt das Hausinnere. Die WG ist mir so vertraut, und doch ist es seit Serenas Abwesenheit, als ob etwas fehlt. Ihre Lieblingstasse steht am Rand des Küchentischs, unangetastet, als würde sie nur darauf warten, dass sie jeden Augenblick zur Tür hereinmarschiert. »Ich bin noch nirgends untergekommen«, gebe ich zu.

»Du hast gekündigt, bevor du dir etwas Neues gesucht hast?«

»Ja.«

»Weiß die Uni schon Bescheid? Bis wann musst du das Praxisprojekt final anmelden?«

»Das hat noch Zeit.« Nicht viel, aber doch einige Wochen, in denen ich mich auf Stellen bewerben kann. Dass das bisher eher mau lief, behalte ich wohlwissend für mich.

»Ach, Aedan.« Mein Vater seufzt, und das Geräusch geht mir durch Mark und Bein, umhüllt mich und nimmt mir die Luft zum Atmen. Er ist enttäuscht. Ich habe einmal versucht, das Richtige zu tun, selbst zu denken, Dinge in die Hand zu nehmen, und was hat es mir genutzt? Ich schlage die Frau in die Flucht, die mir mehr bedeutet als alles andere, verliere all meine Perspektiven und enttäusche meinen Vater. Es ist zu viel. Es ist der sprichwörtliche Tropfen, der das Fass zum Überlaufen bringt, und das Fass bin ich mit all meinen Emotionen, die ich zurückhalte, seit Serena aus dieser Wohnung marschiert ist.

»Was *Ach, Aedan? Ach Aedan*, wieso hast du plötzlich einen moralischen Kompass? *Ach Aedan*, wieso nimmst du plötzlich die Dinge selbst in die Hand und tanzt nicht mehr nach meiner Pfeife? Was?«

»Das ist Quatsch, und das weißt du.«

»Ist es das, Dad? Wieso rufst du dann an? Wieso bist du dann sauer, dass ich mich auf die Seite von jemandem stelle, der etwas bewegen will in dieser Stadt?«

»Du stellst dich also auf die Seite von Vandalismus?« Es ist genau die Sache, die ich Serena gefragt habe, doch gerade ertrage ich nicht, dass er nur in Schwarz und Weiß denkt. Dass er nicht einsehen will, dass sich etwas ändern muss, dass es nicht immer der einfache Weg sein kann. Serenas Mittel mögen die falschen gewesen sein, ja. Aber muss man deshalb die gesamte Sache abtun, für die sie und die anderen kämpfen? Sollte nicht er als Politiker derjenige sein, der auf die Missstände aufmerksam macht, anstatt sie unter den Teppich zu kehren? Aber nein. Er lehnt sich zurück, lässt die rotverfärbten Stufen mit Hochdruck reinigen und hebt den moralischen Zeigefinger. Er. Mein Dad, der mein Held seit erster Stunde war.

»Nein. Aber vielleicht stehe ich lieber auf der richtigen Seite, so chaotisch und grau sie manchmal auch sein mag, als auf der, die dabei zusieht, wie unschuldige Menschen leiden.«

»Es gibt bessere Wege, auf das Leid anderer Menschen aufmerksam zu machen, als das. Darüber haben wir doch bereits gesprochen.«

»Ja, hat ja prima funktioniert bisher. Was hat die letzte Demo denn bewirkt, außer dass wir die Fenster beim Sekttrinken schließen mussten, weil uns der Lärm genervt hat?«

»Was hat die Aktion deiner Freundin bewirkt, außer dass sie bald eine Strafanzeige am Hals hat?«

Der Knoten in meinem Bauch wird fest und kalt. »Ihr zeigt sie an? Ihr könnt sie nicht anzeigen, Dad. Bitte.«

Das Seufzen am anderen Ende ist die einzige Antwort, die ich erhalte.

39. KAPITEL

Serena

Ich frage mich, ob Verluste sich im Kern der Sache immer gleich anfühlen. Als ich meine Eltern verloren habe, war ich in einem Wechselbad der Gefühle: Trauer, Zorn, Unverständnis. Ich habe alles gefühlt und wusste nicht, wohin damit. Bei Charlie hatte ich ein Ventil, habe gemalt, meine Emotionen verarbeitet, und doch haben sich Trauer, Zorn und Unverständnis abgewechselt. Und nun, bei Aedan, ist es genauso. Zwar ist er nicht tot, doch verloren habe ich ihn trotzdem. Da ist Trauer, weil der kurze Moment, in dem er mich gehalten hat, schon genügt hat, mich weich werden zu lassen. Weil ich so gern nachgegeben hätte. Weil eine einfache Umarmung von ihm mich mehr erdet, als es zehn bemalte Leinwände könnten. Weil ich all das verloren habe.

Doch da ist auch Zorn: auf ihn, seinen Dad, und wenn ich ehrlich bin, auch auf mich. Weil ich im Grunde weiß, dass ich es mir zu einfach mache, wenn ich ihm die Schuld gebe. Ja, Aedan hat Mist gebaut, doch das habe ich ebenso. Und da ist Unverständnis, weil ich nicht weiß, wie es jetzt weitergeht, weil ich nicht verstehe, wieso er die ganze Nacht über geblieben ist und wieso ich ihn die ganze Nacht über dahaben wollte.

Wieder verteile ich rote Farbe mit einem Pinsel, diesmal jedoch auf keinem Gebäude, sondern auf einem großen Plakat.

Häuser, nicht Hotels. Der Leitspruch, der mir vor Kurzem noch so viel Kraft und Hoffnung geschenkt hat, strahlt mir nun höhnisch entgegen. Plakat Nummer sechzehn ist fertig. Bei den ersten vier habe ich mich noch künstlerisch ausgetobt, mir Mühe gegeben, gemalt, gefeilt, bis ich vollends zufrieden war. Mit jedem weiteren wird es jedoch einfacher und plakativer. Ich sitze inmitten knallbunter, lautstarker Plakate und fühle mich dennoch so grau und leer wie nie zuvor.

Ob ich auch meine Großeltern verloren habe? Und meinen Bruder? Mein Telefon liegt unangetastet vor mir. Etwas Farbe ist auf das Display gespritzt und angetrocknet. Ich weiß, dass ich den Anruf machen muss. Es ist bereits acht Uhr, also neun in Deutschland. Meine Großeltern sind Frühaufsteher. Das Mindeste, was ich tun kann, ist, meinen Opa anzurufen. Ihm zu zeigen, dass ich an ihn denke, dass ich ihn liebhabe, dass ich ihn nicht vergessen wollte – doch das habe ich. Ich war so in meine Arbeit und in meinen eigenen Schmerz vertieft, dass ich die Menschen vergessen habe, die mir am wichtigsten sind.

Schon wieder bilden sich Tränen in meinen Augen, und ich blinzle sie wütend weg. In zwei Stunden geht die Demo los, doch wenn ich ehrlich bin, fühle ich mich gar nicht mehr danach, daran teilzunehmen. Am liebsten würde ich einfach die Plakate abliefern und mich für den Rest meines Tages im Bett verkriechen. Doch dann wäre alles umsonst. Nicht nur die Arbeit der letzten Tage, sondern auch die Tatsache, dass ich über die Arbeit hinweg den Menschen wehgetan habe, die ich über alles liebe.

Ich lege den Pinsel beiseite und verschmiere damit das letzte Plakat, doch das ist mir egal. Alles ist mir egal. Vermutlich wird man mich heute auf der Demo gleich noch einmal festnehmen. Doch auch das: egal.

Du bist wie unsere Eltern geworden.

Es ist der eine Satz aus dem Gespräch mit Vincent, der mir nicht mehr aus dem Kopf will. Für jede andere Person wäre es vermutlich eine Auszeichnung, immerhin waren unsere Eltern Helden, haben Leben gerettet, so wie ich im Grunde Leben retten wollte mit meiner Aktion. Doch ich weiß, dass Vincent nicht darauf anspielt, sondern auf alles andere. Darauf, wie sie uns vernachlässigt haben. Darauf, wie wir uns allein durchkämpfen mussten, wie wir jedes Mal, wenn sie uns wieder verlassen haben, geweint haben. Darauf, wie wir uns mit der Taschenlampe unter der Bettdecke geschworen haben, niemals so zu werden wie sie. Immer füreinander da zu sein. Füreinander, aber auch für Oma und Opa, die uns bessere Eltern waren, als es unsere echten jemals sein konnten. Und jetzt bin ich wie sie.

Meine Hand zittert, als ich zum Telefon greife. Alles in mir sträubt sich dagegen, doch ich muss es tun. Ich muss ihn anrufen. Das Freizeichen ertönt. Einmal. Zweimal. Dreimal. Dann folgt ein leises Knacken in der Leitung.

»Serena!«

Seine Stimme klingt trotz allem so freudig, dass mir das Herz blutet. Ich habe seine Begeisterung nicht verdient. Er sollte enttäuscht sein, so wie Vincent. Wütend, so wie ich. Doch als er weiterspricht, höre ich aus seinen Worten vielmehr Erleichterung heraus.

»Hallo, mein Engel.«

»Hallo.« Meine Stimme ist ein bloßes Flüstern, und ich räuspere mich, doch meine Kehle brennt und kratzt, und ein Kloß hat sich in meinem Hals gebildet. »Es tut mir so leid, Opa. Ich wollte kommen, ich hätte den Flug direkt buchen sollen. Ich war so versunken in alles. Das ist keine Ausrede, ich weiß. Ich hab schon geguckt, ob heute noch etwas fliegt, aber ich könnte erst morgen los.« Ich hole kurz Luft, so schnell habe ich die Worte gesprochen. »Aber das kann ich machen, ich kann in der Uni bestimmt was schieben.«

»Es ist alles in Ordnung, das Wichtigste ist, dass du gesund bist und es dir gut geht.« Seine Stimme ist ruhig wie eh und je, sein Tonfall der, den er immer genutzt hat, wenn es Vincent oder mir schlecht ging, wir verärgert waren und Trost brauchten. »Geht es dir denn gut, Serena?«

Die Tränen kommen so überraschend, dass ich mir die Hand auf den Mund presse. Mein Schluchzen halten sie jedoch nicht auf. Es ist eine normale Frage, eine, die ich bereits viel zu oft mit Ja beantwortet habe, wenn ich eigentlich Nein meinte. Doch in diesem Moment bricht sie all meine Mauern und Dämme. Ich schmecke Salz auf meiner Zunge, die etlichen Plakate verschwimmen vor meinen Augen, und mein Atem geht viel zu schnell und stockend. »Es …«, versuche ich, als ich wieder von heftigem Schluchzen geschüttelt werde. Mein Opa lässt mich weinen, drängt mich nicht. Er bleibt still am Telefon, gibt ab und zu beruhigende Worte von sich, und ich wünschte so sehr, ihn in den Arm schließen zu können, dass es beinahe körperlich wehtut. Er war immer für mich da, hat mir gegeben, was meine Eltern nicht zu geben vermochten, und ich habe seinen Geburtstag vergessen.

»Nicht wirklich, wenn ich ehrlich bin.« Ich schniefe und fahre mir über die tränennassen Wangen. »Es tut mir alles so leid. Jetzt hast du nicht mal ein richtiges Geschenk. Ich hätte heimkommen sollen, ich …«

»Schon gut, Kleines. Ich habe doch gleich gesagt, dass das viel zu viele Strapazen für einen einzigen Tag sind. Komm lieber her, wenn die Klausuren vorbei sind.«

»Du bist nicht böse auf mich?«

»Nein. In meinem Alter hat man schon so einige Geburtstage erlebt. Den nächsten feiern wir dann wieder zusammen.«

Er schweigt kurz, während ich langsam zu Atem komme. »Aber ich mache mir Sorgen um dich. Wir beide tun das, nun, eigentlich sogar wir drei. Vincent genauso.«

»Ihr müsst euch keine Sorgen machen«, beeile ich mich, zu sagen, auch wenn ich mich frage, ob ich mir selbst etwas vormache. Ich habe keine Wohnung, dafür eine Strafanzeige am Hals – oder zumindest ist das nur eine Frage der Zeit –, und obwohl diese beiden Tatsachen schlimm genug sein sollten, ist das, was mit Aedan vorgefallen ist, das, was mir das Herz bricht.

Ich höre ein Lächeln am anderen Ende der Leitung. »Dieser Satz.« Mein Opa seufzt. »Weißt du, wie oft ich ihn aus dem Mund deiner Mutter gehört habe? Jedes Mal, wenn sie aufgebrochen ist. Ganz egal, ob früher in die Dorfdisco oder später in andere Länder aufgrund ihrer Arbeit. Als ob ein einfacher Satz dafür sorgt, dass man sich keine Sorgen mehr macht um die Menschen, die man liebt. Natürlich haben wir uns immer gesorgt. Bei ihr genauso wie bei Vincent und bei dir. Ihr seid euren Eltern ähnlicher, als ihr glaubt.«

»Warum, weil die Sorge berechtigt ist?«

Mein Opa lacht leise und tief, und in diesem Moment vermisse ich ihn unglaublich. Ich schließe die Augen und konzentriere mich auf das Geräusch, das dafür sorgt, dass meine Brust etwas freier wird. »Womöglich ist sie das sogar, aber darauf wollte ich gar nicht hinaus. Weißt du noch, als du dir mit sechzehn die Haare gefärbt hast, weil du nicht mehr aussehen wolltest wie deine Mutter?«

Bei der Erinnerung muss ich schmunzeln. Ich hatte sie blond färben wollen, was mit meinen schwarzen Haaren weder einfach noch eine gute Idee gewesen war.

»Du wolltest unter keinen Umständen sein wie sie. Ich vermute, das geht den meisten Jugendlichen so, aber bei Vincent und dir hat es zeitweise wahnhafte Züge angenommen.«

»Deshalb die Therapie?«

»Auch«, gibt mein Opa zu. »Aber darauf will ich nicht hinaus. Die Demonstration. Vincent hat diese Internetseite, die du uns geschickt hast, noch einmal geöffnet. Da steht das heutige Datum. Deshalb bist du nicht gekommen, richtig?«

»Ja, aber ich hatte das nicht auf dem Schirm! Ich hab mich nicht für die Demo und gegen dich entschieden!«

»Das habe ich damit nicht sagen wollen.« Ich meine, ein Lächeln in seiner Stimme zu hören. »Ein solches Gespräch hätte ich auch mit deiner Mutter führen können. Ihr seid euch ähnlicher, als dir vielleicht bewusst ist. Nicht wegen eurer dunklen Haare oder der Form eurer Nase oder all so was. Sondern weil ihr beide ein großes Herz habt. Weil ihr Menschen seht, euch ihre Geschichten interessieren und weil ihr empathisch seid. Ich finde es gut, dass du etwas bewirken willst, aber du darfst darüber nicht alles andere vergessen.«

Ich schlucke gegen den Kloß in meinem Hals an, der nach wie vor dort ist. Ist es nicht genau das, was Vincent und ich meinen Eltern vorgeworfen haben? Dass sie uns über ihre Arbeit vergessen? Wir wollten nie werden wie sie, doch offensichtlich habe ich in diesem Vorhaben redlich versagt.

»Wenn du dich um andere kümmern möchtest, dann musst du auch auf dich selbst achtgeben. Wenn du dich selbst vergisst und dich ausbrennst, wie willst du noch Energie haben für die Menschen um dich herum?« Er schweigt kurz, und ich kann ihm förmlich beim Denken zuhören. »Du bist doch nach Irland geflogen. Ryanair ist zwar eine sehr günstige Fluggesellschaft, aber ich bin mir sicher, sie haben Sauerstoffmasken an Bord, nicht wahr?«

»Ich hoffe«, gebe ich mit einer Mischung aus Schniefen und Lachen zurück.

»Wenn die Sauerstoffmasken in einer Notsituation herunterfallen, wird doch immer empfohlen, erst die eigene Maske anzulegen, bevor man anderen assistiert. Und warum? Weil man selbst mit Sauerstoff versorgt sein muss, um helfen zu können. Genau so ist es bei allem anderen auch.«

»Ich hatte endlich das Gefühl, was tun zu können … hätte ich früher angefangen, wäre Charlie vielleicht nicht …«

»Diesen Gedanken darfst du nicht folgen, Kleines. Du bist nicht schuld an Charlies Tod.« Dass ich ihm nicht einmal erklären muss, wer Charlie ist, dass er es sich gemerkt hat, bringt meine Tränen sofort wieder zum Fließen.

»Ich wurde verhaftet.« Die Worte sind raus, bevor ich sie aufhalten kann.

»Was?«

»Na ja, offiziell heißt es wohl polizeiliches Gewahrsam. Ich musste eine Nacht auf dem Revier verbringen.« Und dann erzähle ich ihm alles. Es ist nicht gerade das Geburtstagsgeschenk, das ich ihm habe machen wollen, aber er hört mir ohne Urteil zu, gibt ab und an brummende Laute von sich, und als ich ende, seufzt er leise.

»Danke, dass du mir das erzählt hast. Du weißt, was du tun musst?«

»Ähm, nein?«

»Du musst dich entschuldigen gehen.«

Kurz denke ich, er meint Aedan, bis mir wieder einfällt, dass ich den Part in meiner Erzählung ausgelassen habe. »Bei wem?«

»Bei wem auch immer das Gebäude gehört, das du verunstaltet hast. Da es sich um ein offizielles Gebäude der Stadt handelt, vermutlich beim Rathaus. Dem Bürgermeister oder wer auch immer in irischen Städten das Sagen hat.«

»Das geht nicht.«

»Warum?« Es ist das erste Mal in diesem Telefonat, dass ich Enttäuschung in der Stimme meines Großvaters höre.

»Opa, du weißt nicht, was dieser Mann alles getan hat. Der Bürgermeister, meine ich. Außerdem zahlen wir hier genug Steuern, die wischen das weg, und alles ist vergessen. Vermutlich hat er es nicht einmal mitbekommen. Und wie soll das bitte aussehen? Ich gehe heute demonstrieren, wenn wir fertig sind, klopfe ich an die Tür der Stadthalle und entschuldige mich? Und dann heb ich meine Plakate wieder und demonstriere nächstes Mal weiter?« Ich schüttle den Kopf, obwohl er es nicht sehen kann. »Ich kann mich nicht bei ihm entschuldigen, weil es mir nicht leidtut.«

»Es tut dir also nur leid, erwischt worden zu sein? Nicht, dass du unrecht getan hast?«

»Mein Unrecht ist ja wohl nichtig im Vergleich zu dem, was diese Leute jeden Tag tun.«

Wieder herrscht Stille, doch diesmal ist sie nicht beruhigend, sondern voll von Anspannung. »Dann hast du dein Ziel erreicht und bist deiner Mutter doch nicht so ähnlich, wie ich dachte.«

Obwohl mein Opa die Worte leise ausspricht und sie voll Traurigkeit sind, pressen sie mir die Luft aus der Lunge. Ich wollte all die Jahre genau das: nicht werden wie meine Eltern. Doch so, wie er es sagt, ist es etwas Schlechtes. Klar, denn Helden wie meine Eltern hätte man nicht festgenommen. Ihr Weg ist der richtige, meiner der falsche. Obwohl ich wütend sein will, mich gegen seine Worte wehren will, ist da doch nur tiefe Traurigkeit in mir. Denn was, wenn er recht hat? Was, wenn ich wirklich zu weit gegangen bin, so wie er und Aedan es sagen? Mit tränenverschleiertem Blick betrachte ich die zahlreichen Plakate um mich herum. Ist all das umsonst?

»Bitte vergiss dich und deine Werte nicht bei all den guten Ambitionen, die du hast. Es gibt für alles eine Balance. Ich bin sicher, du kannst sie finden.« Seine Worte sind warm wie eine

Decke, doch ich will sie nicht. Dafür geistert sein letzter Satz noch zu sehr in meinem Kopf herum. Wieso verletzt er mich so, wenn ich meinen Eltern doch nie nah sein wollte? Aber war das wirklich so? Habe ich die Arbeit bei Hope Harbour nicht genau deshalb auch genossen? Weil ich das Gefühl hatte, Mama und Papa näher zu sein?

»Wir sind da für dich, okay?«

»Kann … kann ich Vincent sprechen?«

»Nein, er ist … er ist nicht hier.«

Mein Opa lügt, sonst würde er nicht so herumdrucksen. Außerdem würde mein Bruder im Gegensatz zu mir niemals den Geburtstag unseres Großvaters versäumen. Vincent will nicht mit mir sprechen. Es ist die eine Sache, die mich noch härter trifft, die mich noch tiefer nach unten zieht. Mein Bruder hat keine Lust, mit mir zu reden. Ich schlucke. Mein Atem geht viel zu schnell, und ich habe das Gefühl, dass ich dennoch keine Luft in meine Lunge transportieren kann. »Okay«, presse ich mit erstickter Stimme hervor. »Dann … sag ihm, er soll mich anrufen, ja?« Ich blinze mehrmals, doch die Tränen rinnen schon wieder über mein Gesicht. Sollte ich langsam nicht leergeweint sein?

»Das mach ich. Ich hab dich lieb, pass auf dich auf, okay? Und denk noch einmal darüber nach, was ich gesagt habe. Vielleicht entschuldigst du dich ja doch. Manchmal ist mit einer einfachen Entschuldigung schon viel getan.«

»Ich denke darüber nach«, erwidere ich, unsicher, wie aufrichtig ich meine Worte wirklich meine. Ich kann nicht klar denken, mein Kopf ist eingenommen von der Angst, dass ich mit meinem Handeln etwas zwischen Vincent und mir zerstört habe. Ein paar wenige Tage, und ich habe nicht nur Aedan, sondern auch den wichtigsten Menschen in meinem Leben verloren.

Ich verabschiede mich, und erst als ich das Handy neben mir auf den Boden gleiten lasse, fällt mir auf, dass ich meinem Opa nicht ein einziges Mal richtig zum Geburtstag gratuliert habe. Die Erkenntnis trifft mich mit der Wucht eines Fausthiebs, und ich lasse mich inmitten all der Plakate und Farben auf den Boden sinken. Er hat recht. Sie alle haben recht. Ich versuche, das Richtige zu tun, immer und immer wieder, und gehe stattdessen zielsicher den falschen Weg.

40. KAPITEL

Aedan

Sosehr ich auch versuche, Serenas Blick einzufangen, sie ignoriert mich geflissentlich, als sie sich ihren Weg durch den Seminarraum bahnt. Sie nimmt am anderen Ende des Raums, direkt bei der Fensterfront, Platz – so weit von mir entfernt wie möglich. Ich unterdrücke ein Seufzen. Zwar hat sie auf meine E-Mails geantwortet, jedoch nur im Hinblick auf unser Referat. Ich habe Folien von ihr erhalten, ein Handout, aber keine Worte zu meinen Erklärungen und Entschuldigungen. Während ich bei ihrem Anruf nach der Festnahme naive Hoffnung verspürt habe, ist die Stimmung zwischen uns nun so angespannt, dass sich die vergangenen Tage wie ein weiterer Schritt zurück anfühlen. Einer, der noch mehr Distanz zwischen uns bringt, falls das überhaupt möglich ist.

Ich habe keine Ahnung, wie die Präsentation so gelingen soll – und wäre Serena nicht, es könnte mir nicht gleichgültiger sein. So wichtig mir meine Noten vor Kurzem noch waren, gerade wirken sie nichtig im Vergleich zu dem restlichen Chaos in meinem Leben. Ich habe nach wie vor keine Stelle für meine Projektarbeit, die Sache mit Michael White ist Vergangenheit, und Serena redet nicht mit mir. Das wird sich auch nie wieder ändern, wenn mein Dad sie wirklich anzeigt. Hätten Nolan und Declan mich gestern nicht abgelenkt, ich wäre ziemlich sicher durchgedreht. Oder aber ich wäre zur Demonstration gefahren, hätte sie zur Rede gestellt und alles noch schlimmer gemacht. Stattdessen hat Nolan mir striktes Nachrichtenverbot erteilt, und Declan hat behauptet, ganz dringend noch einmal rudern zu wollen. Im Anschluss daran habe ich mich in der Küche hinter den Laptop geklemmt und die letzten Interviews für das Referat geschnitten. Auch mit Sean haben wir eines geführt, und als ob seine Worte zu den Mängeln der Gemeinschaftsräume in Cork nicht schon Feuer genug für mein schlechtes Gewissen waren – Serenas Stimme zu hören war eine viel schlimmere Art der Folter. Die Begeisterung, mit der sie die Leute befragt hat, die Leidenschaft, weil die Fragen irgendwann gar nichts Objektives mehr hatten, sondern sie mit in die Diskussionen verfallen ist – all das hat mir nur einmal mehr vor Augen geführt, was mir nun, da sie weg ist, so fehlt.

Erneut fliegt mein Blick zu ihr, doch sie hält ihren auf die Tischplatte gerichtet, sodass ihr das dunkle Haar wie ein Schleier ins Gesicht fällt. Ich bitte stumm darum, dass sie aufblicken möge, mich nur kurz ansieht, mir zeigt, dass es ihr okay geht. Doch nichts davon geschieht. Dafür verstummt das Geplauder im Raum, weil Mrs Bonfield durch die Tür tritt, sie hinter sich ins Schloss zieht und ihre dunkelbraune Tasche auf dem Pult abstellt. »Guten Morgen!«, sagt sie in ihrer gewohnt fröhlichen Art. Ihre dunklen Haare werden in einem unordentlichen Dutt zusammengehalten, und gepaart mit ihrer bunten, locker sitzenden Bluse wirkt sie wie die Künstlerin, die sie ist. »Ich hoffe, Sie hatten alle ein gutes Wochenende.« Ihr Blick streift durch den Raum, und sie nickt zufrieden. »Wie ich sehe, sind wir heute vollzählig, sehr schön. Uns erwarten nämlich drei spannende Vorträge zu unterschiedlichen Schnittpunkten von Kunst und Architektur – auch wenn man natürlich argumentieren kann, dass diese beiden Fachbereiche sich immer überschneiden.«

Ein leises Klicken ertönt, als Mrs Bonfield ihre Tasche öffnet und eine Mappe daraus hervorzieht. »Möchte jemand von Ihnen anfangen?« Mit erhobenen Brauen sieht sie durch den Raum, bevor sie schließlich seufzt und einen Zettel aus der Mappe zieht. »Dachte ich mir. Dann lege ich die Reihenfolge fest. Mal sehen, wen haben wir denn heute? Oh, Ms Herzog und Mr O'Brien – Sie starten mit Ihrer Präsentation zu urbanen Gemeinschaftsräumen. Nach Ihnen folgen Ms Graham und …«

Mrs Bonfields Stimme weicht in den Hintergrund, als Serena meinen Blick endlich erwidert. Ich erwarte, dass mir aus ihren blauen Augen die gleiche Ablehnung entgegenschlägt wie zuvor auf der Polizeistation, doch stattdessen wirkt sie einfach nur erschöpft. Als unsere Dozentin den Beamer einschaltet und sich einen Platz in der ersten Reihe aussucht, steht Serena auf und tritt nach vorn. Sie gibt keinen Ton von sich, als sie die Handouts austeilt und zwei Karteikarten vorne auf dem Pult ablegt.

»Hi«, sage ich dennoch. Ihre Antwort ist ein knappes Nicken, mehr nicht. Ich beiße die Zähne zusammen und verkneife mir alles, was am liebsten aus mir hinausplatzen würde. Das hier ist weder die richtige Zeit noch der richtige Ort – zumal ich bereits alles gesagt habe und es rein gar nichts gebracht hat. Ich klappe den Laptop auf, schließe ihn per HDMI an den Beamer an und öffne die Präsentation, die tatsächlich ziemlich gut geworden ist. Ich wünschte, wir könnten sie unter anderen Umständen vortragen.

»Bist du bereit?«, flüstere ich. Die leisen Gespräche unserer Kommilitonen und Kommilitoninnen haben wieder eingesetzt, doch Serena hat mich dennoch gehört. Ihr Blick trifft auf meinen, und mein Atem stockt. Aus nächster Nähe wirkt sie nicht nur erschöpft, es ist vielmehr so, als wäre das Feuer in ihr völlig erloschen. Leichte Schatten liegen unter ihren Augen, und ich verschränke die Arme vor der Brust, um dem Drang zu widerstehen, sie zu halten.

»Ja«, erwidert sie. Selbst ihrer Stimme fehlt jegliche Kraft. Beinahe wünsche ich mir das zornerfüllte Funkeln in ihren Augen zurück, denn alles ist besser als das hier. Ich kenne sie so nicht. So geschlagen. So leidenschaftslos. Das ist nicht die Frau, die mit glänzenden Augen von ihrer Kunst erzählt, die mit Feuer in der Stimme ihre Projekte plant. Das ist nicht einmal die Frau, die wütend Farbe vor einem der schicksten Gebäude der Stadt verteilt – und ehrlich gesagt wäre mir selbst diese Version von ihr lieber. Es fühlt sich an, als würde lediglich ihre Hülle neben mir stehen, nicht Serena selbst. Ob mein Dad seine Drohung wahr gemacht hat? Doch selbst wenn: Es ist Montagmorgen. So schnell kann das unmöglich gehen, oder? Zumal die schriftliche Anzeige bei ihrem Wohnsitz einflattern würde – also bei uns.

Unsere Blicke halten einander gefangen, und ich bin ihr so nah, dass ich sie schlucken hören kann. Mein Herz trommelt in meiner Brust, als wolle es mich dazu antreiben, die Distanz zwischen uns zu überbrücken, ihr zu helfen, alles zu tun, außer starr hier zu stehen. Mein Blick fällt auf ihre Lippen, und schon wieder will ich nichts lieber, als sie zu küssen und …

Ein lautes Räuspern erklingt und lässt uns beide zusammenzucken. Mrs Bonfield sieht uns mit erhobenen Brauen über den Rand ihrer Brille hinweg an. »Wenn Sie dann so weit wären? Oder brauchen Sie fünf Minuten vor der Tür?«

Leises Gekicher erfüllt den Raum, und Ryan hat die Nerven, anzüglich mit den Brauen zu wackeln. Ich werfe ihm einen finsteren Blick zu. »Nein, wir sind startklar.«

Serena räuspert sich und tritt zu meinem Laptop, von wo aus sie die Präsentation startet. »Wir haben uns mit Gemeinschaftsräumen in dicht besiedelten städtischen Gebieten auseinandergesetzt. Um das Ganze greifbarer zu machen, haben wir uns entschieden, die Thematik exemplarisch an Obdachlosenunterkünften in Cork zu zeigen. Wir haben Interviews mit Mitarbeitenden und Besuchern und Besucherinnen von Hope Harbour geführt. Ich würde dem Referat gern einige Ausschnitte dieser Interviews voranstellen, die Chancen, aber auch Probleme von öffentlichen Räumen in Großstädten aufzeigen. Angefangen bei hoher Nachfrage über Stigmatisierung, mit der Orte wie Obdachlosenunterkünfte, aber selbst Jugendräume zu kämpfen haben, bis hin zu möglichen Lösungsansätzen mit Hilfe von Kunst und Architektur.« Ihr Blick fliegt von der Klasse zu mir. »Und wie unrealistisch diese ohne die Unterstützung der Politik sind.«

Der letzte Satz ist ein geflüstertes Zischen und nur für mich bestimmt. Obwohl ich genau weiß, dass er gegen meinen Dad und mich geht, bin ich beinahe erleichtert, weil das Funkeln in Serenas Augen zurückkehrt. Ich registriere, wie Mrs Bonfield uns einen irritierten Blick zuwirft, doch Serena startet unbeirrt das Video, und der Rest des Kurses konzentriert sich auf Clarisse, die über das Konzept von Hope Harbour zu sprechen beginnt.

Neunzig Minuten später packen wir alle unsere Sachen zusammen. Wenn man von den regelmäßigen Spitzen gegen den Corker Stadtrat absieht, bei denen selbst Mrs Bonfield die Brauen zusammengezogen hat, war unser Referat gar nicht so schlecht. Nicht das beste des heutigen Seminars, aber auf jeden Fall ausreichend, um bestanden zu haben.

Ich schmeiße achtlos meinen Block in den Rucksack, doch

Serena ist trotzdem schneller und stürmt an mir vorbei in Richtung Tür. Ich eile ihr hinterher.

»Hey!«

Mehrere Köpfe schnellen zu mir herum, nur nicht der, dem mein Ausruf galt. Ich gehe schneller, bis ich Serena endlich eingeholt habe.

»Wir müssen reden, findest du nicht auch?«

»Ehrlich gesagt nicht, nein«, erwidert sie und nimmt die Stufen nach unten. Ich weiche einem Studenten aus, falle kurz zurück und hole sie erst am Fuß der Treppe wieder ein.

»Serena, bitte.«

Sie drückt die Tür auf, und ich folge ihr nach draußen, wo ich eine Weile gegen die plötzliche Helligkeit anblinzeln muss. Die Sonne scheint, und der Himmel ist fast wolkenlos, weshalb sich etliche Studierende draußen auf den Bänken und Wegen tummeln.

»Worüber denn?« Serena wirbelt zu mir herum. »Du hast dich entschuldigt. Es gibt nichts mehr zu sagen. Wir haben das Referat gehalten, gut genug, dass wir den Kurs nicht wiederholen müssen, zumindest. Selbst wenn ich dir verzeihe und zurück in die WG komme: Was dann? Sprechen wir nicht mehr miteinander, weil ich genau weiß, was dein Standpunkt ist, und du ganz genau, was meiner? Wenn dein Dad mich überhaupt dort wohnen lässt, und wieso sollte er?«

Tatsächlich habe ich die Möglichkeit, dass er sie rausschmeißt, noch gar nicht in Betracht gezogen. Ich möchte ihre Worte abtun, ihr beteuern, dass das nicht geschehen wird, aber woher will ich das wissen? Nach allem, was er am Telefon gesagt hat, ist das durchaus eine Möglichkeit.

»Und selbst wenn nicht, dann habe ich wohl bald eine Anzeige am Hals und darf meinen Master an der Uni Hamburg machen.«

»Das weißt du nicht«, sage ich, doch es klingt selbst in meinen Ohren schwach. »Bitte komm nach Hause. Wenn nicht für mich, dann für Nolan und Declan.«

»Ihr kamt auch ohne mich super klar, vermutlich sogar besser.«

»Das ist nicht wahr.« Ich mache einen Schritt auf sie zu, und es ist das erste Mal seit Langem, dass die Distanz zwischen uns dadurch wirklich kleiner wird, anstatt sich noch weiter zu vergrößern. »Wir kommen mit dir wesentlich besser klar. Du hast es sogar geschafft, dass Nolan sich nicht mehr über Haare im Abfluss auslässt.« Ich muss schmunzeln, und ich glaube, auch auf ihren Zügen den Anflug eines Lächelns zu sehen. »Komm nach Hause. Wir finden für alles eine Lösung, versprochen.«

Mein Herz schlägt schneller, als sie nicht den Kopf schüttelt, sondern sich auf die Lippe beißt. »Es ist nicht so einfach, ich … Ich hab echt Mist gebaut.«

»Wegen der Farbe? Oder ist gestern auf der Demo etwas passiert?« Ich hätte die Nachrichten verfolgen sollen. Doch wenn etwas vorgefallen wäre, hätte Dad es mir sicher erzählt, oder etwa nicht?

»Ich war nicht auf der Demo.«

»Was? Wieso?«

»Gestern war der Geburtstag meines Grandpas.« Ihre Augen beginnen zu schimmern, und sie sieht eilig weg, als wären ihr die Tränen unangenehm. Vorsichtig strecke ich eine Hand aus, lege sie auf ihren Arm. Serena verschränkt ihre Arme vor der Brust, schüttelt meinen jedoch nicht ab. »Ich hab ihn vergessen. Wegen der Demo. Ich … ich konnte nicht hin. Ich hab die Plakate abgeliefert und bin stattdessen in die Unterkunft helfen gegangen. Wo ist der Sinn in allem, wenn ich darüber die Menschen verletze, die mir wichtig sind? Ich bin keinen Deut besser als meine Eltern.«

»Das ist nicht wahr, Serena.«

»Doch. Weil ich zwar an das glaube, was ich tue, aber es falsch angegangen bin. Und jetzt habe ich nicht nur meinen Großvater enttäuscht, sondern womöglich meinen Bruder verloren. Genau wie meine El…«

Sie bricht mitten im Satz ab und reißt die Augen auf. Dann setzt sie sich in Bewegung und läuft los.

»Vincent?«

Sie fällt dem großen Mann mit dem schwarzen Haar um den Hals. Er legt seine Arme um sie und drückt sie fest an sich. Ich kann Serenas Gesicht nicht sehen, aber ihre Schultern heben und senken sich schnell, so als ob sie den Tränen nun freien Lauf lässt. Vincents Lippen bewegen sich, doch durch den Trubel um mich herum habe ich keine Chance, ihn zu hören – nicht dass ich ihn anders verstanden hätte. Sein Blick gleitet nach oben und trifft meinen. Ich hebe die Hand zum Gruß, unsicher, ob er mich meinem Profilbild zuordnen kann, doch er lächelt und formt mit dem Mund ein stummes *Thank you.*

Trotz der dicken Luft zwischen Serena und mir löst sich ein wenig der Enge in meiner Brust. Sie mag nicht dulden, dass ich für sie da bin, doch immerhin kann Vincent ihr helfen. Serena lässt von ihrem Bruder ab und dreht sich zu mir um. Für einen Augenblick nur, doch sie tut es. Und auch wenn es keine Vergebung ist, die ich in ihrem Blick lese, so ist es doch etwas Warmes, was dafür sorgt, dass eine zentnerschwere Last von meinen Schultern fällt.

Ich reiße mich von dem Anblick los, als mein Handy in meiner Jeanstasche vibriert. Meine Erleichterung macht Verwirrung Platz, sobald ich den Namen auf meinem Display lese. Michael White. Selbst als ich noch für ihn gearbeitet habe, hat er mich kein einziges Mal angerufen. Ob ich etwas im Büro vergessen habe?

»Hallo?«

»Aedan, hi! Gut, dich zu hören. Alles klar bei dir?«

»Ja«, lüge ich. »Wie geht es Ihnen?«

»Bestens, bestens. Hör mal, ich melde mich in beruflicher Angelegenheit.«

Mein Herz stoppt für einen Augenblick. Gibt es ein weiteres Projekt, bei dessen Umsetzung ich helfen könnte? Eines, was sich mit all den Werten, die ich in den letzten Wochen schätzen gelernt habe, vereinen lässt?

»Der Skygarden, den du entworfen hast …«, beginnt Mr White und macht eine Pause, wie um zu sehen, ob ich ihm folgen kann. Als würde ich meinen eigenen Entwurf vergessen.

»Ja?«

»Wie du weißt, würden wir ihn gern umsetzen. Allerdings handelt es sich um dein geistiges Eigentum. Da du es ja vor deiner Zeit in unserer Firma entworfen hast, bräuchten wir deine schriftliche Erlaubnis, das Projekt wie geplant umzusetzen. Wenn das von Interesse für dich ist, lasse ich einen Vertrag aufsetzen. Du müsstest mich nur wissen lassen, wie viel uns der Spaß kostet. Was die Umsetzung angeht, brauchst du dir keine Sorgen zu machen, dein Nachfolger ist wohl ein Freund von dir. Ryan Byrne?«

Ich lache auf, denn Freund könnte kaum weiter von der Wahrheit entfernt sein. Mr White deutet mein Lachen jedoch völlig falsch.

»Dachte ich mir doch, dass dich das freut. Nun, wenn das für dich in Ordnung geht, schreibt mein Assistent dir noch heute eine Mail mit allen Infos und Daten, die wir von dir benötigen, danach können wir einen Vertrag aufsetzen. Hast du denn Interesse?«

»Ich … denke schon«, sage ich. Das Gebäude wird ohnehin gebaut, mit oder ohne meinen Plan. Wenn ich ablehne, wird das Projekt sicher ähnlich umgesetzt, nur dass ich dann nicht daran mitverdiene. Dennoch kann ich das seltsame Gefühl nicht abschütteln, doch ich weiß nicht, ob es von dem Projekt selbst herrührt oder von der Tatsache, dass ausgerechnet Ryan es verwirklichen darf.

»Prima! Sag mal, wo bist du jetzt eigentlich untergekommen?«

Kurz überlege ich, zu lügen, doch was bringt das schon? Egal, welche Firma ich ihm nenne – Mr White kennt sie mit Sicherheit alle und würde sofort wissen, dass ich ihm etwas vormache. »Noch gar nicht«, sage ich daher die Wahrheit.

»Oh.« Das kann er laut sagen. »Das überrascht mich. Bei deinem Talent und deiner Vision hätte ich schwören können, dass man sich die Finger nach dir leckt.«

»Ich bin spät dran. Vielleicht ja im nächsten Semester«, sage ich, auch wenn die bloße Vorstellung, so lange warten zu müssen, mir den Schweiß auf die Stirn treibt.

»Ja, vielleicht ...« Mr White klingt ebenso wenig überzeugt wie ich. »Na dann, Aedan. Es war gut, von dir zu hören. Ich werde Ryan liebe Grüße ausrichten. Mach's gut!«

»Sie auch«, sage ich, doch er hat bereits aufgelegt. Ich lausche den kurzen, piependen Tönen, die mein Handy von sich gibt, und sehe zu der Stelle, an der Vincent und Serena sich eben noch umarmt haben. Dort herrscht gähnende Leere. Immerhin für sie wird sich alles wieder einrenken.

41. KAPITEL

Serena

»Was mach ich mit denen?« Vincent deutet auf die etlichen Pappbecher von Cork Coffee Roasters, die die Barista mir freundlicherweise geschenkt hat, als ich ihr von meinem Projekt erzählt habe. Seit etwa einer Stunde sitzen wir hier auf dem Boden von Evelynns Wohnzimmer und arbeiten an meinem Kunstprojekt, das ich in den letzten beiden Wochen viel zu sehr vernachlässigt habe.

»Sieh irgendwie zu, dass du es hinkriegst, dass sie benutzt aussehen«, erwidere ich. »Ich will daraus Lampen basteln, und noch wirken sie zu sauber.«

»Okay«, macht Vincent gedehnt. »Möchte jemand Kaffee? Oder Tee?«

»Ich würde tatsächlich einen nehmen.« Evelynn lässt die Zeltplane sinken und massiert ihre Finger, die sicherlich ähnlich verkrampft sind wie meine. Keine von uns beiden kann nähen, und das zeigt sich nicht nur an der Plane, die mehr als improvisiert aussieht, sondern auch an unseren Händen, denn die schmerzen bereits seit einer halben Stunde. Die Arbeit an dem Projekt ist völlig anders als die, die ich sonst verrichte. Bislang kam nicht einmal Farbe zum Einsatz.

»Kommt sofort.« Vincent schnappt sich zwei Becher und spaziert aus dem Wohnzimmer. Ich sehe ihm mit einem Lächeln im Gesicht nach. Mein Herz ist leichter, seit er hier ist. Mir war nicht einmal bewusst, wie sehr ich ihn vermisst habe. Meine Sorge, dass er nicht mit mir reden wollte, war unbegründet – anscheinend ist er noch gestern, am Geburtstag unseres Großvaters, in Richtung Flughafen gefahren. Ich blinzle mehrmals, da ich keine Lust habe, schon wieder loszuheulen. Immerhin wäre es dieses Mal vor Rührung.

»Dein Bruder ist nett«, meint Evelynn.

»Ist er«, stimme ich zu. Allein die Tatsache, dass er mir noch keine Predigt gehalten hat, sondern wir bislang einfach normal gesprochen haben, dass er mich mein Tempo bei alldem wählen lässt, trotz der Wut, die sicherlich noch in ihm brodelt, ist Gold wert.

»Weiß er eigentlich von Aedan?«, fragt Evelynn leise. Aus der Küche dringt das Rauschen des Wasserkochers zu uns.

»Ja, also er weiß, dass es da jemanden gab. Nicht, was danach passiert ist. Weder dass Aedan das Hotel baut, noch dass ich wegen des Streits so ausgerastet bin.«

»Aedan baut das Hotel ja nicht mehr.«

»Was?«

Evelynn sieht mich mit geweiteten Augen an. »Ich dachte, das hat er dir gesagt? Habt ihr nicht die ganze Nacht auf der Polizeistation verbracht?«

»Da waren wir damit beschäftigt, uns wütend anzuschweigen.«

»Oh, großartig, das klingt produktiv.« Eve rollt mit den Augen, doch ein Lächeln zupft an ihren Mundwinkeln. »Er war bei mir im Pub, um zu fragen, wie es dir geht. An dem Abend, an dem du unsere Stadthalle verschönert hast. Da hat er es mir erzählt. Er hat bei Mr White gekündigt.«

Tausend Gefühle gleichzeitig jagen durch mein Inneres. Erleichterung, dass er nicht länger Teil dieses Projekts ist. Schuld, weil ich diese Möglichkeit nicht in Betracht gezogen, sondern weiter um mich geschlagen habe. Sorge, weil die Chance, mit Mr White zu arbeiten, Aedan so viel bedeutet hat. Erstaunlicherweise ist es dieses letzte Gefühl, das überwiegt. Die Sorge um Aedan.

Ich lasse die Zeltplane ebenfalls sinken. Mein Herz schlägt mir bis zum Hals. Ändert all das etwas? Hat er mich nicht trotzdem belogen? Aber selbst wenn, haben wir nicht beide Fehler gemacht? Und wenn er so weit gegangen ist, seinen zu beheben …

»Wie geht es ihm?«

»Du hast ihn zuletzt gesehen«, meint Evelynn. »Ich hänge ohne dich doch nicht mit ihm rum.«

»Kaffee!« Vincent kommt zurück ins Wohnzimmer und reicht Eve einen dampfenden Becher, der wohltuenden Geruch im ganzen Raum verbreitet.

»Danke«, erwidert diese mit einem Seufzen. »Shit, meine Finger tun echt weh.«

»Du kannst ruhig eine Pause machen.« Ich deute auf die Plane vor uns. »Viel fehlt hiervon eh nicht mehr.« Wir haben mehrere alte Zelte, die ich im Secondhandladen gekauft habe, aufgetrennt und aneinandergenäht. Die schwarzen Planen haben wir bereits zu einer riesigen vereint, sie soll den Boden meines Bereichs der Ausstellung auskleiden. Die grünen, an denen wir jetzt sitzen, werde ich für Ein- und Ausgang nutzen.

»Weißt du, was, das werd ich. Drüben in meinem Zimmer.« Sie beugt sich zu mir und drückt mich. »Dann könnt ihr in Ruhe reden«, flüstert sie mir ins Ohr. Sie winkt noch einmal und verschwindet durch die Tür. Seufzend drehe ich mich zu Vincent um, der Evelynn lächelnd nachsieht, und lasse mich gegen das Sofa sinken. Eve hat recht. So schön die Stimmung gerade auch ist und so nett es sein mag, auf andere Gedanken zu kommen: Ich muss mit ihm reden. Ich will gerade dazu ansetzen, doch er kommt mir zuvor.

»Was ist los?«

Seine Stimme ist ebenso wenig vorwurfsvoll wie sein Blick, mit dem er mich mustert, während er vorsichtig einen ersten Schluck Kaffee trinkt.

»Alles.« Ich hebe die Schultern, unsicher, wo ich überhaupt anfangen soll. Bei Charlie? Oder geht es eigentlich viel weiter zurück, bis zu unseren Eltern? Ich schiebe all die Gedanken beiseite und rede einfach. Kreuz und quer und ohne roten Faden erzähle ich ihm alles, was mir durch den Kopf schießt. Von dem Gefühl der Hilflosigkeit, als ich zum letzten Mal eine solche grüne Zeltplane in den Händen hatte. Von Aedan, der mir nicht nur ein Zimmer verschafft hat, sondern sehr schnell zu so viel mehr geworden ist, bis wir schließlich nichts mehr füreinander waren. Von dem Studium und dem Projekt, das ich umsetzen möchte. Von dem Referat mit Aedan heute Morgen, das meine Gefühle völlig durcheinandergewirbelt hat. Von der ehrenamtlichen Arbeit und von den Emotionen, die sie in mir auslöst – der Nähe, die ich unseren Eltern gegenüber spüre. Von meiner Nacht auf der Station und wie ich über meinen Schmerz alles vergessen habe: Aedan, meine Prinzipien und selbst meine Familie.

Als alles aus mir raus ist, fühle ich mich nach wie vor leer, doch endlich auf die gute Weise. Alles ist gesagt. Kaum dass ich fertig bin, sehe ich Vincent vorsichtig an. Ich weiß nicht, wie lange ich meinen Monolog gehalten habe, doch sein Kaffee ist längst leer. Er hat kein einziges Wort gesagt, nur ab und an beruhigende Laute von sich gegeben. Auch jetzt, als er den leeren Pappbecher neben sich auf den Boden stellt und auf mich zukommt, sagt er nichts. Stattdessen schließt er seine Arme um mich und hält mich einfach fest. Eine ganze Weile sitzen wir so da, und ich merke, wie ich mich nach und nach entspanne. Erst meine Arme, dann meine Beine und irgendwann mein gesamter Körper. Es ist, als würde sich eine Anspannung lösen, die seit Tagen, wenn nicht gar Wochen in mir drin ist. Selbst der Knoten in meiner Brust wird kleiner, verschwindet jedoch nicht komplett, denn dort sitzt nach wie vor die Sorge um Aedan.

»Danke, dass du mir das erzählt hast«, sagt Vincent und lässt die Arme sinken. »Ich wusste nicht, dass das mit Mama und Papa noch so in dir arbeitet.«

»Ich auch nicht«, gebe ich ehrlich zu. »Ich glaube nicht, dass es der Verlust ist, vielmehr will ich sie verstehen. Sie kennenlernen. Ergibt das Sinn?«

»Voll«, meint Vincent mit einem Schmunzeln. »Ich kenn sie ja selbst kaum. Welche Kinder kennen ihre Eltern nicht?«

»Na ja, wir offensichtlich.« Ich halte inne. »Denkst du, Aedan kennt seinen Dad?«

»Was meinst du?«

»Er hat ihn verteidigt. Trotz allem, was schiefläuft. Ich frage mich nur, ob er recht hatte. Ob sein Dad vielleicht wirklich nicht der schlechte Mensch ist, für den ich ihn aufgrund von allem, was passiert ist, halte. Er hat viel Mist gebaut, beziehungsweise seine Partei hat es. Aber Mama und Papa haben so viel Gutes getan, und ich bin mir trotzdem nicht sicher, ob ich sie wirklich als gute Menschen bezeichnen würde.«

Vince lässt geräuschvoll die Luft entweichen. »Keine Ahnung, ich kenne weder Aedan noch seinen Vater. Ich weiß nur, dass augenscheinlich gute Taten allein noch keinen guten Menschen machen. Inneres ist mehr wert, als was man nach außen hin zeigt.«

»Ja, aber wenn das, was man nach außen hin zeigt, dazu führt, dass Menschen sterben?«

»Du musstest dich auch ausgerechnet in den Sohn des Bürgermeisters verlieben, hm?«

Verlieben. Das Wort bringt mein Herz zum Rasen. Habe ich das? Habe ich mich in Aedan verliebt? Ohne dass ich es will, ist da wieder der Ausdruck in seinen Augen. Die geweiteten Pupillen und die Zuneigung, mit der er mich angesehen hat, in Kinsale, in meinem Zimmer – immer wieder. Ich vermisse diesen Blick, vermisse seine Berührungen, seine Nähe, alles an ihm. Vermutlich hat mein Bruder recht.

»Aedan hat mir geschrieben.«

»Er hat was?«

»Ansonsten wäre ich jetzt nicht hier. Ich bin gleich nach seiner Nachricht zum Flughafen. Okay, vermutlich wäre ich spätestens nach deinem Telefonat mit Opa losgefahren, du hast ihm echt einen ganz schönen Schrecken eingejagt. Aber dass ich schon hier bin, ist Aedans Verdienst.«

Mein Großvater hat also nicht gelogen, Vincent war an seinem Geburtstag ebenfalls nicht anwesend. Doch was viel wichtiger ist: all das dank Aedan.

»Er hat dir von der Verhaftung erzählt?«

»Nein, das war Opa. Aedan hat mir nur gesagt, dass es dir nicht gut geht und du Gesellschaft gebrauchen könntest.«

Mein Herz zieht sich schmerzhaft zusammen. Nach allem, was zwischen uns vorgefallen ist, nach allem, was ich ihm an den Kopf geworfen habe … Nicht nur dass er gekündigt hat, er hat es, im Gegensatz zu mir, inmitten all der Wut und all dem Schmerz geschafft, auf mich zu achten. Ich hingegen habe nur ausgeteilt.

»Ich glaube, ich muss mich entschuldigen.«

Und das womöglich nicht nur bei Aedan.

42. KAPITEL

Aedan

»Das ist so kitschig.« Ich kann Declans Gesicht nicht sehen, da ich vollkommen konzentriert auf die Arbeit vor mir bin, aber die Skepsis ist deutlich aus seiner Stimme herauszuhören.

»Ich find's süß«, meint Nolan.

Declan schnaubt. »Es sieht aus, als hätte es ein Dreijähriger gebastelt.«

»Als ob ein Dreijähriger so sauber ausschneiden könnte!«, gebe ich zurück und halte die einzelnen Teile weiter weg, um sie zu betrachten. Okay, wenn man genau hinsieht, ist es tatsächlich nicht meine beste Arbeit.

»Zum Glück machen wir in der Architektur fast alles digital.« Declan tritt näher und tätschelt mir den Kopf, woraufhin ich ihm gegen das Schienbein boxe. Ich sitze seit einer knappen Stunde hier, nachdem ich den gesamten Nachmittag Trübsal geblasen habe. Die WG war zu still, sie ist immer zu still, seit Serena nicht mehr da ist. Ich bilde mir nicht ein, dass ich sie mit meiner Aktion zurückgewinnen kann, aber wenn wir zumindest reden könnten, sie in Betracht zieht, wieder zurückzukommen, dann wäre das bereits genug. Ich muss etwas tun, denn so, wie es gerade zwischen uns ist, kann es nicht weitergehen. Es schadet nicht nur mir, sondern offensichtlich auch ihr.

Mit einem Stöhnen strecke ich meine steifen Beine von mir,

die ich viel zu lange im Schneidersitz hatte. Es zieht und prickelt unangenehm, als endlich wieder Blut bis in meine Füße strömt. »Hat es Gründe, dass du das hier machst und nicht am Küchentisch?«, fragt Nolan und lässt sich hinter mir auf die Couch fallen. Klaus springt vom Boden auf seinen Schoß und stupst so lange gegen Nolans Hand, bis dieser ihn hinter den Ohren krault. Nolan kam gerade erst aus seinem Tutorium. Er und Declan wollten mich überreden, mit ihnen ins Pub zu gehen – bis sie mich hier inmitten all des Chaos vorgefunden haben.

Ich nicke in Richtung Fernseher, auf dem gerade *Rapunzel* läuft. »Deshalb.«

»Weil du Disney guckst?«

»Zur Inspiration.« Ich klebe einen orangefarbenen Sonnenstrahl auf die Laterne vor mir. »Okay, es sieht wirklich scheiße aus.«

»Der Gedanke zählt«, sagt Nolan tröstend.

»Also ich bin ganz ehrlich«, wirft Declan ein. »Wenn wir uns streiten und du mir eine selbstgebastelte Kerze zur Versöhnung schenkst … weiß ich nicht.«

»Das ist keine Kerze, das ist eine Laterne!«, protestiere ich.

»Immerhin entschuldigt er sich!«, meint Nolan an Declan gewandt. »Darf ich dich daran erinnern, wie lange es gedauert hat, bis du das mit deinem Bruder geradegebogen hast? Ein verdammtes Jahr.«

Ich lache auf. »Autsch. Das war fies.«

Ich habe keine Lust, dass die Fronten zwischen Serena und mir sich ähnlich verhärten. Außerdem hat die Art, wie sie mich nach dem Referat angesehen hat, diesen kleinen, leisen Hoffnungsschimmer in mir zum Leben erweckt. Vielleicht ist mein Plan kitschig, vielleicht geht er in die Hose – aber dann habe ich es immerhin versucht.

»Ich erzähl euch gar nichts mehr«, grummelt Declan und lässt sich zu Nolan auf die Couch fallen. »Also: Wie können wir helfen?«

»Meine Arbeit nicht zu beleidigen wäre ein Anfang«, gebe ich zurück und schneide einen weiteren Sonnenstrahl aus. Ich halte die Laterne von mir und betrachte sie skeptisch. Sie ist rund, gelb, und die orangefarbene Sonne darauf sieht beinahe aus wie das Symbol des Königreichs im Film. In meiner disneyreifen Vorstellung lege ich meinen Brief an Serena hinein und lasse sie an ihrem Fenster hochsteigen. Ohne dass der Brief verbrennt. Irgendwie.

»Gut, dann eben ein Kompliment an deinen Mut. Wobei … einer Künstlerin was Selbstgebasteltes zu schenken ist wohl eher gnadenlose Selbstüberschätzung als Mut.«

»Du bist ein Arsch«, sage ich. Mein Handy vibriert kurz auf dem Tisch, und ich wische mir die von meiner Bastelaktion klebrigen Hände nachlässig an der Jogginghose ab, bevor ich danach greife. Es ist nicht Serena. Auch wenn ich nicht wirklich damit gerechnet habe, versetzt es mir einen kleinen Stich. Es ist auch keine Nachricht, sondern eine Mail. Von Mr White.

Irritiert ziehe ich die Brauen zusammen. Sagte er nicht, sein Assistent wolle mir die Unterlagen zukommen lassen? Vielleicht hat er noch eine Rückfrage. Ich stehe auf, um die Mail in Ruhe und fern von Nolans und Declans Sprüchen zu lesen.

»Wenn du schon stehst: Bringst du dem Arsch ein Bier aus dem Kühlschrank mit?«

»Ausnahmsweise«, grummle ich und öffne noch im Gehen die Mail, nur um irritiert stehen zu bleiben, als mein Blick auf die ersten Worte fällt. »Lieber Aedan, lieber Alexandre«, beginne ich zu lesen. »Da du, Alexandre, bald für zwei Jahre nach Irland kommst, um dein Projekt am Hafen in Cork anzugehen, dachte ich, ich stelle dir einen ehemaligen Mitarbeiter von mir vor – solltest du noch Unterstützung brauchen. Aedan ist selbstständig, proaktiv …« Ich verstumme, lese die Worte noch einmal, bevor ich den Rest der E-Mail überfliege. Mr White schlägt mich einem Kollegen vor? Für ein Projekt in Cork? Trotz meiner Kündigung und unserer nur sehr kurzen Zusammenarbeit?

Ich lasse mich auf einen der Küchenstühle sinken. Kurz sitze ich einfach nur da, dann legt sich ein nervöses Kribbeln in meinen Bauch, und ich öffne Google, um herauszufinden, wer Alexandre Fournier ist. Wie es aussieht, ist er eine der Koryphäen auf dem Gebiet der Green Architecture, also der Architektur, die möglichst ökofreundlich, emissionsarm oder ganz allgemein nachhaltig umgesetzt wird. Ich finde einen Artikel über die Eröffnung einer Pariser Schule, deren Bau er betreut hat, sowie mehrere eindrucksvolle Büro- und Wohngebäude in Kanada. Er soll ein Projekt am Hafen hier in Cork umsetzen? Mein Herz schlägt schneller, und Dankbarkeit durchflutet mich. Dass Mr White mich nach meinem plötzlichen Abgang vorgeschlagen hat, ist unglaublich. *So* unglaublich, dass es mir plötzlich wie Schuppen von den Augen fällt. Dad.

Wie von selbst navigieren meine Finger zu seinem Eintrag, und ich drücke auf *Anrufen*. Es dauert nicht lange, bis er sich am anderen Ende meldet.

»Aedan!« Er klingt erfreut, mich zu hören. Zu erfreut? Weil er ahnt, dass ich die Mail gelesen habe?

»Dad. Hast du mit Mr White geredet?«

»Die Tage kurz, ja. Wieso?«

»Hast du mit ihm darüber gesprochen, dass ich gekündigt habe?«

»Ja, natürlich. Hätte ich das nicht tun sollen? Er hat mich

darauf angesprochen und gesagt, wie sehr er es bedauert und dass du wirklich großartige Arbeit geleistet hast.«

»Hast du ihn überredet, neue Kontakte herzustellen?«

»Nein. Was soll die Fragerei, Aedan?«

Ich schlucke, denn ich kenne seine Politikerstimme, und ich weiß, wann er seine echte benutzt. Das hier ist die echte. Er sagt die Wahrheit. »Du hast ihn also nicht gefragt, ob er mir etwas Neues beschaffen kann?«, hake ich trotzdem nach. Ich muss wissen, ob ich es wieder Dads Einfluss zu verdanken habe oder tatsächlich meiner eigenen Arbeit, so kurz ich mein Können auch nur gezeigt haben mag.

»Nein, habe ich nicht. Warum? Hat Michael dich weitervermittelt?« Nun klingt mein Dad ebenso aufgeregt, wie ich mich fühle, und ich muss auflachen.

»Ich glaube schon. Also, es ist nichts sicher, er hat mich nur vorgeschlagen.« Ich stehe auf und laufe durch die Küche, weil ich plötzlich nicht mehr stillsitzen kann. »Einem Alexandre Fournier aus Paris. Er kommt noch dieses Jahr nach Cork für ein Projekt, und Mr White hat mich vorgestellt, sollte er noch Hilfe brauchen. Was mach ich? Schreib ich, oder warte ich, bis er schreibt?«

»Das Projekt am Hafen! Das ist eine großartige Gelegenheit! Schreib! Bedank dich für die Vorstellung, und erzähl ihm am besten direkt, warum du zu dem Projekt passen würdest. Beton dein Wissen bezüglich Cork, und sag ihm, dass Michael White deinen Bauplan umsetzt, all so was.«

»Ich hoffe, das klappt und er nimmt mich wirklich.«

»Wenn er klug ist, was er zu sein scheint, wird er dich nehmen!«

»Danke, Dad.« Ich schlucke, als das Adrenalin der Aufregung langsam abebbt, und erinnere mich an unser letztes Telefonat. »Hör mal, wegen Serena … Willst du sie wirklich anzeigen? Glaubst du nicht, das sendet vielleicht das falsche Zeichen? In ein paar Wochen ist Wahl, und hast du mir früher nicht beigebracht, dass solche Aktionen in erster Linie immer ein Ausdruck von Missmut sind und es sich lohne, dahinter zu blicken?«

»Du hast mir ja doch zugehört.« Mein Dad lacht. »Serena war eben hier.«

»Sie war was? Hast du sie eingeladen?«

»Nein, sie wollte mich sprechen.«

Ich stoppe meine Wanderung durch die Küche und halte ungläubig inne. Serena war bei meinem Dad? Freiwillig? »Und … worüber? Wie ist es gelaufen?«

»Über die Aktion und was genau der Missmut ist, der dahintersteckt.« Ich kann ihn schmunzeln hören. »Wir hatten ein erstaunlich gutes Gespräch. Also keine Sorge, ich werde sie nicht anzeigen.«

»Danke, Dad.«

»Dafür musst du dich nicht bedanken, ich hab das nicht für dich getan, sondern ihretwegen. Sie hat ein paar Dinge gesagt, die mich zum Nachdenken gebracht haben. So, aber jetzt muss ich los, und du hast eine E-Mail zu schreiben. Gute Arbeit, Aedan! Halt mich auf dem Laufenden. Und ruf deine Mutter mal an, sie erfährt gerade alles über dich nur von mir, und anscheinend lasse ich ihr zu viele Details aus.«

»Mach ich. Bis bald!«

»Bis dann.«

Ich lege auf und stehe eine Weile regungslos da. Dann lache ich auf und hole nicht nur ein Bier für Declan, sondern auch eins für mich aus dem Kühlschrank. Serena hat mit meinem Dad gesprochen. Die Anzeige ist vom Tisch. Und ich habe eventuell doch noch eine Chance auf ein Praxissemester. Eines von Bedeutung, und allem Anschein nach auch eines, bei dem niemand zu Schaden kommt und das einen positiven Nutzen hat.

»Na, das hat ja gedauert«, begrüßt Declan mich, als ich das Wohnzimmer betrete. »Ist alles okay?«

»Mehr als okay.« Ich reiche ihm sein Bier und fasse den beiden die E-Mail und das Telefonat zusammen. Nolan setzt Klaus zurück auf die Couch und steht mit einem Seufzen auf.

»Dann hol ich mir auch ein Bier, darauf müssen wir anstoßen.«

Er hat das Zimmer kaum verlassen, als es an der Haustür klingelt.

»Ich geh!«, rufe ich laut genug, dass auch Nolan es hört. Ich stelle die Dose auf dem Couchtisch ab, laufe zur Tür, drehe die Klinke herum, reiße sie auf – und sehe in das Gesicht, das ich am allerwenigsten erwartet habe.

»Serena?«

43. KAPITEL

Serena

»Hi.«

Meine Stimme ist nur ein Hauch, so schwach, dass ich beinahe fühlen kann, wie sie von dem Wind, der durch Corks Straßen weht, davongetragen wird. Aedan macht einen Schritt auf mich zu, so als wolle er mich in den Arm nehmen – ich wünschte, er würde es tun, doch stattdessen tritt er wieder einen Schritt zurück. Kein Wunder, so häufig, wie ich ihn bereits von mir gestoßen habe. Es ist, als hätte sich der Nebel, der sich über alles und jeden gelegt hat, gelichtet. Ich weiß nicht genau, was ihn vertrieben hat, ob es Vincents Auftauchen war oder die Tatsache, dass ich den Geburtstag unseres Opas vergessen habe, das Gespräch mit Mr O'Brien oder doch das Wissen, dass Aedan trotz allem, was zwischen uns vorgefallen ist, immer für mich da war. Er war auf der Polizeistation für mich da, er hat Vincent für mich kontaktiert, er hat das Referat mit mir gehalten, und er hat, wie ich eben erfahren habe, seinen Vater darum gebeten, nicht strafrechtlich gegen mich vorzugehen. Ja, er hat mir Dinge verschwiegen und mich im Dunklen tappen lassen, aber ich kann ihm nicht die Schuld für etwas geben, für das er nichts kann. Gerade ich, die so lange darauf gepocht hat, nicht wie ihre Eltern zu sein, sollte einsehen, dass er nicht für die Taten seines Vaters verantwortlich ist. Zumal sein Vater bei unserem Gespräch vor knapp einer Stunde erstaunlich menschlich war. Als Politiker ist er sicher geschult darin, Interesse zu heucheln, doch die Art, wie er mir zugehört hat, als ich von Charlie, Sean und der Arbeit von Hope Harbour erzählt habe, wirkte aufrichtig.

»Kann ich reinkommen?«, frage ich, als Aedan mich immer noch stumm ansieht.

»Natürlich.« Er räuspert sich, vermutlich, weil seine Stimme belegt ist. Sie klingt so angespannt, wie ich mich fühle. »Wieso hast du überhaupt geklingelt? Du hast doch einen Schlüssel.«

Weil ich mir nicht sicher bin, ob das hier noch mein Zuhause ist.

Ich spreche die Worte nicht aus, dafür habe ich zu viel Angst vor der Antwort. Aedan tritt noch ein Stück zurück, um mich durchzulassen. Trotz all meiner Nervosität muss ich lächeln, als ich den vertrauten Geruch unserer Wohnung rieche. *Unserer* Wohnung – ich hoffe, das kann sie wieder werden.

»Serena?« Declan stürmt in den Flur und schiebt Aedan grob zur Seite. Zwei kräftige Arme legen sich um mich, und ausnahmsweise hebt Declan mich nicht hoch, sondern drückt mich nur fest an sich. »Du bist zurück! Gott sei Dank. Ich musste mich ganz allein gegen Nolan wehren.«

»Ich bin sicher, das hast du hingekriegt«, erwidere ich schmunzelnd. Jetzt erst wird mir bewusst, wie sehr ich die WG vermisst habe. Dass mir Aedan gefehlt hat, war mir tief in meinem Inneren klar, doch auch Declan und Nolan gehören mittlerweile fest zu meinem Leben hier in Irland.

»Serena!« Nolan tritt hinter Declan, der mich aus der Umarmung entlässt, und drückt mich dann ebenfalls an sich. Ich zucke zusammen, als etwas Kaltes mich am Arm berührt. Bier.

»Gibt's was zu feiern?«, frage ich.

»Ja, Aedan hatte gute Neuigkeiten«, meint Declan und hält ebenfalls eine Dose in die Höhe, die ich eben gar nicht bemerkt habe.

»Oh?« Mein Blick fliegt zu Aedan, der zweimal blinzelt und mich ansieht, als erwache er erst jetzt aus einer Art Trance.

»Ja.« Mehr sagt er nicht, er sieht mich einfach nur an, Tausende Fragen in seinen grünbraunen Augen. Ich lächle, und als Aedan die Mundwinkel ebenfalls vorsichtig hebt, flattert es in meiner Brust. Er hat allen Grund, wütend zu sein, doch sein Lächeln macht mir Hoffnung, dass noch nicht alles verloren ist.

Declan schließt die Tür hinter mir und deutet dann auf sein Bier. »Magst du auch eins?«

»Ich, ähm …« Wieder gleitet mein Blick zu Aedan, und er scheint zu verstehen, denn er räuspert sich.

»Würde es euch stören, wenn wir ein paar Minuten für uns haben?«

»Nope«, erwidert Nolan. »Ich krieg eh langsam Hunger. Declan?«

»Ich bin ein großartiger Souschef. Ich nehme an, wir kochen für vier?« Declan wirft mir einen fragenden Blick zu, und als ich nicke, lächelt er zufrieden. »Cool! Bis gleich.«

In meiner Brust zieht es wehmütig, weil sich all das beinahe normal anfühlt, und ich merke, wie dringend ich diese Art von Normalität zurückmöchte. Aedan nickt in Richtung des Wohnzimmers. Meine Hand streift sein Bein im Vorbeigehen, eine flüchtige, unbeabsichtigte Berührung nur, und doch sorgt sie dafür, dass mein Atem stockt. Ich glaube, zu hören, wie auch Aedan die Luft anhält, aber vielleicht ist das bloß diese Hoffnung in mir, von der ich noch nicht weiß, ob sie völlig fehlplatziert ist. Ich war diejenige, die wütend auf ihn war, er derjenige, der sich hätte entschuldigen müssen. Doch das Blatt habe ich gewaltig gewendet. Ich schlucke gegen die Trockenheit in meiner Kehle an und kann nur hoffen, dass er meine Entschuldigung annimmt.

Kaum dass ich das Wohnzimmer betreten habe, halte ich inne.

»Was …« Weiter komme ich nicht. Auf dem Fernseher läuft *Rapunzel.* Sie und Flynn Rider gehen gerade über die Brücke auf das Königreich zu, von dem Rapunzel noch nicht weiß, dass es ihres ist. Das allein ist Grund genug, um stehen zu bleiben, doch dann senke ich den Blick und sehe den Couchtisch oder besser gesagt das, was darauf steht. Eine Laterne, ähnlich der, die die beiden im Film steigen lassen. Drum herum liegen eine Schere, ein Klebestift, etliche Schnipsel Tonpapier, Folien und Stifte verteilt.

»Ich hatte auch vor, vorbeizukommen.« Aedans dunkle Stimme in meinem Rücken jagt Schauer über meinen gesamten Körper. »Nur wollte ich nicht mit leeren Händen auftauchen. Ehrlich gesagt habe ich auch nicht geglaubt, dass du mir überhaupt die Tür aufmachst, deshalb die Laterne.«

»Deshalb die Laterne?«, wiederhole ich verwirrt. Ich lasse meinen Blick ein weiteres Mal über all die Materialien gleiten, dann drehe ich mich zu Aedan um. Er steht im Türrahmen und ist mir damit so nah, dass ich den Kopf in den Nacken legen muss, um seinen Blick zu finden.

»Ich dachte, ich lass sie steigen.« Aedan verzieht die Lippen zu einem schiefen Lächeln. »Ausgesprochen klingt es sehr viel seltsamer als in meiner Vorstellung.«

»Du hast gebastelt.«

»Es versucht. Declan wird nicht müde, zu betonen, dass ich kein Talent dafür habe.«

»Es ist wunderschön«, sage ich, ohne mich umzudrehen, weil alles, was ich denken kann, ist, wie gut dieses Wort auf Aedan zutrifft. »Eve hat mir erzählt, dass du gekündigt hast.«

Aedan nickt. »Habe ich.«

»Warum hast du nichts gesagt?«

Aedan zuckt mit den Schultern und schaut an mir vorbei in Richtung Kamin, als müsse er über meine Worte nachdenken. »Zum einen, weil ich nicht geglaubt habe, dass es etwas zwischen uns ändert, zum anderen, weil ich noch nichts Neues hatte. Und was, wenn meine neue Stelle sich als ebenso schwierig entpuppt?«

»Hatte – das heißt, du hast etwas Neues?«

»Noch nicht, aber hoffentlich bald. Ich habe eine Empfehlung, auf die ich noch antworten muss.«

»Deshalb wolltet ihr anstoßen«, stelle ich fest und merke, wie sich meine Mundwinkel heben. Es kommt mir seltsam vor, Aedan so gegenüberzustehen und zu erfahren, was in den letzten Tagen passiert ist. Obwohl es nicht allzu lang her ist, dass ich hier gewohnt und alles hautnah mitbekommen habe, fühlt es sich an, als hätte sich etwas verändert. In ihm, in mir – und vielleicht auch zwischen uns. Der Gedanke macht mir Angst, und ich hoffe, ich kann dieses Uns, das ich kennenlernen durfte, noch retten.

»Es tut mir leid«, sage ich. »Ich war wütend und verletzt, und auch wenn ich nach wie vor der Meinung bin, dass ich das zu Recht war, bin ich danach zu weit gegangen. Es war einfach alles zu viel: das mit dir, meine Familie, Charlie und die anderen – es hat sich angefühlt, als müsste ich platzen.« Ich schlucke. »Danke, dass du für mich da warst, auf der Station, meine ich.«

»Immer.« Ein Wort nur, doch es sorgt dafür, dass mein Herz schneller schlägt und meine Kehle trocken wird. Weil Aedan es mit so viel Überzeugung sagt und ohne auch nur den Hauch einer Sekunde zu zögern. Als sei es eine unumstößliche Tatsache. Dieses eine Wort löst die Befangenheit zwischen uns auf, ganz langsam und sacht. Ich erkenne es daran, wie Aedans angespannte Schultern sinken, daran, wie mein Bauch zu flattern beginnt, als sein Blick weicher wird.

»Mir tut es auch leid«, sagt Aedan. »Ich hätte dir alles sagen sollen, und ich glaube, ich habe es nicht nur deshalb nicht getan, weil ich Angst hatte, dich wegzustoßen, sondern auch, weil ich im Grunde bereits wusste, dass es falsch ist. Noch bevor ich von Sean, Paula und den anderen erfahren habe, die dort wohnen. Ich kriege aus erster Hand mit, was in der Stadt schiefläuft, und habe mich komplett rausgenommen und war nur auf meine eigenen Vorteile bedacht.«

»Wenn ich die Tage eins gelernt habe, dann, dass man ab und an auch mal nur auf sich achten darf.« Serena lächelt traurig. »Weise Worte meines Großvaters.«

»Ist mit deinen Großeltern alles okay?«

»Ja.«

Ich sehe die Erleichterung in seinem Blick, und der Anblick genügt, dass ich die Distanz zwischen uns überbrücken will. Ich will ihm nicht länger gegenüberstehen, ich will all das aus der Welt schaffen, meine Lippen auf seine legen und dahin zurück, wo wir waren. Oder nein, denn das hier könnte besser werden. Alle Karten sind auf dem Tisch, und es ändert nichts: Ich will Aedan immer noch. Mehr noch als zuvor.

»Ich hab gehört, du warst bei meinem Dad.«

»Ja«, erwidere ich und lächle. »Dank weiterer weiser Worte meines Großvaters. Dein Dad ist …« Ich lasse den Satz in der Luft zwischen uns hängen, hoffe, er vergrößert die Kluft zwischen uns nicht, doch wenn wir weitermachen wollen, wo wir aufgehört haben, dann ohne Lügen und Verschwiegenheiten. »Ich brauche noch ein wenig, um ihn richtig einschätzen zu können«, setze ich erneut an. »Aber ich bin ihm sehr dankbar, dass er keine strafrechtlichen Maßnahmen einleitet. Und er liebt dich. Sehr.«

Aedan brummt zustimmend, sein Blick deutet jedoch darauf hin, dass er gerade andere Dinge im Sinn hat, als über seinen Vater zu sprechen. Er kommt ein kleines Stückchen auf mich zu, sodass unsere Fingerspitzen sich beinahe berühren.

»Was bedeutet das für uns?«, fragt er, und seine Stimme ist beinahe ein Flüstern. »Wo stehen wir?«

Ich strecke die Hand ein Stück nach ihm aus. Wenige Millimeter nur, so weit, dass sich die Spitzen unserer Finger berühren. Ich kann dabei zusehen, wie sich seine Augen ein kleines Stück weiten, und die sachte Berührung scheint ihm als Antwort zu reichen, denn im nächsten Moment liegen seine Lippen auf meinen.

44. KAPITEL

Aedan

Ihr Mund fühlt sich vertraut an, ihre weichen Haare in meinen Fingern fühlen sich vertraut an, auch ihr Körper, den ich mit einer Hand so fest an mich presse, wie ich kann, fühlt sich vertraut an – und doch ist da etwas Neuartiges zwischen uns. Etwas, was mich freier atmen lässt und beinahe berauschend ist. Alles um uns herum verschwimmt und wird bedeutungslos, da ist nur noch sie. Ihre Finger graben sich in meine Haare, ziehen mich noch enger an sie heran. Unser Kuss wird leidenschaftlicher und hungriger, und Serenas leises Seufzen an meinem Mund lässt mich erschauern.

Ich wollte wissen, wo wir stehen, und Serena zeigt es mir mit jeder ihrer Berührungen. Ihre Zunge trifft auf meine Lippen, bittet um Einlass, und ich bin mir ziemlich sicher, dass wenige Sekunden später kein Blut, sondern Feuer durch meine Adern fließt, denn ich habe noch nie in meinem Leben solches Verlangen gespürt. Nicht nach ihrem Körper – nicht nur jedenfalls –, sondern nach ihr. Ihre Zunge streift meine, und ich verstärke den Druck, drehe mich mit ihr um, bis ihr Rücken auf die Wohnzimmerwand trifft. Ein leises Stöhnen dringt aus ihrem Mund, und es geht mir durch Mark und Bein. Ich kann ihr Herz an meiner Brust schlagen spüren, ebenso wild wie mein eigenes.

Unser Kuss ist eine Entschuldigung.

Unser Kuss ist ein Versprechen.

Und unser Kuss ist Vergebung.

Serena krallt die Finger in mein Shirt, während meine von ihrem Gesicht hinab zu ihrer Taille wandern. Wir sind beide vollkommen atemlos, doch niemand von uns unterbricht die Berührung. Es ist, als holten wir all das Verpasste nach, als könnte jede einzelne Sekunde die versäumten, distanzierten reparieren.

Wir lassen erst voneinander ab, als die Tür neben uns auffliegt. Declan steckt den Kopf herein, und ich trete einen Schritt zurück. »Die Nudeln und das Pesto sind fertig! Wollt ihr Käse?«

Kopfschüttelnd sehe ich von ihm zurück zu Serena. Ihre Wangen sind gerötet, und ihre Brust hebt und senkt sich im schnellen Takt meines Herzschlags. Sie beißt sich auf die Unterlippe und verkneift sich sichtlich ein Lachen, während ich Declan am liebsten den Hals umdrehen würde.

»Ihr beide habt ein Talent dafür, Momente zu ruinieren, wisst ihr das eigentlich?« Meine Stimme ist ein Knurren, doch Declan scheint sich keinerlei Schuld bewusst zu sein, denn er hebt nur unbeeindruckt die Schultern.

»Ich nehme das als Ja für Käse.« Er dreht sich um und marschiert zurück in die Küche, aus der das Klappern von Geschirr erklingt.

Ich fahre mir durch die Haare und trete einen Schritt zurück, da es anders wohl bloße Sekunden dauert, bis ich Serena wieder küsse. Auf ihrem Mund erscheint ein sanftes Lächeln.

»Schätze, wir haben ohnehin noch mehr als genug Zeit. Wenn mein Zimmer nach wie vor frei ist?«

»Ist es natürlich.« Die Vorstellung, dass sie endlich wieder bei uns wohnt, dass wir uns morgens in der Küche und abends im Badezimmer begegnen, dass ich neben ihr aufwachen kann, bringt mein Herz zum Stolpern. Vor wenigen Tagen erschien alles nicht nur schwarz, sondern völlig aussichtslos.

»Dann ist die Unterbrechung vielleicht gar nicht so schlecht, immerhin hast du noch auf eine E-Mail zu antworten.«

Ich muss kurz überlegen, was sie meint, bis mir Mr Whites Nachricht wieder einfällt. »Stimmt«, erwidere ich. »Aber wenn ich ehrlich bin, ist das gerade das Letzte, woran ich denke.«

»Ach so?« Serena legt den Kopf schief und sieht mich herausfordernd an. »Woran denkst du denn?«

»Da gibt es ein, zwei Dinge …«, beginne ich und fahre mit dem Daumen sanft über ihre Wange. »Vielleicht zeige ich sie dir besser oben.«

»Das Essen wird kalt!« Nolans Stimme echot zu uns herüber, zerschneidet die sich gerade wieder aufbauende Spannung. Mit einem Stöhnen lasse ich die Hand sinken, während Serena lachend den Kopf schüttelt.

»Die beiden sind solche Nervensägen«, murmle ich frustriert.

»Aber liebenswerte.«

»Manchmal.«

Serena grinst und greift nach meiner Hand. »Ich schätze, wir sollten rüber und ihnen erklären, dass die WG-Regel ein für alle Mal aufgehoben wird, oder?«

»Hm …« Ich hebe spielerisch die Brauen, als ob ich nachdenke. »Glaubst du denn, das funktioniert alles ohne diesen Reiz des Verbotenen?«

Mit einem schiefen Lächeln stellt Serena sich auf die Zehenspitzen, sodass ihre Lippen beinahe meine berühren. Wenige Millimeter trennen uns noch, und sofort ist das heftige Prickeln zurück und fließt von meinen Lippen über meinen Bauch in meinen gesamten Körper. In ihren meerblauen Augen liegt ein Funkeln. »Definitiv«, flüstert sie, bevor sie die letzten Millimeter überbrückt.

EPILOG

Aedan

Drei Monate später

»Du musst los, richtig?« Alexandre wirft einen Blick auf seine Uhr, bevor er die hellbraunen Augen wieder auf mich richtet.

»Ja, das wäre super. Ich hol die Zeit am Montag nach.«

Er winkt ab. »Keine Eile. Wenn es hier richtig losgeht, kommen die Überstunden wie von selbst.«

Was wie eine Drohung klingt, zaubert mir ein Lächeln aufs Gesicht, denn bislang ist die Arbeit bei Alexandre und seinem Team alles, was ich mir hätte wünschen können. Mr White lag mit seiner Empfehlung goldrichtig. Während ich beim Hotel in erster Linie mit Feuereifer dabei war, weil ich mir einen Namen machen wollte, fühlt sich der Umbau des Hafens wie eine Mission an, für die ich geschaffen bin. Wir prägen das Stadtbild Corks nicht nur, wir wandeln es zum Guten, und ich kann es jetzt schon kaum erwarten, nächste Woche wieder hier zu sein. Der Rohbau der neuen Gebäude steht bereits, während wir die alten, schon vorhandenen Teile des Hafens lediglich renovieren und anpassen, was sehr viel mehr Kreativität und Flexibilität benötigt als der Neubau eines Hotels, wie ich feststellen durfte.

»Alles klar. Dann bis Montag, hab ein schönes Wochenende.« Ich winke Alexandre, verabschiede mich von meinen

Kollegen, logge mich aus dem PC aus, und dann laufe ich im Schnellschritt an den alten grauen Gebäuden vorbei in Richtung Brücke. Die Sonne scheint und bringt den Fluss, der mich rechts und links umgibt, zum Glitzern. Vor wenigen Stunden hat es die Zwanzig-Grad-Marke geknackt, sodass die Straßen selbst für einen Freitagnachmittag ungewöhnlich voll sind. Zwei Frauen mit Taschen voll Handtüchern und Badesachen laufen an mir vorbei und sind vermutlich auf dem Weg zur Haltestelle, um den nächsten Bus an den Strand zu nehmen. Ich krempIe die Ärmel meines Hemds hoch und habe gerade die Brücke überquert, als ich eine Bewegung aus dem Augenwinkel wahrnehme.

»Hey, Aedan!« Evelynn läuft auf mich zu und drückt mich fest an sich. »Ich dachte, ich sammle dich ein, wir haben ja denselben Weg. Ich hab dir auch geschrieben, aber du hast es noch nicht gelesen.«

»Sorry, ich hab seit Stunden nicht mehr aufs Handy geguckt«, entschuldige ich mich.

»Macht nichts, Serena meinte schon, du bist vollkommen in die Arbeit versunken. Hast du das Geschenk für Serena dabei?«

Ich klopfe auf meine Tasche. »Yep.«

»Sehr gut.« Evelynn streicht sich die dunkelbraunen Haare aus dem Gesicht und blickt auf ihre Smartwatch. »Dann sollten wir aber einen Zahn zulegen, ich bin lieber verschwitzt da als zu spät.«

Evelynns Sorge stellt sich als unberechtigt heraus, denn natürlich sind wir überpünktlich, als wir eine halbe Stunde später schwer atmend an der Glucksman Gallery ankommen.

»Ich hätte den Sport nicht so vernachlässigen sollen«, bringe ich außer Atem hervor und wische mir übers Gesicht, das glücklicherweise nicht verschwitzt ist.

»Ich hätte überhaupt mal welchen machen sollen.« Evelynn schnauft noch heftiger als ich und stemmt die Hände in die Hüfte.

Die Sonne knallt mittlerweile von einem wolkenlosen Himmel auf uns herunter. Vögel zwitschern und wühlen im Gras unter den Büschen um uns herum. Eine Menschentraube hat sich vor dem Eingang der Galerie versammelt und füllt die Luft mit fröhlichem Geplauder. Ich liebe unseren Campus im Sommer noch mehr als an den grauen Wintertagen. Knapp ein halbes Jahr noch, dann werde ich ihm den Rücken kehren müssen. So wehmütig ich auch bin, die Aufregung und Vorfreude überwiegen.

»Oh, da sind Declan und Nolan!« Evelynn deutet den Weg entlang, von wo aus die beiden tatsächlich gerade auf uns zulaufen. Nolan hat wie ich ein Hemd an, während Declan es, wie so häufig, nicht für nötig gehalten hat, sich schick zu machen. Er trägt ein Jersey seines liebsten Rugby-Vereins.

»Evelynn!« Declan springt auf sie zu und drückt sie fest an sich. »Du hast dich viel zu lang nicht blicken lassen.«

»Weil Serena in ihren Vorbereitungen versunken ist.«

»Na und? Du bist trotzdem erwünscht!« Er hebt die Hand, um ihr über die Haare zu wuscheln, doch Nolan reagiert gerade rechtzeitig und schlägt sie weg.

»Nicht heute!«, meint er kopfschüttelnd und umarmt Evelynn ebenfalls. »Hi!«

»Wenn wir gerade schon bei Begrüßungen sind …«, erklingt es hinter mir. Vincent tritt mit einem breiten Grinsen zu uns, umarmt uns reihum und schiebt sich dann die Sonnenbrille ins schwarze Haar. »Ich wusste gar nicht, dass es Irland auch in warm gibt.«

»Haha«, gibt Evelynn trocken von sich. Ihr Blick verweilt auf Vincents Gesicht. »Ich war schon einmal in Hamburg für einen Kongress. Du brauchst gar keine großen Töne spucken, euer Regen ist sehr viel widerlicher als unserer hier.«

»Euer Bier auch!«, fügt Declan hinzu.

»Du warst schon in Hamburg?« Nolan sieht ihn irritiert an.

»Nö, aber ich wollte Eve Back-up geben.« Er legt den Arm um Nolans Schulter und drückt ihm einen Kuss auf den Scheitel.

»Sollen wir rein?«, frage ich lachend. »Bevor es zu Streit kommt?«

»Gute Idee.« Evelynn schiebt sich mit einem Grinsen durch die Menschen in Richtung Eingang, und ich folge ihr mit den anderen, um endlich zu sehen, woran Serena in den letzten Monaten gearbeitet hat. Während wir ihr zu Beginn noch bei Kleinigkeiten helfen durften, hat sie sich besonders in den finalen Wochen der Vorbereitung in ihrem Zimmer verschanzt und gearbeitet. Ihre Ergebnisse hat sie mir bis heute nicht gezeigt, lediglich auf das Chaos in ihrem Zimmer konnte ich einen Blick erhaschen, wann immer ich ihr Kaffee oder Snacks gebracht habe. Nicht dass ich mich darüber beschwere, es lieferte die perfekte Ausrede, dass Serena jede Nacht der letzten drei Monate in meinem Bett verbringen konnte.

Ich nicke ein paar der Dozierenden zu, die ich vom Sehen kenne, und winke Nora, die mit Sean, Clarisse und einigen anderen bereits mit Orangensaft und Sekt im Foyer steht. Die Ausstellung selbst öffnet erst in knapp fünfzehn Minuten im oberen Bereich der Galerie. Hier unten befinden sich einige Bilder und Skulpturen der alten Ausstellung, doch mein Blick streift diese nur und hält Ausschau nach der Person, für die wir heute hier sind.

Wie immer setzt mein Herz einen Moment aus, als ich sie sehe. Weil ich verdammt noch mal nicht begreife, wie ich solches Glück haben kann. Serenas Haare sind etwas länger und fallen ihr mittlerweile bis über die Schultern. Sie trägt einen weißen Rock mit roten Blüten, dessen Schlitz ihre ebenfalls roten Pumps offenbart. Ihr Top der gleichen Farbe ist trägerlos und bringt ihre Lippen so gut zur Geltung, dass ich sie am liebsten vor allen anderen küssen würde. Doch so nervös, wie sie sich gerade umsieht, will ich nicht mehr Aufmerksamkeit auf sie ziehen als nötig und trete stattdessen nur ein Stück nach vorn.

Ihr Blick findet meinen, und sofort weicht etwas von der Anspannung aus ihren Zügen. Sie läuft auf mich zu und legt die Arme um meinen Hals. »Aedan.«

Ich werde mich niemals an den Klang meines Namens von ihren Lippen gewöhnen. Es ist das Schönste, was ich je gehört habe.

Serena

Oh Gott, oh Gott, oh Gott. Mit jedem Herzschlag wird weitere Aufregung in mein Blut gepumpt. Nach all der Arbeit und all den durchgemachten Nächten ist es endlich so weit: meine erste Ausstellung. Ich habe die Installation gestern bereits aufgebaut und liebe sie, doch ich hoffe, dass sie auch bei allen anderen auf Anklang stoßen wird. Es geht mir längst nicht mehr nur um eine gute Abschlussnote, es geht mir um alles, was hinter dem Projekt steckt. Mein Blick gleitet zu Sean, Paula und Bobby, die gemeinsam mit Clarisse und Nora hergekommen sind. Es bedeutet mir unfassbar viel, sie hier zu sehen, zumal Sean lange mit der Entscheidung, herzukommen, gerungen hat – ob wegen des feierlichen Ambientes oder der Erinnerung an Charlie, weiß ich nicht.

»Es sind so viele Menschen da«, murmle ich an Aedans Ohr.

»Und alle für dich.«

»Wir wollten uns doch nicht mehr anlügen«, meine ich mit einem Schmunzeln.

»Na gut, dann jeder Zweite.« Als ich zurücktrete, um ihn anzusehen, legt sich die Aufregung ein kleines bisschen. Aedan ist hier, alles wird gut. Seine Augen funkeln, und ich kann den Stolz darin erkennen. »Ich bin so gespannt darauf, endlich alles zu sehen. Aber erst …« Er tritt zur Seite und gibt den Blick auf Evelynn, Declan und Nolan frei. Und auf eine weitere Person, bei deren Anblick ich die Hand vor den Mund schlage.

»Vincent!« Ich laufe so eilig auf meinen Bruder zu, dass ich beinahe in den hohen Schuhen umknicke, und falle ihm in die Arme.

»Hey, Serena.«

»Ich wusste gar nicht, dass du kommst! Was machen deine Patienten, wenn du so oft die Praxis schließt?«

»Sie werden es überleben, denke ich. Ich hab dir noch jemanden mitgebracht.« Er lässt von mir ab und streckt die Hand aus. Jetzt erst sehe ich das Smartphone darin. Meine Großeltern sitzen auf ihrer beigen Couch vor dem überfüllten Bücherregal und winken strahlend in die Kamera. Mein Herz zieht sich urplötzlich zusammen, so sehr vermisse ich sie in diesem Moment, wie sie eng beieinander in dem Wohnzimmer sitzen, in dem ich mein halbes Leben verbracht habe.

»Oh mein Gott, hallo!«

»Hallo, Serena! Kannst du uns sehen?«, fragt meine Oma und beugt sich skeptisch nach vorn. Sie schreit beinahe ins Handy, und ich verkneife mir ein Grinsen. »Vincent hat das Telefon vor seiner Abreise aufgebaut, und ich habe es nicht mehr angefasst, damit ich nichts verstelle.«

»Ich kann euch perfekt sehen«, gebe ich zurück. Ich nehme Vincent das Handy aus der Hand, um meinen Großeltern das Foyer zeigen zu können.

»Das sind aber viele Leute!«, meint mein Opa beeindruckt. »Schade, dass wir nicht dabei sein können. Aber Vincent meinte, er bringt uns ganz viele Fotos mit. Außerdem sehen wir …«

Meine Oma boxt ihm in die Seite und schüttelt den Kopf. Dann rutscht sie auf der Couch nach vorn und kneift die Augen hinter ihrer blau gerahmten Brille zusammen. »Halt das Telefon mal still.«

Ich tue wie befohlen, und sie legt den Kopf schief. »Na, wer ist denn dieser junge Mann? Der gefällt mir ja noch besser als der auf deiner Party damals.«

Ich werfe einen Blick zur Seite, obwohl mir auch so klar ist, dass sie Aedan meint, der dem Ganzen lächelnd folgt.

»Schau mal, er hat Tattoos, und es sieht gar nicht so schlecht aus«, meint meine Oma und stupst Opa an, damit er sich Aedan anguckt. Vincent stößt ein lautes Lachen aus, und ich bin heilfroh, dass Aedan kein Deutsch versteht.

»Jetzt hör auf damit, sonst will Serena auch eines«, entgegnet mein Opa. »Das ist dieser Aedan, nicht wahr?«

»Ja«, sage ich und muss mich zusammenreißen, nicht auch zu lachen, so wie er ihn mustert. Dann nickt er schließlich. »Das passt. Dann kann er dir ja jetzt das Geschenk geben.«

»Welches Geschenk?«, frage ich, und Vincent stöhnt auf.

»Das sollte sie erst nach der Ausstellung kriegen, Opa.«

»Ach, dann gib es ihr doch jetzt, nach der Ausstellung ist sie bestimmt völlig hinüber, so wenig, wie sie geschlafen hat in letzter Zeit.«

Vincent seufzt und wendet sich an Aedan. »Bevor meine Großeltern komplett die Überraschung versauen: Gibst du Serena unser Geschenk?«

Mein Bruder nimmt mir das Telefon ab, damit ich die Hände frei habe, und Aedan holt vorsichtig etwas aus seiner Tasche. Ich lache laut auf, als ich die Laterne sehe, die Aedan mir vor einer Weile gebastelt hat.

»Ich dachte, so hat sie doch noch ihren Nutzen«, meint er mit einem Schmunzeln.

»Ich war dagegen und wollte dir eine Geschenktüte kaufen«, wirft Declan ein. »Aber ich wurde überstimmt.« Aedan schubst ihn zur Seite, und Evelynn bedeutet mir, in die Laterne zu schauen. Dort drin befinden sich zwei gerollte Papiere, die von farbigen Bändern zusammengehalten werden.

»Egal welche Reihenfolge?«

»Erst das mit dem grünen Band«, meint Aedan. »Das ist

von uns allen.« Ich fische die Rolle aus der Laterne hervor, ziehe das Band ab, entfalte das Papier und sehe direkt danach zu meinem Opa auf. »Deshalb hat Oma dich geboxt, du hast dich fast verplappert.« Es ist ein ausgedrucktes Flugticket. Nein, es sind sogar zwei … Erneut schaue ich auf, und mein Blick findet Aedans.

»Wenn du mich dabeihaben willst …« Ich unterbreche seine Frage mit einem Kuss, bei dem mir plötzlich vollkommen egal ist, wer alles hier ist. Sollen unsere Dozenten uns doch sehen.

»Natürlich will ich dich dabeihaben!« Ich halte die Tickets an meine Brust und sehe zu meinen Großeltern. »Ich freu mich so unfassbar darauf, euch zu sehen. Ihr seid die Besten!«

»Wir freuen uns auch, Kleines!«

Ich hole die zweite Papierrolle hervor, packe sie aus und brauche einen Moment, um zu begreifen, was ich in den Händen halte. Es ist wieder ein Ausdruck, diesmal handelt es sich jedoch nicht um Tickets, sondern einen Beleg. Ich erkenne das blaue Hope-Harbour-Logo oben rechts in der Ecke. Eine Spendenquittung.

»Das sind …« Ich reiße die Augen auf, als ich die fünfstellige Summe sehe. »Was?«

»Das ist das Geld, das ich von Michael White bekommen habe. Für meine Idee, die er mir abgekauft hat. Es hat sich nicht richtig angefühlt, es zu behalten.«

»Sag mir, dass du reich bist, ohne mir zu sagen, dass du reich bist«, murmelt Evelynn, doch sie hat ein breites Lächeln auf dem Gesicht.

»Danke«, sage ich, unfähig, die Worte zu finden, die auf meinem Herzen liegen. »Danke, dass du das gemacht hast.«

»Gern.« Aedan zieht mich an seine Brust, und ich atme seinen vertrauten Duft ein und schließe für einen Moment die Augen. So lange, bis ein leises Klingen ertönt und Mrs MacDermott um Aufmerksamkeit bittet.

»Oh Gott«, sage ich, als all die Nervosität mit einem Schlag zurückkommt. »Ich glaub, das ist mein Zeichen.«

»Du schaffst das«, meint Aedan mit so viel Sicherheit in der Stimme, dass ich ihm sogar glaube.

»Wir sind so stolz auf dich, Kleines!« Mein Opa reckt kämpferisch eine Faust in die Luft, und Evelynn drückt mich noch einmal an sich, bevor ich ihnen allen zuwinke und mit einer Handvoll Kommilitonen und Kommilitoninnen auf Mrs MacDermott zugehe. Kaum zu glauben, wie viel sich seit meinem Umzug hierher geändert hat. Nicht nur dass ich eine Freundesgruppe gefunden habe, die sich nach Heimat anfühlt, auch meine Kunst hat sich geändert. Sie ist nicht mehr länger nur Ausdruck meines eigenen Schmerzes, sondern trägt Botschaften anderer Menschen in die Welt hinaus. Zumindest hoffe ich das. Ob es mir gelingt, wird sich jetzt zeigen, denn Mrs MacDermott beendet ihre Eröffnungsrede, und ich trete mit zitternden Beinen zu der riesengroßen grünen Zeltplane und ziehe sie am Reißverschluss auf.

Zwei Stunden später zittere ich zwar nicht mehr, bin jedoch vollkommen sprachlos von dem Feedback. Ich habe Hände geschüttelt, Gespräche geführt, Gratulationen entgegengenommen und sogar mit einer Frau geweint, die in ihrer Jugend ebenfalls für zwei Wochen auf der Straße leben musste. Selbst jetzt kommen noch neue Besucher, um sich meine und die anderen Ausstellungsstücke anzusehen. Ich verabschiede mich von dem Journalisten, dem ich gerade einige Fragen für einen Artikel beantwortet habe, und fahre mir durch die Haare. Mein Pony steht jetzt mit ziemlicher Sicherheit in alle Richtungen ab, doch dieser gesamte Tag ist ein einziges Feuerwerk an Emotionen.

Als ich sehe, wer gerade auf mich zukommt, wird das Gefühlschaos nicht besser, denn es ist Aedans Dad. Ich habe Mr und Mrs O'Brien vorhin bereits gesehen, war jedoch in eine Unterhaltung vertieft. Ich lächle zaghaft. Das Verhältnis zwischen Aedans Dad und mir ist zwar nicht länger angespannt, aber herzlich ist auch kein Wort, das ich nutzen würde, um es zu beschreiben. Wir waren gemeinsam essen, und während die Gespräche zu Beginn noch sehr steif waren, hat Aedans Mutter in Windeseile dafür gesorgt, dass die Stimmung lockerer wurde. Nicht nur, dass sie großes Interesse an Kunst hat, es war ihr auch deutlich anzusehen, wie sehr sie sich für Aedan und mich freut. Auch jetzt schenkt sie mir ein warmes Lächeln, als sie sich gemeinsam mit Aedans Dad nähert.

»Serena, du hast umwerfende Arbeit geleistet.« Mrs O'Brien umarmt mich, und kleine Lachfältchen legen sich um ihre Augen. »Du kannst wirklich stolz auf dich sein und auf das, was du da drinnen geschaffen hast. Du hast mir die Tränen in die Augen getrieben, und ich bin bei Weitem nicht die Einzige.«

»Vielen Dank«, sage ich, und eine Mischung aus Stolz und Dankbarkeit wärmt mich von innen. »Ihr Sohn hat geholfen, die Idee mit dem Zelt ist gemeinsam mit ihm entstanden.«

»Ich kann meiner Frau nur zustimmen, die Ausstellung ist brillant.« Ein Lächeln legt sich auf Mr O'Briens Gesicht und bringt die Grübchen zum Vorschein, die Aedan von ihm geerbt hat. Er umarmt mich nicht zur Begrüßung, aber seine Freude ist aufrichtig. Es ist das erste Mal, dass ich ihn freudig erlebe. »Ich würde dir gern ein Angebot unterbreiten, bevor mir jemand zuvorkommt.«

»Ein Angebot?« Ungläubig sehe ich ihn an. »Sie wollen eines der Werke kaufen?«

»Nein. Ich will all das hier kaufen. Oder mieten, besser gesagt. Für eine Ausstellung in der Stadthalle. Ich schwinge ständig Reden im Stadtrat, aber ich glaube, deine Kunst verpackt das, was ich sagen will, sehr viel eindeutiger und bewirkt sicher mehr bei meinen Mitstreitern.« Er räuspert sich. »Ich habe in den letzten Monaten viel nachgedacht. Und ich habe den Anwohnern Corks viel versprochen, was ich jetzt, da ich wiedergewählt wurde, auch einhalten muss. Unter anderem das Schaffen von Wohnräumen, aber auch, auf alle in dieser Stadt achtzugeben – und nicht nur geradeaus zu schauen, sondern auch nach links und rechts.«

»Mr O'Brien …«

»Nenn mich ruhig Torin. Ich glaube, wir haben mittlerweile genug durchgemacht, um zu den Vornamen zu gelangen.«

»Es wäre mir eine Ehre.«

»Mir auch«, erwidert er mit einem Lächeln und streckt seine Hand aus. »Ich würde mich freuen, dich einmal ohne Farbe im City Council begrüßen zu dürfen.«

Ich zucke zusammen, entspanne mich jedoch sofort wieder, als er zu lachen beginnt. Seine Frau knufft ihn kopfschüttelnd in den Arm, und ich schüttle seine ausgestreckte Rechte.

»Vielen Dank«, sage ich zum bestimmt hundertsten Mal an diesem Tag, und doch fühlt es sich nicht oft genug an.

»Sehr gern, ich danke dir für deine Arbeit. Und jetzt lasse ich dich mal deinen Erfolg genießen, und wir schauen uns die anderen Ausstellungen an.«

»Mach's gut, Liebes, bis ganz bald.« Aedans Mutter winkt mir noch einmal zu, dann sind die beiden verschwunden und lassen mich perplex zurück. Da ich eine kleine Verschnaufpause zu haben scheine, nehme ich mir ein Glas Orangensaft und laufe zurück in meinen Bereich der Galerie. Gerade stehen zwei kleine Mädchen vor dem Puzzle, das ich in einem riesigen Bilderrahmen zusammengestellt habe. Es besteht aus Fetzen unterschiedlicher Protestplakate der letzten Monate. Auf einem Bildschirm daneben laufen Interviews mit verschiedenen Leuten der Hilfsorganisation, die sich die Besucher und Besucherinnen über Headsets anhören können. In der Mitte des Raums befindet sich ein Hotel. Ich weiß nicht, ob es aussieht, wie Mr Whites Hotel am Ende aussehen wird, doch im Endeffekt ist es egal. Denn wenn man das Ganze näher betrachtet, wenn man durch die Fenster und Türen hinter die luxuriöse Fassade blickt, sieht man darin die Obdachlosenunterkunft nachgebaut. Hierbei hat Sean mir geholfen, indem ich ihn bis ins kleinste Detail mit Fragen löchern durfte. Ich laufe lächelnd an dem Hotelnachbau vorbei, durch den gerade eine Gruppe Studierender lugt. Eine Studentin hat sich sogar auf den Boden gesetzt und fotografiert das Innere.

Im Geist gehe ich bereits die Änderungen durch, die ich machen muss, wenn diese Ausstellung wirklich in der Stadthalle wiederholt werden soll. Die Wände sind mit alten Schlafsäcken verkleidet, und selbst um die Lampe herum habe ich Lampenschirme aus den alten Pappbechern gebaut, bei denen mir Vincent geholfen hat. Ich hoffe, diesen Teil kann ich irgendwie beibehalten. Sosehr ich die einzelnen Ausstellungsstücke liebe, am meisten beeindruckt mich die gesamte Installation und das Gefühl hier drin, das selbst mich umhaut. Mein allerliebstes Stück jedoch befindet sich kurz vor dem Ausgang meines Bereichs. Bevor man diesen durch die grüne Zeltplane wieder verlässt, kommt man zwangsläufig an einem Gemälde vorbei, das im ersten Moment gar nicht zum Rest der Ausstellung passt. Es zeigt den River Lee und die Häuserfront davor. Und ein grünes Zelt mit einem Mann in blauer Mütze und schwarzer Steppjacke. Ich bleibe vor dem Bild stehen. Es ist das letzte, das ich für die Ausstellung gemalt habe, und war bei Weitem das schwierigste.

»Er wäre sehr stolz auf dich.«

Aedan tritt hinter mich, und ich bin mehr als dankbar, ihn in meinem Rücken zu wissen, da ich merke, wie Tränen meine Augen füllen. »Das hoffe ich.«

»Ich bin mir sicher.« Aedan drückt mir einen Kuss auf den Hinterkopf. »Und ich bin auch verdammt stolz.«

Ich schaffe es, mich von dem Bild loszureißen und drehe mich zu Aedan um. Seine Finger streifen meinen Arm, dann beugt er sich im selben Moment zu mir, in dem ich mich auf die Zehenspitzen stelle, und unsere Lippen finden einander, als würde ein unsichtbarer Faden uns verbinden. Und vielleicht ist dem auch so, vielleicht sollte alles genau so passieren, wie es passiert ist. Ich könnte mir zumindest kein besseres Ende wünschen.

DANKSAGUNG

Mein erstes und größtes Danke gilt allen Helfern und Helferinnen und allen Menschen, die sich für Wohnungslose einsetzen. Ich war glücklicherweise nie von Obdachlosigkeit betroffen, musste mir nie Gedanken darüber machen, ob ich hungrig zu Bett gehe oder irgendwann einmal kein Dach mehr über dem Kopf haben würde. Aber zahlreichen Menschen geht es anders. Sie haben kein Zuhause, müssen um die nächste warme Mahlzeit betteln und sind so in ihrem Kampf ums Überleben gefangen, dass es mit jedem verstreichenden Tag schwieriger wird, aus diesem Abwärtsstrudel herauszukommen. Dabei unterscheidet sie und mich nichts. Sie haben dieselben Träume, dieselben Fähigkeiten, dasselbe Recht auf ein glückliches Leben – nur hatten sie vielleicht nicht das Privileg, in eine ebenso liebende Familie geboren zu werden wie ich. Meine Zeit in Cork hat mir das auf drastische Art und Weise vor Augen geführt, da Charlie so zwar nie existiert hat, aber auf einem reellen Vorkommnis beruht. Die Zahl an hilfsbedürftigen Menschen steigt – in Irland wie in Deutschland. Die Recherche zu diesem Buch hat mich abwechselnd wütend und traurig gemacht, verzweifelt zurückgelassen, aber auch hoffnungsvoll. Daher danke an alle, die sich wie Serena, Nora und Clarisse unermüdlich für das Gute einsetzen, die nicht wegsehen, sondern helfen.

Ich danke in diesem Zuge auch ganz besonders der Cork Simon Community, die eine große Inspiration für Hope Harbour war. Danke für eure tolle, wichtige Arbeit und für das Beantworten meiner Fragen.

Ich danke Cork für seine Gastfreundschaft – wenn man von den wirklich horrenden Mietpreisen mal absieht – und all das, was ich während meiner Zeit dort lernen durfte. Danke an mein wundervolles College, danke, dass ihr meinen Traum ebenso wie Serenas habt wahrwerden lassen und euch für mich sogar mit der deutschen Bürokratie angelegt habt.

Danke an all die Menschen, die meine Irland-Erfahrung so lebensverändernd gemacht haben (Arcadia Hall für immer). Danke auch an die ganzen Lokale, die ich im Buch verbauen durfte – und ganz besonderer Dank an Simon von Prim's Bookshop! Danke, dass du Kinsale noch bunter machst!

Danke an meine eben bereits erwähnten Eltern. Ich weiß, ihr seid echt froh, dass uns mittlerweile kein Ozean mehr trennt, aber ich werde euch nie vergessen, dass ihr keine Sekunde gezögert habt, um mich in meinem Traum zu unterstützen – und das, obwohl ihr Cork, genau wie Vincent, auch nur bei Nacht hübsch fandet.

Danke an meine großartige Lektorin Alexandra, der das Buch gewidmet ist und die neben ihrer tollen Arbeit so viel Herzblut in die Irland-Reihe gesteckt hat. Danke an meine Außenlektorin Klaudia für den tollen Input und die vielen gestrichenen Irgendwies. Danke an das gesamte LYX-Team für all eure Unterstützung, die wunderschöne Lesereise und dass ich E-Mails mit »Hi, Barbie« beginnen darf.

Danke an meine Freunde und Freundinnen. Ich zähle euch dieses Mal nicht auf, weil ich sonst wieder jemanden vergesse. Aber ihr wisst sowieso, wer gemeint ist. Ihr seid die Besten!

Danke an Lucía für die traumhaften Illustrationen zur Reihe. Ich hab mich vor Jahren in deine Kunst verliebt und kann immer noch nicht glauben, dass sie jetzt meine Bücher ziert.

Danke an den kartoffeligsten Discord und die tollste Twitch-Community. Dieses Buch ist komplett im Co-Working mit euch entstanden, und ich hab jede Stunde mit euch genossen!

Danke an alle Buchhändler und -händlerinnen für eure großartige Arbeit. Ebenso danke ich allen auf Bookstagram und BookTok für den Support! Danke an alle Leser und Leserinnen für das liebe Feedback zu *Songs of Emerald Hills*.

Und zuletzt danke ich dir, dass du *Dreams of Sapphire Seas* in die Hand genommen und gelesen hast. Wir lesen uns ganz bald wieder!

Slán agus go raibh maith agat
Anabelle

Ein Neuanfang auf der grünen Insel …

Anabelle Stehl
SONGS OF EMERALD HILLS
432 Seiten
ISBN 978-3-7363-2070-3

Eine Weile Abstand von allem, das erhofft Caroline sich von ihrem Aufenthalt in Irland. Idealerweise findet sie auf der grünen Insel endlich heraus, was sie eigentlich will vom Leben. Wen sie will, merkt sie früher, als ihr lieb ist: Conor, der Nachbar ihrer etwas schrulligen Gastgeberin, verdreht ihr nämlich vom ersten Tag an den Kopf. Als sie zusammen ein Gälisch- Festival auf die Beine stellen, um Conors Sprachschule zu retten, kann auch dieser nicht länger leugnen, dass er sich zu Caro hingezogen fühlt. Doch sie wird bald nach Deutschland zurückkehren, und so wehrt er sich mit aller Macht gegen die aufkommenden Gefühle, denn Verluste hatte er in seinem Leben bereits genug …